# FATAL FRAUD – NUR IN DEINEN ARMEN

## BAND 16 DER FATAL-REIHE

## MARIE FORCE

# ÜBER DAS BUCH

Während der Druck auf Vizepräsident Nick Cappuano zunimmt, bekannt zu geben, dass er für das höchste Amt im Staat kandidieren will, muss sich seine Frau Lieutenant Sam Holland mit den Ermittlungen in einem brutalen Mordfall herumschlagen, bei dem es viel zu viele Verdächtige mit einem Motiv gibt. Da der Ruf der Polizeibehörde der Hauptstadt unter den vielen Skandalen der letzten Zeit schwer gelitten hat, ist es jetzt umso wichtiger, schnell Erfolge vorweisen zu können. Als wäre das nicht schon genug, steht zudem Thanksgiving vor der Tür, das Sam zum ersten Mal ohne ihren geliebten Vater Skip begehen muss ...

Impressum

Originaltitel: Fatal Fraud © 2020 HTJB, Inc.

Copyright für die deutsche Übersetzung: © 2021 Oliver Hoffmann

Lektorat: Ute-Christine Geiler, Birte Lilienthal, Agentur Libelli GmbH

Deutsche Erstausgabe



Cover: Kristina Brinton

Buchdesign und Satz: E-book Formatting Fairies

**Die Fatal Serie**
One Night With You – Wie alles begann (Fatal Serie Novelle)
Fatal Affair – Nur mit dir (Fatal Serie 1)
Fatal Justice – Wenn du mich liebst (Fatal Serie 2)
Fatal Consequences – Halt mich fest (Fatal Serie 3)
Fatal Destiny – Die Liebe in uns (Fatal Serie 3.5)
Fatal Flaw – Für immer die Deine (Fatal Serie 4)
Fatal Deception – Verlasse mich nicht (Fatal Serie 5)
Fatal Mistake – Dein und mein Herz (Fatal Serie 6)
Fatal Jeopardy – Lass mich nicht los (Fatal Serie 7)
Fatal Scandal – Du an meiner Seite (Fatal Serie 8)
Fatal Frenzy – Liebe mich jetzt (Fatal Serie 9)
Fatal Identity – Nichts kann uns trennen (Fatal Serie 10)
Fatal Threat – Ich glaub an dich (Fatal Serie 11)
Fatal Chaos – Allein unsere Liebe (Fatal Series 12)
Fatal Invasion – Wir gehören zusammen (Fatal Serie 13)
Fatal Reckoning – Solange wir uns lieben (Fatal Serie 14)
Fatal Accusation – Mein Glück bist du (Fatal Serie 15)
Fatal Fraud – Nur in deinen Armen (Fatal Serie 16)

# KAPITEL 1

Wenn es einen Vorteil mit sich brachte, dass Sams Mann Nick Vizepräsident der Vereinigten Staaten war, dann war es die Autokolonne, die sie mit bewundernswerter Effizienz überallhin beförderte, wo sie hinwollte. Als sie auf dem Baltimore-Washington Parkway in Richtung Norden fuhren, um ihren Kollegen Sergeant Tommy Gonzales in der Reha zu besuchen, freute sich Sam, dass sie diesmal auch Freunde mitnehmen konnte. Da sie von den anderen Vorteilen, auf die Nick als Vizepräsident Anspruch hatte, eher wenig hatte, beschloss sie, den hier nach Kräften auszunutzen.

„So lässt sich's leben." Sams Partner Detective Freddie Cruz hatte den Arm um seine Frau Elin gelegt.

„Das kannst du laut sagen", meinte Michael Wilkinson. Seine Frau, Detective Jeannie McBride, saß ihm gegenüber neben Sam, die sich ihrerseits an Nick schmiegte, wie sie es am liebsten mochte.

Sam war wild entschlossen, die Tour zu genießen, wenn sie schon über eine Stunde im Auto verbringen mussten und keiner von ihnen am Steuer saß. „Das Beste ist, dass die Leute dem Secret Service immer Platz machen", erklärte sie.

„Warum werden die Jungs und Mädels eigentlich so respektiert, während wir den Leuten scheißegal sind?", erkundigte sich Jeannie.

„Sehr gute Frage", meinte Sam. „Wieso gehorchen dem Secret Service immer alle?"

„Das muss an den ungeheuer wichtigen Leuten liegen, die er beschützt", warf Freddie ein.

„Ja, wir sind ungeheuer wichtig", pflichtete ihm Nick bei und erntete dafür ein Lachen von den anderen. Er nahm sich selbst nie so ernst, wie es der Secret Service und alle anderen taten.

„Können wir über den Elefanten im SUV reden?", erkundigte sich Michael.

Sam stöhnte auf. „Muss das sein?" Eine der Sonntags-Politiktalkshows im Fernsehen hatte sich am Morgen in wilden Spekulationen über die nächste Präsidentschaftswahl und die wahrscheinlichsten Kandidaten beider Parteien ergangen. Natürlich stand Nicks Name ganz oben auf der Liste der Demokraten, auch wenn er bisher auf alle öffentlichen Äußerungen zu seinen Zukunftsplänen verzichtet hatte.

Sam war sich schmerzlich bewusst, dass er mit der Entscheidung rang. Sie betete, er möge nicht kandidieren, doch sie sprach es nicht laut aus, um ihm den nötigen Freiraum zu lassen. In der Zwischenzeit hielt sie den Atem an und wartete, während der Rest der Welt sich Mutmaßungen hingab oder Kaffeesatzleserei betrieb. „Natürlich wird der Vizepräsident kandidieren", hatte ein Experte kürzlich verkündet. „Er wäre verrückt, wenn er es nicht täte."

Nach Sams Meinung wäre er im Gegenteil verrückt, wenn er es tatsächlich tun und damit seine Familie noch weiter ins Zentrum des öffentlichen Interesses rücken würde. Allein der Gedanke daran trieb ihre Sorge in den roten Bereich, also versuchte sie, sich gar nicht erst darauf einzulassen. Das Augenmerk der Öffentlichkeit ruhte für ihren Geschmack auch in seinem jetzigen Amt schon viel zu sehr auf ihnen.

„Du möchtest vielleicht nicht darüber reden, alle anderen hingegen schon", erwiderte Michael.

„Die Leute sollen sich um ihre eigenen Angelegenheiten kümmern", erklärte Sam.

„Ich sage es ja nur ungern", mischte sich Freddie ein, „aber wenn man Vizepräsident ist, sind die eigenen Angelegenheiten die aller Leute."

Sam blickte ihn finster an. „Das ist nicht hilfreich."

Nick drückte ihr in stummer Unterstützung die Schulter. Ihnen war beiden schmerzlich bewusst, dass die Entscheidung bald getroffen werden musste. Sam hoffte, dies so weit wie möglich aufschieben zu können. Sie wollte nicht, dass Nick als

Präsident kandidierte, und er wollte es auch nicht. Doch manchmal fühlte es sich an, als interessiere das niemanden, während unsichtbare Kräfte sie gleichzeitig in die Richtung eines unausweichlichen Schicksals trieben.

„Mal was anderes", wechselte Freddie das Thema. „Habt ihr heute Morgen im *Star* die Sache mit der Frau aus Kent gesehen, die all ihre reichen Freunde mit einer fiesen Betrugsmasche abgezockt hat?"

„Wir hatten keine Gelegenheit, Zeitung zu lesen, bevor wir losgefahren sind", erklärte Sam. „Nick und ich waren damit beschäftigt, Scotty und die Zwillinge fertig zu machen, damit sie zu Tracy und Mike konnten." Ihre Schwester und ihr Schwager hatten einen ganzen Tag für Sams und ihre eigenen Kinder geplant.

„Anscheinend arbeitet das FBI schon seit fast einem Jahr an diesem Fall, und alles hat sich diese Woche zugespitzt, als man sie vor dem Strafgericht angeklagt hat. Bis dahin wussten die meisten ihrer Freunde nicht mal, dass sie sie betrogen hatte. Laut dem *Star* ist es in der privilegierten Welt ganz schön abgegangen, als sich herumgesprochen hat, dass die Kohle wahrscheinlich weg ist."

„Damit ich das richtig verstehe", sagte Sam. „Sie hat im Grunde ihre Freunde bestohlen?"

„Ja", bestätigte Freddie, „und ihre Familie. Sie hat sie dazu gebracht, in eine Firma zu investieren, die sie angeblich gründen wollte, und haste nicht gesehen hat sie das Geld beiseitegeschafft und verrät jetzt nicht, was sie damit gemacht hat."

„Über was für Summen reden wir?", wollte Jeannie wissen.

„Etwa zwanzig Millionen", antwortete Freddie.

„Dazu habe ich mehrere Fragen", schaltete sich Sam wieder ein. „Erstens: Wer vertraut jemandem einfach so sein Geld an? Zweitens: Hat sie ernsthaft geglaubt, sie kommt damit durch? Hätten ihre Freunde plötzlich vergessen sollen, dass sie ihr all das Geld gegeben hatten?"

„Wieso glaubt überhaupt irgendwer, man könne mit Betrug durchkommen?", fragte Nick. „Ich hätte solche Angst, erwischt zu werden, dass ich mich an dem Geld überhaupt nicht erfreuen könnte."

„Ich auch", pflichtete ihm Sam bei. „Wie soll man nachts ruhig schlafen, wenn man seine Familie und seine Freunde bestohlen hat? Nehmt bitte zur Kenntnis, dass ich euch niemals bestehlen würde."

„Das empfinde ich als seltsam tröstlich." Freddie zog den Kopf ein, um aus dem Fenster zu schauen. „Wir sind gleich in Baltimore. Hat noch jemand Angst vor dem Zusammentreffen mit ihm?"

„Ein bisschen", gab Jeannie zu. „Ich will unseren Gonzo zurück, so wie er vor Arnolds Tod war. Ein Teil von mir fragt sich, ob ich mir da zu viel erhoffe."

Der schockierende Mord an Gonzos jungem Partner hatte ihm in den vergangenen zehn Monaten schwer zu schaffen gemacht und letztlich zu einer Abhängigkeit von verschreibungspflichtigen Schmerzmitteln geführt, die außer Kontrolle geraten war. Deshalb war er aktuell zu einer Entziehungskur in einer Klinik.

„Auf denselben alten Gonzo sollten wir vielleicht wirklich nicht hoffen", meinte Sam, „aber im Moment nehme ich jeden Gonzo, den ich kriegen kann. Ohne ihn ist es einfach nicht dasselbe."

Seit Gonzo auf Entzug war, hatte Sam ihren Vater verloren und den lange ungelösten Fall der Schüsse auf ihn aufgeklärt. Manchmal fühlte sie sich, als hätte sie ein ganzes Leben hinter sich gebracht, seit sie das letzte Mal mit ihrem Sergeant gearbeitet hatte.

„Wie kommt es, dass Christina nicht mitfährt?", wollte Freddie wissen. Christina war Gonzos Verlobte.

„Sie hat gesagt, Alex geht es heute nicht so gut, und da Gonzo ja immerhin von uns Besuch kriegt, hat sie beschlossen, zu Hause zu bleiben", erwiderte Sam.

„Was wird wohl aus den beiden werden?", fragte Jeannie.

„Ich wünschte, ich wüsste es", seufzte Sam. „Ich hoffe nur, dass sie zusammenbleiben, denn ich denke, das wird entscheidend für seine Genesung sein."

„Hast du schon mehr über die Untersuchung der Washingtoner Polizei durch das FBI gehört?", erkundigte sich Jeannie.

„Wir hatten neulich eine Besprechung der Führungsebene zu diesem Thema", antwortete Sam. „Nach dem, was der Chief gesagt hat, wird das FBI die Abteilung von oben bis unten durchleuchten, weil mehrere unserer Kollegen wegen Gewaltverbrechen angeklagt sind. Wir haben diese Woche ein Treffen mit dem FBI."

„Na, das wird sicher lustig werden", unkte Freddie und runzelte die Stirn.

„Ich habe gehört, wie jemand es als eine proktologische Untersuchung bezeichnet hat", erzählte Jeannie und grinste.

„Das kommt hin, aber wir müssen uns keine Sorgen machen", beruhigte Sam ihre Kollegen. „Deshalb sage ich immer, dass wir gründlich arbeiten müssen. Uns kann niemand was am Zeug flicken. Das FBI kann herumschnüffeln, so viel es will. In der Mordkommission werden die absolut nichts finden." Zumindest hoffte sie das. Sam gab sich alle Mühe, eine vorbildliche Einheit zu leiten, und wenn es bei der Polizei Korruption gab, dann zumindest nicht in ihrem Team.

Als sie an der Entzugsklinik in der Innenstadt von Baltimore ankamen, ging Nicks Secret-Service-Einheit vor ihnen hinein, während sie im Auto warteten.

„Ist das immer so, wenn Sie irgendwo hinwollen?", fragte Michael.

„Jedes einzelne Mal", bestätigte Nick. „Und da wundern sich die Leute, dass ich mich nicht über die Chance freue, Präsident zu werden."

„Ich nicht", sagte Michael, und die anderen lachten.

Sie warteten eine Viertelstunde, bis Brant, Nicks leitender Personenschützer, zurückkam, um sie aus dem Auto zu lassen. Drinnen führte man sie in einen privaten Raum, den der Secret Service im Vorfeld gründlich in Augenschein genommen und abgesichert hatte.

Gonzo traf ein paar Minuten später ein, umarmte alle und bedankte sich für ihren Besuch. „Es tut so gut, euch zu sehen, Leute."

Sam nahm erleichtert zur Kenntnis, dass er mehr der Alte zu sein schien. Der gehetzte Ausdruck war aus seinen Augen verschwunden, und der gut gelaunte Freund, den sie so sehr liebte, schien wieder da zu sein. „Du siehst toll aus."

„Es geht mir auch wirklich gut."

Während der Secret Service vor der Tür stand, saßen sie auf Klappstühlen um den Tisch.

„Ich wünschte, ich könnte euch etwas zu trinken anbieten oder so", meinte Gonzo.

„Schon gut", beruhigte ihn Sam. „Nicht nötig. Wir sind hier, um zu hören, wie du dich schlägst."

„Echt gut. Der zusätzliche Monat hat einen Riesenunterschied gemacht. Andy war letzte Woche hier", berichtete er. Andy war Nicks Anwalt und Freund.

„Warum?", wollte Sam wissen.

„Wir haben mit der Staatsanwaltschaft gesprochen, und ich werde mich eines Fehlverhaltens schuldig bekennen." Er hatte auf dem Höhepunkt seiner Sucht Pillen auf der Straße gekauft, und jemand hatte die Staatsanwaltschaft darüber in Kenntnis gesetzt. „Das ist der beste Weg, denn so kann ich weiterarbeiten und werde nicht degradiert."

„Das ist doch totaler Quatsch", explodierte Sam ansatzlos. „Du bist krank. Man sollte dich nicht wegen Dingen anklagen, die du unter der psychischen Belastung infolge der Ermordung deines Partners getan hast."

Gonzo lächelte schwach. „Wenn es sich nicht um mich handeln würde, würdest du das in einem anderen Licht betrachten."

„Nein. Drogensucht ist eine Krankheit. Wenn bewiesen ist, dass jemand daran gelitten hat, als er Drogen gekauft hat, sollte das nicht strafrechtlich verfolgt werden. Ich war schon immer der Meinung, dass wir mehr Geld für Hilfsprogramme und weniger für Strafverfolgung ausgeben müssen."

„Das habe ich sie schon früher sagen hören", bestätigte Freddie.

„Es ist meine Schuld, dass du überhaupt ins Visier der Strafverfolgungsbehörden geraten bist", erklärte Sam. „Es ist eine Folge meiner Fehde mit Ramsey. Er hat versucht, mich zu treffen, indem er gegen dich vorgegangen ist."

Sam und der Sergeant der Sondereinheit für Sexualdelikte lagen seit einiger Zeit im Clinch. Soweit sie das beurteilen konnte, war einer der Gründe dafür, dass er ihr ihre Karriere neidete. Das und zahlreiche andere Vorwürfe äußerte er häufig freimütig gegenüber jedem, der es hören wollte. Die Fehde war heftiger geworden, nachdem die Staatsanwaltschaft es abgelehnt hatte, Anklage gegen sie zu erheben, weil er infolge einer Tätlichkeit von ihr auf der Treppe gestürzt war und sich das Handgelenk gebrochen und eine Gehirnerschütterung zugezogen hatte.

„Nein, es ist meine Schuld, Sam", widersprach Gonzo. „Ich habe meine Karriere, meinen Ruf und mein Leben aufs Spiel gesetzt. Das war mir bewusst, und es war mir egal."

„Aber das lag an deiner Sucht", protestierte Sam. „Dem Gonzo, mit dem ich zusammengearbeitet habe, wäre das niemals egal gewesen. Vor deiner Krankheit hättest du so etwas nie gemacht.

Und warum warst du krank? Weil dein Partner vor deinen Augen in Ausübung seines Jobs ermordet worden ist."

„Ich weiß, das geht dir nah, Sam …"

„Wenn du das tust, kannst du alle weiteren Beförderungen vergessen", rief sie ihm ins Gedächtnis.

„Ich weiß das und habe mich damit abgefunden."

„Es ist trotzdem falsch", pflichtete Jeannie Sam bei. „Du bist der Beste von uns. Eines Tages könntest du Polizeichef werden."

„Früher habe ich das vielleicht mal gewollt, doch ich habe gelernt, Zufriedenheit in dem zu finden, was *ist*, statt in dem, was war oder was hätte sein können."

„Lass mich mit dem Chief reden, ehe du etwas unterschreibst", bat Sam.

„Ich habe es bereits zugesagt. Wenn ich hier entlassen werde, unterschreibe ich die Papiere. Das ist das Beste für mich, dann hängt dieses Damoklesschwert nicht mehr über mir."

Sie hätte ob der schieren Ungerechtigkeit, dass er sich eines Verbrechens schuldig bekennen würde, während Drecksäcke wie Ramsey damit durchkamen, die Karriere eines der besten Polizisten zu ruinieren, mit denen Sam je gearbeitet hatte, am liebsten geschrien und alles kurz und klein geschlagen.

„Wann kommst du raus?", fragte Freddie.

„Irgendwann diese Woche."

„Wie läuft's mit Christina?", erkundigte sich Jeannie.

„Besser", antwortete Gonzo. „Wir reden viel und sind beide bereit, zur Normalität zurückzukehren, was auch immer das nach allem, was ich ihr angetan habe, bedeutet."

„Sie liebt dich, Mann", sagte Freddie. „Das wird schon."

„Ich hoffe es. Wir werden sehen. Aber genug von mir. Was ist bei euch so los? Erzählt mir alles über den Fall Tara Weber. Ich fühle mich hier drin so von der Außenwelt abgeschnitten."

Sie informierten ihn über den Fall, den sie unlängst abgeschlossen hatten und bei dem es um die Ermordung der Geliebten des Präsidenten gegangen war, weswegen Sam und Nick wieder einmal angstvoll die Luft angehalten hatten, bis klar gewesen war, ob Nelson einen weiteren Skandal ohne Amtsenthebungsverfahren überstehen würde.

„Das muss euch doch völlig fertigmachen", meinte Gonzo zu Sam und Nick.

„Äh, ja, irgendwie schon", bestätigte Nick. „Ich hatte mir das

Amt des Vizepräsidenten eigentlich ziemlich langweilig vorgestellt – und manchmal war es das auch."

„Du hast ja nicht ahnen können, dass sich sein Sohn als Mörder entpuppen oder dass er eine Affäre haben würde, während seine Frau sich einer Krebsbehandlung unterzieht", erklärte Gonzo. „Ich kann das immer noch kaum glauben. Das ist alles so widerlich."

„Das fand ich auch am schwersten zu verkraften", pflichtete ihm Sam bei. „Gloria ist wirklich nett und hat ihm während seiner gesamten Karriere zur Seite gestanden. Sie hat echt was Besseres verdient."

„Wenigstens hat sie ihn verlassen", meinte Jeannie. „Statt diese völlig übertriebene Form von Nachsicht und Solidarität durchzuziehen, für die Politikerfrauen offenbar so anfällig sind."

„Das hat diese Politikerfrau hier ihrem Mann auch schon angekündigt." Sam grinste Nick an.

„Meine Frau weiß, dass sie in der Richtung nichts zu befürchten hat."

„Ich habe in diesem Zusammenhang das Wort ‚Kastration‘ benutzt", verkündete Sam, und alle anwesenden Männer verzogen das Gesicht.

„Hunde, die bellen, beißen nicht", tat Nick ihre Worte ab.

„Äh", warnte ihn Freddie, „ich glaube, das gilt für sie nicht. Wollte ich nur mal gesagt haben."

„Korrekt", bestätigte Sam breit grinsend. „Vergesst das niemals."

„Ihr fehlt mir alle so", seufzte Gonzo. „Ich kann es kaum erwarten, wieder arbeiten zu gehen."

„Wann kommst du denn wieder?", fragte Freddie.

„Ein paar Tage bin ich noch hier, und dann soll ich eine oder zwei Wochen zu Hause bleiben, ehe ich schließlich mit der Wiedereingliederung anfange, was erst mal Teilzeit bedeutet."

„Wir nehmen, was wir kriegen können", antwortete Sam.

Sie unterhielten sich noch eine Stunde mit ihm, ehe sie den Besuch beendeten. Nick klopfte von innen an die Tür, um Brant wissen zu lassen, dass sie so weit waren.

„Wir müssen warten, bis er uns holt", erklärte Nick.

„Faszinierend", bemerkte Michael. „Wirklich."

„Freut mich, dass Sie das so sehen", brummte Nick. „Mich macht es wahnsinnig."

„Aber es ist besser als die Alternative." Sam fasste nach der

Hand ihres Mannes und hoffte, ihm ein wenig von der Unruhe nehmen zu können, die er immer empfand, wenn er mit einer der vielen Einschränkungen konfrontiert wurde, die das Leben als Vizepräsident mit sich brachte.

Sie verabschiedeten sich von Gonzo und stiegen für die Rückfahrt nach Washington in den SUV.

„Es scheint ihm wirklich gut zu gehen", sagte Nick, als sie aus Baltimore hinausfuhren.

„Auf jeden Fall viel besser als zuvor", pflichtete ihm Jeannie bei.

„Ich bin stinkwütend, weil er sich eines Verbrechens schuldig bekennen will", stieß Sam hervor.

„Äh, ja, das ist uns aufgefallen", scherzte Freddie. „Wie üblich hattest du deine Mimik nicht hundertprozentig unter Kontrolle."

„Das ist völliger Quatsch", schimpfte Sam. „Dabei bleibe ich."

„Lässt sich daran denn etwas ändern?", fragte Nick.

„Ich werde mit Malone reden", sagte sie. Der Detective Captain war ihr Vorgesetzter und Mentor. „Und mit dem Chief."

„Gonzo klang ziemlich entschlossen, diesen Weg zu gehen", wandte Freddie zögernd ein.

„Damit ruiniert er seine gesamte Karriere", erinnerte ihn Sam. „Das dürfen wir nicht zulassen." Sie bemerkte, dass Freddie und Jeannie besorgte Blicke wechselten, und wusste, was sie dachten. Tommys Genesung war eine fragile Sache. Er hatte sich für einen Weg entschieden, und sie respektierte das, aber wenn sie irgendetwas tun konnte, um ihn vor diesem massiven Rückschlag für seine Karriere zu bewahren, dann würde sie nicht zögern.

Ihr Handy klingelte, und das Wort auf dem Display ließ sie aufstöhnen. „Die Zentrale."

Was bedeutete, dass es in der Hauptstadt einen Mord gegeben hatte, für den sie ab sofort zuständig war.

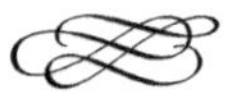

# KAPITEL 2

„Holland.“

„Lieutenant, wir haben eine Meldung von einem Leichenfund in einer Garage am MacArthur Boulevard in Kent erhalten.“

Sam zog den Kopf ein, um aus dem Fenster zu sehen und festzustellen, wo sie waren. Greenbelt, Maryland. „Ich bin in etwa einer Viertelstunde wieder in der Stadt. Die Streifenbeamten sollen den Tatort absichern, bis mein Team eintrifft. Niemand darf rein oder raus.“

„Jawohl, Ma'am.“

„Richten Sie aus, dass ich in etwa einer Stunde da bin.“

„Wird gemacht.“

Sam klappte ihr Handy zu und setzte die anderen ins Bild. „Der Tatort muss natürlich am ganz anderen Ende der Stadt liegen.“

„Ja, Mordermittlungen sind kein Wunschkonzert“, meinte Nick. „Zumindest sagst du das immer.“

„Korrekt. Das bedeutet, du bist für das Abendessen, das Baden und das Zubettbringen zuständig.“

„Kein Problem, das schaffe ich.“

„Ich weiß.“

Er legte den Arm um sie, und Sam genoss die Zeit mit ihm, solange es noch ging, war aber enttäuscht, dass sie den Abend nicht mit den Kindern würde verbringen können. Seit Aubrey und Alden in ihr Leben getreten waren, empfand Sam noch viel mehr Hochachtung für berufstätige Mütter und die Herausforderungen, mit denen sie tagtäglich konfrontiert wurden. Es war trotz der unglaublichen Hilfe von Shelby anstrengend, und das vor allem, seit die Zwillinge Teil ihrer Familie waren. Als Scotty zum neuen Familienmitglied geworden war, war er ein ganzes Stück älter als die beiden Kleinen gewesen, die demnächst ihren sechsten Geburtstag feiern würden, und damit war er von Anfang an deutlich selbstständiger gewesen.

Die Fahrzeugkolonne erreichte die Ninth Street und blieb vor dem Doppelhaus stehen, in dem Sam und Nick wohnten.

„Danke für die Mitfahrgelegenheit", sagte Freddie, küsste seine Frau und schickte sie mit seinem Auto nach Hause, während sich Jeannie von Michael verabschiedete.

„Lasst mich eben schnell mein Zeug holen", bat Sam. „Ich bin gleich wieder da."

Nick folgte ihr die Rampe hinauf, die er für ihren unterdessen verstorbenen Vater hatte errichten lassen, damit dieser sie in seinem Rollstuhl hatte besuchen können. Irgendwann mussten sie sich mal darum kümmern, die Rampen an ihrem Haus und an seinem, das ein kurzes Stück die Straße runter lag, zu entfernen. Aber nicht heute.

Ein neuer Mitarbeiter des Secret Service hatte Türdienst und ließ sie ein.

„Guten Abend, Mr Vice President, Mrs Cappuano."

„'n Abend, Henry", erwiderte Nick.

Natürlich kannte er den Namen des Mannes. So etwas merkte er sich immer.

Sam schnappte sich ihre Schlüssel vom Haken in der Küche, wo sie sie stets hinhängte, lief nach oben ins Schlafzimmer, um ihre Handschellen, ihre Waffe und ihr Notizbuch aus der Nachttischschublade zu holen, und kehrte in die Küche zurück, um sich von Nick zu verabschieden. „Tracy hat versprochen, die Kinder bis sechs Uhr nach Hause zu bringen, und es sind noch Pizzareste von gestern Abend da, falls du keine Lust hast, was zu kochen."

„Uns fällt schon was ein, damit wir nicht verhungern."

Sam hätte ihm lieber mit den Kindern geholfen, doch die Pflicht rief. „Wir sehen uns nachher."

Er legte die Arme um sie und küsste sie. „Pass gut auf meine Lieblingspolizistin auf. Sie bedeutet mir alles."

„Pass du gut auf meine Familie auf. Sie bedeutet *mir* alles."

„Keine Sorge, Babe. Ich hab alles im Griff."

„Ich versuche, mich telefonisch zu melden, bevor die Kleinen ins Bett müssen."

„Ich verspreche es ihnen aber mal noch nicht, falls du es nicht schaffst. Wir kommen auch so klar."

Sam musste sich zwingen, ihn loszulassen. „Ich liebe dich."

„Ich dich auch."

Henry öffnete die Tür und nickte ihr zu. Wahrscheinlich fragte er sich, für wen sie sich eigentlich hielt, dass sie ohne Personenschutz herumlief.

Sie ging die Rampe hinunter auf den Bürgersteig, wo Freddie und Jeannie auf sie warteten.

„Alle Mann an Bord", sagte Sam.

Sie stiegen in den aufgemotzten schwarzen BMW, den Nick als Überraschung für sie hatte umbauen lassen. Sam behauptete häufig im Scherz, in diesem Auto könne sie eine Atomexplosion überleben, doch das war nicht so weit von der Wahrheit entfernt. Sie benutzte ihr Blaulicht, um so schnell wie möglich durch die Stadt zu kommen, aber der Verkehr am Sonntagabend war ohnehin nicht besonders dicht.

Als sie noch etwa fünf Minuten vom Tatort entfernt waren, nahm Sam einen Anruf von Captain Malone entgegen. „Was gibt's?"

„Ich habe gehört, wir haben einen neuen Fall, und wollte mich nur mal melden."

„Noch bin ich mir nicht ganz sicher, was uns erwartet. Ich habe Cruz und McBride bei mir, und wir sind fast da. Wir waren gerade auf dem Rückweg von einem Besuch bei Gonzo."

„Lassen Sie mich wissen, was Sie haben, wenn Sie können."

„Mach ich, Cap. Können wir morgen über Gonzo sprechen?"

„Was ist mit ihm?"

„Er hat vor, sich wegen Drogenkaufs zum Eigenbedarf schuldig zu bekennen."

„Ich habe davon gehört."

„Und Sie sind damit einverstanden?" Sam musste sich ins Gedächtnis rufen, dass es nicht die beste Idee war, mit ihrem Vorgesetzten aneinanderzugeraten.

„Ich bin nicht begeistert davon, aber es löst das Problem und ermöglicht es ihm, seinen Job zu behalten."

„Ohne jede Chance, je wieder befördert zu werden. Das ist völliger Blödsinn, das müssen Sie doch auch wissen."

„Natürlich weiß ich das, allerdings weiß ich auch, dass es in der Abteilung Leute gibt, die das nicht auf sich beruhen lassen werden, und es ist besser für ihn, wenn er sich schuldig bekennt, als dass das Ganze zu einer noch größeren Sache wird. Besonders jetzt, wo er zwar clean ist, aber keineswegs vor einem Rückfall gefeit. Ich habe mit ihm geredet. Er will es so.“

„Es ist verdammt ärgerlich, dass er sich wegen Leuten, die es eigentlich auf mich abgesehen haben, solchen Mist gefallen lassen muss. Die ganze Angelegenheit hat nicht mal was mit ihm zu tun.“

„Er hat sich auf der Straße illegal Schmerzmittel besorgt, Sam. Nicht Sie.“

„Sie wissen so gut wie ich, dass der einzige Grund, warum er das durchmachen muss, Ramseys Streit mit mir ist.“

„Vielleicht wäre es auch ohne Ramsey ans Licht gekommen.“

„Außerdem versucht jemand, mein Team anzuschwärzen.“ Sam war sich nicht sicher, wie sie mit der Wut umgehen sollte, die sie empfand, weil diese Drogensache Gonzos Karriere ausbremste.

„Tut mir leid. Das ist unschön, das finde ich auch. Doch so ist es nun mal. Wo ich Sie gerade am Telefon habe: Vergessen Sie nicht die Besprechung des Leitungsteams morgen früh um acht.“

„Ich werde da sein.“ Sie trafen sich mit Special Agent in Charge Avery Hill und anderen FBI-Leuten, um die bevorstehende Untersuchung der Polizeibehörde durchzusprechen. „In letzter Zeit habe ich wirklich ununterbrochen Spaß.“

„Wir geben uns die größte Mühe. Melden Sie sich, wenn Sie am Tatort fertig sind.“

„Mach ich.“ Sam klappte das Handy zu. Wenn es nicht jedes Mal so ein Stress gewesen wäre, ein neues zu besorgen, hätte sie gute Lust gehabt, das Ding aus dem Fenster zu schleudern.

Freddies Handy-Navigationsapp wies ihnen zuverlässig den Weg zur richtigen Adresse, einem palastartigen Gebäude, vor dem mehrere Einsatzfahrzeuge parkten und um das sich einige Schaulustige eingefunden hatten. Warum gafften Nachbarn eigentlich immer? Sam hätte sich gerne erkundigt, weshalb die Leute alle so neugierig waren, wenn es um Mord ging.

„Die Streifenbeamten sollen sich um die Zaungäste kümmern. Sie hier wegschaffen.“

Als sie ausstieg und um die Fahrzeuge herumlief, die die Einfahrt blockierten, hörte sie einen der Schaulustigen rufen: „Das ist die Frau des Vizepräsidenten!“

„Keine Fotos“, herrschte sie den Mann an, als der nach seinem

Handy griff. Sam machte sich häufig Sorgen, sie könnte etwas sagen oder tun, das Nick als Vizepräsident schaden könnte, aber manchmal war es ihr auch einfach egal. Sie war so genervt von der Situation mit Gonzo, dass man sie vermutlich besser gar nicht aus dem Haus gelassen hätte. Doch leider wartete Mord nicht, bis sie in der richtigen Stimmung war.

„Was haben wir?", fragte sie eine uniformierte Polizistin, die ihnen am Flatterband entgegenkam. Auf ihrem Namensschild stand „Phillips".

„Virginia ‚Ginny' McLeod, sechsundfünfzig, in der Garage aufgefunden von ihrem Mann Kenneth, als dieser vom Golf-spielen nach Hause kam."

„Wo ist er?"

„Mit meinem Partner in der Küche. Ich habe ihn angewiesen, nichts anzufassen und am Küchentisch sitzen zu bleiben, bis Sie da sind."

„Hervorragend. Zeigen Sie mir das Opfer."

„Sam", rief Freddie.

„Ich bin gleich da", entschuldigte sie sich bei der Beamtin und trat zu ihrem Partner.

„Virginia McLeod ist der Name der Frau, über die wir vorhin gesprochen haben, die, die ihre Freunde abgezockt hat", infor-mierte Freddie sie.

Während Sam das verarbeitete, bedeutete sie der Beamtin vorauszugehen. Gefolgt von Freddie und Jeannie schritt Sam die Einfahrt hoch und dachte darüber nach, was sie zuvor über diese Frau gehört hatte. Wie viele Leute hatten ihr wohl den Tod gewünscht, nachdem sie ihre eigene Familie und ihre Freunde betrogen hatte? Zehn? Hundert?

Sie würde es bald herausfinden.

Sam und die anderen umrundeten eine blaue Mercedes-Limousine mit Washingtoner Kennzeichen, die in der Einfahrt stand.

In der Garage stießen sie auf ein Bild des Schreckens – das Blut war über den Boden, die Wände, die Decke und die silberne Limousine, die hier parkte, gespritzt. Das Opfer lag in einer riesigen Blutlache neben der Tür zum Haus auf dem Boden. Der unverwechselbare Geruch des Todes hing in der Luft.

„Haben wir die Mordwaffe?", fragte Sam die Beamtin, die es vermied, das Opfer anzuschauen. Einmal reichte ihr wahrscheinlich.

„Bei einer ersten, oberflächlichen Suche haben wir keine gefunden."

Was auch immer es gewesen war, war, den Verletzungen in ihrem Gesicht und an ihrem Hals nach zu urteilen, scharf und tödlich. „Wo bleibt die Spurensicherung?"

„Ist unterwegs", antwortete die Beamtin. „Genau wie die Gerichtsmedizin."

„Gut gemacht, Officer Phillips. Warten Sie draußen auf sie, wir reden mal mit dem Ehemann."

Die junge Polizistin verließ eilig die Garage, wahrscheinlich erleichtert, von der Leiche wegzukommen.

„McBride, such mal in der Garage und auf dem Grundstück nach der Waffe."

„In Ordnung", sagte Jeannie.

Sam und Freddie betraten das Haus durch eine Tür, die die Garage mit der Küche verband. Ein silberhaariger Mann saß mit einem jungen Streifenbeamten zusammen, der aufsprang, als er Sam sah. Sie las das Namensschild an seiner Uniform: „Jestings".

„Lieutenant, das ist Kenneth McLeod. Mr McLeod, das ist Lieutenant Holland."

„Ich weiß, wer sie ist. Das weiß doch jeder."

*Na dann*, dachte Sam. „Danke, Officer Jestings. Sie können draußen warten."

Der Beamte ging und ließ Sam und Freddie mit dem charmanten Gatten allein.

„Wenn Ihre erste Frage lautet, ob ich sie umgebracht habe: nein, auch wenn ich dafür gute Gründe gehabt hätte. Ich bin sicher, Sie wissen alles darüber, was sie getan hat, wie sie ihre Familie und ihre Freunde über den Tisch gezogen hat."

„Wann haben Sie das herausgefunden?", hakte Sam ein, während sie und Freddie Platz nahmen.

„Zusammen mit allen anderen, letzte Woche, als man vor Gericht Anklage gegen sie erhoben hat."

„Davor hatten Sie keinen Schimmer?"

„Nein."

„Es muss Sie ziemlich geärgert haben, herauszufinden, dass sie Leute betrogen hatte, die Sie als Freunde bezeichnen."

„Geärgert", wiederholte er mit einem ironischen Lächeln, das ihn gemein wirken ließ. „So kann man das auch ausdrücken. Können Sie sich vorstellen, was das mit meinem Leben angestellt hat? Einige der Leute, die sie bestohlen hat, sind meine Mandanten."

„Was machen Sie denn beruflich?"

„Ich bin Anwalt."

„Was ist Ihr Spezialgebiet?"

„Immobilien."

„Wie viele Leute hat Ihre Frau reingelegt?"

„Hunderte."

Das hatte Sam befürchtet. Es ging nichts über einen Mord, für den zu viele Leute ein Motiv hatten. „Kennen Sie sie alle?"

„Nicht alle, aber viele."

„Vor welcher Summe reden wir?"

„Rund zwanzig Millionen."

„Ich kenne die Anklage gegen Ihre Frau nur bruchstückhaft. Erklären Sie mir, was sie wie getan hat." Sam wollte es aus seinem Mund hören.

„Sie ist – oder war – im Finanzsektor tätig. Meine Frau hat ihren Klienten Anlagemöglichkeiten offeriert."

„Was für Anlagemöglichkeiten?"

„Alles Mögliche, von Baufirmen über Reiseunternehmen bis hin zu Technik. Sie hatte überall die Finger drin. Das Projekt, mit dem sie Probleme bekommen hat, war eine Immobilienfirma, die sie gegründet hat und bei der es darum ging, heruntergewirtschaftete Gebäude zu sanieren. Sie hat entsprechende Immobilien identifiziert, Menschen dazu gebracht, in sie zu investieren, und ihnen dann nach Verkauf der Häuser eine Rückzahlung der Investitionen mit Gewinn versprochen."

„Nur gab es die meisten Immobilien, in die die Anleger investiert haben, gar nicht", ergänzte Freddie.

„Richtig", bestätigte McLeod mit grimmiger Miene.

„Was hat sie denn dann mit dem Geld gemacht?", fragte Sam.

„Keine Ahnung", antwortete McLeod. „Das ist eins der vielen Geheimnisse, die Ginny nun wohl mit ins Grab nehmen wird. Inzwischen glaube ich, dass sie spielsüchtig war, was einiges erklären würde."

„Wo waren Sie heute?"

„Den ganzen Nachmittag im Potomac Country Club. Ich habe mit drei guten Freunden achtzehn Löcher gespielt – drei der wenigen Freunde, die ich jetzt noch habe, weil sie nicht genug Kohle besessen haben, um in Ginnys Visier zu geraten."

„Wir brauchen deren Anschrift."

„Warum?", fragte er, offensichtlich erstaunt darüber, dass man seine Angaben überprüfen wollte.

„Weil Menschen uns ständig belügen."

„Aber ich lüge nicht! Ich war Golf spielen."

„Prima, dann macht es Ihnen ja sicher nichts aus, uns die Namen und Telefonnummern Ihrer Mitspieler zu nennen."

Er sank in sich zusammen und schien sich in das Unvermeidliche zu schicken, was gut war, denn wenn er sich nicht kooperativ gezeigt hätte, hätte sie das unnötig Zeit gekostet, und es gab wenig, was Sam mehr hasste als Zeitverschwendung.

Von seinem Handy schrieb er die Namen und Nummern der drei Männer ab. Sam reichte Freddie ihr Notizbuch, damit er sie anrufen konnte.

„Wann haben Sie Ihre Frau das letzte Mal gesehen?"

„Heute Morgen, bevor ich aus dem Haus gegangen bin."

„Haben Sie mit ihr geredet?"

„Ich habe sie nach der Anklageerhebung nach Hause gefahren und gefragt, was zum Teufel sie sich dabei gedacht hatte, Leute zu bestehlen, ganz zu schweigen von solchen, die wir kennen. Als sie mir keine zufriedenstellende Antwort geben konnte, habe ich ihr mitgeteilt, sie solle sich verdammt noch mal von mir fernhalten. Ich hatte vor, unverzüglich die Scheidung einzureichen, und wollte sie so schnell wie möglich aus dem Haus haben."

„Wusste sie von Ihren Plänen?"

„Nein, aber ich glaube kaum, dass sie in Anbetracht dessen, was ich über sie erfahren habe, überrascht gewesen wäre. Schließlich wollte ich nicht ihre Opfer entschädigen müssen." Während er das sagte, schien ihm klar zu werden, dass er das jetzt, da sie tot war, vielleicht doch würde tun müssen. „Ich habe sie nicht ermordet, mir fallen allerdings Hunderte von Leuten ein, die Grund dazu hatten. Ein Paar, mit dem wir sehr eng befreundet waren, Dan und Toni Alino – seine Eltern haben beide Alzheimer, und sie hat sie dazu gebracht, in ihr Projekt zu investieren, mit Geld, von dem sie wusste, dass sie es für die Pflege seiner Eltern brauchten. Sie hat Geld von ihrer eigenen Cousine und von meinem Bruder genommen. Was für ein Mensch tut so etwas?"

„Ich weiß es nicht", erwiderte Sam. „Hat sich irgendjemand nach der Anklageerhebung besonders lautstark gegen sie geäußert?"

„Ihr Handy hat tagelang ununterbrochen geklingelt. Sie hat die Anrufe ignoriert. Menschen haben mich angerufen und mir SMS geschickt, doch ich habe nicht gewusst, was ich ihnen sagen sollte, außer dass ich von den Enthüllungen ebenso geschockt war wie sie. Ich bin sicher, dass sie mir nicht geglaubt haben, aber ich hatte wirklich keine Ahnung. Als ich vom Umfang der Anklage gehört habe, war ich entsetzt. Wenn ich das gewusst hätte …" Niedergeschlagen betrachtete er sie. „Ich hätte versucht, sie aufzuhalten. Immerhin bin ich Anwalt, ein Vertreter der Justiz. Ich hätte gar nicht anders gekonnt."

„Erzählen Sie mir Schritt für Schritt, was passiert ist, als Sie sie gefunden haben."

„Ich bin vom Club nach Hause gekommen, habe die Garagentür geöffnet und überall Blut gesehen, dann habe ich sie entdeckt. Ginny. Ich … ich habe ihre Laufschuhe erkannt. Ich habe sofort den Notruf gewählt und draußen auf die Polizei gewartet."

„Sie haben sie nicht angefasst und waren nicht in ihrer unmittelbaren Nähe?"

„Nein. Mir war sofort klar, dass ich nichts mehr für sie tun konnte."

„Ist ihr Handy hier irgendwo?"

Er nickte in Richtung des Küchentresens. „Da."

„Dürfen wir es als Beweisstück mitnehmen?", fragte Sam.

„Natürlich."

Sam zog einen Asservatenbeutel aus der Manteltasche und reichte ihn Freddie.

„Können Sie heute woanders übernachten? Die Spurensicherung wird den Tatort untersuchen und wahrscheinlich mindestens bis morgen hier zugange sein."

„Ich, äh, ich kann zu meinem Bruder. Glaube ich. Darf ich ihm eine SMS schreiben?"

„Ja, machen Sie nur."

Sam blieb bei ihm, während er die SMS tippte.

„Darf ich ihm schreiben, was mit Ginny passiert ist?"

„Ja."

Er tippte ein paar Sätze in sein Smartphone und wartete dann auf die Reaktion seines Bruders. „Er schreibt, ich könne rüberkommen."

„Wir lassen Sie von einem Streifenwagen hinbringen."

„Kann ich nicht selbst fahren?"

„Alles hier gilt als mögliches Beweismittel, bis die Spurensicherung fertig ist. Wo wohnt Ihr Bruder?"

„Chevy Chase."

„Detective Cruz, kümmern Sie sich bitte darum, dass ein Streifenwagen Mr McLeod dorthin bringt."

Freddie nickte und verließ die Küche.

„Werden Sie bei der Suche nach dem Mörder meiner Frau mein Leben zerstören? Ich schaue viele Krimis. Der Ehemann ist immer der Hauptverdächtige."

„Nicht immer, und wir müssen Ihr Leben nur zerstören, wenn Sie uns belügen."

„Ich habe Ihnen die reine Wahrheit erzählt."

„Dann sollten wir kein Problem haben."

# KAPITEL 3

Nachdem Sam Mr McLeod einen Streifenwagen besorgt hatte, der ihn zu seinem Bruder bringen würde, wartete sie bei der Leiche auf die Gerichtsmedizinerin, während Jeannie und Freddie sich in der Nachbarschaft umhörten. Bei einer Grundstücksbegehung hatte Jeannie keine mögliche Mordwaffe gefunden, aber die Spurensicherung würde das Haus, den Garten und die Umgebung noch gründlicher absuchen.

Dr. Lindsey McNamara, die leitende Gerichtsmedizinerin, traf kurz danach mit ihrem Team ein. Sie war siebenunddreißig Jahre alt, hatte ihr langes rotes Haar jedoch zum Pferdeschwanz gebunden und wirkte deshalb deutlich jünger. „Tut mir leid, ich war mit Terry draußen auf der Farm, als ich angerufen wurde." Die Familie ihres Verlobten Terry O'Connor lebte in Leesburg, Virginia. „Ich bin so schnell wie möglich hergefahren."

„Alles gut. Wir waren gerade auf dem Rückweg von Baltimore, als uns der Anruf erreicht hat."

„Wie geht es Gonzo?"

„Er hat wirklich einen guten Eindruck gemacht."

Gemeinsam betraten sie die Garage.

„Hat er gesagt, wann er rauskommt?"

„Vermutlich nächste Woche, und dann arbeitet er erst mal nur in Teilzeit."

„Ich bin für ihn und euch alle froh, dass er bald wieder da ist."

„Wir freuen uns auch." Da gerade niemand in ihrer Nähe stand, informierte Sam Lindsey über Gonzos Absicht, den

Drogenkauf zum Eigenbedarf zuzugeben. „Wenn du mich fragst, ist das eine total beschissene Idee."

„Sehe ich genauso." Nachdem Lindsey Handschuhe angezogen hatte, ging sie in die Hocke, um die blutige Wunde an Ginnys Hals genauer zu betrachten. Lindsey schob die Haare der Frau beiseite. „Wirkt ganz so, als sei die Tatwaffe ein scharfer Gegenstand gewesen, aber die Wundränder sind nicht definiert genug, dass es sich um ein Messer gehandelt haben könnte. Wenn ich sie gereinigt habe, weiß ich mehr."

„Ich brauche so schnell wie möglich einen Todeszeitpunkt. An Motiven herrscht bei diesem Fall kein Mangel. Offenbar hat sie zahlreiche Menschen um Millionen von Dollar betrogen."

„Das habe ich heute Morgen im *Star* gelesen. Terry und ich haben noch darüber gesprochen. Wie kann man nur seine eigene Familie und seine Freunde derart über den Tisch ziehen?"

„Das haben wir uns auf dem Rückweg von Baltimore auch gefragt. Ich schätze, wir müssen den Staatsanwalt, der für die Betrugsanklage zuständig ist, informieren, dass *sein* Fall gerade *mein* Fall geworden ist." Darum konnte sich jemand aus dem Team kümmern.

„Wahrscheinlich." Lindsey machte ein paar Fotos und bedeutete dann einem ihrer Assistenten, die Bahre für den Transport in die Gerichtsmedizin zu holen. „Ich kümmere mich gleich darum, morgen früh hast du meinen Bericht."

„Danke, Doc."

Sam traf sich auf der Straße mit Freddie und Jeannie. „Irgendwas Neues?"

„Natürlich hat niemand etwas beobachtet", berichtete Freddie, „allerdings haben alle von der Betrugsanklage gegen Ginny gehört."

„Hmm, nun ja, ich schätze, diese Nachricht hat hier wie eine Bombe eingeschlagen."

„Ein Haus haben wir noch." Er deutete auf das letzte am Wendehammer.

„Dann los", sagte Sam.

Sie klopften an die erste Tür, und ein älterer Mann mit dichtem weißen Haar und Brille öffnete. Er schien überrascht, drei Polizisten auf seiner Türschwelle zu sehen. „Was kann ich für Sie tun?"

„Wir untersuchen den Mord an Virginia McLeod", begann Sam.

„Sie ist ermordet worden? Tja, das ist angesichts dessen, was sie getrieben hat, nicht überraschend."

„Hatten Sie ebenfalls bei ihr investiert?", fragte Sam.

„Nein. Aber sie hat uns alle darauf angesprochen." Mit großer Geste deutete er auf das gesamte Viertel. „Ich kenne jedoch niemanden aus der Nachbarschaft, der darauf reingefallen ist. Zumindest haben die Betroffenen es nicht an die große Glocke gehängt."

„Weswegen waren Sie nicht interessiert?"

„Ihr Angebot hat mich nicht überzeugt."

„Warum?"

„Viele hochfliegende Pläne, wenig Details."

„Kennen Sie jemanden, der wütend genug gewesen sein könnte, um sie umzubringen?"

„Nach dem, was ich heute in der Zeitung gelesen habe, ist das eine sehr lange Liste."

Sam konnte es kaum erwarten, sie abzuarbeiten … „Haben Sie heute jemanden in der Nähe des Hauses der McLeods gesehen?"

„Ich war den Großteil des Tages unterwegs und bin gerade erst heimgekommen. Mit anderen Worten: nein."

„Haben Sie eine Überwachungskamera?" Seine Haustür war die einzige, von der man einen ungehinderten Blick auf das Haus der McLeods hatte.

„Nein."

Wäre ja auch zu einfach gewesen. Sam reichte ihm ihre Visitenkarte. „Rufen Sie mich an, wenn Ihnen noch etwas einfällt."

Er las die Karte. „Sie sind die Frau des Vizepräsidenten, richtig?"

Sam hasste es, wenn Menschen das Gefühl hatten, etwas so Offensichtliches aussprechen zu müssen. „Ja."

„Ich hoffe, er lässt sich nicht als Präsidentschaftskandidat aufstellen."

Sie wollte nicht nachfragen. Ehrlich. „Warum?"

„Ich fürchte, er hat nicht die erforderliche Erfahrung für das Amt."

„Das gebe ich ihm gerne so weiter."

Der Mann musterte sie neugierig. „Wird er denn kandidieren?"

„Ich frage ihn und sage Ihnen Bescheid." An ihr Team gewandt erklärte sie: „Auf geht's."

„Kein Wunder, dass du Menschen nicht ausstehen kannst",

meinte Jeannie, nachdem sie die Straße überquert hatten und weit genug weg waren, dass der Mann sie nicht mehr hören konnte, auch wenn er noch in der Tür stand.

„Ach, nicht wichtig. Glaubt er wirklich, seine Meinung würde mich interessieren? Oder Nick?"

Freddie zuckte die Achseln. „Wer weiß? Manche Leute sind seltsam."

„Das sage ich dir ja auch jeden Tag." Sam bemerkte, dass Ginny McLeods Leiche abtransportiert worden war und die Spurensicherer mit ihrer Arbeit begonnen hatten. Sie würden jeden Zentimeter des erweiterten Tatorts nach Hinweisen absuchen. Sam nahm sich einen Moment, um mit deren Chef Lieutenant Haggerty zu sprechen. „Uns fehlt bisher die Mordwaffe, etwas Scharfes, Tödliches, allerdings vermutlich kein Messer."

„Alles klar. Wir werden speziell danach Ausschau halten."

„Gut, ich melde mich morgen früh wieder bei Ihnen, aber rufen Sie mich an, wenn sich etwas ergibt."

Haggerty, der kein Mann großer Worte war, nickte und trat ein.

„Wie lautet der Plan, Lieutenant?", fragte Freddie.

„Lass uns für heute Schluss machen. Ich lese mal die Berichterstattung über den Prozess gegen sie und versuche herauszufinden, mit wem wir uns unterhalten müssen. Ich fahr euch noch heim." Nachdem sie die beiden anderen nach Hause gebracht hatte, lenkte sie den BMW in Richtung Ninth Street und ging dabei im Kopf das durch, was sie in der letzten Stunde über das Opfer erfahren hatte. Eine ausführliche Recherche zur Medienberichterstattung über Ginnys Betrugsfall wäre unerlässlich, um die nächsten Schritte zu planen.

An einer Ampel öffnete sie ihr neues kirschrotes Klapphandy und rief rasch Malone an, um ihm vom aktuellen Stand zu berichten. „Würden Sie höflichkeitshalber den Staatsanwalt, der den Betrugsfall betreut, informieren lassen?"

„Ich kümmere mich darum", sagte Malone.

Wieder etwas, das sie abhaken konnte. „Toll, danke. Wir sehen uns morgen früh." Dann wählte sie Nicks Nummer.

„Spricht da meine wunderbare Ehefrau?"

„Nein, deine Geliebte."

„Denk daran: Meine Frau darf niemals von uns erfahren. Sie ist böse und möglicherweise ein bisschen gewalttätig."

„Ich habe gehört, sie hat auch ein verdammt großes Steakmesser."

„Das stimmt. Wie läuft's?"

„Ich bin auf dem Heimweg. Ich habe dich angerufen, damit du deine Geliebte wegschicken kannst, bevor ich eintreffe, aber irgendwie ist das voll schiefgelaufen."

Sein tiefes Lachen gehörte zu ihren liebsten Klängen auf der Welt. „Danke für die Vorwarnung, Babe. Ich schicke sie fort, ehe du kommst."

„Guter Plan. Mein Opfer ist die Frau, die ihre Freunde über den Tisch gezogen hat."

„Echt? Wo willst du denn da anfangen zu ermitteln?"

„Ich schätze, bei den geprellten Freunden. Übrigens findet einer ihrer Nachbarn, du solltest nicht für das Präsidentenamt kandidieren, weil du, ich zitiere, nicht über die ‚erforderliche Erfahrung' verfügst."

„Tja, das war's dann. Ich bin raus."

Sam lachte. „Dachte ich mir, dass dir das gefällt."

„Ich hätte gern dein Gesicht gesehen, als er das gesagt hat."

„Er hätte sich beinahe eine eingefangen, aber ich versuche mich im Augenblick zusammenzureißen." Nachdem Sam wegen ihres Vorgehens gegen Ramsey beinahe vor Gericht gelandet wäre, dachte sie seit Neuestem immer erst noch einmal kurz nach, ehe sie sich zu etwas hinreißen ließ.

„Wann ungefähr bist du da?"

„In etwa zehn Minuten. Gibt es was zu essen?"

„Ja. Ich habe Burger gegrillt und dir einen aufgehoben."

„Du bist ein Engel."

„Ich bin in der Lage, mich und unsere Kinder zu ernähren, auch wenn ich als Präsident nicht ausreichend Erfahrung habe."

„So, jetzt bin ich fast am Kontrollpunkt. Bis gleich."

„Ich kann's kaum erwarten."

Sam beendete das Telefonat lächelnd, wie immer, wenn sie mit ihm gesprochen hatte. Er war so lustig und witzig – einfach alles, was sie brauchte. „Außerdem ist er überaus gut bestückt", verkündete sie und musste lachen. Vielleicht war es seltsam, über sich selbst zu lachen oder mit ihrem Ehemann zu flirten, nachdem sie eben noch am Tatort neben einem Mordopfer gestanden hatte, doch nur so gelang es ihr, in einem irren Job bei Verstand zu bleiben.

Nachdem der Secret Service sie am Kontrollpunkt vorbeigewinkt hatte, stellte sie ihr Auto auf den ihr zugewiesenen Parkplatz in der Ninth Street, schloss es ab und ging zur Haustür, dankbar, dass sie es rechtzeitig geschafft hatte, um dabei helfen zu können, die Zwillinge ins Bett zu bringen.

Henry öffnete ihr. „Guten Abend, Mrs Cappuano."

„Guten Abend, Henry."

Sie traf auf das übliche Chaos nach dem Essen: Die Zwillinge rauften mit Scotty und Nick, die beide sorgfältig darauf achteten, dass sich niemand wehtat.

Scotty hatte die beiden Kleinen gepackt, und sie versuchten, sich zu befreien, und schrien dabei aus Leibeskräften, während sie gleichzeitig genauso laut lachten. „Gebt ihr auf?"

„Niemals!", rief Aubrey.

„Genau richtig, mein Schatz", sagte Sam. „Niemals aufgeben."

Scotty packte die sich windenden Zwillinge fester und grinste Sam an. „Denkt hier irgendwer eigentlich auch mal an den großen Bruder?"

„Nein", antwortete Sam.

„Ha! Gut zu wissen."

„Noch zwei Minuten, ihr Süßen, dann ist Schlafenszeit."

„Wenn wir sofort gehen, lese ich heute zwei Geschichten vor", bot Scotty an.

„Au ja", rief Alden.

Scotty ließ sie los, und die beiden taten so, als wollten sie aufstehen, warfen sich dann aber wieder auf ihn, womit sie ihn völlig überrumpelten.

„Wir haben gewonnen!", verkündete Alden.

„Uff", sagte Scotty. „Stimmt, nur ist zwei gegen einen echt unfair. Haut besser ab, denn gleich gibt es Rache."

Kreischend rannten die beiden die Treppe hoch, dicht gefolgt von Scotty.

„Ein weiterer Abend im Paradies", meinte Sam zu Nick, der den Arm um sie legte und sie in die Küche führte, damit sie etwas essen konnte.

„Das ist die bestmögliche Beschreibung dafür", pflichtete er ihr bei. „Das absolute Paradies."

„Nichts macht mich glücklicher, als hier reinzukommen und zu sehen, wie du auf unsere drei Kinder aufpasst und offenbar jede Sekunde davon genießt."

„Ich genieße das tatsächlich." Er goss ihr ein Glas Wein ein und setzte sich zu ihr, während sie einen Burger mit Pommes aß und dabei in einem Beilagensalat herumstocherte.

Wie immer mochte sie den Burger und die Pommes viel lieber als das Grünzeug. „Das ist lecker. Danke fürs Kochen."

„Gern geschehen. Witzig, was du vorhin über den Typen und seine Meinung zur Frage meiner Kandidatur erzählt hast, denn ich habe jetzt nach Wochen eine Entscheidung getroffen."

Sam schaute ihn an und bemerkte, dass er außergewöhnlich ernst war. Üblicherweise war er, wenn er mit ihr allein war, deutlich entspannter. „Wird sie mir gefallen?"

„Ich glaube schon. Die Idee einer Kandidatur ist meinerseits vom Tisch."

Sie wäre am liebsten jubelnd aufgesprungen, zwang sich aber, zuerst an ihn zu denken. „Bist du sicher, dass du das willst?"

„Ich bin mir sicher, dass ich hier sein will, und das klappt nicht, wenn ich monatelang auf Wahlkampftour bin."

„Ist es okay, wenn ich ,Puh' sage?"

„Ja", lachte er. „Ist es."

„Möchtest du darüber reden?"

„Da gibt es nicht viel zu reden, außer dass es dabei letztlich um dich und die Kinder geht – und darum, dass ich nicht über ein Jahr lang von euch weg sein möchte, um mich um ein Amt zu bewerben, das ich nicht wirklich will. Du weißt, wie sehr ich mir immer eine Familie gewünscht habe. Jetzt habe ich sie, und das Letzte, was ich will, ist, etwas davon zu verpassen."

Sam legte eine Hand auf seine. „Ich glaube, du tust das Richtige, und zwar nicht nur, weil ich eine egoistische Kuh bin, die dich hier bei mir und den Kindern haben will. Es ist vor allem wegen der ständigen Beobachtung durch die Öffentlichkeit, der Anfeindungen und Schmähungen und der Hater. Der Gedanke, dass noch mehr davon auf dich und uns einprasseln könnte, weckt in mir ein mulmiges Gefühl, und ich weiß nicht, wie gut ich damit leben könnte."

„Auch das hat bei meiner Entscheidung eine Rolle gespielt. Wenn meine Schlaflosigkeit jetzt schon so schlimm ist, möchte ich mir gar nicht ausmalen, wie sie wäre, wenn ich das höchste Amt im Staate bekleiden würde."

„Sie wäre unerträglich. Hast du schon mit Graham darüber gesprochen?" Der frühere Senator Graham O'Connor war für Nick eine Vaterfigur und ein Mentor gewesen, seit er sich als Studienanfänger in Harvard mit Grahams inzwischen verstorbenem Sohn John angefreundet hatte. Graham und John hatten bei Nicks Karriere eine entscheidende Rolle gespielt, und niemand wollte Nick lieber als Präsident sehen als Graham.

„Nein, noch nicht. Er wird enttäuscht sein. Ich hasse es, Menschen zu enttäuschen, doch es fühlt sich im Moment am besten für unsere Familie an. Schon als wir die beiden Kleinen bei uns aufgenommen haben, hatte ich erste Zweifel an meiner Kandidatur. Jetzt weiß ich mit Sicherheit, dass es richtig ist, ganz für sie da zu sein."

„Es mag die Leute ärgern, trotzdem muss ich sagen, ich bin begeistert. Niemand gönnt dir Erfolg mehr als ich, aber es gibt so viele andere Dinge, die du tun kannst. Weißt du noch, dass du vorhattest, Jura zu studieren?"

„Als ob das mit drei Kindern am Hals eine Kleinigkeit wäre."

„Du könntest es schaffen. Du kannst alles schaffen, was du willst."

„Tatsächlich möchte ich vielleicht unterrichten."

„Wirklich? Das hast du bisher ja noch nie erwähnt."

„Ich denke zumindest darüber nach."

„College?"

„Highschool."

„Ehrlich? Ist das dein Ernst?"

„Möglicherweise. Schulbesuche mag ich sehr gerne, und ich glaube, da könnte ich etwas bewirken. Jugendliche für den öffentlichen Dienst begeistern. Zumindest denke ich das."

„Das könntest du ganz hervorragend."

„Meinst du wirklich?"

„Ja, verdammt!"

„Dann hätten wir allerdings deutlich weniger Geld als jetzt."

Sam zuckte die Achseln. „Wir haben, was wir brauchen."

„Ich müsste wahrscheinlich erst einmal ein Staatsexamen machen."

„Dann kannst du mit Scotty zusammen Hausaufgaben erledigen."

Er lachte. „Ich würde ihm bei Algebra helfen, wenn er dafür meine Referate schreibt."

„Ich wette, das Angebot wäre ganz nach seinem Geschmack."

„Hältst du das wirklich für eine gute Idee?"

„Ja, absolut. Du weißt doch selbst, wie es ist, jemandem wie Graham zu begegnen, der dir zu einem entscheidenden Zeitpunkt deines Lebens, als du die unterschiedlichsten Richtungen hättest einschlagen können, die Augen geöffnet hat, was deine Möglichkeiten betrifft. Du könntest für deine Schüler tun, was er für dich getan hat."

„Genau die Überlegung steht dahinter."

„Ich finde das wirklich toll, und ich glaube, du wärst auch begeistert."

Ein Signalton von Nicks Handy meldete eine SMS. „Von Scotty. Die Kleinen sind hundemüde. Wenn wir noch Gute Nacht sagen wollen, müssen wir uns beeilen."

„Dann los."

Sie gingen nach oben, um die Zwillinge zuzudecken, die aneinandergekuschelt in ihrem großen Doppelbett lagen. Irgendwann würden sie nicht mehr im selben Bett schlafen wollen. Doch bis dahin gestatteten ihnen Sam und Nick alles, was sie tröstete, nachdem sie ihre Eltern durch ein Gewaltverbrechen verloren hatten.

Sam küsste beide, dann tat Nick dasselbe. „Träumt süß", flüsterte sie auf dem Weg aus dem Zimmer. Auf dem Gang fragte sie Nick: „Leihst du mir deinen Laptop? Ich muss mal ein bisschen recherchieren, was man meinem Opfer genau vorgeworfen hat."

„Klar. Ich hole ihn dir."

Inzwischen klopfte sie an Scottys Tür.

„Herein."

Er hatte Hausaufgaben auf dem Bett ausgebreitet. „Du machst wieder mal alles auf den letzten Drücker, was?"

„Warum sollte ich mir denn das ganze Wochenende ruinieren?"

„Stimmt." Sie setzte sich auf seine Bettkante. „Das habe ich früher auch so gehalten. Immer alles auf den letzten Drücker. Es hat alle anderen in den Wahnsinn getrieben."

„Aber schau, was aus dir geworden ist. Zwei Abschlüsse und eine Dienstmarke."

„Stimmt, rückblickend begreife ich allerdings, dass ich es mir schwerer gemacht habe als nötig, indem ich das komplette Referat immer erst an dem Tag, bevor ich es halten musste, geschrieben habe, statt kontinuierlich in kleinen Abschnitten daran zu arbeiten."

„Das glaube ich dir zwar, nur schaffe ich das einfach nicht."

„Bei der nächsten größeren Aufgabe solltest du es mal versuchen. Wenn du zwei Wochen vor Abgabetermin jeden Tag eine halbe Stunde daran arbeitest, wirst du ja merken, wie sich das anfühlt."

„Die Geschäftsleitung wird es in Erwägung ziehen."

„Das ist mein Spruch, den darfst du nicht einfach so verwenden."

„Als du das das letzte Mal gesagt hast, haben wir über den Hund gesprochen, den diese Familie braucht. Wie ist denn da der Stand der Dinge?"

„Noch in Erwägung."

„Wie lange dauern solche Erwägungen denn gemeinhin?"

„Kommt aufs Thema an. Der Entschluss, ein weiteres Lebewesen aufzunehmen, das wir füttern und versorgen müssen, erfordert etwas mehr Zeit."

„Du hast fünfjährige Zwillinge aufgenommen, ohne auch nur fünf Minuten darüber nachzudenken."

Ein Schnauben hinter ihr verriet ihr, dass Nick ihnen zuhörte.

„Oder etwa nicht?", fragte ihn Scotty.

„Wo du recht hast, hast du recht."

„Wessen Idee war es eigentlich, ihn in die Schule zu schicken, damit er schlauer wird als wir?", erkundigte sich Sam über ihre Schulter hinweg bei Nick.

„Definitiv nicht meine", stellte Scotty fest. „Ich hätte viel lieber einen Privatlehrer. Das klingt gut."

„Kommt überhaupt nicht infrage", erklärte Sam.

„Aber der Hund schon, oder? Merkt ihr, was ich gerade gemacht habe? Der Hund wirkt im Vergleich zu einem Privatlehrer total nachvollziehbar. Übrigens hätte ich gerne Dad als Privatlehrer."

„Gute Wahl, und ein guter Versuch, cleverer zu sein als deine Eltern."

„Zurück zu dem Hund …"

„Wir denken noch darüber nach." Sam beugte sich vor und küsste ihn auf die Stirn. „Ich schwöre es."

„Dann denkt schneller. Ich werde auch nicht jünger."

Sam versuchte, sich ein Lachen zu verkneifen, was ihr nicht einmal ansatzweise gelang. „Du bist unmöglich, Scott Cappuano."

„Du weißt, dass ich nur Witze mache, oder?" Er schaute mit einem verletzlichen Gesichtsausdruck zu ihr hoch, der ihr Herz rührte. Selbst nach so langer Zeit hatte er immer noch Sorge, er könnte etwas Falsches sagen oder tun.

„Natürlich. Ich weiß außerdem, wie sehr du dir einen Hund

wünschst. Dad und ich denken darüber nach. Weiter ist dazu im Augenblick noch nichts entschieden."

„Mit Opas Tod und so war ja auch einiges los. Ich möchte nicht egoistisch rüberkommen."

„Hey, Kumpel ... Mach deiner Mutter mal Platz."

Er verdrehte die Augen, räumte jedoch einen Teil seiner Ausdrucke weg, sodass sie sich direkt neben ihn setzen und ihn fest in die Arme schließen konnte. „Du bist überhaupt nicht egoistisch, und der Hauptgrund, warum du noch keinen Hund hast, ist, dass wir uns am Riemen reißen müssen, um dir nicht jeden Wunsch sofort zu erfüllen, kaum dass du ihn geäußert hast. Wir geben uns bei deiner Erziehung richtig Mühe und wollen dich nicht zu einem total verzogenen Balg machen, indem wir keinerlei Widerstand leisten."

Sein prustendes Lachen klang gedämpft, weil sie ihn so eng an sich drückte. „Hast du das auf irgend so einer Website mit Erziehungstipps gelesen?"

Spielerisch boxte sie ihm in den Arm. „Wäre das so schlimm?"

„Du bist lustig. Ich verspreche, mich nicht zu einem verzogenen Balg zu entwickeln, wenn ich einen Hund kriege."

„Gut zu wissen, und es ist uns nicht entgangen, dass du wirklich keine überzogenen Wünsche hast, was dich zum besten Sohn der Welt macht."

„Kann ich eine seltsame Frage stellen?"

„Du kannst fragen, was immer du willst. Seltsam ist mein zweiter Vorname."

Wieder lachte Nick hinter ihrem Rücken.

„Was bedeutet es, wenn Menschen von dir wissen wollen, ob du nicht ‚eigene' Kinder haben willst?"

# KAPITEL 4

Sam hatte das Gefühl, eine Faust in die Magengrube bekommen zu haben. „Wo … wo hast du das denn gehört?"

„In der Schule. Jemand hat gesagt, man hätte dich gefragt, ob du nicht eigene Kinder willst, und ich hab nicht gewusst, was das bedeutet. Ich glaube, es bedeutet Babys, aber ich war mir nicht sicher."

Sam hätte am liebsten geweint und geschrien und hätte die unsensible Reporterin, die diese Frage unlängst bei einer kurzen Pressekonferenz aufgebracht hatte, gern kräftig durchgeschüttelt. „Es bedeutet, dass Menschen dumm sind."

„Das weiß ich schon", erwiderte Scotty mit dem frechen Grinsen, das sie so sehr liebte. Es ähnelte dem von Nick.

„Eine Reporterin hat mich gefragt, ob Dad und ich auch eigene Kinder haben wollen, und habe ihr gesagt, dass ich bereits drei eigene Kinder habe, die ich von ganzem Herzen liebe."

„Also meinte sie, dass nur Babys eigene Kinder sind?"

„Wer weiß?"

Er warf ihr den vernichtenden Blick zu, der eigentlich ihr Markenzeichen war. Offensichtlich bediente er sich aus ihrer beider Trickkiste. „Sie hat Babys gemeint, die du kriegen würdest, richtig?"

„Ich denke schon."

„Nur damit du es weißt", teilte Nick ihm mit, „ich habe mir die Chefin dieser Reporterin vorgeknöpft und sie wissen lassen, wie beleidigend wir diese Frage fanden. Du, Alden, Aubrey und Elijah seid unsere Familie, unsere Kinder, die einzigen, die wir brauchen, und wir lieben euch alle sehr. Das weißt du doch." Elijah, der in Princeton studierte, war der ältere Bruder der Zwillinge und ihr gesetzlicher Vormund, und Sam und Nick hatten ihm erklärt, dass er in ihnen eine Familie hatte, jetzt, da sein Vater und seine Stiefmutter tot waren.

„Ja, das weiß ich. Natürlich. Wir wissen das alle. Aber wenn du trotzdem noch dazu selbst Babys haben willst, wäre das cool."

„Das ist ein ziemlich kompliziertes Thema für uns. Hast du den Begriff ‚Unfruchtbarkeit' schon mal gehört?"

„Hast du darüber nicht damals diese Rede gehalten?"

„Ja, genau. Ich werde nur sehr schwer schwanger und hatte auch schon mehrere Fehlgeburten." Sam hoffte wirklich, dass sie ihm nicht mehr Informationen gab, als er haben wollte, doch es war ihr wichtig, ihm stets die Wahrheit zu sagen.

„Oh, du kannst also keine Kinder kriegen?"

„Richtig. Sonst hätte ich schon welche, es ist bisher einfach nicht passiert."

„Deshalb habt ihr mich also adoptiert."

„Nein! Wir haben dich adoptiert, weil wir dich sofort ins Herz geschlossen haben und dich in unserer Familie haben wollten. Das hat nichts damit zu tun, ob ich Kinder kriegen kann. Es ging dabei ausschließlich um dich."

„Deine Mutter hat recht", pflichtete ihr Nick bei. „Seit unserem Kennenlernen habe ich ständig an dich gedacht und wollte dich wiedersehen. Dich in unsere Familie aufzunehmen war das Beste, was wir je getan haben. *Du* hast uns erst zur Familie gemacht, Kumpel."

„Danke, das ist echt nett von dir."

„Das ist mein Ernst", betonte Nick. „Wir haben dich ganz doll lieb, Scotty. Schon von Anfang an."

„Das weiß ich doch."

„Manchmal behaupten Menschen total schreckliche Dinge", kam Sam auf seine Frage zurück. „Zu unterstellen, adoptierte Kinder seien nicht die eigenen, ist das Unsensibelste, was jemand zu einer Adoptivmutter sagen kann. Ich hätte sie am liebsten erstochen."

„Mit deinem rostigen Steakmesser?"

„Ja! Mit dem rostigsten Steakmesser der Welt."

Scotty lachte. „Ich wette, du warst stinksauer."

„Du kannst es dir gar nicht vorstellen."

„Wir waren *beide* sauer", stellte Nick richtig. „Als ich das gesehen habe, ist mir der Kragen geplatzt. Ihr Sender hat einen Anruf vom Vizepräsidenten erhalten, der sich gewaschen hatte."

„Das hat sie bestimmt sehr gefreut."

„Ich bin ziemlich sicher, es hat ihnen ganz schön den Tag versaut, aber das hatten sie auch verdient", erwiderte Nick. „Wir waren ja beileibe nicht die Einzigen, die sich darüber aufgeregt haben. Sowohl die *Post* als auch der *Star* haben Kommentare über das Thema Adoption und die notwendige Akzeptanz verschiedener Familienmodelle veröffentlicht."

„Ich finde unsere Familie ziemlich cool", erklärte Scotty. „Damit meine ich nicht nur uns und die Zwillinge, sondern auch Elijah, Shelby, Avery, Noah und meine Großeltern, Tanten, Onkel, Cousinen und Cousins, ganz zu schweigen von unseren Freunden wie Graham und Laine, die so was wie ein drittes Großelternpaar für mich sind. Und dann gibt es da ja noch meinen leiblichen Vater …" Seit Scotty ihn persönlich kennengelernt hatte, stand er mit ihm in Kontakt und traf sich regelmäßig mit ihm.

„Stimmt", bestätigte Sam. „Unsere Familie ist die coolste überhaupt. Ich sage dir jetzt etwas richtig Wichtiges. Bist du bereit?"

Scotty blickte zu Nick. „Ist es normal, dass man Angst hat, wenn sie so etwas fragt?"

„Vollkommen. Man weiß nie, was sie gleich vom Stapel lässt."

„Ich kann euch hören", warf Sam ein, die sich wie immer über die beiden amüsierte. „Bevor du Teil unserer Familie geworden bist, habe ich mir nichts sehnlicher gewünscht als ein Baby. Ich habe an nichts anderes gedacht. In dieser Hinsicht musste ich viele Enttäuschungen verkraften." Diese Aussage beschönigte viele Jahre der Unfruchtbarkeit, der Fehlgeburten und der Schmerzen, von denen ihr Sohn nichts wissen musste. „Aber seit du bei uns lebst und ich deine Mutter sein darf, tut mir das alles nicht mehr so weh wie früher. Ich bin immer noch traurig über die Tatsache, dass ich anscheinend einfach nicht kann, was anderen Frauen so leichtfällt, nur bricht es mir jetzt nicht mehr das Herz, und zwar deinetwegen." Sie legte ihm eine Hand an die Wange und sah ihm in die Augen. „Du hast mich zur Mutter gemacht, und du bist das eigenste und besteste Kind, das ich mir hätte wünschen können. Keinen anderen Jungen auf der ganzen Welt hätte ich lieber zum Sohn als dich."

Ein Lächeln zuckte um seine Lippen. „Das Wort ‚besteste' gibt es gar nicht."

„Ich habe es doch gerade gesagt, und du bist der Besteste.“

„Und du bist auch die Besteste. Danke, dass du mir all die ekligen Sachen über Babys erzählt hast.“

„Es liegt sicher nicht daran, dass wir es zu selten versuchen.“

„Sei still!“

Sam musste lachen, als sie sein zutiefst entsetztes Gesicht sah, und als sie ihn daraufhin erneut umarmte, ließ er es zu.

„Können wir noch über etwas anderes reden?“, fragte Nick und betrat das Zimmer.

Scotty musterte ihn argwöhnisch. „Über etwas Schlimmes?“

„Nein, gar nicht. Eigentlich habe ich eher gute Nachrichten. Ich habe beschlossen, nicht für das Präsidentenamt zu kandidieren.“

„Oh. Wirklich?“

„Ja.“

„Wieso?“

„Weil ich viel lieber hier bei dir, deiner Mutter und den Zwillingen sein möchte, als über ein Jahr lang auf Wahlkampftour zu gehen.“

Scotty dachte darüber nach. „Bist du dir sicher? Denn ich habe auf der Website von NPR gelesen, dass du die besten Chancen von allen Kandidaten hättest, wenn morgen die Wahl wäre.“

„Du liest NPR?“, fragte Nick erstaunt.

„Ich halte mich einfach gern auf dem Laufenden“, entgegnete Scotty entrüstet, was seine Eltern zum Lachen brachte. „Ich hätte es irgendwie cool gefunden, im Weißen Haus zu wohnen.“

„Ich denke, das ist eine dieser Sachen, die auf dem Papier gut klingen, aber wenn ich kandidieren und es irgendwie schaffen würde, zu gewinnen ...“

„Du würdest so was von gewinnen“, meinte Scotty.

„Danke für dein Vertrauen in mich, doch mir ist aufgefallen, dass du, sofern ich gewinne, während deiner Highschool-Zeit im Weißen Haus wohnen würdest, und das könnte sich für dich ein bisschen einschränkend anfühlen.“

„Hm, stimmt, das könnte nach einer Weile ziemlich ätzend werden.“

„Das fürchte ich auch. Unter anderem.“

„Mom würde es hassen.“

„Ja, das auch.“

„Das stimmt nicht!“, rief Sam. „Für dich wäre ich dazu bereit.“

„Aber du würdest es hassen“, antworteten Scotty und Nick im

Chor, dann lachten sie über ihren eigenen Witz und klatschten einander ab.

„Wenn ihr dann so weit seid …"

„Ich verstehe, was du sagen willst", kam Scotty zum Thema zurück, „doch ich möchte nicht der Grund für deinen Verzicht auf eine Kandidatur sein."

„Ich auch nicht", pflichtete ihm Sam bei.

„Ihr seid nicht *der* Grund, sondern Teilaspekte, die zu meiner Entscheidung beigetragen haben. Ich hab mir mein ganzes Leben lang immer eine Familie gewünscht, und jetzt, wo ich eine habe, will ich auf keinen Fall von euch getrennt sein, egal aus welchem Grund. Es ist schon schlimm genug, dass ich als Vizepräsident so viel reisen muss, aber der Wahlkampf wäre eine achtzehn Monate dauernde Tortur – erst für die Vorwahlen und dann für die Wahl selbst. Darauf habe ich einfach keine Lust. Ich will das Amt nicht so sehr, dass ich uns das antun möchte, ganz zu schweigen vom öffentlichen Interesse, von den Sicherheitsvorkehrungen, der Dauerbeobachtung und dem ständigen Medienrummel. Nein danke. Das Vizepräsidentenamt war mir schon mehr als genug."

„Solange du sie nicht meinetwegen triffst, trage ich deine Entscheidung mit", verkündete Scotty.

„Das weiß ich sehr zu schätzen", versicherte ihm Nick. „Tu mir einen Gefallen, und erwähne es erst mal niemandem gegenüber, bis ich mit Graham gesprochen habe."

„Ich sage kein Wort."

„Auch das weiß ich zu schätzen, Kumpel."

„Das war's für heute", mischte sich Sam ein. „Mach deine Hausaufgaben fertig, und geh ins Bett."

„Hast du den Spruch auch von dieser Website für Mütter?"

„Nein, den habe ich mir ganz allein ausgedacht." Sie küsste ihn auf den Scheitel. „Wenn dich jemand in der Schule wegen irgendetwas nervt, lass es mich wissen. Ich sorge dafür, dass der Täter festgenommen und in den Jugendknast gesteckt wird."

„Das darfst du gar nicht", sagte er verächtlich.

„Das wissen die ja aber nicht. Ich könnte sie ein bisschen ins Schwitzen bringen, und das würde ich sofort für dich tun."

Er verdrehte die Augen, was er sich ebenfalls bei ihr abgeschaut hatte. „Es ist vielleicht besser für uns alle, wenn ich mich um diesen Mittelstufenquatsch kümmere, während du Mörder jagst."

„Du bist ein kluger Junge, Scott Cappuano", lobte Nick. „Wir haben dich lieb."

„Ich euch auch. Und jetzt haut ab, damit ich diesen Hausaufgaben-Albtraum hinter mich bringen kann."

„Bleib nicht zu lange auf", bat Nick.

„Okay."

Sam erhob sich, um den Raum zu verlassen, und warf Nick einen beredten Blick zu, von dem sie wusste, dass er ihn verstehen würde. Dass sie mit Scotty ein Gespräch über „eigene" Kinder hatten führen müssen, machte sie unglaublich wütend.

„Hey, ihr zwei?"

Sam und Nick wandten sich ihm wieder zu.

„Ich bin auf ewig dankbar dafür, dass Dad damals nach Richmond gekommen ist und wir uns getroffen haben. Ich wollte nur, dass ihr das wisst."

„Das war einer der schönsten Tage meines Lebens", sagte Nick.

„Besser als deine Amtseinführung als Vizepräsident?"

„Tausendmal, eine Million Mal, eine Fantastilliarde Mal besser. Bis morgen."

Scotty grinste. „Gute Nacht."

Nick ließ Sam vorausgehen, schloss Scottys Tür und folgte ihr ins Schlafzimmer, wo sie zu ihm herumwirbelte.

„Ich würde diese Frau am liebsten umbringen."

„Tu das nicht, Babe. Denk an den ganzen Papierkram …"

„Ich werde sie anrufen und sie wissen lassen, wozu ihre dämliche, ignorante, beschissene Frage geführt hat."

Er grinste über ihre Wortwahl. „Das ist vielleicht gar keine schlechte Idee."

„Es ist die beste Idee, die ich je hatte. Vielleicht werde ich sogar hinfahren, es ihr persönlich erklären und ihr so richtig den Tag versüßen."

„Äh, na ja …"

„Sag nicht, ich darf mein Kind nicht beschützen, Nick. Bitte nicht."

„Das würde ich niemals sagen, aber normalerweise scheust du öffentliche Aufmerksamkeit von der Sorte, die eine solche Konfrontation unweigerlich zur Folge haben würde."

„In diesem Fall spielt das keine Rolle für mich." Sie schaute zu ihm auf. „Es sei denn, es verursacht dir Sodbrennen."

„Das ist mir so was von egal."

„Vielleicht", meinte Sam und schenkte ihm ihr diabolischstes Lächeln, „sollten wir zusammen gehen."

„Eine Verabredung mit meiner schönen Frau mitten an einem Arbeitstag? Ich bin dabei."

„Nur du würdest unseren kleinen Ausflug als Verabredung betrachten."

Er trat zu ihr, legte ihr die Hände auf die Hüften und küsste sie. „Jeder Augenblick, den ich mit dir verbringen darf, ist das beste Date, das ich je hatte."

„Ich bin so sauer."

„Ja, ich auch, Babe."

„Tun wir etwas dagegen."

„Ich bin dabei."

„Schon allein bei der Vorstellung werde ich ganz aufgeregt."

„‚Aufgeregt' steht dir." Er küsste sie erneut. „Es war echt groß, wie du zu Scotty gesagt hast, dass es nicht daran liegt, dass wir es nicht häufig genug versuchen. Sein Gesichtsausdruck …"

Sam grinste breit. „Oder? Das fand ich auch ziemlich gut."

„Der arme Junge." Nick lachte. „Wenn wir mit ihm fertig sind, braucht er eine PTBS-Therapie."

„Ach was. Er ist unser Meisterwerk. Scotty wird uns so stolz machen. Das weiß ich jetzt schon."

„Vermutlich hast du recht. Trotz unseres Einflusses wird er uns stolz machen."

„Nein, *wegen* unseres Einflusses. Er findet uns eklig, mit dem Küssen und so, aber wir sind ihm ein Vorbild, was Liebe, Ehe und ein glückliches Zusammenleben betrifft."

„Das stimmt", antwortete Nick. „Ich kann es kaum erwarten, dass er sich verliebt, damit ich ihn gnadenlos aufziehen kann."

„Geht mir genauso."

„Bis dahin möchte ich mich jedoch zunächst auf mein eigenes Happy End konzentrieren."

Sam legte die Arme um ihn. „Ach ja?"

Er küsste sie auf den Hals, schien sie regelrecht einzuatmen. „Mhm."

„Was hattest du dir denn vorgestellt?" Sie musste unbedingt ins Internet, um mehr über das Leben ihres aktuellen Mordopfers und über die Betrugsmasche herauszufinden, die wahrscheinlich für Ginnys Ermordung verantwortlich gewesen war. Aber da ihr Mann gerade jetzt scharf auf sie und bereits stahlhart war und

von einem Happy End sprach, musste der Fall wohl oder übel
noch ein wenig warten.

„Bei dem, was mir vorschwebt, stören Klamotten bloß."

„Wie üblich."

„Nur wenn du in meinen Plänen eine Rolle spielst."

„Das erleichtert mich."

Sein leises Lachen vibrierte durch seinen Körper. Sie liebte es,
ihn zum Lachen oder Grinsen zu bringen, ihn glücklich zu
machen. Was auch immer dafür erforderlich war, sie war bereit,
es zu tun, selbst wenn das bedeutete, die Arbeit für eine Weile
warten zu lassen.

Es hatte eine Zeit gegeben, bevor er in ihr Leben getreten war,
da wäre es ihr nie in den Sinn gekommen, ihre Ermittlungen für
irgendetwas aufzuschieben. Jetzt tat sie das regelmäßig, denn sie
hatte gelernt, dass ihr nichts wichtiger war als er oder ihre Familie. Sie gab im Job alles – acht bis zehn Stunden am Tag selbst an
Wochenenden, Feiertagen und im Urlaub … Sie hatte gelernt,
dass sie sich auch mitten im größten Stress ab und zu ein, zwei
Minuten für sich selbst gönnen musste, um weiter die Kraft zu
haben, für Gerechtigkeit zu kämpfen.

Die Minuten, die sie mit Nick verbrachte, waren die schönsten
ihres Lebens.

Nackt mit ihm im Bett zu liegen gehörte zu ihren absoluten
Lieblingsbeschäftigungen, und nach dem langen, emotionsgela-
denen Tag mit Gonzo und dem neuen Fall, ganz zu schweigen
von dem Gespräch mit Scotty, spürte sie, wie alle Anspannung
aus ihr wich, als er die Arme um sie legte und sie im Bett dicht an
sich drückte.

„Das ist das Beste, was es gibt."

„Absolut."

Sehr lange kuschelten sie nur, berührten und küssten einander, was für sie mehr als genug war. Es war so entspannend, dass
sie beide nach einer Weile einschliefen, und weil er so selten
wirklich schlief, musste Sam sich eine Stunde später aus dem Bett
schleichen, um ihn nicht zu stören.

Er hatte seinen Laptop auf der Kommode abgestellt, und
nachdem sie sich ein ausrangiertes T-Shirt von Nick übergestreift
hatte, holte sie ihn sich und legte sich damit wieder ins Bett,
wobei sie sich vorsichtig bewegte und hoffte, Nick würde weiter-
schlafen.

Sie las ihre E-Mails, um zu sehen, ob es etwas von Lindsey

gab, was nicht der Fall war, doch sie fand dabei eine Nachricht von Detective Cameron Green vor.

*Hallo, Lieutenant, ich habe mir die Freiheit genommen, tiefer in den Fall gegen Virginia McLeod einzutauchen, und die Einzelheiten im Folgenden für Sie zusammengefasst. Ich habe auch eine SEHR lange Liste von Leuten gemacht, mit denen wir sprechen müssen. Hoffe, das hilft. Cam.*

„Vielen Dank, Cameron Green", flüsterte sie, während sie nach unten scrollte, um die Details des Betrugsschemas zu lesen, mit dem Ginny ihre Familie und ihre Freunde über den Tisch gezogen hatte.

Die Grundidee, hatte Cameron geschrieben, war, dass sie sie dazu verleitet hatte, in Immobilien zu investieren, wie zum Beispiel alte Lagerhäuser und heruntergekommene Wohnblöcke, die sie angeblich sanieren und gewinnbringend verkaufen wollte, wobei viele der Immobilien nicht einmal existierten. Sie hatte Fotos von Immobilien in verschiedenen Teilen des Landes genommen, um detaillierte Prospekte zu Umgestaltungsmöglichkeiten für die einzelnen Objekte zu erstellen, komplett mit Rentabilitätsprognosen für jede Entwicklung. In Zusammenarbeit mit einer ortsansässigen Maklerin hatte sie potenziellen Investoren Immobilien gezeigt, die denen ähnelten, die sie für die Sanierung im Sinn gehabt hatte. Das Geld war in Strömen geflossen, zweiundzwanzig Millionen Dollar von vierhundertachtzig hochkarätigen Investoren.

*Uff,* dachte Sam. Damit hatten sie vierhundertachtzig potenzielle Mörder.

Cameron schrieb, das System sei aufgeflogen, als einer der Investoren, ein Mann namens Brett Haverson, der Risse in der schönen Fassade entdeckt und einen befreundeten FBI-Agenten gebeten hatte, sich das einmal genauer anzusehen, der Bundespolizei dadurch einen Tipp gegeben hatte. Das hatte zu einer groß angelegten Untersuchung des FBI und des Finanzamtes geführt, die festgestellt hatten, dass Ginny das Geld hortete, ein Luxusleben führte, keine Steuern zahlte und keinerlei Renovierungsarbeiten in Auftrag gegeben hatte.

Sam antwortete Cam umgehend.

*Fantastische Arbeit! Danke, dass Sie sich so schnell eingearbeitet haben. Sie haben mir viel Zeit gespart. Fragen: Wie konnte sie glauben, damit durchzukommen?!? War ihr denn nicht klar, dass die Investoren irgendwann nach Sachstandsberichten über den Umbau der Immobilien fragen würden? Wie hat sie ihren neuen, extravaganten Lebensstil den Freunden und der Familie erklärt, mit deren Geld sie ihn bezahlt hat?*

Er schrieb ein paar Minuten später zurück.

*Ich habe mich das auch gefragt. Wenn man so etwas macht, gibt es klügere Wege, seine Freunde dazu zu bringen, in etwas weniger Greifbares zu investieren, und wenn man Investor ist, besichtigt man die betreffende Immobilie dann nicht,* bevor *man eine solche Menge Geld anlegt? Aber Leute, die Geld im Überfluss haben, sind wahrscheinlich weniger vorsichtig, als Sie und ich es wären. Was mich zu dem Umstand führt, dass sie Freunde und Familie gebeten hat, zu investieren. Das hat ihr eine gewisse Glaubwürdigkeit verliehen. Wer würde denn eine* Freundin *oder* Verwandte *verdächtigen, dass sie einen dreist ausnimmt? Von daher ist es schon irgendwie brillant ...*

*Teuflisch brillant,* erwiderte Sam. *Wir reden gleich morgen früh mit Haverson. Verteilen Sie den Rest der Liste auf das Team. Danke noch mal, dass Sie das so schnell erledigt haben. Damit haben Sie sich gleich mehrere Fleißsternchen verdient!*

*Haha, was kriege ich denn für die? Außerdem müssen wir morgen früh auch noch über* die andere Sache *reden. Da habe ich vielleicht etwas für Sie.*

*Da bin ich ja mal gespannt. Die Belohnungen für die Fleißsternchen legt die Chefin fest. Das System beruht auf Willkür und ist nicht klar definiert. Gute Nacht und danke noch mal.*

Die „andere Sache" war die Ermittlung gegen Sergeant Ramsey, die sie komplett geheim durchführten. Sam glaubte, dass er Gonzo wegen der Drogenbeschaffung auf der Straße angezeigt hatte und nach Möglichkeiten suchte, sie und ihre Truppe anzuschwärzen.

Sie hatte Freddie, Jeannie und Cameron gebeten, so über Ramsey zu recherchieren, dass es nicht zu ihnen zurückzuverfolgen war. Sie konnte es kaum erwarten, zu hören, was Cam zutage gefördert hatte.

Sam las die Berichte, die Cam ihr über die FBI-Untersuchung von Ginnys Betrug und dessen Auffliegen sowie die Steuerprüfung bei ihr weitergeleitet hatte. Das Haus, in dem sie den Tod gefunden hatte, war relativ neu, ebenso wie die Luxusautos, die sie, ihr Mann und ihre Kinder fuhren. Sie hatten Reisen nach

Europa, eine Safari in Afrika und eine Kreuzfahrt in den Südpazifik unternommen, aber all das hatte nur einen kleinen Teil des fehlenden Geldes gekostet. Das FBI glaubte, der Rest sei irgendwo im Ausland geparkt, allerdings war es den Bundesbeamten bislang nicht gelungen, die betreffenden Konten ausfindig zu machen.

Sam versuchte sich vorzustellen, direkt vor der Nase von Menschen, die sie bestohlen hatte, auf großem Fuß zu leben. Das war unglaublich dreist. Ginny war entweder die klügste Kriminelle der Geschichte oder die dümmste. Sam war sich da nicht ganz sicher. Dies würde einer der Fälle werden, bei denen sie sich wirklich anstrengen musste, um Mitgefühl für das Opfer zu empfinden. Oft waren die, für die sie Gerechtigkeit suchte, Unschuldige, die entweder zur falschen Zeit am falschen Ort gewesen waren oder zu spät begriffen hatten, in was sie da eigentlich verwickelt waren.

Sam wäre nie so weit gegangen, zu sagen, dass jemand es verdient hatte, ermordet zu werden, doch angesichts dessen, was Ginny ihren Verwandten und Freunden, die in ihr Scheinprojekt investiert hatten, angetan hatte, war es nicht überraschend, dass jemand tödliche Rache genommen hatte.

Dieses Motiv würde im Zentrum der Ermittlungen stehen, und Sam freute sich darauf, am nächsten Morgen in den Fall einzutauchen. Denn sie und ihr Team würden unabhängig von Ginnys verabscheuungswürdigem Verhalten alles geben, um ihren Mörder vor Gericht zu bringen.

# KAPITEL 5

„Hast du tatsächlich durchgeschlafen?", fragte Sam Nick, nachdem sie beide beim Klingeln des Weckers aufgewacht waren.

„Ja. Kann ich mich für heute Abend wieder für die Kuscheltherapie vormerken lassen?"

„Heute Abend und jeden Abend."

„Prima."

Sie weckten die Kinder, zogen sie an und frühstückten mit ihnen, während sie darauf warteten, dass sich John Brantley junior, der Leiter von Nicks Personenschutzeinheit, meldete.

Der junge, attraktive, stets sehr energische Secret-Service-Mitarbeiter klopfte an die Küchentür, bevor er den Raum betrat. „Sie wollten mich sehen, Mr Vice President?"

„Morgen, Brant. Lieutenant Holland und ich würden um die Mittagszeit gerne News Channel 6 einen Besuch abstatten, wenn sich das einrichten lässt."

Sam liebte es, wenn Nick in den Vizepräsidentenmodus schaltete, dankte jedoch gleichzeitig ihrem Schicksal, dass sie ihn nie im Präsidentenmodus würde erleben müssen. O Gott, allein der Gedanke ließ ihr die Knie weich werden.

„Äh, verzeihen Sie die Nachfrage, Sir, aber Sie sind ja beide nicht gerade als öffentlichkeitssüchtig bekannt."

Nick lächelte über die Bemerkung, die der Personenschützer früher nie gemacht hätte. Er äußerte seine Meinung ihnen gegenüber in letzter Zeit immer freimütiger, was Sam sehr recht war. Das Wissen, dass der extrem kompetente Beamte ihren Mann beschützte, trug sehr zum Erhalt ihrer geistigen Gesundheit bei.

„Da haben Sie recht, Brant", pflichtete ihm Nick bei. „Heute haben wir allerdings mit einer der Reporterinnen dort ein Hühnchen zu rupfen, und das würden wir gern ohne Vorwarnung und von Angesicht zu Angesicht tun."

„Verstehe. Ohne Vorwarnung."

Brant würde den kompletten Vormittag über mit der Koordination dieses „Besuchs" beschäftigt sein.

„Kriegen Sie das hin?"

„Jawohl, Sir."

„Tatsächlich ist uns das Überraschungsmoment sehr wichtig …"

„Natürlich. Ich melde mich so schnell wie möglich mit einem ungefähren Zeitplan."

„Hervorragend. Danke, Brant."

Der Personenschützer nickte und verließ das Zimmer.

„Er hasst uns wie die Pest, oder?", fragte Sam.

Nick lachte. „Ich glaube, so weit ist es noch nicht."

„Wenn du nicht mehr im Amt bist, wird er ein Bestseller-Enthüllungsbuch schreiben."

„Nein, bitte nicht." Nick lockte sie mit gekrümmtem Zeigefinger so nah an sich heran, dass er ihr ins Ohr flüstern konnte: „Jetzt können wir uns auf ein Schäferstündchen in der Mittagspause freuen."

Sam musste grinsen, als er anzüglich die Augenbrauen hob und senkte.

„Das habe ich gehört", beklagte sich Scotty. „Ich weiß zwar nicht genau, was das bedeutet, aber ich bin ziemlich sicher, es ist eklig."

„Geh dir die Zähne putzen", entgegnete Sam und lachte über seine Grimasse.

Scotty bedachte sie mit einem finsteren Blick und verließ die Küche, um sich für die Schule fertig zu machen.

„Ich hab dich lieb", rief Sam ihm nach. „Hab einen schönen Tag!" Dann strich sie den Zwillingen durchs Haar, überprüfte noch einmal ihre Snackboxen und überließ es Nick, sich darum zu kümmern, dass sie sich das Gesicht wuschen und die Zähne putzten.

„Bis heute Mittag", verabschiedete sich Nick und küsste sie.

„Pass solange gut auf meine Lieblingspolizistin auf. Ich liebe sie bis in alle Ewigkeit."

„Sie dich auch."

Während Sam zur Arbeit fuhr, dachte sie darüber nach, dass die Mutter der Zwillinge ehrenamtlich im Kindergarten mitgearbeitet, Bastelprojekte geleitet und aufwendige Kindergeburtstage veranstaltet hatte. Sam kam sich im Vergleich zu ihr unzulänglich vor, doch sie liebte die beiden von ganzem Herzen. Sie konnte nur hoffen, dass das reichen würde.

Sie würden nächste Woche, am Wochenende nach Thanksgiving, sechs werden, und Elijah würde zu ihrer Geburtstagsparty aus Princeton anreisen. Die Einzelheiten überließ Sam ihrer persönlichen Assistentin Shelby Faircloth Hill, der besten Partyplanerin der Welt, die so etwas mit links machte, wohingegen Sam nicht einmal gewusst hätte, wo sie anfangen sollte.

*Gott sei Dank gibt es Shelby.*

Sie erreichte das Hauptquartier und umrundete das Gebäude, um zum Eingang der Gerichtsmedizin zu gelangen, weil sie zuerst bei Lindsey vorbeischauen wollte. „Gib mir irgendwas, egal was."

Lindsey, die gerade etwas am Rechner tippte, hob den Kopf. Wie üblich hatte sie ihr langes rotes Haar zum Pferdeschwanz zusammengebunden, und sie hatte eine große Tasse Kaffee auf dem Schreibtisch stehen. „Ich habe etwas. Möchtest du es sehen?"

„Muss ich?" Sam hasste die Gerichtsmedizin und alles, was dort vor sich ging.

„Ja."

Sam hoffte, nicht gleich ihr Frühstück wieder loszuwerden, weil sie etwas betrachten musste, das sich unauslöschlich in ihre Netzhaut brennen würde. „Dann auf." Bei diesen Gelegenheiten half bewusstes Atmen nicht, es sei denn, man empfand den Geruch von Formaldehyd als magenberuhigend. Sam fühlte sich dadurch nur schlimmer, also holte sie nicht tief Luft.

Lindsey führte sie zu dem Tisch, auf dem Ginnys Leichnam lag, bedeckt von einem Laken, das Lindsey zurückzog, um Sam die hässliche Halswunde zu zeigen, die die Todesursache gewesen war. „Siehst du das?", fragte sie, nachdem sie Handschuhe angezogen hatte, und deutete auf die Wundränder.

„Was ist damit?"

„Ich glaube, ihr sucht nach einem Gartenwerkzeug oder etwas

Ähnlichem mit scharfen Spitzen, die ein solches Muster hervorgerufen haben können."

Jetzt, wo sie Sam auf das Muster hinwies, erkannte diese es auch.

„Könnte eine Gartenfräse oder so gewesen sein."

„Eine was? Ich bin nicht unbedingt ein Gartenfreak."

„Das ist ein Werkzeug, mit dem man Unkraut jätet und so. Hat drei Sterne mit sehr scharfen Zinken dran, die den Boden auflockern."

„Zinkensterne? Autsch."

„Jap."

„Aber das würde bedeuten, dass ihr Mörder sie vielleicht gar nicht in Tötungsabsicht aufgesucht hat. Er oder sie hat sich wahrscheinlich einfach in der Garage das Gartenwerkzeug geschnappt und ist damit auf sie losgegangen."

„Das denke ich auch."

„Saubere Arbeit, Doc. Du hast mir einen guten Ansatzpunkt geliefert."

„Tja, wir wissen eben alle, wie sehr du gute Ansatzpunkte liebst."

„In der Tat."

„Der Drogentest war negativ. Es waren weder Drogen noch Alkohol in ihrem Blut. Keine Anzeichen eines sexuellen Übergriffs, und ich habe außer der Halswunde, an der sie gestorben ist, und den Schnitten in ihrem Gesicht keine offensichtlichen Verletzungen gefunden. Wenn ich raten müsste, würde ich sagen, der Täter hat sich den nächstbesten Gegenstand gegriffen und sie ausgeschaltet."

„Das klingt plausibel – und er oder sie hatte gleich beim ersten Schlag Glück."

„Scheint so."

Sam trat aus dem eiskalten Raum und wählte als Nächstes die Nummer von Lieutenant Haggerty von der Spurensicherung.

Sie erreichte nur seine Mailbox, was sie nervte. „Holland hier. Rufen Sie mich zurück, sobald Sie können. Ich habe etwas." Nachdem sie das Handy zugeklappt hatte, wandte sie sich an Lindsey, die ihr auf den Flur gefolgt war. „Ich werde dir jetzt etwas sagen, das Terry heute erfahren wird und das auch dich als Terrys Verlobte betrifft, aber es muss streng geheim bleiben."

„Okay …"

„Nick wird nicht kandidieren."

Lindsey riss die Augen auf. „Wow, das ist ja ein Ding."

„Ich weiß, und offen gestanden bin ich erleichtert."

„Das kann ich mir vorstellen. Hat Nick das näher begründet?"

„Du weißt, wie er aufgewachsen ist, oder? Bei Eltern, die beide Teenager waren, und einer Großmutter, die ihn eigentlich nicht bei sich haben wollte?"

„Ich habe davon gehört."

„Er möchte nicht Präsident werden. Außerdem hat er sein ganzes Leben lang auf das gewartet, was wir jetzt haben, und will nicht monatelang auf Wahlkampftour müssen und damit von uns getrennt sein."

„Das ist so was von süß."

„Finde ich auch, und ich bin begeistert, dass er nicht die ganze Zeit weg sein wird. Ich bin fast durchgedreht, als er eine Woche in Europa war und als er in den Iran reisen musste. Furchtbar …"

„Das kann ich gut verstehen. Es ist auch für mich schwer, wenn Terry mit ihm unterwegs ist, von daher ist das für mich ebenfalls eine gute Nachricht, obgleich ich Nick sehr gern als Präsident gehabt hätte. Er wäre bestimmt großartig gewesen."

„Da gebe ich dir recht, aber wir freuen uns darauf, unser Leben wieder in den Griff zu bekommen, nachdem er sein Amt niedergelegt hat. Sosehr wir Brant und die anderen Beamten auch mögen, ihre Anwesenheit ist manchmal ein bisschen viel."

„Ich wette, es ist nicht nur ein bisschen viel. Mir wäre es schrecklich unangenehm, die ganze Zeit unter Beobachtung zu stehen."

„Nick sagt, er versteht jetzt, wie es ist, ein Goldfisch in einem Glas zu sein, den alle anstarren."

„Das ist ein gutes Bild."

„Es ist die reine Wahrheit. Doc, ich muss jetzt los. Ich bin heute Mittag mit meinem Mann verabredet, wir wollen gemeinsam der Reporterin einen Besuch abstatten, die gefragt hat, ob wir noch ‚eigene' Kinder haben wollen."

Lindsey blieb der Mund offen stehen. „Ihr fahrt dahin?"

„Ja."

„Wie seid ihr denn auf die Idee gekommen?"

„Unser Sohn hat uns gefragt, was es bedeutet, ein ‚eigenes' Kind zu sein."

„Nein!"

„Er hat es in der Schule gehört und wusste nichts damit anzufangen."

„Sam …“

„Ich weiß. Das ist überaus ärgerlich, und wir haben gedacht, es wäre vielleicht angebracht, der Reporterin, die die Frage gestellt hat, vor Augen zu führen, was sie damit angerichtet hat.“

„Ich würde alles dafür geben, dabei zu sein, wenn ihr beide ihr Büro betretet.“

„Du kannst mitkommen, wenn du willst.“

Lindsey lachte. „Danke, doch das lasse ich mir lieber von dir erzählen.“

„Ich freue mich schon darauf.“

„Möge der Himmel dieser Frau beistehen. Sie hat keine Ahnung, was sie da erwartet.“

„Nick und ich werden mit den dämlichen Fragen fertig, aber von unseren Kindern haben sie sich fernzuhalten, verstehst du?“

„Absolut. Ihr tut das Richtige, und ihr werdet ihr damit eine Lektion erteilen, die sie nie wieder vergessen wird.“

„Das wäre zu hoffen. Schönen Tag noch, Doc.“

„Danke gleichfalls. Lass mich wissen, wie es beim Sender gelaufen ist.“

„Mach ich.“ Auf dem Weg ins Großraumbüro erhielt sie einen Anruf von Haggerty. „Hey, die Gerichtsmedizinerin hat mir gerade mitgeteilt, dass das Mordwerkzeug wahrscheinlich eine Gartenfräse oder ein ähnliches Gerät war, das so gezackte Wundränder hinterlässt.“

„Alles klar. Wir schließen heute die Tatortüberprüfung ab. Ich werde es Sie wissen lassen, wenn wir etwas Passendes finden.“

„Vielen Dank. Hat sich sonst etwas Nützliches ergeben?“

„Bisher nicht. Wir haben jede Menge Fingerabdrücke genommen und zahlreiche andere Beweismittel gesichert. Das ist alles schon im Labor. Heute holen wir uns die Fingerabdrücke aller Personen, die regelmäßig im Haus waren, um Familienmitglieder ausschließen zu können.“

„Sehr gut. Halten Sie mich auf dem Laufenden.“

„In Ordnung.“

Nachdem er aufgelegt hatte, klappte sie das Handy zu und schob es wieder in ihre Gesäßtasche. Im Großraumbüro bedeutete sie Cameron Green, in ihr Büro zu kommen.

Green, der wie immer ein gestärktes Hemd, heute in Hellblau, mit passender Krawatte trug, betrat den Raum mit einer Akte in der Hand. „Könnten Sie Cruz und McBride dazubitten?“, fragte er.

Sam nahm den Hörer ab und wählte Freddies Durchwahl.

„Ja, Ma'am?"

„Komm in mein Büro, und bring McBride mit."

„Jawohl, Ma'am."

Sie legte auf und wartete auf die beiden.

Freddie schloss die Tür hinter sich. „Was liegt an?"

„Ich habe etwas zum Thema Ramsey", antwortete Green.

Sam lief ein Schauer über den Rücken, wie so oft vor einem entscheidenden Durchbruch in einem Fall. „Wir hören."

„Er hat eine Affäre." Green legte eine Reihe von Fotos auf den Schreibtisch.

Sam, Freddie und Jeannie beugten sich vor, um sie sich anzusehen.

„Die Frau heißt Amy Turnblat. Sie ist fünfunddreißig und arbeitet als Küchenleiterin im La Belle Vie in Potomac. Ich habe ihn eine Woche lang beschattet, und er hat drei Nächte bei ihr und vier zu Hause in Columbia Heights verbracht." Cam legte weitere Bilder auf den Tisch, allesamt Facebook-Ausdrucke. „Er ist seit dreißig Jahren mit Marlene Ramsey verheiratet, und sie haben vier erwachsene Kinder."

„Oh, wow", sagte Sam. Ihre Gedanken überschlugen sich, während sie überlegte, wie sie Ramsey mithilfe dieser Information dazu bringen konnten, sie in Ruhe zu lassen.

„Ich bin unglaublich beeindruckt, Cameron", verkündete Jeannie.

„Tatsächlich hatte das durchaus etwas Befriedigendes", erwiderte Cam lächelnd. „Es geht nichts über das Gefühl, einen Drecksack auf frischer Tat zu ertappen."

„Wie nutzen wir das, um ihn loszuwerden?", wollte Freddie wissen.

„Darüber habe ich auch gerade nachgedacht."

„Dürfte ich was vorschlagen?", bat Cam.

Sam bedeutete ihm weiterzusprechen.

„Schicken Sie ihm die Fotos mit der Hauspost, zusammen mit einer Notiz, die ungefähr lautet: ‚Wenn man seine Kollegen bespitzelt, zahlen die es einem mit gleicher Münze heim.' Nicht mehr, aber auch nicht weniger. Nur diesen einen Satz."

„Finde ich gut", sagte Jeannie.

„Dann machen wir das so. Die Notiz am besten auf einfachem Kopierpapier und das Ganze bitte mit Handschuhen, damit es nicht zu uns zurückverfolgt werden kann."

„Das übernehme ich", erbot sich Cam.

„Alle einverstanden?“, versicherte sich Sam.

Freddie zögerte. „Ich befürchte, dass es sich dadurch am Ende nur verschlimmert.“

„Was könnte schlimmer sein, als dass er Gonzos Karriere ruiniert?“, fragte ihn Sam.

„Das weiß ich nicht, und ich bin mir nicht sicher, ob ich es herausfinden will.“

„Wenn wir ihm nicht vor Augen führen, dass ihm das, was er da treibt, auf die Füße fallen wird, wird er uns auf jede nur erdenkliche Weise das Leben zur Hölle machen“, beharrte Sam. „Wir müssen etwas unternehmen.“

„Da bin ich ganz deiner Ansicht. Ich habe bloß Angst vor seiner Reaktion.“

„Wenn er danach noch irgendetwas gegen uns unternimmt, schicken wir seiner Frau die Bilder“, schlug Sam vor. „Das wird er verstehen, ohne dass es irgendeiner Erläuterung bedarf.“ Zu Cameron sagte sie: „Tun Sie es. Genau so, wie Sie es vorge-schlagen haben.“

„Wird erledigt.“ Er reichte ihr einen weiteren Papierstapel. „Ich habe die McLeod-Investoren in Ortsansässige und Auswärtige unterteilt und schlage vor, wir fangen mit Ersteren an.“

„Er zeigt uns echt, wie’s geht“, erklärte Jeannie, während sie sich vorbeugte, um sich die Listen genauer anzusehen.

„Definitiv“, pflichtete ihr Sam bei. „Verteilen Sie sie, und dann legen wir los.“

„Um acht ist die Besprechung mit dem FBI“, erinnerte Freddie sie.

„Drecksmistscheißkack. Warum muss ich zu dieser blöden Besprechung?“

„Äh, weil der Chief dich dazu eingeladen hat?“

„Klugscheißer.“ Trotz ihrer Abneigung gegen Besprechungen, die sie beim Arbeiten störten, war es Sam im Grunde ganz recht, dass sich das FBI mal bei der Washingtoner Polizei umschaute. Die jüngste Serie von gesetzeswidrigen Vorfällen in ihren Reihen und die damit einhergehende Presseberichterstattung hatten zu der Untersuchung geführt. Wenigstens hatten sie mit Avery Hill einen integren Ermittlungsleiter, aber diese Besprechung war das Letzte, was Sam jetzt, wo sie einen neuen Mordfall zu untersu-chen hatte, brauchte.

„Hoffentlich dauert das nicht so lang“, sagte Freddie.

Sam warf ihm einen vernichtenden Blick zu. Besprechungen

dauerten immer zu lang. Schon eine Minute war zu lang, und diese Besprechung würde zweifellos länger dauern. „Fang mit Brett Haverson an, dem Investor, der dem FBI den Tipp gegeben hat. Ihn nehmen wir uns nach der Besprechung zur Brust. Der Rest kümmert sich um die anderen Investoren. Meldet euch, wenn es etwas Neues gibt.“

Sobald sie wieder allein im Büro war, griff sie nach der Spange auf ihrem Schreibtisch und steckte sich die Haare hoch. Der Termin mit dem FBI drohte nun schon seit über einer Woche, und sie fand es nach wie vor unerträglich, an die Gründe dafür und an ihre Verwicklung in die Strafverfolgung dreier hochrangiger Kollegen zu denken. All das ging ihr viel zu nahe.

Der ehemalige Lieutenant Leonard Stahl saß seit Kurzem wegen versuchten Mordes und Freiheitsberaubung im Gefängnis – er hatte sie in einen Kellerraum geschafft, gefesselt, mit Klingendraht umwickelt und beinahe erfolgreich in Brand gesetzt. Eine erneute Untersuchung der ungeklärten Schüsse auf ihren Vater hatte schockierenderweise zu dessen engem Freund Deputy Chief Conklin geführt. Das Sahnehäubchen dieser Katastrophenserie war dann die Entdeckung gewesen, dass Patrol Captain Hernandez von Conklins Beteiligung gewusst und sie vertuscht hatte. Der daraus resultierende Aufruhr war heftig gewesen, daher die FBI-Untersuchung.

Da Washington, D. C., kein Staat war, gab es auch keine Staatspolizei, die die Ermittlungen hätte leiten können, weswegen die Bürgermeisterin das FBI eingeschaltet hatte. Das Gute daran war, dass Sam darauf vertraute, dass Avery Hill fair vorgehen würde.

Sie schnappte sich Notizbuch und Stift und machte sich auf den Weg in den Besprechungsraum, der an die Büroräume des Polizeichefs angrenzte. Das Zimmer neben dem des Chiefs, das einst Conklin gehört hatte, war verwaist. Eine neuerliche Welle der Trauer erfasste Sam, als sie sich daran erinnerte, dass das Büro des stellvertretenden Chiefs neben dem seines besten Freundes Joe Farnsworth einst ihrem Vater gehört hatte.

Trauer war eine seltsame Sache, die wie aus dem Nichts über sie hereinbrach, an einem ganz gewöhnlichen Montagmorgen, fast vier Jahre nachdem dieses Büro zum letzten Mal ihrem Vater gehört hatte. Sie stand im Flur und starrte auf die geschlossene Tür, im Hintergrund erklang das Stimmengewirr aus dem Besprechungsraum.

„Sam.“

Sie blinzelte, drehte sich um und schaute den Chief an, den Mann, den sie als Kind „Onkel Joe" genannt hatte.

„Geht es dir gut?" Er duzte sie, wie häufig, wenn sie allein waren.

„Ich, äh … ja. Prima."

„Ich sehe ihn hier auch noch ständig vor mir. Selbst als Conklin schon mein Stellvertreter war, bin ich manchmal in sein Büro marschiert und habe damit gerechnet, dort Skip vorzufinden."

„Es war immer schwierig für mich, dass er stellvertretender Polizeichef war." Sam schenkte dem Chief beim Gedanken an den Anfang ihrer Karriere ein leises Lächeln. „Alle haben gedacht, dass mein Vater mir eine Extrawurst brät, dabei hat er es mir besonders schwer gemacht, damit ja nicht der Verdacht von Vetternwirtschaft zwischen ihm und mir aufkam."

„Er hat von dir immer mehr erwartet als von jedem anderen."

„Glaub mir, das weiß ich. Aber dann habe ich mich nach der Arbeit auf ein Bier im O'Leary's mit ihm getroffen, und er hat mich umarmt, mir einen Kuss gegeben und mich vor den Jungs ‚Kleines' genannt. Ich hätte ihn am liebsten erwürgt." Obwohl sie bei der Erinnerung daran lachen musste, traten ihr Tränen in die Augen, die sie sich bei der Arbeit eigentlich nicht gestattete. Sie blinzelte sie weg und holte tief Luft, entschlossen, wie immer stark zu bleiben, selbst wenn ihr Herz in tausend Stücke brach.

„Er hat dich so geliebt und war so verdammt stolz auf dich." Farnsworth sprach leise, damit niemand sie belauschen konnte. „Dasselbe gilt übrigens für mich."

„Das bedeutet mir viel. Danke. Und übrigens: dito."

Er warf einen Blick in den Besprechungsraum. „Bringen wir es hinter uns, okay?"

„Ja, bitte. Ich habe ein neues Mordopfer, das mich braucht."

„Davon habe ich gehört. Die Frau, die ihre Freunde und Verwandten abgezockt hat."

„Genau, und ich kann mich jetzt mit fast fünfhundert Menschen mit einem Mordmotiv herumschlagen, und da sind ihre Verwandten und Freunde noch nicht eingerechnet. Hurra."

„Ich habe keinen Zweifel daran, dass du der Sache auf den Grund gehen wirst."

„Wir werden sehen. Bitte halt diese Tortur so kurz wie möglich."

„Das würde ich gern, aber ich leite das Treffen nicht." Sein

Blick wanderte zu Avery Hill, der gerade näher kam. „Guten Morgen, Agent Hill."

„Chief, Lieutenant, alles in Ordnung?"

„Wenn diese Besprechung erst mal vorbei ist, vermutlich schon", antwortete Sam.

Avery lachte, wodurch der attraktive Teufelskerl nur noch attraktiver wirkte. „Zur Kenntnis genommen. Wollen wir?"

# KAPITEL 6

Avery bedeutete ihnen, vor ihm den Besprechungsraum zu betreten, wo sich die anderen Abteilungsleiter und die Behördenleitung sowie Averys Stellvertreter George Terrell bereits eingefunden hatten.

Sams direkter Vorgesetzter Detective Captain Jake Malone traf leicht gehetzt ein und entschuldigte sich für seine Verspätung, obwohl er eigentlich pünktlich war.

Sam nahm am anderen Ende des Raumes Platz, suchte sich dabei eine Ecke aus, damit sie das Ganze unauffällig beobachten konnte, ohne selbst wie auf dem Präsentierteller zu sitzen. Alle Fälle, die sie gleich besprechen würden, hatten auf die eine oder andere Weise mit ihr zu tun, und das Letzte, was sie wollte, war, dass jemand ihre Reaktion verfolgte.

Apropos attraktive Teufelskerle: Lieutenant Archelotta, der Leiter der IT-Abteilung, suchte ihren Blick und hob das Kinn, ein stummes Signal der Unterstützung, das Sam sehr zu schätzen wusste. Er war der einzige Polizist, mit dem sie sich je auf eine Beziehung eingelassen hatte – nach dem Aus ihrer Ehe mit Peter. Wobei es übertrieben war, das, was sie mit Archie gehabt hatte, als „Beziehung" zu bezeichnen. In erster Linie war es um Sex gegangen, aber das war jetzt, da sie glücklich mit Nick verheiratet war, längst Geschichte. Trotzdem war Archie nach wie vor ein geschätzter Freund und vertrauenswürdiger Kollege.

„Danke, dass Sie hier sind." Avery stand am Kopfende des langen Tisches, um den sich die Führungsriege des MPD versammelt hatte. „Ich verstehe und kann restlos nachvollziehen, dass dies ein störender und unwillkommener Vorgang ist. Er wird zudem weder schnell noch schmerzlos abgeschlossen sein. Unser Ziel ist es allerdings, ihn für Sie alle so effizient wie möglich zu gestalten und gleichzeitig der Öffentlichkeit umfassend Rechenschaft darüber abzulegen, was vorgefallen ist, wer daran beteiligt war und wie es jetzt weitergeht. Ein paar Grundregeln: Erstens erwarten wir von Ihnen, dass Sie und Ihre Mitarbeiter uns bei Bedarf zur Verfügung stehen. Zweitens erwarten wir von Ihnen und den Mitgliedern Ihrer jeweiligen Teams Ehrlichkeit uns gegenüber. Die Untersuchung wird viel schneller voranschreiten, wenn wir alle auf der Seite der Wahrheitsfindung stehen. Wenn sich im Nachhinein herausstellt, dass uns Mitglieder dieser Behörde belogen haben, werden wir Anzeige erstatten.“

Sam bemerkte, dass niemand Avery ansah, während er sprach. Stattdessen betrachteten alle den Tisch, ihre Hände oder irgendetwas anderes. Es war für Polizisten nicht selbstverständlich, dass gegen sie ermittelt wurde, aber die jüngsten Ereignisse hatten zu diesem Tag der Abrechnung geführt, der sie alle auf irgendeine Weise betreffen würde.

Avery ging die Liste der Abteilungen durch, die sie befragen wollten. Das Morddezernat stand darauf so weit unten, dass sie sich noch ein paar Tage lang keine Sorgen um das FBI machen musste, was gut war. Sie hatte Besseres zu tun, nämlich den Mord an Ginny McLeod zu untersuchen.

Nachdem er den Zeitplan bekannt gegeben hatte, wollte Avery wissen, ob es dazu Fragen gäbe.

Captain Roback vom Drogendezernat hob die Hand. „Ich wüsste gerne, warum diese Aktion notwendig ist, wo doch bekannt ist, wer die schwarzen Schafe sind, und man sie ausnahmslos angeklagt hat und sie bereits strafrechtlich verfolgt werden.“

„Darf ich?“, fragte der Chief. Avery bedeutete ihm fortzufahren. „Ich verstehe Ihre Frage, Captain Roback, und anfangs habe ich auch so gedacht. Meiner Meinung nach haben wir bei der internen Überprüfung unseres eigenen Teams gute Arbeit geleistet und die Leute ausgemerzt, die nicht hierhergehören. Aber wenn es noch weitere gibt, möchte ich das wissen und will, dass sie verschwinden, bevor sie dem Ruf des MPD weiter Schaden zufügen können. Uns allen ist klar, dass es bei uns mehr hart arbeitende, engagierte Beamte gibt als Kriminelle. Ich begrüße auch deswegen diese Untersuchung und unterstütze sie rückhaltlos. Ich erwarte von Ihnen allen das Gleiche."

„Danke, Chief Farnsworth", sagte Avery. „Weitere Fragen?" Als niemand die Hand hob, bedankte er sich für die Teilnahme an der Besprechung. „Wir werden uns in den nächsten Wochen mit Ihnen allen in Verbindung setzen."

*Nicht schlecht*, dachte Sam, die den anderen beim Verlassen des Raumes den Vortritt ließ, bei sich. *Vierzehn Minuten.*

Sie war auf dem Weg zurück ins Großraumbüro, als jemand in der Lobby ihren Namen rief. Als sie sich umdrehte, war sie überrascht, als sie Lenore Worthington entdeckte, eine atemberaubend attraktive Afroamerikanerin, die Sam in ihrem ersten Jahr auf Streife kennengelernt hatte, als sie auf einen Hilferuf reagiert und Lenores Sohn Calvin erschossen vor ihrem Haus in Southeast vorgefunden hatte.

Sam trat zu ihr und umarmte sie. „Wie schön, Sie mal wiederzutreffen."

„Ich freue mich auch. Das mit Ihrem Vater tut mir leid."

„Danke sehr. Sie sehen umwerfend aus, wie immer." Lenore war stets todschick gekleidet, ihre Maniküre und ihr Make-up waren perfekt. Sam erinnerte sich daran, dass sie sich neben ihr immer ziemlich underdressed vorgekommen war.

„Zu freundlich."

„Wie ist es Ihnen ergangen?", fragte Sam.

„Ach, wissen Sie …" Lenore zuckte die Achseln. „Es ist jetzt fast fünfzehn Jahre her, aber es wird nicht leichter. Calvin würde nächsten Monat dreißig werden, was kaum zu glauben ist. Es fällt mir schwer, ihn mir als Dreißigjährigen vorzustellen. Für mich bleibt er für immer fünfzehn."

„Es tut mir so leid."

„Haben Sie einen Moment?"

Eigentlich nicht, trotzdem nahm Sam sich die Zeit. Sie hatte Calvin Worthington und die herzzerreißende Trauer seiner Mutter nie vergessen. „Kommen Sie rein." Sie deutete auf die Tür zu ihrem Büro und ließ Lenore vor sich eintreten.

Freddie sah sie fragend an. Sam hob den Zeigefinger, um ihm zu verstehen zu geben, dass sie nur eine Minute brauchte, ehe sie losfahren konnten.

„Setzen Sie sich." Sam ging um ihren Schreibtisch herum und nahm ebenfalls Platz. „Was kann ich für Sie tun?"

„Ich habe gelesen, dass Sie nach fast vier Jahren den Fall Ihres

Vaters gelöst haben, und ich weiß, fünfzehn Jahre sind eine viel längere Zeit, doch ich habe mich gefragt, ob Sie vielleicht bereit wären, auch Calvins Fall ein weiteres Mal aufzurollen. So vieles hat damals keinen Sinn ergeben, und ich dachte einfach, Sie …" Ihre Stimme brach, und sie senkte den Blick. „Ich habe Ihre Karriere verfolgt. Deshalb weiß ich, dass Sie die Beste sind." Sie schaute mit bebendem Kinn zu Sam. „Hat mein Calvin nicht die Aufmerksamkeit der Besten verdient?"

Sam schluckte. Sie hatte plötzlich einen Kloß im Hals. Im Laufe der Jahre hatte sie häufig an Calvin gedacht. Bei seiner Ermordung war er nur zwei Jahre älter gewesen als Scotty jetzt. „Selbstverständlich."

Hoffnung glomm in Lenores Augen auf. „Sie werden sich seinen Fall also noch mal vornehmen?"

„Ich werde meine Vorgesetzten darauf ansprechen und fragen, ob wir jemanden darauf ansetzen können. Davon hängt alles ab. Wenn es nach mir ginge, würde ich mich sofort daranmachen, aber das obliegt mir nicht."

„Ich verstehe." Sie seufzte. „Was auch immer Sie unternehmen können, weiß ich sehr zu schätzen. Sie waren immer nett zu mir und meiner Familie, und das bedeutet uns viel. Selbst wenn Sie jetzt nichts mehr tun können, werden wir Ihnen das niemals vergessen."

Sam war zwei Stunden bei Lenore, ihrer Mutter und ihrer Tochter geblieben, während sie auf das Eintreffen des Gerichtsmediziners gewartet hatten. Sie war in den Tagen danach für sie da gewesen und hatte im Lauf der Jahre mehrfach bei Hinterbliebenenveranstaltungen mit Lenore gesprochen. „Ich gründe gerade eine neue Selbsthilfegruppe für Leute, die ihnen nahestehende Menschen durch ein Gewaltverbrechen verloren haben. Menschen, die gerade erst am Anfang der Aufarbeitung stehen, würde sicher sehr damit geholfen werden, wenn Sie diese Gruppe mit Ihrer Erfahrung bereichern würden."

„Sagen Sie mir, wann und wo, und ich werde da sein."

Sam reichte ihr ein Flugblatt, das Dr. Trulo entworfen hatte und auf dem der Termin des ersten Gruppentreffens stand.

„Danke."

„Ich beantrage bei meinen Vorgesetzten, Calvins Fall neu aufrollen zu dürfen, und halte Sie auf dem Laufenden. Stimmt Ihre Telefonnummer noch?"

Sie nickte. „Die werde ich erst ändern, wenn ich den Anruf

bekommen habe, dass man den Mörder meines Sohnes ermittelt hat. Diesen Anruf will ich auf keinen Fall verpassen.“

„Ich melde mich bei Ihnen. Möglicherweise nicht mehr diese Woche, aber sobald ich kann.“

„Vielen Dank, und ich werde zu der Selbsthilfegruppe kommen.“

„Hat mich gefreut, Sie wiederzusehen, Lenore.“

„Gleichfalls. Ich war so überglücklich, zu lesen, dass Sie die Typen gekriegt haben, die auf Ihren Vater geschossen haben.“

„Danke. Es war eine Erleichterung, endlich ihre Identität zu kennen, auch wenn die Antworten auf meine Fragen schockierend waren.“

Lenore erhob sich, um zu gehen. „Das kann ich mir vorstellen. Aber jetzt wissen Sie wenigstens Bescheid.“

„Ja. Wie gesagt, ich melde mich.“

„Danke, dass Sie Zeit für mich hatten.“

Unmittelbar nachdem Lenore das Büro verlassen hatte, stand Freddie in der Tür. „Was war das denn?“

„Ein Mordfall aus meinem ersten Berufsjahr. Ich bin damals Streife gefahren und habe auf die Meldung einer Schießerei in Southwest reagiert. Calvin, ein Fünfzehnjähriger, lag bei meinem Eintreffen bereits tot in der Einfahrt. Das eben war seine Mutter.“

„Oh, wow. Und du hast dich noch an sie erinnert?“

Sam nickte. „Ich habe sie nie vergessen.“

„Haben wir den Mörder gekriegt?“

Sam schüttelte den Kopf. „Der Fall ist nicht abgeschlossen. Deswegen war sie hier. Sie hat gehört, dass wir den Fall meines Vaters gelöst haben, und sich gefragt, ob wir den von Calvin ebenfalls noch mal neu aufrollen könnten.“

„Was hast du ihr geantwortet?“

„Dass ich die Anfrage weitergeben werde, was ich auch zu tun gedenke.“ Sie erhob sich, schnappte sich Schlüssel, Handy und Notizbuch und zog ihren Mantel an. „Fahren wir.“ Auf dem Weg zur Gerichtsmedizin verlangte Sam: „Erzähl mir von Haverson.“

„Er ist der Direktor einer Genossenschaftsbank in Bethesda.“

Sam stöhnte. „Wir müssen also ins blöde Bethesda fahren?“

„Ja.“

„Warum habe ich nur gewusst, dass du das sagen würdest?“, fragte Sam und bereitete sich gedanklich auf eine Stunde im Auto vor. Nichts ging ihr mehr auf den Sack, als Zeit zu verschwenden. Nun ja, und Empfangsdamen. Ach, und Spritzen. Flugzeuge nicht zu vergessen. Wenn sie ehrlich war, ging ihr so einiges auf den Sack. Auf welchen Sack eigentlich? Sie lachte schnaubend über ihren letzten Gedankengang.

„Darf ich es wagen, zu fragen, was dich so amüsiert?"

„Ich denke über Dinge nach, die mir auf den Sack gehen."

„Dann ziehe ich die Frage hiermit aufgrund mangelnden Interesses an Dingen, die dir auf den Sack gehen, zurück, ohne darüber nachzudenken, wie das biologisch überhaupt möglich sein soll."

„Du hast recht, ich habe gar keinen Sack. Da kannst du Nick fragen."

„Hör sofort auf."

Sam musste über seinen gereizten Tonfall lachen. Nichts liebte sie mehr, als ihn auf jede nur erdenkliche Weise zu provozieren. Als sie im Auto saßen, sagte sie: „Erzähl mir mehr von Mr Haverson."

„Er ist vierundfünfzig, verheiratet und hat drei Kinder auf dem College. Lebt in Gaithersburg."

„Woher hat er Ginny McLeod gekannt?"

„Das versuche ich gerade herauszufinden. Ich habe mich eingehend mit ihren Accounts in den sozialen Medien befasst, aber da gibt es keine Verbindung zu ihm. Deshalb steht das ganz oben auf der Liste meiner Fragen an ihn."

„Du hast also eine Fragenliste. Das ist gut. Wenigstens einer von uns ist vorbereitet."

Er schüttelte den Kopf und seufzte tief und leidvoll. „Du hast Glück, dass du mit mir zusammenarbeitest – so siehst du immer gut aus."

„Das stimmt, und ich weiß es. Cam lässt mich in letzter Zeit auch ziemlich gut aussehen. Er hat gestern einen Haufen Arbeit erledigt, was es mir erspart hat, die Nacht durchzumachen, weswegen du dich heute wiederum nicht mit einer mürrischen Partnerin herumärgern musst."

„Gott sei Dank. Er ist einer der besten Ermittler, mit denen ich je gearbeitet habe. Ich lerne jeden Tag etwas von ihm."

„Allerdings nicht so viel wie von mir, denn wenn du das behauptest, sind wir geschiedene Leute."

„Sie erstaunen und inspirieren mich nach wie vor jeden Tag, Lieutenant."

„War das Sarkasmus? Es nervt mich, wenn ich mir da nicht sicher bin."

Darüber lachte jetzt er. „Ich lasse dich ganz gern mal im Ungewissen."

Sie brauchten über eine Stunde bis Bethesda, und bis dahin stand Sam kurz vor einem ausgewachsenen Wutanfall wegen der verschwendeten Zeit. „Ich wäre dann jetzt bereit für Raketenautos."

„In einem fliegenden Auto wärst du eine tickende Zeitbombe."

„Aber die Leute würden mir wenigstens Platz machen. Ich hätte das Blaulicht einschalten sollen." Das behielt sie sich normalerweise für echte Notfälle vor, und im Grunde zählte die Verschwendung ihrer Zeit nur für sie selbst dazu.

In der First National Bank and Trust in der Arlington Road begegnete Sam zuerst einem ihrer Lieblingsprobleme – einer Empfangsdame. Diese sah auch noch unverkennbar zweimal hin, als sie Sam erblickte.

„Mrs Cappuano", stotterte sie. „Willkommen. Was kann ich für Sie tun?"

Sam zeigte der Frau ihre Dienstmarke, um sie daran zu erinnern, womit „Mrs Cappuano" ihren Lebensunterhalt verdiente. „Ich möchte bitte zu Mr Haverson."

„Haben Sie einen Termin?"

Das war eine von Sams Lieblingsfragen. „Nein. Ich habe eine Leiche und eine Mordermittlung. Teilen Sie ihm mit, dass ich hier bin und mit ihm sprechen möchte."

Sie riss die Augen auf, erhob sich und befolgte Sams Anweisung.

„Ich mag es, wenn mir Menschen gehorchen."

„Mir bereitet es jedes Mal Freude, wenn jemand dich fragt, ob du einen Termin hast. Dann beginnt bei mir im Geiste ein Countdown. Fünf, vier, drei, zwei …"

Sam lachte vor sich hin, weil er einfach der perfekte Partner war – nicht, dass sie ihm das jemals gesagt hätte. Sie bekam ihn auch so kaum noch in den Griff.

Eine Minute später kehrte die Empfangsdame mit einem grauhaarigen Mann im dunklen Anzug zurück, der eine finstere Miene zeigte. „Was wollen Sie?"

„Lieutenant Holland, Detective Cruz, Metro PD. Wir müssten kurz mit Ihnen sprechen. Entweder hier oder auf dem Revier. Das ist Ihre Entscheidung." Niemand entschied sich je für die zweite Option, was eigentlich jammerschade war. Nichts liebte Sam mehr, als selbstgefällige, arrogante Menschen in Gewahrsam zu nehmen, aber dazu hatte sie leider viel zu selten die Gelegenheit. „Also?"

„Kommen Sie herein."

*Dachte ich's mir doch.*

Sam und Freddie folgten ihm an den Arbeitsplätzen seiner Untergebenen vorbei, die überrascht reagierten, als sie sie erkannten. Haversons geräumiges Büro im rückwärtigen Bereich der Bank hatte Glaswände, sodass er stets sein gesamtes kleines Königreich im Blick hatte.

Freddie schloss die Tür, und sie nahmen auf den Besucherstühlen Platz, während Haverson sich hinter seinen Schreibtisch setzte.

Sam sah Freddie an und bedeutete ihm durch leichtes Heben ihres Kinns loszulegen.

„Woher kennen Sie Ginny McLeod?" Freddie nahm den Staffelstab und rannte los, genau wie sie es ihm beigebracht hatte.

Bei der Erwähnung des Namens Ginny verzog Haverson leicht das Gesicht. „Sie ist mit meiner Frau auf die Highschool gegangen. Ihre Bekanntschaft hat die Schulzeit überdauert. Wir waren mit ihr und ihrem Mann befreundet."

„Waren. Vergangenheit."

„Oh ja, Vergangenheit. Sie hat mein Leben zerstört."

„Inwiefern?", erkundigte sich Sam, die seine Version der Geschichte hören wollte.

Er starrte Sam an, als könne er nicht glauben, dass sie diese Frage wirklich stellte. „Sie hat uns über zweihunderttausend Dollar gestohlen."

„Wie das?", fragte Sam.

Ohne den Blick von ihr zu nehmen, antwortete er: „Sie haben sich im Vorfeld Ihres Besuchs hier doch sicher mit den Einzelheiten ihrer Betrugsmasche vertraut gemacht. Das steht alles in den FBI-Berichten."

„Mr Haverson, mir gefällt Ihr Ton nicht. Wir haben ein Mordopfer, und das gibt uns das Recht, jede Frage zu stellen, die wir für angemessen halten."

„Viel Glück bei der Suche nach jemandem, der ihren Tod betrauert. Sie werden vielmehr auf sehr viele Menschen stoßen, die ihr Ableben feiern."

„Sie inklusive?"

„Ja, zur Hölle. Ich bin froh, dass sie tot ist. Habe ich sie umgebracht? Nein, aber ich bin froh, dass jemand anders das erledigt hat. Sie hatte es verdient."

„Niemand hat es verdient, ermordet zu werden", widersprach Sam.

„Doch, jeder, der andere um ihre Ersparnisse bringt und so verhindert, dass die Geschädigten sich irgendwann zur Ruhe setzen oder ihren Kindern das College finanzieren können. Leute wie sie verdienen alles, was ihnen passiert."

„Darüber werden wir uns wohl nicht einig werden. Sagen Sie mir, wie Sie ihr das Geld haben zukommen lassen. Ja, ich kann Berichte lesen, aber ich würde es gern von Ihnen hören."

Er schien zu begreifen, dass er ihr würde antworten müssen, und begann in einem mühsam beherrschten Tonfall zu sprechen, der ihr eingeübt erschien, so als erzähle er diese Geschichte zum x-ten Mal.

„Sie hat sich an meine Frau Clarissa gewandt, mit einer Chance, die sie uns ‚nicht vorenthalten‘ wollte. Ginny hat eine Gruppe von Investorinnen und Investoren zusammengestellt, um ein leer stehendes Gebäude in Gaithersburg zu erwerben und es zu Luxuswohnungen, Läden und Restaurants umzubauen. Sie hatte Prospekte, Tabellen, Grafiken, alles, was man eben braucht, um so etwas echt erscheinen zu lassen. Wir haben uns das Gebäude in Begleitung einer Immobilienmaklerin angesehen, die uns weitere Gründe genannt hat, warum sich das Projekt als Goldgrube erweisen würde, sobald die Sanierung abgeschlossen wäre. Sie brauchten zweihundert Investoren, die je ein Stück vom Kuchen abkriegen und die Früchte des voraussichtlich sehr lukrativen Projekts ernten sollten."

Er holte tief Luft, seufzte und sank etwas in sich zusammen, dann redete er weiter. „Meine Frau und ich waren fasziniert. Ginny und Ken ging es finanziell gut. Sehr gut. Sie hatten dieses schöne Haus und die tollen Autos, machten Luxusurlaube, während wir zwar gut bezahlte Jobs hatten, aber finanziell nicht so recht vom Fleck kamen. Wir wollten das Gleiche wie sie und hatten das Gefühl, sie würde uns zeigen, wie das klappen konnte. Also habe ich einen Teil meiner privaten Altersvorsorge aufgelöst, habe dafür heftige Steuerschulden und hohe Verluste durch die vorgezogene Auszahlung in Kauf genommen und ihr einen Scheck geschickt."

„Was ist dann passiert?"

„Eine Weile lang gar nichts. Wir haben immer wieder gehört,

sie arbeite noch an den Einzelheiten des Kaufvertrags. So etwas sei hochkomplex, sagte sie immer, wenn Clarissa sie nach dem Stand der Dinge gefragt hat. Ich habe versucht, locker zu bleiben, weil Investitionen immer Geduld erfordern. Als allerdings nach sechs Monaten nichts passiert war, habe ich mir langsam Sorgen gemacht, besonders nachdem ich auf Facebook gelesen hatte, dass Ginny und Ken sich einen Urlaub in Griechenland gönnten, während ich auf Neuigkeiten über unser Investment gewartet habe."

Sam notierte sich das, während er sprach, verarbeitete die Einzelheiten und dachte gründlich darüber nach. „Wann haben Sie Angst bekommen, Sie könnten betrogen worden sein?"

„Als das Gebäude, das wir angeblich erwerben wollten, nicht an Ginny ging."

„Wie haben Sie das herausgefunden?"

„Ich behalte die Immobilien hier in der Gegend im Auge, weil mich interessiert, was zu welchem Preis einen Käufer findet. Das Gebäude, in das wir angeblich investiert hatten, fand, etwa acht Monate nachdem wir Ginny das Geld gegeben hatten, für 2,2 Millionen einen neuen Besitzer."

„Was haben Sie getan, als Sie das erfahren haben?"

„Zuerst konnte ich es gar nicht glauben. Ich habe im Internet überprüft, ob es sich tatsächlich um dasselbe Gebäude handelte. Nachdem das feststand, bin ich mit Clarissa zu ihr hinübergefahren. Ihre Autos parkten in der Auffahrt, trotzdem haben sie nicht aufgemacht. Da habe ich meinen Freund beim FBI angerufen. Es hat vier Wochen gedauert, bis er seine Kollegen dazu gebracht hat, die Sache ernst zu nehmen, und danach noch weitere vier, bis das FBI tatsächlich ermittelt hat. Als dann das Finanzamt eingeschaltet wurde, ist sie aufgeflogen. Nachdem jetzt zwei Behörden an dem Fall arbeiteten, stand rasch fest, dass die ganze Sache wahrscheinlich ein geschickt eingefädelter Betrug war. Sie hatte nie vor, dieses Gebäude zu kaufen oder zu sanieren, und offenbar trieb sie das schon seit Jahren so und ist damit durchgekommen, indem sie alte Investoren mit dem Geld neuer ausbezahlt hat. Wenigstens verstehe ich jetzt, wie sie sich das Haus, die Autos und die Urlaube leisten konnten."

„Ich begreife nicht, wieso ihre Investoren erst nach mehreren Jahren Verdacht geschöpft haben."

„Sie hat kleine Dividenden auf ihre Investitionen ausbezahlt,

was sie ruhiggestellt hat. Das Geld für diese Dividendenzah-
lungen kam von Neuinvestoren wie uns."

„Aber Sie haben kein Geld von ihr gesehen?"

Er schüttelte den Kopf. „Wir haben nie auch nur einen Cent,
irgendwelche Rechenschaftsberichte über unsere Investition oder
sonst etwas bekommen, nachdem wir ihr das Geld gegeben hatten.
Tatsächlich hat Clarissa rückblickend festgestellt, dass sie nach der
Scheckübergabe praktisch nichts mehr von Ginny gehört hat. Jeder
hat immer viel zu tun, deshalb lagen normalerweise ohnehin
mehrere Monate zwischen unseren Treffen, dennoch war es außergewöhnlich, dass Clarissa so gar keinen Kontakt mehr mit Ginny
hatte. Als wir später die Puzzleteile zusammengesetzt haben, ist uns
klar geworden, dass Ginnys Mutter, der sie immer besonders nahegestanden hat, kurz nach unserer Investition krank geworden ist,
was wahrscheinlich bedeutet, dass sie weniger Zeit hatte, neue Leute
anzuwerben, und deshalb keine Dividenden mehr auszahlen konnte,
weswegen dann letztlich bei uns die Alarmglocken geschrillt haben."

„Wo waren Sie am Sonntagnachmittag?"

Er sah sie ausdruckslos an, als könne er nicht glauben, dass sie
ihn das fragte.

„Ich habe Ihnen doch gesagt, ich habe sie nicht umgebracht."

„Das habe ich gehört, aber es ist folgendermaßen: Menschen
erzählen uns ständig, sie hätten jemanden nicht umgebracht, und
später kriegen wir dann raus, dass das gar nicht stimmt. Deshalb
fragen wir Menschen nach ihrem Alibi und verlangen von ihnen,
uns Beweise oder Zeugen zu präsentieren. Das spart uns letztlich
viel Zeit. Also, wo waren Sie am Sonntagnachmittag?"

Mit zusammengebissenen Zähnen antwortete er: „Mit
meinem Sohn in College Park. Er ist Studienanfänger an der Uni
von Maryland. Meine Frau und ich haben mit ihm zu Mittag
gegessen. Er kann das bestätigen, und ich habe die Quittung aus
dem Restaurant."

„Mit seiner Telefonnummer und einer Kopie dieser Quittung
sind wir vollkommen zufrieden."

Er funkelte sie wütend an, griff nach seinem Handy und las die
Nummer aus seiner Kontaktliste vor. Seiner Geldbörse entnahm
er eine Quittung, die Freddie mit dem Smartphone abfoto-
grafierte.

„Sagen Sie Ihrem Sohn nicht, dass wir ihn anrufen werden",
bat Sam. „Auch das werden wir überprüfen."

„Ich habe sie nicht umgebracht, aber viel Glück bei der Suche nach jemandem von der Liste ihrer Investorinnen und Investoren, der ihr nicht den Tod gewünscht hat, nachdem klar war, dass sie uns abgezockt hat. Ich meine, wer tut so etwas Menschen an, die er schon sein ganzes Leben lang kennt? Sie war jahrelang mit meiner Frau befreundet gewesen."

„Das muss Sie doch extrem schockiert haben."

„Sie können sich nicht vorstellen, wie sehr. Manchmal kann ich es immer noch nicht glauben, dabei kenne ich die Wahrheit jetzt schon seit mehreren Monaten. Ich komme einfach nicht damit klar, dass sie uns wirklich bestohlen hat."

„Wer außer Ihnen hat das FBI und das Finanzamt noch dabei unterstützt, sie zu überführen?"

„Außer mir vor allem eine weitere Person: Ginnys Cousine Alison Enders, die in Germantown wohnt."

„Haben Sie deren Adresse und Telefonnummer?"

„Ja." Er schrieb die erbetenen Informationen von seinem Smartphone ab.

„Wie schätzen Sie Kens Verwicklung in die Betrugsmasche ein?"

„Er war genauso überrascht wie wir, zumindest hat er das behauptet. Manche Menschen glauben, er hat Bescheid gewusst, andere nicht. Hängt ganz davon ab, mit wem Sie reden."

„Wie hätte sie ihm denn erklären sollen, wo das Geld herkam, wenn er nicht Bescheid gewusst hat?", wollte Freddie wissen.

„Das habe ich mich auch gefragt. Aber seinen Aussagen gegenüber den Ermittlungsbeamten zufolge ist er davon ausgegangen, dass es sich um die Erträge ihrer diversen Investments handelte."

„Das hat man ihm geglaubt?"

„Ken hat einen Lügendetektortest bestanden." Er reichte Freddie den Zettel mit dem Namen, der Adresse und der Telefonnummer von Ginnys Cousine Alison.

„Hatten Sie je Kontakt mit jemandem aus dem Kreis der Betroffenen, der geäußert hat, er wünsche Ginny den Tod?"

„*Jeder* hat das getan. Die Leute haben gesagt, wenn sie tot wäre, bekämen wir vielleicht Geld aus ihrer Lebensversicherung, wenn sie denn eine hätte. Sie werden Schwierigkeiten haben, jemanden zu finden, den sie betrogen und der nicht ihren Tod gewollt hat."

Er beugte sich mit eindringlicher Miene vor, sein Blick war voller Wut und vielleicht auch Schmerz. „Sie müssen das verstehen, Lieutenant. Diese Frau hat unser Leben zerstört. Unseren

Glauben an die Menschheit. Ich meine, wenn eine Freundin einem so etwas antun kann … Davor haben meine Frau und ich eine gute Ehe geführt. Jetzt hingegen …" Er seufzte tief. „Ich habe den Fehler gemacht, ihr die Schuld an Ginnys Taten zu geben. Sie war schließlich mit ihr befreundet. Doch es war nicht Clarissas Schuld. Wir haben die Investition gemeinsam beschlossen, und es war falsch von mir, ihr das anzulasten. Das hätte ich niemals tun dürfen, und jetzt frage ich mich, ob sie mir das je verzeihen wird."

„Wo finden wir Ihre Frau?", erkundigte sich Sam.

Sein Gesicht wurde völlig ausdruckslos. „Warum wollen Sie mit ihr sprechen?"

„Aus demselben Grund, aus dem wir mit Ihnen sprechen: Sie ist eines von Ginnys Opfern, und ich würde gern ihre Sicht der Dinge hören."

„Sie wird Ihnen eine ähnliche Geschichte erzählen wie ich."

„Gut zu wissen. Wo finden wir sie?"

Er schien zu begreifen, dass er ihr ein Gespräch mit Clarissa nicht würde ausreden können, und erwiderte: „Sie ist Yogalehrerin und gibt Abendkurse. Tagsüber ist sie daheim."

Sam reichte ihm den Zettel zurück, den er ihr gegeben hatte. „Bitte schreiben Sie mir Ihre Adresse und die Telefonnummer Ihrer Frau auf."

Er tat es und gab ihr dann den Zettel zurück. „Werden Sie sie ebenfalls aufsuchen?"

„Ja, aber kündigen Sie uns bitte nicht an."

„Warum?"

„Weil ich Sie darum gebeten habe."

Oh, das schmeckte ihm überhaupt nicht, doch das behielt er klugerweise für sich.

Sam und Freddie erhoben sich. „Wenn Ihnen noch irgendetwas einfällt, das für unsere Ermittlungen relevant sein könnte, lassen Sie es mich bitte wissen." Sam reichte ihm ihre Visitenkarte. „Ich verstehe, dass Sie kein Interesse daran haben, uns bei der Suche nach Ginnys Mörder zu unterstützen, aber wir wüssten es trotzdem zu schätzen, wenn Sie mit uns zusammenarbeiten würden."

„Ich habe Ihnen gesagt, was ich weiß. Den Rest finden Sie in den Gerichtsakten."

„Danke, dass Sie Zeit für uns hatten."

Sam durchquerte vor Freddie das Foyer der Bank. Auf dem Weg zum Ausgang folgten ihr die Blicke aller Angestellten.

Draußen atmete sie die frische, kalte Luft tief ein, was sofort eine beruhigende Wirkung auf sie hatte. Es nervte sie, dass man sie überall erkannte, vor allem da es ja ihre Aufgabe war, Verbrecher hinter Gitter zu bringen. Sie konnte nie wissen, wann sie jemandem begegnen würde, den sie Jahre zuvor festgenommen hatte und der sie jetzt wegen ihres hohen Bekanntheitsgrades wiedererkannte und nichts lieber wollte, als ihre neue Rolle als Frau des Vizepräsidenten für sich zu nutzen. Diesen Gedanken schüttelte sie so schnell wie möglich ab.

„Wohin jetzt?", fragte Freddie, als sie wieder in ihrem Auto saßen.

Sie reichte ihm den Zettel, den Haverson ihr gegeben hatte. „Fahren wir zu Clarissa."

Die Haversons wohnten in einem Backsteinhaus im Kolonialstil mit schwarzen Fensterläden und einem kunstvoll geschmiedeten Eisengeländer um den Balkon im ersten Stock.

„Was glaubst du, wie viele Häuser mit Backsteinfassade es in der Hauptstadtregion gibt?", fragte Sam.

„War das eine rhetorische Frage?"

„Nein, ich wollte eigentlich eine Antwort."

„Zehntausende?"

„Das ist wahrscheinlich eine gute Schätzung."

„Gibt es einen tieferen Sinn für diese Frage?"

„Ich bin nur neugierig." Sie klingelte und lauschte dem lauten Gongton, der daraufhin im Inneren des großen Hauses widerhallte.

„Sam, ich weiß, was du jetzt gleich sagen wirst."

„Ich verstehe das mit diesen Atombomben-Türklingeln nicht. Erschreckt die einen nicht jedes Mal zu Tode?"

„Vermutlich schon."

Sam spähte durch das Fenster auf der rechten Seite der schwarzen Eingangstür. „Wenn Haverson ihr einen Tipp gegeben hat, dass wir kommen, werde ich ihn verhaften."

„Nein, wirst du nicht."

„Doch."

„Dann machst du den Papierkram aber selber."

Sam beschirmte ihre Augen mit den Händen, um etwas

erkennen zu können. „Ich mache keinen Papierkram. Dafür habe ich dich." Sie klingelte erneut. „Aufwachen, Clarissa." Eine Bewegung im ersten Stock ließ sie gerade rechtzeitig aufblicken, um eine blonde Frau auf der Treppe zu sehen, die … eine gottverdammte Waffe auf die Tür gerichtet hatte!

Sam packte Freddie und riss ihn zurück, während sie gleichzeitig ihre eigene Pistole zog. Wenigstens konnten sie mit einiger Sicherheit sagen, dass Haverson seiner Frau keinen Tipp gegeben hatte. Wenn doch, war es auf jeden Fall ziemlich verrückt von ihr, Polizisten mit einer schussbereiten Waffe zu begrüßen.

„Was machst du denn da?", fragte Freddie und schüttelte Sams Hand ab.

„Sie hat eine Pistole, mit der sie auf uns zielt."

„Wer sind Sie?", fragte Clarissa von drinnen.

Ohne wieder vor das Fenster zu treten, hielt Sam ihre Dienstmarke hoch. „Lieutenant Holland, Metro Police Department. Wir möchten mit Ihnen über Ginny McLeod sprechen", rief sie laut, damit die Frau sie auf jeden Fall verstand.

Eine Reihe von Schlössern wurde geöffnet, bevor die Tür aufschwang.

Sam hielt ihre Waffe so, dass Clarissa sie sehen konnte. „Legen Sie die Pistole weg, und treten Sie mit erhobenen Händen davon zurück."

„Dies ist mein Haus. Da haben Sie mir gar nichts zu sagen."

„Detective Cruz, würden Sie bitte Mrs Haverson über ihre Rechte in diesem Zusammenhang informieren?"

„Sie haben das Recht, zu schweigen. Sie haben das Recht auf einen Anwalt …"

„Moment mal. Sie nehmen mich fest?"

„Wir reden nicht mit Ihnen, solange Sie bewaffnet sind", antwortete Sam. „Wenn Sie also nicht bereit sind, Ihre Pistole wegzulegen und zurückzutreten, nehmen wir Sie in der Tat fest und bringen Sie ins MPD, um uns mit Ihnen zu unterhalten. Haben Sie noch weitere Fragen?"

Sie funkelte Sam an. „Ich lege jetzt die Waffe weg."

„Hervorragend." Sam hielt weiter ihre Dienstwaffe auf die Frau gerichtet, bis diese ihre Pistole auf einem Tisch im Vorraum platziert hatte und mit erhobenen Händen zur Tür zurückkehrte.

Sam verstaute ihre Waffe in dem Holster, das sie an der Hüfte trug. „Ich vermute, wenn ich das überprüfen würde, würde ich feststellen, dass Sie dafür einen Waffenschein haben?"

„Korrekt. Es hat hier in der Gegend vor ein paar Jahren eine
Reihe von Einbrüchen gegeben, da habe ich sie mir besorgt.
Niemand kommt je hierher, ohne vorher eine SMS zu schreiben.
Ich bin hier tagsüber allein. Auf dieser Welt kann eine Frau gar
nicht vorsichtig genug sein."

„Dürfen wir rein?"

„Von mir aus. Ich bin nicht sicher, was Sie von mir wollen.
Auch wenn ich froh bin, dass sie ihre gerechte Strafe erhalten hat
– ich habe Ginny nicht umgebracht."

Das, wurde Sam klar, würde sie bei dieser Ermittlung noch
häufiger zu hören kriegen.

Sam hob Clarissas Pistole auf, vergewisserte sich, dass sie gesichert war, entfernte das Magazin und übergab Waffe und Munition Freddie zur Aufbewahrung, solange sie im Haus waren. „Wir
haben gerade mit Ihrem Mann gesprochen."

Das schien Clarissa zu überraschen.

„Wir haben ihn gebeten, uns nicht vorab anzukündigen."

Clarissa führte sie zu einer Sitzecke. „Oh. Wenn Sie mit ihm
gesprochen haben, was wollen Sie dann noch von mir?"

„Erzählen Sie mir, wie Ginny Ihnen gegenüber das erste Mal
ihre Investmentidee erwähnt hat."

Clarissas Miene verhärtete sich, als sie darüber nachdachte.
„Es war im Sommer vorletzten Jahres, bei einer Grillparty im
Haus von gemeinsamen Freunden. Wir haben über Urlaube gere-
det, die wir gemacht oder geplant hatten, und wie immer waren
Ginnys viel besser als die aller anderen. Sie und Ken waren auf
Bora Bora gewesen und hatten in einer dieser Hütten auf dem
Wasser gewohnt, für die die Insel berühmt ist. Wissen Sie, was ich
meine?"

Sam unterdrückte ein Lächeln bei der Erwähnung des Ortes,
an dem sie und Nick ihre Flitterwochen verbracht und Anfang
des Jahres ihren ersten Hochzeitstag gefeiert hatten. „Ja."

Freddie hüstelte, als müsse er ein Lachen verbergen.

„Ich war auf den Bermudas, sie auf Bora Bora. Im Jahr davor
war es Tahiti und davor Bali. Ich gebe zu, ich war neidisch auf sie
und darauf, wie gut es ihr und Ken finanziell ging. Ich fuhr einen
zehn Jahre alten Honda Accord, während sie mit einem nagel-
neuen Mercedes-SUV herumkutschiert ist. Ihr Haus war fantastisch. Ihr Leben war fantastisch. Ich habe einen Witz darüber
gemacht, dass ich so werden wollte wie sie, wenn ich groß wäre,
und später, als niemand mehr in der Nähe war, hat sie etwas über

eine Investitionsmöglichkeit gesagt, an der sie arbeite und die mich nach Tahiti bringen könne."

„Sie waren interessiert?"

„Na klar! Ich glaubte, dass sie mich in das Geheimnis ihres Lebensstils einweihen wollte. Brett und ich arbeiten hart, aber mit drei Kindern, die wir durchs College bringen müssen, und einer großen Hypothek bleibt nicht viel übrig. Als sie mir also von der Investmentgruppe erzählt hat, die sie leitete, war ich ziemlich begeistert." Sie senkte den Blick, ließ die Schultern hängen. „Ich weiß noch, wie ich an jenem Abend nach Hause gefahren bin und Brett erzählt habe, wir müssten das unbedingt machen, weil es unser ganzes Leben verändern könnte."

Bitterkeit schlich sich in ihre Worte, und als sie wieder aufschaute, sah Sam auch den Schmerz.

„Sie hat gewusst, wie sehr wir für alles haben schuften müssen, was wir besitzen, wie stolz wir sind, dass wir unseren Kindern eine gute Ausbildung finanzieren können, ohne ihnen Schulden aufzubürden. Und sie hat auch gewusst, wie sehr es uns finanziell belastet hat, drei Kinder gleichzeitig auf dem College zu haben. Sie hat es gewusst." Clarissa blinzelte Tränen weg. „Das ist der Teil, über den ich nicht hinwegkomme. Ich habe ihr erzählt, wie wenig wir übrig hatten, nachdem wir jahrelang Studiengebühren bezahlt hatten, und sie hat uns trotzdem über den Tisch gezogen. Dabei habe ich gedacht, das wäre unser Weg in einen sorgenfreien Vorruhestand. Stattdessen hat sie dafür gesorgt, dass wir für den Rest unseres Lebens arbeiten müssen."

Sam wartete ab, ob sie noch etwas hinzufügen würde.

„Das Geld, das sie genommen hat … Es war der Rest unseres Ersparten, nachdem wir das College für unsere Kinder bezahlt hatten. Unser Notgroschen. Jetzt ist es weg, und das FBI hat uns von Anfang an gesagt, es sei praktisch aussichtslos, dass wir davon je etwas wiedersehen."

Der Kummer der Frau war mit Händen zu greifen.

„Es wäre mir einfach nie in den Sinn gekommen, dass jemand, den ich fast mein ganzes Leben lang kenne, mich derart eiskalt reinlegen würde."

„Warum auch?", fragte Sam. „Niemand würde das von einer langjährigen Freundin erwarten. Das ist der Teil, den ich nur schwer begreife. Was hat sie gedacht, was passieren würde, wenn die Leute herausfinden, dass es keine Bauprojekte gibt? Dass das Geld weg war? Was glauben Sie, worauf das hinauslaufen sollte?"

„Ich weiß es nicht. Dieses Gespräch habe ich auch schon mit anderen Leuten geführt, die sie bestohlen hat und die ihr, Ken oder beiden ebenfalls nahegestanden haben. Niemand weiß, was sie geglaubt hat, wie das alles enden würde, aber jedenfalls scheint sie das Geld anderer Leute mit vollen Händen ausgegeben zu haben."

„Hat sich denn nie mal jemand gefragt, wie sie sich einen solchen Lebensstil leisten konnte?"

„Nein." Die Frage ärgerte sie offenbar. „Sie hat schon immer auf großem Fuß gelebt, das war also nichts Neues. Wir waren praktisch unser ganzes Leben lang befreundet. Warum in aller Welt hätte ich vermuten sollen, dass sie mein Geld benutzt, um ihren Lebensstil zu finanzieren?" Sie senkte wieder den Blick und ließ bedrückt die Schultern hängen. „Ich gebe mir die Schuld, und Brett sieht das genauso. Der Wunsch, all das zu haben, was Ginny hatte, hat mich so beherrscht, dass ich ihn überredet habe, unsere Rücklagen, unsere Zukunft aufs Spiel zu setzen."

„Sie wissen natürlich, dass es eigentlich die Schuld derjenigen ist, die Sie betrogen hat."

„Ich war es aber, die investieren wollte. Lieutenant, ich wollte, was sie hatte, und jetzt … sind wir nicht bloß finanziell ruiniert, auch unsere Ehe liegt in Trümmern."

„Haben Sie in all Ihren Gesprächen mit anderen Leuten, die Ginny betrogen hatte, jemals von jemandem gehört, dass er sich rächen wollte?"

„Jeder hat das irgendwann mal gesagt. Bedenken Sie, dass wir nicht nur mit dem Schock über den Verlust unseres Geldes zu kämpfen hatten, sondern auch mit der Erkenntnis, dass unsere Schwester, Freundin, Cousine, Nachbarin, Kollegin uns bestohlen hatte. Es war ein doppelter Schlag für alle Beteiligten." Sie blickte Sam direkt an. „Haben Sie schon mit Ginnys Cousine Alison gesprochen? Sie hat eine zweite Hypothek auf ihr Haus aufgenommen, um investieren zu können. Jetzt läuft sie Gefahr, das Haus zu verlieren. Sie sollten mit ihr reden."

„Wo finden wir sie tagsüber?"

„Sie arbeitet für eine Inneneinrichtungsfirma in Germantown. Lassen Sie mich mein Handy holen, dann kann ich Ihnen den Namen raussuchen."

Nachdem sie den Raum verlassen hatte, schaute Sam Freddie an. „Eindrücke."

„Überall Motive."

„Diesen Mörder zu finden wird wie die Suche nach der Nadel im Heuhaufen."

„Es sei denn, wir haben Glück mit Fingerabdrücken, die bereits im System sind."

„Kann ich mir nicht vorstellen. Das war vermutlich ein Ersttäter im Affekt. Höchstwahrscheinlich wollte die Person, die das getan hat, sie gar nicht umbringen. Vielleicht wollte sie nur ihr Geld zurück, und als Ginny gesagt hat, dass das nicht möglich sei, ist der Täter ausgerastet, hat sich das Erstbeste gegriffen, was zur Hand war, und ist damit auf sie losgegangen. Monatelanger unerträglicher Stress hat sich in einem einzigen Moment ein Ventil gesucht. Es ist möglich, dass unser Mörder keine Vorstrafen hat, vielleicht noch nie einen Strafzettel bekommen hat."

„Du bist gut in so etwas. Ehrlich, du solltest eine Karriere bei der Polizei in Betracht ziehen."

Er war wirklich lustig – und er wusste es. „Also gefällt dir meine Theorie?"

„Ja, und ich stimme dir zu, dass es höchstwahrscheinlich im Affekt geschehen ist."

Clarissa kam mit einem Zettel zurück, den sie Sam hinhielt. „Das ist die Firma, für die Alison arbeitet."

„Alles klar, danke." Sam reichte ihr eine Visitenkarte und erhob sich. „Wenn Ihnen noch etwas einfällt, rufen Sie mich bitte an. Es tut mir wirklich leid, dass Ihnen das passiert ist."

„Danke."

Clarissa begleitete sie nach draußen. An der Tür gab Freddie ihr die Pistole und die Munition zurück.

„Nehmen Sie alles, und gehen Sie nach oben", ordnete Sam an. „Sie müssen verstehen, wir kehren niemals einer Waffe den Rücken zu. Wir finden schon allein raus."

Clarissa tat es.

Erst als sie außer Sichtweite war, öffnete Sam die Haustür.

„Sie kann uns immer noch von einem Fenster im Obergeschoss aus erwischen", sagte Freddie auf dem Weg zum Wagen.

Sam warf einen nervösen Blick zu den Fenstern im ersten Stock, aber sie sah Clarissa nicht. Allerdings ging sie etwas schneller als sonst zurück zum Auto. Sie war gerade dabei, sich anzuschnallen, als ihr Telefon eine SMS von Nick meldete.

*Kannst du um 13 Uhr bei WKLA sein?*

Sam schaute auf die Uhr und stellte fest, dass sie genug Zeit hatte, um bis eins nach Germantown und dann zurück in die Innenstadt zu kommen. *Ja, bis dann.*

*Ich kann es kaum erwarten.*

Sie lächelte über die Art und Weise, wie er es schaffte, ihr mit einer aus fünf Wörtern bestehenden SMS das Gefühl zu geben, geliebt zu werden.

„Was erfreut dich?"

„Die Aussicht auf meine Mittagspause mit meinem Mann."

„Bäh."

„Nicht, was du wieder denkst, Freddie. Wir statten der WKLA-Reporterin einen Besuch ab, die gefragt hat, wann wir ‚eigene Kinder' haben werden, um ihr zu erzählen, dass unser Dreizehnjähriger wissen will, was es bedeutet, ein ‚eigenes' Kind zu sein, weil ein paar seiner Mitschüler offenbar gesagt haben, er sei keins."

„Ach, komm. Nicht wirklich."

„Doch. Also reden wir mal mit ihr."

„Weiß sie das schon?"

„Nein."

Er grinste. „Kann ich bitte Mäuschen spielen? Ich bringe auch Popcorn mit, und ich verspreche, leise zu sein. Ihr werdet also nicht mal merken, dass ich da bin."

Sam lachte. „Klar. Mach ruhig."

„Super."

∼

Nick hatte dem pensionierten Senator Graham O'Connor, seinem politischen Mentor und Quasi-Adoptivvater, sowie Brandon Halliwell, dem Vorsitzenden der nationalen Organisation der Demokratischen Partei, eine SMS geschrieben und sie gebeten, so schnell wie möglich ins Weiße Haus zu kommen. Graham traf zuerst ein. Tanya, eine der Empfangsdamen, führte ihn in Nicks Büro und bot ihm Kaffee an.

„Ich hätte lieber einen Bourbon", sagte Graham, „aber Kaffee ist mir auch recht, wenn das keine Option ist."

„Sofort, Senator", erwiderte Tanya. „Für Sie auch, Mr Vice President?"

„Ja, bitte, Tanya. Danke."

„Gern."

Graham hatte tatsächlich sein dichtes weißes Haar gekämmt,

ehe er seine Farm in Leesburg verlassen hatte, um in die Stadt zu fahren. „Ich hoffe, du hast gute Neuigkeiten für mich, Nick."

„Ich habe Neuigkeiten, doch ich bin mir nicht sicher, ob sie dir gefallen werden."

Grahams Gesicht legte sich in Sorgenfalten. „Willst du mir das Herz brechen, mein Sohn?"

Nick liebte es, dass Graham ihn als Sohn betrachtete – nicht, dass er jemals John hätte ersetzen können, den Sohn, den Graham verloren hatte. Senator John O'Connor war Nicks bester Freund und Chef gewesen. Seine Ermordung gehörte zu den schlimmsten Erfahrungen in Nicks Leben. „Ich fürchte, das muss ich."

Der ältere Mann schnitt eine Grimasse, schwieg aber, weil in diesem Moment Tanya mit Kaffee zurückkam, den sie vor Graham auf den Tisch stellte. „Bitte lassen Sie es mich wissen, wenn Sie sonst noch etwas brauchen."

„Danke, Tanya", sagte Nick. „Schicken Sie bitte Mr Halliwell herein, sobald er eintrifft."

„Jawohl, Sir." Mit einem leisen Klicken schloss sich die Tür hinter ihr.

Nick stand auf und ging um seinen Schreibtisch herum, um sich Graham gegenüber auf das andere Sofa zu setzen.

„Warum?", fragte Graham leise. „Das Amt ist zum Greifen nah. Du musst nur deinen Hut in den Ring werfen. Du müsstest nicht mal groß Wahlkampf machen."

Nick trank einen Schluck Kaffee. „Ganz ehrlich? Ich will das Amt nicht. Wir wissen beide, dass mir ein achtzehn Monate langer intensiver Wahlkampf bevorstünde. Ich will aber bei Sam und den Kindern sein. Ich möchte auch nicht für den Rest meines Lebens von Sicherheitskräften umgeben sein. Außerdem würden Scottys gesamte Highschool- und Collegezeit in meine Amtszeit fallen. Das will ich ihm nicht antun. Ich will keinem von uns dieses Amt antun. Wenn man nicht rund um die Uhr unter dem Schutz des Secret Service lebt, ahnt man nicht, wie einschränkend das ist."

Graham trank seinen Kaffee und hörte ihm genau zu.

„Ich weiß, wie sehr du dir das für mich wünschst, und ich liebe dich dafür und für eine Million anderer Dinge, die du in den letzten zwanzig Jahren für mich getan hast. Du bist der Hauptgrund, warum ich in diesem Büro sitze, und ich möchte nicht, dass du denkst, ich wäre für all das nicht dankbar. Das bin ich."

„Ich weiß", seufzte Graham. „Selten war ich so stolz wie an

dem Tag, an dem du als Vizepräsident vereidigt wurdest. Ich habe nicht den geringsten Zweifel, dass du die Wahl gewinnen würdest."

„Deinen Glauben an mich weiß ich zu schätzen. Immer schon."

„Da geht es nicht um Glauben, Nick. Es ist Gewissheit. Du würdest gewinnen."

„Vielleicht, doch ich denke, das amerikanische Volk verdient einen Präsidenten, der das Amt wirklich und wahrhaftig will. Das tue ich nicht. Versteh mich nicht falsch. In einem Notfall würde ich die Verantwortung annehmen, ohne zu zögern. Aber achtzehn Monate Wahlkampf? Das kommt nicht infrage."

Graham stellte seine Tasse auf den Tisch und beugte sich vor. „Lass mich ausreden … Was wäre, wenn wir den Wahlkampf beschränken? Wie wäre es, wenn du ein Wochenende pro Monat oder so den Vorwahlen opferst? Ich denke, die Leute würden es mit Respekt zur Kenntnis nehmen, dass du deine Prioritäten richtig setzt und den Fokus auf deine junge Familie legst."

„Ich möchte nicht mal ein Wochenende pro Monat ohne meine Kinder sein, Graham."

„Dann nimm sie mit. Zeige ihnen das Leben außerhalb von Washington."

„Aber was ist, wenn Scotty nicht mitwill, weil seine Freunde einen Filmabend oder eine Geburtstagsparty oder was auch immer veranstalten? So einfach ist das nicht. Meine Familie dreht sich ja nicht nur um mich, und ich habe Sams und Scottys Leben schon genug durcheinandergewirbelt. Die Zwillinge fangen gerade an, sich bei uns wohlzufühlen. Ich kann nicht tagelang aus ihrem Leben verschwinden, jetzt, wo sie daran gewöhnt sind, mich um sich zu haben. Das wäre unfair."

Graham stöhnte laut auf. „Du bringst mich um."

„Ich weiß. Tut mir leid. Trotzdem steht mein Entschluss fest."

„Welcher Entschluss?", fragte Halliwell, der gerade den Raum betrat, wie immer erfüllt von nervöser Energie.

„Er wird nicht kandidieren."

# KAPITEL 8

Halliwell blieb ein Stück von der Sitzgruppe entfernt stehen, sein Gesicht war völlig ausdruckslos. „Das ist ein schlechter Scherz."

„Nein."

Halliwell blickte zu Graham, der nur die Achseln zuckte. „Bei allem Respekt, aber was soll das, Mr Vice President? Haben Sie den Verstand verloren?"

„Äh, nicht, dass ich wüsste."

„Er möchte nicht von seiner Familie getrennt sein", erklärte Graham, der jetzt, wo Nick ihm seine Gründe dargelegt hatte, resigniert klang.

„Dann nehmen Sie sie doch mit!"

Nick sah dem anderen Mann direkt in die Augen, damit auch ja keine Missverständnisse aufkamen. „Ich werde nicht kandidieren, Brandon."

Halliwell fuhr sich mit der Hand durchs Haar und schien einen Moment zu brauchen, um sich zu sammeln. „Wir können Sie nicht umstimmen?"

„Nein. Tut mir leid. Ich wollte Ihnen rechtzeitig Bescheid sagen, damit Sie umplanen können." Bis zur Wahl selbst waren es zwar noch drei Jahre, doch die Vorwahlen könnten in etwa anderthalb Jahren beginnen. Aber immerhin hatten sie jetzt, wo er nicht mehr im Rennen war, ausreichend Zeit, sich etwas anderes zu überlegen.

Brandon setzte sich auf einen der anderen Sessel und wirkte, als hätte ihm jemand jeglichen Wind aus den Segeln genommen.

„Das ist doch sicher keine Überraschung für Sie", meinte Nick. „Der Gedanke an eine Kandidatur hat mich noch nie mit unbändiger Freude erfüllt."

„Nein", räumte Brandon ein. „Trotzdem dachte ich, letzten Endes würden Sie es tun. Ich meine, niemand hat Beliebtheitswerte wie Sie. Die Leute werden sehr enttäuscht sein, wenn sie das hören."

„Ehe wir's uns versehen, werden sie sich für den nächsten Politiker begeistern. Das wird schon werden, und natürlich werde ich unseren Kandidaten im Wahlkampf nach Kräften unterstützen."

„Ich bin in der Hoffnung hergekommen, grünes Licht zu kriegen, und stattdessen ..."

„Geht mir genauso", sagte Graham. „Aber da ich Nick seit seinem achtzehnten Lebensjahr kenne, verstehe ich seine Gründe. Er hat jetzt, was er sich immer gewünscht hat, und das ist natürlich reizvoller, als ohne seine Familie kreuz und quer durchs Land zu reisen und etwas zu tun, das er verabscheut."

Nick warf Graham ein dankbares Lächeln zu. Es bedeutete ihm sehr viel, dass der alte Senator ihn verstand, auch wenn er enttäuscht war. „Ich habe meinem Team heute Morgen meine Entscheidung mitgeteilt. Trevor arbeitet gerade an einer persönlichen Erklärung. Ich möchte sie so schnell wie möglich herausgeben, wollte das jedoch mit Ihnen beiden koordinieren."

„Wir haben viel Zeit und Mühe investiert, um Sie in diese Position zu bringen", erinnerte ihn Brandon. „Als wir Sie zum Vizepräsidenten gemacht haben, geschah das in der Absicht, damit auch die zukünftige Führungsfigur der Partei zu küren. Das amerikanische Volk braucht Sie, Mr Vice President. Ohne Sie könnten wir das Weiße Haus verlieren. Diese Entscheidung betrifft bei Weitem nicht nur Ihre Familie. Wir reden über das Wohlergehen und die Stabilität der gesamten Nation."

„Wie Sie genau wissen, verfügen die Demokraten über eine ganze Reihe extrem qualifizierter Frauen und Männer, die diese Gelegenheit nutzen können", entgegnete Nick. „Jeder ist ersetzbar, Brandon."

„Ich weiß nicht, ob Sie so ersetzbar sind, wie Sie glauben." Brandon erkannte, dass Nick nicht nachgeben würde, holte tief

Luft, seufzte und ließ sich gegen die Rückenlehne sinken. „Damit stehen wir wieder am Anfang."

„Das ist mir klar, und es tut mir leid."

„Wir werden auch diesmal eine Lösung finden." Brandon richtete seinen durchdringenden Blick auf Nick. „Sind Sie sicher, dass wir Sie nicht umstimmen können?"

„Sehr sicher. Eins möchte ich bei dieser Entscheidung jedoch ganz deutlich kommunizieren, und Trevor wird das auch in meiner persönlichen Erklärung zum Ausdruck bringen: Auch wenn ich bei der nächsten Wahl nicht die Präsidentschaft anstrebe, bin ich als Vizepräsident weiterhin bereit, willens und in der Lage, meinem Land im Notfall zu dienen. Ich möchte nicht, dass jemand denkt, ich würde auch als Vizepräsident die Segel streichen. Dieses Amt habe ich noch für drei Jahre inne, und ich gedenke, es so gut wie möglich auszufüllen."

„Sind Sie bereit für den Shitstorm, der losbrechen wird, wenn Sie diese Erklärung abgeben?", fragte Brandon.

„Was für ein Shitstorm?"

Brandons Lachen klang leicht ungläubig. „Die Leute werden maßlos enttäuscht sein, Mr Vice President. Sie haben ihre Hoffnungen auf Sie gesetzt, als ein Leuchtfeuer jugendlicher Energie und Zukunftsfähigkeit."

„Es tut mir sehr leid, wenn ich meine potenziellen Wählerinnen und Wähler vor den Kopf stoße, aber sie sollen einen Präsidenten haben, der das Amt wirklich mehr als alles andere will. Ich hingegen möchte vor allem Vater und Ehemann sein."

„Ganz ehrlich", sagte Brandon, „das zu hören bricht mir das Herz. Ich habe mich so auf eine Regierung Cappuano gefreut. Doch ich bewundere, wie klar Sie Ihre Prioritäten setzen." Er stand auf und schüttelte Nick die Hand. „Wir bleiben in Kontakt."

„Danke für alles, Brandon."

Mit einem Nicken ließ er Nicks Hand los und verließ den Raum mit etwas weniger Elan, als er ihn betreten hatte.

„Brandon ist am Boden zerstört", stellte Graham fest, als sie allein waren. „Genau wie ich."

„Das tut mir leid."

„Muss es nicht. Wie er bewundere auch ich deine klaren Prioritäten. Vielleicht wären die Dinge für meinen Sohn anders gelaufen, wenn ich meine so klar gesetzt hätte, als er erwachsen geworden ist und ein Kind gezeugt hat und …" Sein Achselzucken überspielte einen Abgrund der Trauer um John, seinen jüngsten Sohn.

„Wir geben alle unser Bestes, Graham. Mehr kann man nicht verlangen.“

„Ich hätte manches besser machen können. Was meine Familie betrifft, empfinde ich manchmal Reue. Terry und all seine Probleme … Der Umgang mit Lizbeths Kindern erinnert mich daran, was ich bei meinen eigenen verpasst habe, während ich mich von meinem Ehrgeiz hab treiben lassen. Männer, die ihre eigenen Wünsche hinter die ihrer Familie zurückstellen können, sind selten.“

„Mein sehnlichster Wunsch ist es, bei meiner Familie zu sein. Du warst immer viel mehr daran interessiert, dass ich Präsident werde, als ich.“

„Das kann ich nicht abstreiten“, räumte Graham lachend ein. „Du hast dich mit Händen und Füßen gewehrt. Ich weiß auch, dass das nicht zuletzt an deiner Überzeugung liegt, du hättest diese Karriere nur machen können, weil wir John verloren haben.“

„Ich *habe* diese Karriere nur machen können, weil wir John verloren haben. Aber ich würde gerne glauben, dass er stolz wäre auf das, was wir in den fast zwei Jahren seit seinem Tod erreicht haben.“

„Er wäre ganz sicher stolz auf dich. John hat immer gesagt, du wärst das Gehirn eurer kleinen gemeinsamen Operation.“

„Wir waren ein gutes Team. Ich vermisse ihn sehr.“

„Geht mir genauso.“

„Er wäre auch stolz auf dich“, sagte Nick. „Das war er immer.“

Ein Klopfen an der Tür unterbrach sie. „Herein“, rief Nick.

Sein Kommunikationschef Trevor Donnelly trat ein. „Entschuldigen Sie die Störung, Mr Vice President, Senator.“

„Kommen Sie rein“, forderte Nick ihn auf.

„Ich habe die persönliche Erklärung vorbereitet, die Sie bei mir in Auftrag gegeben haben.“ Er reichte Nick den Ausdruck, den dieser überflog.

*Ich möchte Sie heute über meine Entscheidung informieren, bei der nächsten Wahl nicht für das Amt des Präsidenten zu kandidieren. Diese Entscheidung ist mir nicht leichtgefallen, und obwohl mein Amt als Ihr Vizepräsident mich mit tiefer Freude erfüllt – und ich bereit, willens und in der Lage bin, den Präsidenten zu vertreten, sollte die Notwendigkeit entstehen –, gedenke ich, sobald meine aktuelle Amtszeit endet, meine*

*Aufmerksamkeit und Zeit meiner jungen, wachsenden Familie zu widmen.*

*Wie viele von Ihnen wissen, habe ich sehr junge Eltern und bin bei meiner Großmutter aufgewachsen. Mein ganzes Leben lang habe ich mich nach der Familie gesehnt, die ich jetzt habe, und ich möchte keine Minute mit meiner Frau Samantha oder unseren Kindern Scotty, Alden und Aubrey sowie mit Elijah, dem älteren Bruder der Zwillinge, der mittlerweile ebenfalls Teil unserer Familie geworden ist, versäumen. Ich habe diese Entscheidung keineswegs leichtfertig getroffen. Mir ist bewusst, dass viele meiner Mitbürgerinnen und Mitbürger gehofft haben, dass ich kandidiere, und bereit waren, meine Kandidatur zu unterstützen. Ich weiß das Vertrauen, das Sie in mich als Ihren Vizepräsidenten setzen, und die Unterstützung, die Sie mir im Falle einer Kandidatur geleistet hätten, zu schätzen. Ich wollte dem Democratic National Committee jedoch genügend Vorlauf dafür geben, für den nächsten Wahlzyklus zu planen. Ich bin voll und ganz bereit, die künftige Kandidatin oder den künftigen Kandidaten der Demokraten zu unterstützen, und werde ihr oder ihm nach Kräften mit Rat und Hilfe zur Seite stehen, wer auch immer es sein wird.*

*Es ist die größte Ehre meines Lebens, den Vereinigten Staaten von Amerika als Vizepräsident zu dienen, und ich sehe den nächsten drei Jahren mit Begeisterung und Freude entgegen.*

„Das ist perfekt, Trevor. Genau so etwas habe ich gebraucht."

„Danke, Sir."

„Ich schätze, als Nächstes muss ich den Präsidenten darüber informieren, dass ich diese Erklärung umgehend an die Öffentlichkeit zu geben gedenke."

„Dann mach das mal", sagte Graham, erhob sich und streckte Nick die Hand hin.

Nick schlug ein und umarmte dann den älteren Mann, der ihm so viel bedeutete. „Danke für dein Verständnis."

„Mein Sohn, ich hab dich lieb."

„Ich dich auch."

„Komm doch bald mal wieder mit den Kindern zum Reiten zu uns raus. Ihr wart schon zu lange nicht mehr da."

„Ganz bestimmt."

„Ich werde jetzt meinen anderen Sohn besuchen", verabschiedete sich Graham und ging in Richtung von Terrys Büro, zweifellos, um mit ihm über Nicks Entscheidung zu trauern.

Das war in Ordnung. Nick hatte damit gerechnet, dass seine

engsten Vertrauten enttäuscht sein würden, und sich mental darauf vorbereitet.

Er nahm die Erklärung, die Trevor für ihn geschrieben hatte, begab sich zu den Büroräumlichkeiten des Präsidenten und erkundigte sich, ob Nelson eine Minute Zeit für ihn habe.

„Natürlich, Mr Vice President", antwortete eine der Assistentinnen. „Gehen Sie einfach rein."

„Danke."

Nick klopfte an die Tür des Oval Office und trat ein. „Entschuldigen Sie die Störung, Mr President."

„Kommen Sie herein, Nick." Nelson, ein attraktiver Mann in den Sechzigern mit silbergrauem Haar, war in den Wochen, seit seine Frau ihn verlassen hatte, um nach dem Bekanntwerden seiner Affäre mit Tara Weber nach South Dakota zurückzukehren, sichtlich gealtert.

Seit er zwei Skandale überstanden hatte, die seine gesamte Administration in den Grundfesten erschüttert hatten, verhielt sich der Präsident Nick gegenüber wesentlich herzlicher und freundlicher. Er hatte Glück, dass Nick und das gesamte Personal des Westflügels ihn nicht einfach im Stich gelassen hatten, als bekannt geworden war, dass er während des letzten Wahlkampfs eine Affäre gehabt hatte, während seine Frau Gloria sich einer Krebsbehandlung unterzog, die sie geheim gehalten hatte. Diese Nachricht hatte Nick und viele andere hart getroffen.

Nelson kam um den historischen Präsidenten-Schreibtisch herum und bedeutete Nick, auf einem der Sofas Platz zu nehmen. „Was kann ich für Sie tun?"

„Ich wollte Sie wissen lassen, dass ich heute diese Erklärung veröffentlichen werde."

Nelson nahm Nick den Ausdruck aus der Hand und überflog ihn rasch, ehe er mit verblüffter Miene wieder zu ihm aufsah. „Ich muss zugeben, damit habe ich nicht gerechnet."

„Mir ist klar, dass Sie das überrascht, aber diese Entscheidung steht schon seit einer ganzen Weile, und ich halte es nur für fair, dem DNC und den anderen potenziellen Kandidaten so viel Vorbereitungszeit wie möglich einzuräumen."

„Sie müssen wissen, dass viele Menschen der Meinung sind, das Amt gehöre Ihnen, wenn Sie es nur wollten."

„Da bin ich mir nicht so sicher, und im Grunde will ich es ja auch gar nicht."

„Meinetwegen, nicht wahr? Wegen der Sache mit Christopher

und der Affäre mit Tara." Sein Sohn hatte einen Mord in Auftrag gegeben, um Nick – und damit auch Sam – zu diskreditieren und seine eigenen politischen Pläne voranzutreiben. „Ich habe dem Amt in Ihren Augen die Würde genommen, oder?"

„Beides waren natürlich schwierige Situationen, aber die Wahrheit steht in dieser Erklärung. Der Grund für meine Entscheidung sind Sam und die Kinder. Mein älterer Sohn wird die nächsten acht Jahre an der Highschool und am College sein. Es ist viel verlangt, diese Zeit unter der Obhut des Secret Service zu verbringen, und ich möchte nicht, dass er das muss. Die Zwillinge haben gerade ihre Eltern verloren, und wir bemühen uns, ihnen ein stabiles, liebevolles Zuhause zu geben. Wie soll ich das machen, wenn ich mehr weg bin als daheim?"

„Falls Sie meine Meinung hören wollen: Ich glaube, Sie tun das Richtige. Ihre Kinder werden schnell erwachsen werden, und wenn Sie das nicht miterleben, bereuen Sie es später."

„Ich habe bereits Scottys erste elf Jahre verpasst. Alles Weitere möchte ich mitbekommen."

Nelson reichte Nick die Stellungnahme zurück. „Danke für die Vorwarnung."

„Gern geschehen, Mr President."

„Wie stellen Sie sich Ihre weitere berufliche Laufbahn vor?"

„Ich bin noch nicht sicher, doch da wird mir in den nächsten drei Jahren bestimmt etwas einfallen."

„Sie werden mehr Angebote erhalten, als Sie auch nur ernsthaft in Erwägung ziehen können."

„Das lasse ich auf mich zukommen." Nick erhob sich, um zu gehen. „Danke für Ihre Zeit."

Nelson erhob sich ebenfalls und schüttelte ihm die Hand. „Danke für Ihre. Lassen Sie uns in den nächsten Tagen mal zusammen essen, um unsere Pläne für die nächsten Monate abzugleichen. Ich habe ein paar Dinge vor, die ich gerne mit Ihnen zusammen machen würde."

Das würde Nick erst glauben, wenn er es mit eigenen Augen sah, denn Nelson hielt ihn in der Regel von allen wichtigen Themen fern, auch wenn er ursprünglich etwas anderes versprochen hatte. „Klingt gut. Schönen Tag noch, Mr President."

„Ihnen auch."

Nick kehrte in seine Büroräume zurück, klopfte bei Trevor und reichte ihm die Presseerklärung. „Wir haben grünes Licht.

Warten Sie aber bitte bis etwa drei. Ich habe um eins noch einen Termin, der dadurch nicht gestört werden soll."

„Geht klar, Mr Vice President, und falls Sie meine Meinung hören wollen, ich verstehe Ihren Schritt, auch wenn ich es bedauere, nach dieser Amtszeit nicht mehr mit Ihnen zusammenarbeiten zu können."

„Ich bin sicher, das werden wir in der einen oder anderen Form trotzdem tun, Trevor."

„Das hoffe ich sehr, Sir."

Terry erschien an der Tür. „Du hast meinem Vater das Herz gebrochen."

„Ich weiß. Es tut mir leid."

„Er wird darüber hinwegkommen. Im Grunde versteht er es. Wie wir alle. Wir sehen ja, wie glücklich Sam und deine Familie dich machen. Ich möchte auch nicht für längere Zeit von Lindsey getrennt sein. Es ist alles in Ordnung."

„Ich bin sicher, wir finden nach meiner Amtszeit eine Möglichkeit, gemeinsam weiterzuarbeiten", sagte Nick.

„Das wäre schön. Brant hat mich gebeten, dir auszurichten, er habe die Abfahrt zu deinem Termin um eins für Viertel vor arrangiert."

„Hervorragend." Nick blickte dem Besuch bei der unhöflichen Reporterin mit einer gewissen Vorfreude entgegen. Gleichzeitig war er erleichtert, dass seine engsten Vertrauten seine Entscheidung jetzt kannten.

Ginnys Cousine Alison Enders arbeitete bei einer vornehmen Inneneinrichtungsfirma in der Nähe der Maryland Route 118 in Germantown. Sie trug ihr dunkles Haar zu einem Bob geschnitten, hatte intelligente haselnussbraune Augen und hatte zu einem marineblauen Kostüm High Heels an. Sam liebte schöne Schuhe, aber alles, was höher war als acht Zentimeter, kam für sie aus reinen Selbstschutzgründen nicht infrage.

Sie folgte Alison zu den Büros hinter dem Ausstellungsbereich.

„Ich habe sie nicht umgebracht", erklärte Alison, kaum dass sich die Tür hinter Freddie geschlossen hatte. „Es überrascht mich allerdings nicht, dass jemand anders es getan hat. Ihre Machenschaften haben viele Leute in den Ruin getrieben."

In jedem Wort schwang ihr kaum kontrollierter Zorn mit. „Wir sind zusammen aufgewachsen, haben beieinander übernachtet, haben uns gemeinsam mit Jungs verabredet und zusammen Urlaub gemacht. Unsere Kinder haben wir gemeinsam großgezogen und uns gegenseitig als ‚beste Cousinen' bezeichnet." Sie schnaubte empört. „Dann hat sie alles zerstört, indem sie mich bestohlen hat." Alison bedeutete Sam und Freddie, auf ihren Besucherstühlen Platz zu nehmen, und setzte sich hinter ihren Schreibtisch, auf dem sich Aktenordner, Stoffproben und Farbpaletten stapelten.

„Können Sie mir erzählen, wie sie Sie zum Investieren verleitet hat?"

„Mein Mann Tom und ich waren mit ihr und Ken im Urlaub. Wir sind jedes Jahr gemeinsam in die Karibik gereist, um dem Winterblues zu entgehen, wie wir das nannten. Sie hing viel am Telefon, und als ich sie nach dem Grund gefragt habe, hat sie mir erzählt, sie arbeite gerade am spannendsten Projekt ihrer gesamten Laufbahn. Es war ein restauriertes Fabrikgebäude in einem angesagten Teil von Gaithersburg, das sie renovieren und zu Wohnungen und Läden umbauen lassen wollte. Wenn sie darüber gesprochen hat, haben ihre Augen so fasziniert gefunkelt, dass es regelrecht ansteckend war. Rückblickend ist mir klar, dass das alles vorgespielt war. Aufregung heucheln, andere scharf machen und sie dann um ihr Geld erleichtern."

„Wie viel haben Sie ihr gegeben?"

„Dreihunderttausend", antwortete sie mit tiefem Seufzen.

Sam glaubte zunächst, sie hätte sich verhört. Wer hatte denn so viel Geld einfach so zur Verfügung? „Wann ist Ihnen klar geworden, dass Sie abgezockt wurden?"

„Das hat einige Zeit gedauert, weil ich gar nicht auf die Idee gekommen wäre, dass meine eigene Cousine mich bestehlen würde. Aber Tom ist, ein paar Monate nachdem wir ihr das Geld gegeben hatten, unruhig geworden, weil es keinerlei Informationen über das Projekt und seine Fortschritte gab. Er hat sie dann täglich per SMS nach Updates gefragt, und eine Weile lang hat sie ihm gerade genug Informationen geschickt, um ihn ruhigzustellen. Doch nach ein paar Wochen mit täglichen Informationsnachfragen hat sie ihm dann plötzlich nicht mehr geantwortet – und auch meine SMS unbeantwortet gelassen."

„War das außergewöhnlich?"

„Sehr. Ginny war nicht nur meine Cousine, sondern

außerdem eine meiner besten Freundinnen. Wir haben fast täglich miteinander gesprochen, sogar als wir Colleges in unterschiedlichen Staaten besucht haben. Selbst jetzt, so lange nachdem sie aufgeflogen ist, ist das Ganze für mich unvorstellbar."

„Wann haben Sie sie zuletzt gesehen?"

„Bei der Anklageverlesung."

„Haben Sie da mit ihr gesprochen?"

„Nein. Ich habe das letzte Mal mit ihr geredet, als ich sie einen Tag vor der Anklageerhebung angerufen habe."

„Worum ging es bei dem Telefonat?"

„Ich habe gesagt, sie könne immer noch alles wieder in Ordnung bringen, das Geld zurückgeben. Sie hat erwidert, das alles sei ein großes Missverständnis und ich solle mir keine Sorgen machen, das Geld sei in Sicherheit."

„War es das?"

„Keine Ahnung. Wir glauben, sie hat es auf irgendwelchen Offshore-Konten gebunkert, auch wenn bisher keine aufgetaucht sind. Vorausgesetzt, sie hat nicht einfach alles ausgegeben. Wobei Tom schon recht hat; Wissen Sie, wie anstrengend es ist, zwanzig Million Dollar auszugeben?"

„Haben Sie von den Ermittlungsbehörden einen Verwendungsnachweis erhalten?"

„Urlaube, Autos, Klamotten, Schmuck, die Collegegebühren für ihre Tochter, Luxuswagen für die Kinder, eine Alaska-Kreuzfahrt für Ginnys Eltern – die Liste ist endlos. Aber die Posten darauf decken nicht mal annähernd die volle Summe ab."

„Haben Sie eine Vorstellung davon, wer sie umgebracht haben könnte?"

„Möchten Sie die gesamte Liste oder nur die fünfhundert wahrscheinlichsten Verdächtigen?"

Sam gefiel der Sarkasmus der Frau. „Es sind unfassbar viele Menschen, die ein Motiv hatten. Wir bemühen uns gerade, den Kreis einzugrenzen. Wenn Ihnen dazu irgendetwas einfällt, wäre das sehr hilfreich für uns."

„Ich verstehe, dass Sie ihren Mörder finden müssen, und weiß Ihre Arbeit zu schätzen. Sie werden jedoch sicher auch verstehen, dass mir das scheißegal ist. Wenn ich es erfahre, würde ich dem Täter vielmehr gerne ein Bier ausgeben, um mich bei ihm zu bedanken."

„Hat sie noch weitere Mitglieder Ihrer Familie derart ausgenommen?"

„Einen ihrer eigenen Brüder, einen von meinen Brüdern und eine weitere Cousine. Wir vier klagen gemeinsam auf Entschädigung aus ihrem Nachlass, eine Methode, von der wir hoffen, dass sie uns helfen kann, einen Teil unserer Verluste auszugleichen. Trotzdem wird es Jahre dauern. Statt uns also auf unseren Ruhestand zu freuen, haben wir jetzt noch zahlreiche Arbeitsjahre vor uns, bis wir möglicherweise mit dem Prozess Glück haben. Dazu hat sie uns verdammt. Ich persönlich hoffe, sie schmort in der Hölle. Das wäre das Mindeste, was sie verdient hat."

„Glauben Sie, Ken oder ihre Kinder haben Bescheid gewusst?"

„Darüber habe ich mir auch schon den Kopf zerbrochen und mich gefragt, wie sie es *nicht* hätten wissen können. Aber sie war gut darin, die Wahrheit zu vertuschen, deshalb bin ich mir wirklich nicht sicher."

„Können Sie mir sagen, wo ich ihre Kinder finde?"

„Ihre Tochter Mandi steht kurz vor ihrem Abschluss an der Catholic University, und ihr Sohn Ken junior arbeitet in der Rüstungsbranche. Ich bin nicht sicher, wo, doch das müsste Ken senior wissen."

„Das hilft uns weiter. Danke." Sam überreichte auch ihr eine Visitenkarte. „Wenn Ihnen noch etwas einfällt, rufen Sie mich bitte an."

Alison nahm die Karte.

„Haben Sie irgendetwas zum Thema Beerdigung gehört?", fragte Sam.

Sie schüttelte den Kopf. „Ich gehe nicht hin, von daher ist sie mir egal."

„Danke für Ihre Zeit. Wir finden allein raus."

Draußen seufzte Sam frustriert. „Ich hasse diese Frau und diesen Fall."

„Das empfinde ich genauso. Es ist wirklich schwierig, für jemanden Mitleid aufzubringen, der Menschen, die ihm nahestanden, so abgezockt hat. Ich wünschte mir beinahe, wir würden ihren Mörder nicht finden."

„Ich auch, aber das darfst du niemals vor anderen sagen. Niemals."

„Ist klar. Was nun?"

„Wenn ich Nick zu unserem Mittagsdate getroffen habe, sollten wir Ginnys Tochter auf der Catholic ausfindig machen und in Erfahrung bringen, was sie wann gewusst hat. Versuch mal herauszufinden, wo auf dem Campus sie sich aufhält."

Während sie einstiegen, erwiderte er: „Wird erledigt, wenn du aufhörst, jedes ganz normale Treffen mit Nick als Date zu bezeichnen."

„Du wirst es tun, weil ich es dir gesagt habe, und wann immer ich meinen sexy Mann mitten am Tag zu sehen kriege, ist das ein Date. Ende der Diskussion."

„Von wegen. Auch ich habe Rechte in unserer Beziehung."

„Nein, und es ist keine *Beziehung*, du Freak."

„Fangen wir jetzt mit Schimpfnamen an? Du hast so viel Dreck am Stecken, von dem ich weiß, dass du eigentlich nett zu mir sein müsstest, nur damit ich die Klappe halte."

„Ich könnte dir einfach mit meinem rostigen Steakmesser die Zunge rausschneiden. Dann würdest du auch die Klappe halten."

Er lachte schnaubend. „Bei dir läuft es immer irgendwann auf das Steakmesser hinaus, oder?"

„Genau, und das solltest du niemals vergessen."

# KAPITEL 9

Auf dem Weg zum Fernsehsender beleuchtete Sam im Geiste den Fall McLeod von allen Seiten und stellte fest, dass sie nicht mehr Antworten hatten als am Tag zuvor. Ihr Handy klingelte, und sie nahm Captain Malones Anruf über die Bluetooth-Freisprecheinrichtung entgegen, eine tolle technische Möglichkeit ihres neuen Mobiltelefons. „Lieutenant Holland per Freisprechanlage. Was kann ich für Sie tun?"

„Sie ist endlich im einundzwanzigsten Jahrhundert angekommen und möchte, dass wir das feiern", erklärte Freddie.

„Der kleine Freddie hat heute Morgen eine ganz besonders große Klappe", wies ihn Sam zurecht. „Dagegen müssen wir vielleicht mal etwas unternehmen."

„Träum weiter", brummte Freddie.

„Wenn Sie beide fertig sind", warf Malone amüsiert ein, „wüsste ich gern, wo wir im Fall McLeod stehen."

„Die ganze Welt wollte ihren Tod, und niemand ist traurig darüber, dass jemand diesen tatsächlich herbeigeführt hat. Ansonsten haben wir nichts. Was sagt die Spurensicherung zur Mordwaffe?"

„Bisher nichts. Ich habe gehört, wir suchen eine Gartenfräse oder so etwas?"

„Genau."

„Autsch."

„Ja, oder?"

„Wie lautet Ihre Theorie?", fragte Malone.

„Affekt. Jemand hat sie in der Garage zur Rede gestellt, sie sind in Streit geraten, es wurde laut, der Täter oder die Täterin hat sich das Erstbeste geschnappt, was ihm oder ihr in die Hände gefallen ist, und sie damit am Hals getroffen.“

„Wenn die Täterin oder der Täter das Ding mitgenommen hat, werden wir es vielleicht niemals finden.“

„Ich weiß, und es besteht auch eine hohe Wahrscheinlichkeit, dass es nichts bringt, es ausfindig zu machen, weil wir es wahrscheinlich mit einem Ersttäter zu tun haben, dessen Fingerabdrücke nicht registriert sind, nicht mit einem Berufsverbrecher.“

„Stimmt.“

„Hören Sie, Cap. Diese Frau hat sich das selbst zuzuschreiben. Ihr Schneeballsystem war einfach unvorstellbar dreist.“

„Ich habe gestern in der Zeitung darüber gelesen.“

„Niemand in ihrem Leben war tabu. Ihre eigenen Geschwister, Cousinen und Cousins, ihre engsten Freunde … Es ist schlicht unglaublich. Das wäre, als würde ich Sie, Freddie, meine Schwestern oder Shelby abzocken.“

„Von mir kriegst du kein Geld“, sagte Freddie. „Es reicht schon, dass ich dir meine Seele verpfändet habe.“

„Verstehen Sie jetzt, was ich vorhin mit der Bemerkung über den kleinen Freddie gemeint habe?“, fragte Sam den Captain.

Er antwortete mit ersticktem Lachen.

„Das ist nicht witzig!“, rief Sam.

„Doch“, widersprachen Freddie und der Captain im Chor.

Freddie warf ihr einen selbstgefälligen Blick zu.

„Ich muss nur auf den Knopf drücken, dann ist dieses Gespräch beendet.“

„Ja, aber sie weiß nicht, auf welchen“, warf Freddie ein, „das ist also eine leere Drohung.“

In gewisser Weise war es eine Erleichterung, nach dem Schock über den Tod ihres Vaters und dem noch größeren Schock über Conklins Schuld daran wieder zu einer gewissen Normalität zurückzukehren. Die Leichtigkeit war eine willkommene Abwechslung zu der allgegenwärtigen Trauer, die alle ergriffen hatte, die Skip Holland geliebt hatten, einschließlich Freddie Cruz und Jake Malone. „Erinnern Sie sich an die guten alten Zeiten, als er noch Angst vor mir hatte?“

„Ja“, erwiderte Malone. „Trotzdem ist es mir so viel lieber.“

„Mir auch“, pflichtete ihm Freddie bei. „Sie nimmt mich zu

einem Mittagsdate mit ihrem Mann mit. Sollte ich mich so was wirklich aussetzen müssen?“

„Äh … Ich weiß nicht, was ich dazu sagen soll.“

„Nick und ich werden uns mit der Reporterin unterhalten, die uns in aller Öffentlichkeit gefragt hat, ob wir noch ‚eigene‘ Kinder haben werden.“

„Oh, verdammt. Echt?“

„Ja.“

„Weiß sie, dass Sie unterwegs zu ihr sind?“

„Nein.“

„Macht ein Handy-Video“, bat Freddie, „damit wir das alle genießen können.“

„Muss ich Ihnen raten, vorsichtig zu sein, damit wir nicht noch mehr negative Publicity abbekommen?“, fragte Malone.

„Nick wird dabei sein, um sie zurückzuhalten“, beruhigte ihn Freddie.

Malone lachte. „Das stimmt mich immerhin etwas zuversichtlicher.“

„Wenn Sie beide dann fertig sind, habe ich Ihnen noch etwas zu sagen, Cap“, knurrte Sam. „Lenore Worthington hat mich heute Morgen besucht.“

„Davon habe ich gehört. Was wollte sie?“

„Sie hat gehört, dass wir Dads Fall abgeschlossen haben, und gefragt, ob ich bereit wäre, den Fall ihres Sohnes Calvin wieder aufzunehmen.“

„Was haben Sie erwidert?“

„Dass ich meine Vorgesetzten um Erlaubnis dafür bitten würde. Das tue ich hiermit.“

„Ich lasse mir die Akten holen und sehe sie mir an.“

„Vielen Dank, Cap. Ich möchte sie nicht im Stich lassen, daher habe ich geantwortet, dass ich mich bei ihr melde.“

„Verstanden. Ich erinnere mich noch gut an den Fall. Er ist mir im Gedächtnis haften geblieben. Wir hatten nie auch nur eine Spur oder einen Hinweis.“

„Ich würde mich gerne damit befassen, wenn wir den Fall McLeod abgeschlossen haben. Falls uns das denn gelingt. Müssen wir Menschen, die unser aller Verachtung verdienen, wirklich die gleiche Aufmerksamkeit schenken wie unschuldigen Opfern?“

„Leider ja.“

„Es sollte ein Gesetz geben, das die Polizei davon entbindet,

Ermittlungen durchzuführen, wenn jemand der Welt einen Gefallen tut und üble Verbrecher tötet", meinte Sam.

„Das haben Sie natürlich nicht laut gesagt", entgegnete Malone.

„Natürlich nicht. Aber fürs Protokoll: Ich würde viel lieber den Mord an Calvin Worthington neu aufrollen, als all die Leute zu überprüfen, die ein Motiv hatten, Ginny McLeod eine Gartenfräse in den Hals zu rammen."

„Zur Kenntnis genommen", erklärte Malone. „Ich frage mal bei Haggerty und im Labor nach, ob die etwas Nützliches für uns haben."

„Halten Sie mich auf dem Laufenden."

„Mach ich. Genießen Sie Ihr Date. Diese Reporterin wird gar nicht wissen, wie ihr geschieht."

„Das ist der Plan. Bis später, Cap." Sie drückte eine Taste, um das Gespräch zu beenden, und warf Freddie einen selbstgefälligen Blick zu. „Siehst du? Ich kenne den richtigen Knopf sehr wohl."

„Äh, du hast gerade die Warnblinkanlage eingeschaltet."

„Habe ich nicht!"

Er schüttete sich aus vor Lachen. „Ich habe dich immerhin dazu gebracht, dich kurz zu vergewissern."

„Du bist heute eine echte Nervensäge."

„Ich tue, was ich kann."

„Das ist mein Spruch, und er ist urheberrechtlich geschützt, was bedeutet, dass du ihn nicht ohne meine Erlaubnis benutzen darfst. Hast du die Tochter der McLeods an der Catholic gefunden?"

„Klar. Hat mich nur zwei Sekunden gekostet."

„Jetzt trumpfst du aber ganz schön auf."

„Die Wahrheit tut manchmal weh …"

Sam fand einen Parkplatz in der Nähe des Senders, wo sie auf Nicks Autokolonne warteten. „Wir tun das Richtige, wenn wir dieser Reporterin die Folgen ihrer Ignoranz vor Augen führen, oder?"

„Ja, verdammt. Dieser Frau muss mal jemand ein paar grundlegende Manieren beibringen. Es wird ihr guttun, zu hören, dass ihre dämliche Frage in der verdammten Middle School, die auch so schon die Hölle auf Erden ist, bis zu deinem Sohn gedrungen ist."

„Du hast ‚verdammten' gesagt."

„Findest du nicht, dass die Situation dieses Wort rechtfertigt?"

„Doch, auf jeden Fall."

„Was sie getan hat, ist schrecklich, Sam, und jemand muss ihr zeigen, welchen Schaden sie mit unbedachten Fragen anrichten kann."

„Ich stelle Leute nicht gern vor Kollegen bloß, es sei denn, sie sind dreckige Mörder."

„In diesem Fall kannst du ruhig mal eine Ausnahme machen."

„Ich freue mich, dass du das auch so siehst."

„Das würde jeder so sehen, der kein verfluchter Volldepp ist."

„Wow, du hast heute echt einen Lauf."

„Ich liebe Scotty wie einen Neffen. Deshalb finde ich es furchtbar, dass er mit dieser dämlichen Frage konfrontiert worden ist und ihr ihm erklären musstet, was damit gemeint war."

„Genau, und danke, dass du ihn als einen Neffen betrachtest. Das ist lieb von dir."

„Es ist die schlichte Wahrheit. Ich habe selbst keine Geschwister. Aber ich habe dich, deine Familie, Gonzo, Jeannie und die Familie, die wir gemeinsam geschaffen haben."

„Ich liebe diese Wahlfamilie."

„Ich auch, und wenn jemand einem von uns etwas antut, tut er es uns allen an."

Aus dem Augenwinkel bemerkte Sam Blaulicht. Sie warf einen Blick in den Rückspiegel und sah die Autokolonne in die Straße einbiegen. Ihr Herz machte einen glücklichen Satz, weil sie wusste, dass sie gleich Nick treffen würde. „Da kommt die Kavallerie."

Sie stiegen aus und warteten auf dem Bürgersteig.

Brant verließ den Wagen als Erster, schaute sich um, nickte Sam und Freddie zu und öffnete dann die Tür für Nick. Andere Secret-Service-Mitarbeiter verteilten sich in der Gegend, einige betraten schon einmal das Gebäude. Das Ganze lief wie eine gut geölte Maschinerie ab. Sie folgten einer Routine, von der sie nie abwichen, wodurch Nick so sicher war, wie es unter den jeweiligen Umständen möglich war.

Dann war er da, sah umwerfend aus in einem marineblauen Anzug, einer graublauen Krawatte und einem frischen weißen Hemd. Sein attraktives Gesicht leuchtete vor Freude auf, als er feststellte, dass sie auf ihn wartete. Er streckte die Hand nach ihr aus, und Sam trat zu ihm, ohne auf die anderen zu achten.

Er legte den Arm um sie und küsste sie auf den Scheitel. „Wie geht's meiner Lieblingspolizistin?"

„Bis eben war sie frustriert und genervt."

Er lächelte sie an und fragte: „Warum? Was ist denn eben gerade passiert?"

„Du."

„Was hältst du davon, wenn wir dieser Kayla jetzt den Tag versüßen?"

„Das wäre großartig."

Hand in Hand betraten sie das Gebäude, wo eine schockierte Empfangsdame sie begrüßte.

„Darf ich?", fragte Sam. „Ich hab ein super Händchen für Empfangsdamen."

„Bitte sehr, Babe."

Sam zeigte der Frau ihre Dienstmarke. „Wir möchten zu Kayla Owen."

„Ich, äh … Haben Sie einen Termin?"

„Nein, wir möchten sie überraschen. Wäre das möglich?"

Verunsichert durch Sams durchdringenden Blick tätigte die Frau einen Anruf, der dazu führte, dass wenige Sekunden später eine weitere Frau an der Rezeption erschien.

„Bitte geleiten Sie den Vizepräsidenten und Mrs Cappuano zu Kayla Owens Büro", sagte die erste Frau zur zweiten.

Die starrte sie volle fünf Sekunden lang an, bevor sie blinzelte und sich wieder zu fassen schien. „Hier entlang."

Umgeben vom Secret Service und gefolgt von Freddie ließen sich Sam und Nick von der Frau eine Treppe hinauf- und durch eine Doppeltür aus mattiertem Glas mit dem WKLA-Logo führen. Drinnen trafen sie auf eine weitere Empfangsdame, der vor Schreck der Mund aufklappte. Glücklicherweise machte sie keinerlei Anstalten, den kleinen Tross aufzuhalten, während ihre Begleiterin mit ihnen um die Rezeption herum, durch eine weitere Tür und über einen Flur mit Glaswänden ging, hinter denen Moderatoren, die gerade auf Sendung waren, ihnen mit fassungsloser Miene hinterherstarrten.

„Das macht wirklich Spaß", flüsterte Sam Nick zu, als sie bemerkte, dass alle Augen auf sie gerichtet waren, während sie an den Sendekabinen vorbeiliefen und in ihrem Kielwasser eine Spur verdutzter Menschen hinter sich ließen.

„Ja, und es wird gleich noch besser."

„Dass wir das so sehr genießen, zeigt, was für abgrundtief schlechte Menschen wir sind."

„Nein. Wir sind nur verärgerte Eltern."

Besser konnte man es nicht zusammenfassen.

Die Frau, die sie hergebracht hatte, zeigte auf eine Reihe von Büros am Ende eines langen Korridors. „Die dritte Tür rechts.“

„Vielen Dank“, sagte Nick, dann folgten sie den beiden Mitarbeitern des Secret Service, die bereits vorausgegangen waren.

An der Tür zu Kayla Owens Büro ließen die Beamten Sam und Nick den Vortritt.

Nick klopfte an. „Entschuldigen Sie die Störung, Ms Owen.“

Die hübsche junge, dunkelhaarige Reporterin, deren Gesicht mit einer dicken Schicht kameratauglichem Make-up geschminkt war, sah von ihrem Rechner auf und zuckte vor Schreck zusammen.

„Meine Frau und ich möchten gern kurz mit Ihnen reden.“ Nick ließ Sam als Erste eintreten und schloss die Tür hinter sich.

Sam hätte die Tür offen gelassen, weil alle hören durften, was sie Kayla zu sagen hatten, aber Nick hatte schon immer mehr Anstand besessen als sie.

„Ich … ich wollte mich auch bei Ihnen melden, wegen der improvisierten Pressekonferenz letzte Woche.“

„Genau deshalb sind wir hier. Wir möchten Ihnen unsere Kinder vorstellen.“ Nick entnahm seiner Manteltasche die aktuellsten Schul- beziehungsweise Kindergartenfotos und legte sie auf Kaylas Schreibtisch.

Sam fand es großartig, dass er sich vorbereitet hatte. Natürlich. Er war immer gründlich. Sie beschloss, sich zurückzuhalten und ihn reden zu lassen, weil er genau das Richtige sagen würde, während bei ihr die Gefahr bestand, dass sie der Frau den Kopf abriss und dann mit einem rostigen Steakmesser auf sie losging.

„Das ist Scotty. Er ist dreizehn. Seine leibliche Mutter und sein Großvater sind innerhalb weniger Monate gestorben, als er noch sehr klein war, und von da an hat sich der Staat Virginia seiner angenommen. Ich habe ihn in meiner Zeit als Senator vor zwei Jahren in Richmond in einem Kinderheim kennengelernt. Zwischen uns war sofort eine Verbindung spürbar. Sam und ich haben ihm bei uns ein Zuhause gegeben und ihn adoptiert. Seither ist er zum Mittelpunkt unserer Welt geworden. Was ihn betrifft, bedauern wir einzig, dass wir ihn nicht schon früher getroffen haben, weil wir ihn so lieben. Dieser kleine Mann ist Alden, und das ist seine Zwillingsschwester Aubrey. Sie sind erst unlängst in unser Leben getreten, während meine Frau mit den Ermittlungen zu einem Überfall betraut war, bei dem die geliebten Eltern der beiden in ihrem eigenen Haus brutal gefoltert und getötet worden waren. Alden hat einen Teil der Gräueltaten gegen seine Eltern mit angesehen. Als die beiden nach diesem Albtraum einen Übernachtungsplatz gebraucht haben, haben wir ihnen mit dem größten Vergnügen einen zur Verfügung gestellt, und inzwischen ist das zu einer Dauerlösung geworden, denn ihr älterer Bruder und Vormund ist auf dem College und kann sich nicht um sie kümmern. Nichts macht uns glücklicher, als für alle drei da zu sein und ihnen zu helfen, den traumatischen Verlust ihrer Eltern und ihres Zuhauses zu verkraften." Er legte ein Foto dazu, das Elijah mit den Zwillingen zeigte und unlängst bei einem Wochenendbesuch aufgenommen worden war.

Kayla starrte die Fotos mit großen Augen an, in denen Tränen schimmerten. Sam hätte sie am liebsten geohrfeigt. Die Reue kam ein bisschen spät.

„Jeden Abend spielen Alden und Aubrey mit Scotty Fangen, bis er sich schließlich von ihnen erwischen lässt. Ihr fröhliches Lachen und das ausgelassene Spiel sind immer der Höhepunkt unseres Tages. Scotty liebt Baseball, sonstigen Sport und Spaghetti mehr als alles andere, und er ist ein unglaublich toller großer Bruder. Aubrey kann so schön singen – und sogar auf Italienisch –, dass es einen zu Tränen rührt. Alden beschützt seine Schwester energisch und lässt sie immer die Gutenachtgeschichte aussuchen. Sie werden bald sechs Jahre alt, doch er ist schon jetzt irgendwie mehr Mann als viele Erwachsene, die ich im Laufe meines Lebens kennengelernt habe. Ihr älterer Bruder Elijah studiert in Princeton und plant, nach seinem Abschluss nach D. C. zu ziehen, damit er in der Nähe seiner Geschwister leben und sie jederzeit besuchen kann. Sie lieben ihn abgöttisch, und er ist die letzte Verbindung zu der Familie, die sie einst hatten. Das sind *unsere eigenen* Kinder, Ms Owen. Wir empfinden für sie genauso wie für leibliche Nachkommen, und wenn unser Sohn aus der Hölle, auch als achte Klasse bekannt, nach Hause zurückkehrt und uns fragt, was es bedeutet, ein *eigenes* Kind zu sein, tut uns das weh, denn es sagt uns, dass die Kinder in der Schule diese Worte gegen einen unschuldigen Jungen, der in seinem jungen Leben schon mehr als genug Schmerz erfahren hat, als Waffe eingesetzt haben. Er hat gerade seinen geliebten Adoptivgroßvater verloren. Sein Vater ist der Vizepräsident und seine Mutter eine hoch angesehene Mordermittlerin. Der arme Kerl ist in der Schule und auch sonst überall vom Secret Service umgeben. Er hat schon genug

um die Ohren, ohne dass eine Reporterin seine Mutter mit einer
so hässlichen Frage überrumpelt."

Tränen rannen der jungen Reporterin über die Wangen. „Es …
es tut mir so leid."

Sam verdrehte die Augen. „Ja, jetzt. Als ich Ihnen Gelegenheit
gegeben habe, Ihre Frage umzuformulieren, haben Sie stattdessen
nachgehakt."

„Ich wollte nicht …"

„Wir wissen, dass Ihr Beruf manchmal hart ist, Ms Owen",
versicherte ihr Nick. „Wir raten Ihnen jedoch, die guten Sitten
nicht zu verletzen und sich klarzumachen, dass Worte wichtig
sind. So werden Sie mit Ihrer Karriere deutlich weiter kommen.
Mehr wollten wir nicht loswerden."

Sam hätte durchaus gerne noch mehr gesagt, aber sie verkniff
es sich und ließ sich von Nick zur Tür schieben. Er war der
einzige Mensch auf der Welt, von dem sie sich das gefallen ließ.

„Warten Sie."

Sie blieben stehen und wandten sich zu der Frau um.

Sie wirkte eindeutig mitgenommen. Gut. Sam hoffte, sie
würde diese Lektion niemals vergessen.

„Deshalb wollte ich mich bei Ihnen melden: um mich
aufrichtig für meine unbedachte Frage zu entschuldigen. Ich habe
mich in der letzten Woche ausführlich über Adoption und
darüber informiert, was in diesem Zusammenhang angemessene
und unangemessene Formulierungen sind, und es … es tut mir so
unfassbar leid."

„Wir nehmen Ihre Entschuldigung an", teilte Nick ihr mit.
„Hoffentlich kommt so etwas nie wieder vor."

„Wird es nicht. Versprochen. Wenn Sie sich Zeit für ein kurzes
Interview nehmen würden, könnten wir darüber sprechen, was
passiert ist und was ich und andere daraus gelernt haben."

Sam musste ihr zugutehalten, dass sie ein Gespür für Situationen hatte. Sie sah Nick an, um herauszufinden, wie es um sein
Interesse an einem Interview stand.

„Ich hätte nichts dagegen", sagte er.

„Wirklich?" Kayla klang ganz atemlos vor Aufregung.

„Ja", bestätigte er. „Aber nur, weil ich Ihnen Ihre Entschuldigung abnehme. Ansonsten würden wir nicht einmal darüber
nachdenken."

„Ich habe das ganz ernst gemeint. Es bricht mir das Herz, zu hören, dass andere Kinder Ihren Sohn wegen meiner dummen Frage schikaniert haben."

Als Nick Sam fragend anschaute, zuckte sie die Achseln, als hätte sie nichts Wichtigeres zu tun, als ein Interview zu geben. Doch sie konnte sich tatsächlich noch ein paar Minuten Zeit nehmen, denn diese würde sie mit ihm verbringen können.

„In diesem Fall", erwiderte Nick, „würden wir gerne ein kurzes Interview über Adoption führen, über die richtige Art und Weise, über adoptierte Kinder zu sprechen, und darüber, wie wichtig es ist, dass Menschen, die Platz in ihren Häusern und Herzen haben, sich für Kinder einsetzen, die liebevolle Familien brauchen."

„Geben Sie mir fünf Minuten, und dann geht es los."

# KAPITEL 10

S am und Nick machten ihr Platz, und sie rannte fast aus dem Raum, um ihren Bossen zu erzählen, dass sie eines der seltenen Exklusivinterviews mit dem Vizepräsidenten und seiner Gattin an Land gezogen hatte.

„Du bist so verdammt sexy, wenn du in den Beschützermodus wechselst", sagte Sam zu Nick, nachdem er die Fotos der Kinder von Kaylas Schreibtisch genommen und wieder eingesteckt hatte.

Grinsend fragte er: „Ach ja?"

„Ja. Wenn ich nicht gerade eine noch fast warme Leiche in der Gerichtsmedizin liegen hätte, würde ich glatt mit dir nach Hause fahren und dir zeigen, wie sexy ich dich finde, wenn du unsere Familie verteidigst."

Seine wundervollen haselnussbraunen Augen funkelten vor Verlangen. „Könntest du das vielleicht später nachholen?"

„Ich bin sicher, das lässt sich einrichten." Sam trat näher an ihn heran, legte ihre Hände flach auf seine Brust und schaute ihn an. „Diese Kinder haben so ein verdammtes Glück, dich an ihrer Seite zu haben."

„Ich werde immer auf ihrer Seite stehen."

„Willst du wirklich der Frau, die mir so eine schreckliche Frage gestellt hat, ein Interview geben?"

„Ist es dir recht? Ich denke, es ist eine gute Gelegenheit, die Art und Weise zu beeinflussen, wie Menschen über Adoption und adoptierte Kinder sprechen."

„Du bist mir mal wieder einen Schritt voraus, wie immer."

„Nicht immer."

Sam schmiegte sich in seine Arme und genoss die Zeit mit ihm, solange sie konnte. „Meistens, doch das ist okay. Ich glaube, wir wollen beide nicht, dass ich bei unserer gemeinsamen Operation das Denken übernehme."

Als es an der Tür klopfte, lösten sie sich voneinander.

„Entschuldigt die Störung, Mom und Dad", erklärte Freddie, „aber ich habe gerade von Malone gehört, dass die Spurensicherung möglicherweise etwas für uns hat."

Sam hatte beinahe vergessen, dass ihr Partner auf sie wartete. „Wir brauchen noch ein paar Minuten. Der Vizepräsident hat beschlossen, unserer Reporterfreundin ein Interview zu geben, um über angemessene Begrifflichkeiten im Zusammenhang mit Adoption zu informieren."

„Wow, das ist cool. Demnach ist euer Gespräch mit ihr gut gelaufen?"

„Wir haben gesagt, was wir loswerden wollten, und ihre Entschuldigung akzeptiert", antwortete Sam. „Er zumindest. Ich bin immer noch sauer."

„So ist sie nun mal", meinte Nick.

„Glaub mir, das weiß ich", erwiderte Freddie. „Sie liebt einen ordentlichen Groll."

„Könnt ihr beide bitte mal aufhören, vor mir hinter meinem Rücken über mich zu sprechen?"

„Warum?", fragte Freddie. „Das macht einen Riesenspaß."

Kayla Owens Rückkehr ersparte Sam die Mühe eines guten Konters. „Wir wären dann so weit." Sie warf einen Blick auf Freddie.

„Das ist mein Partner Detective Cruz. Freddie, das ist Kayla Owen."

Aus reiner Höflichkeit nickte er ihr zu. Aber da er ihr die Wortwahl Sam gegenüber noch immer übel nahm, fiel die Geste nicht besonders freundlich aus.

Sie folgten Kayla in ein Studio, in dem bereits mehrere Menschen auf sie warteten. Kayla stellte sie einem Produzenten, einem Tontechniker und einem Kameramann vor, die sich alle überschlugen, um ihnen beiden die Hand zu schütteln, sie im Studio willkommen zu heißen und ihnen für das Interview zu danken. Bis sie saßen und mit Mikrofonen ausgestattet waren, hatte sich Sam endgültig beruhigt.

„Heute geben uns der Vizepräsident und Mrs Cappuano ein

Exklusivinterview. Ich muss ehrlicherweise gleich zu Beginn was beichten: Sie tun mir hiermit einen großen Gefallen, nachdem sie mich heute aufgesucht haben, um mir eine Lektion zu erteilen. Letzte Woche habe ich den Fehler gemacht, während Mrs Cappuanos Pressegespräch in ihrer Position als Lieutenant des Metro PD eine, wie ich heute weiß, höchst unangemessene Frage zu stellen, und zwar ob die Cappuanos planen, auch noch ‚eigene Kinder' zu bekommen. In Anbetracht der Tatsache, dass der Vizepräsident und seine Gattin ein Kind adoptiert haben und ein Zwillingspaar, das kürzlich seine Eltern durch einen Mord verloren hat, als Pflegeeltern betreuen, haben sie meine Frage zu Recht als taktlos empfunden und haben mich heute aufgesucht, um mir das mitzuteilen. Ich habe sie um dieses Interview gebeten, damit wir über die Rolle, die die Adoption in ihrer Familie gespielt hat, und die richtige Ausdrucksweise in Bezug auf adoptierte Kinder diskutieren können. Danke, dass Sie heute hier sind, Mr Vice President und Mrs Cappuano."

„Danke, dass wir hier sein dürfen, und auch für Ihre aufrichtige Entschuldigung", sagte Nick. „Wir wissen sie sehr zu schätzen, ebenso wie diese Gelegenheit, öffentlich darüber zu reden, was Adoption für unsere Familie bedeutet."

„Ihr dreizehnjähriger Sohn Scotty ist adoptiert, richtig?"

„Ja, und das war die beste Entscheidung unseres Lebens." Nick sah Sam an.

Sie nickte. „Durch ihn sind wir heute Eltern, und wir lieben ihn sehr. Er ist unser Ein und Alles."

„Sie haben auch ein fünfjähriges Zwillingspaar bei sich aufgenommen. Können Sie diese Entscheidung erläutern?"

„Es war nicht wirklich eine Entscheidung", korrigierte Nick sie. „Vielmehr hat das Schicksal Alden und Aubrey zu uns geführt. Sam hat sie im Zuge der Ermittlungen zum Mord an ihren Eltern kennengelernt, und als sie spätabends eine Unterkunft brauchten, hat sie angeboten, sie mit nach Hause zu nehmen, da wir, seit Scotty in unserer Familie ist, staatlich anerkannte Pflegeeltern sind. Daraus hat sich ergeben, dass sie bei uns leben, solange ihr älterer Bruder das College besucht."

„Haben Sie vor, die Zwillinge zu adoptieren?"

„Nein", antwortete Nick. „Wir wollen sie bei uns behalten, bis sie volljährig sind. Ihr Bruder teilt sich mit uns die Vormundschaft, und wir sind uns alle einig, dass es am sinnvollsten ist, wenn sie bei uns wohnen, bis er das College beendet und den

Berufseinstieg geschafft hat. Er hofft, in D. C. zu landen, damit er in ihrer Nähe sein und sie häufig sehen kann. Natürlich war nichts von alldem geplant, also mussten wir improvisieren und haben versucht, die Dinge so zu arrangieren, wie es für Alden und Aubrey am besten ist."

„Es ist wichtig, zu erwähnen, dass die Zwillinge sehr schnell ein Teil unserer Familie geworden sind", ergänzte Sam, „ebenso wie ihr Bruder Elijah. Ich verstehe, dass Leute, die mich über meine Probleme mit Unfruchtbarkeit haben sprechen hören, neugierig sind, ob wir unsere Familie auch noch auf die althergebrachte Art und Weise erweitern werden, aber im Moment sind wir sehr zufrieden mit den dreieinhalb Kindern, die wir haben. Es gibt so viele junge Menschen jeden Alters, die ein gutes Zuhause brauchen."

„Als wir Scotty zum ersten Mal begegnet sind, hat er etwas gesagt, das mir bis heute im Gedächtnis geblieben ist", erzählte Nick. „Er hat mir ganz sachlich erklärt, dass ältere Kinder wie er nicht adoptiert werden, weil jeder Babys haben will. Der Junge hatte sich damit abgefunden, nie wieder eine eigene Familie zu haben, was mir schier das Herz gebrochen und mich in meinem Entschluss bestärkt hat, ihn zu einem Teil unserer Familie zu machen. Neben der Heirat mit meiner großartigen Frau war das das Beste, was ich je getan habe."

Sam spürte, wie sie errötete, was sie ärgerte. Sie wollte nicht wegen eines Kompliments ihres Mannes im Fernsehen rot werden.

„Was sollten Menschen beim Sprechen über Adoptivfamilien vermeiden?", fragte Kayla.

Nick blickte Sam an.

„Es ist inakzeptabel, von ‚richtigen' oder ‚eigenen' Kindern zu sprechen", antwortete die. „Wir haben richtige Kinder, die auch unsere eigenen sind. Die Tatsache, dass sie nicht unsere leiblichen Kinder sind, spielt dabei keine Rolle. Wir sehen sie nicht an und denken: Ich wünschte, ich hätte ihn oder sie zur Welt gebracht. Sie sind alles, was wir uns jemals gewünscht, und mehr, als wir uns je erträumt haben."

„Herzlichen Glückwunsch zu Ihrer wunderbaren Familie und danke, dass Sie mich und unsere Zuschauer darüber aufgeklärt haben, wie man über Adoptivfamilien spricht, ohne ihnen zu nahe zu treten. Bevor ich Sie gehen lasse, möchte ich Sie noch fragen, Mr Vice President, ob Sie eine Entscheidung darüber getroffen haben, ob Sie bei der nächsten Wahl als Präsident kandidieren wollen."

„Ja", erwiderte Nick. „Das Weiße Haus wird im Laufe des heutigen Tages eine Erklärung veröffentlichen, in der es heißt, dass ich aus familiären Gründen nicht kandidieren werde. Ich möchte ein aktiver, präsenter Vater für unsere Kinder sein, und das kann ich nicht, wenn ich auf Wahlkampftour bin."

Kayla schien verblüfft über diese Information. „Die Wählerinnen und Wähler werden enttäuscht sein."

„Das ist mir bewusst", sagte Nick, „aber an erster Stelle kommen für mich meine Frau und unsere Kinder. Ich liebe das Amt des Vizepräsidenten …"

*Lügner.* Sam musste sich ein Lachen verkneifen, als ihr das Wort durch den Kopf schoss.

„… und ich diene dem amerikanischen Volk wirklich gern in dieser Funktion. Doch ich werde nicht für das Präsidentenamt kandidieren."

„Vielen Dank für Ihre Zeit und Ihren Besuch. Ich verspreche, niemals zu vergessen, was ich aus diesem Vorfall gelernt habe."

„Danke für das Gespräch", entgegnete Nick.

„Und Schnitt", rief der Produzent. „Haben Sie uns gerade ein Exklusivinterview gegeben, Mr Vice President?"

„Ja."

„Vielen Dank, und lassen Sie mich Ihnen als einer der Ersten sagen, dass ich sehr enttäuscht bin, Ihren Einzug ins Oval Office nicht zu erleben. Ich finde, Sie hätten einen ausgezeichneten Präsidenten abgegeben."

„Das ist nett von Ihnen, ich bin nur einfach viel lieber ein ausgezeichneter Vater."

*Wow, heute sammelt er aber wirklich Punkte,* dachte Sam. Sobald sie einen Augenblick für sich hatten, würde sie ihn dafür, dass er der beste Ehemann und Vater aller Zeiten war, königlich belohnen.

„Ich muss weg, Babe", erinnerte sie ihn.

„Ja, ich weiß. Ich auch."

Er legte den Arm um ihre Schultern, und gemeinsam verließen sie mit Freddie im Schlepptau den Sender. Die Augen der gesamten Redaktion folgten ihnen.

„Die Goldfische werden wieder angeglotzt", flüsterte sie Nick zu.

„Nur noch ein paar Jahre."

„Jahre? Plural?"

„Ja, drei."

„Du kannst manchmal so fies sein."

Es gab wenig, was sie mehr liebte als sein Lachen.

„Auf einer Skala von eins bis lahm hatte ich schon bessere Mittagsdates", sagte sie.

„Ich mache es sehr bald wieder gut. Wir schmeißen alle raus und nehmen uns gemeinsam einen ganzen Tag frei, während die Kinder in der Schule sind."

„Versprochen?"

„Schließ deinen aktuellen Fall ab, und dann tun wir es, Babe."

„Ich werde diesen Fall niemals abschließen. Es kommt mir vor, als hätte jeder, den die Tote kannte, ihren Tod gewollt."

„Du schaffst das schon. Wie immer."

„Diesmal vielleicht nicht."

„Ach was, ich würde Geld auf dich setzen." Er blieb an der Tür des SUV stehen, wo mehrere Beamte des Secret Service darauf warteten, dass er einstieg. „Musst du lange arbeiten?"

„Das steht noch nicht fest. Ich sage dir Bescheid."

Er beugte sich vor, um sie zu küssen, ohne die Blicke zu beachten, die wie immer auf sie gerichtet waren. „Bis bald. Ich liebe dich."

„Ich dich auch."

„Sei heute Nachmittag vorsichtig da draußen."

„Bin ich doch immer."

Sie spürte, dass er viel lieber bei ihr geblieben wäre, als in die Festung namens Weißes Haus zurückzukehren, aber er stieg ins Auto, und die Tür schloss sich hinter ihm.

Freddie lehnte an ihrem Wagen und scrollte durch sein Smartphone. „Können wir dann?"

„Zerkratz mir nicht den Lack." Sam schloss ihren Wagen auf und stieg ein. „Was gibt's Neues von der Spurensicherung?"

„Haggerty möchte, dass wir bei ihm im Labor vorbeikommen."

„Sollen wir das noch erledigen, ehe wir zur Tochter der McLeods fahren?"

„Ist wahrscheinlich besser. Malone hat gemeint, sie hätten etwas Interessantes."

„Na schön. Dann ziehen wir das vor."

„Machen wir unterwegs eine kleine Mittagspause?"

Sie hasste Verzögerungen, und an diesem Tag hatte es schon zu viele davon gegeben, auch wenn die Zeit mit Nick nicht als solche zählte. Das Interview war unerwartet gewesen, aber es hatte seinen Zweck erfüllt, wenn es auch nur einen Menschen dazu brachte, mal darüber nachzudenken, wie man mit Adoptiveltern oder über adoptierte Kinder sprach. Sam fragte sich außerdem, wie groß die Wellen sein würden, die Nicks Entscheidung, nicht zu kandidieren, schlagen würde. Hoffentlich würde bald etwas anderes Aufregendes passieren, das die Meldung aus den Nachrichten verdrängen würde.

Doch noch während sie dies dachte, beschlich sie das ungute Gefühl, dass sich seine Entscheidung als größere Sache herausstellen könnte, als sie im Moment ahnten.

~

Im Labor, das im Südwesten der Stadt lag, fand Sam Haggerty in dem Büro vor, das er nutzte, wenn er dort war.

Er erhob sich, als er sie im Türrahmen bemerkte. „Gerade habe ich gehört, dass Ihr Mann nicht kandidieren wird. Ich muss sagen, ich bin schockiert – ich habe fest mit einem Erdrutschsieg für ihn gerechnet."

„Nach reiflicher Überlegung hat er festgestellt, dass er nicht an dem Amt interessiert ist." Sie zuckte die Achseln, als sei das keine große Sache.

„Es ist irgendwie erfrischend, zu hören, dass ein Mann seine Familie über seinen persönlichen Ehrgeiz stellt. Gut für ihn."

„Es ist gut für uns alle."

Sie folgten Haggerty zu einem verschlossenen Raum. Er sperrte die Tür auf. „Kommen Sie rein." Auf einem Tisch lagen einige Gartengeräte. Sie waren alle mit Etiketten versehen.

„Aufgrund der Informationen aus der Gerichtsmedizin, die Sie uns weitergeleitet haben, haben wir nach etwas gesucht, das eine Wunde mit gezackten Rändern wie an Mrs McLeods Hals hervorrufen kann. Das sind die infrage kommenden Tatwaffen."

„Ich gehe davon aus, dass Sie sie schon untersucht haben."

„Ja, und sie waren alle mit Gras, Erde und anderen Rückständen verunreinigt – bis auf das da." Er deutete auf einen Gegenstand mit langem Stiel und scharfen Zinken. „Leider hat jemand das Ding gründlich abgewischt. Sogar den Griff."

„Natürlich. Wäre ja auch zu schön gewesen."

„Aber ich vermute, das ist Ihre Mordwaffe."

„Wo haben Sie sie gefunden?"

„In einem Schrank im Gästezimmer im Souterrain."

„Die Person, die Ginny möglicherweise im Affekt getötet hat, besaß also die Geistesgegenwart, die Mordwaffe gründlich zu reinigen und zu verstecken."

„Wir untersuchen gerade die Abflüsse in den Badezimmern in Erdgeschoss und Souterrain und sehen uns die Gartenschläuche noch einmal an."

„Danke für die Information." Sie drehte sich zu Freddie um. „Fotografierst du das bitte?"

Er zückte sein Smartphone und machte ein Foto, das sie im Hauptquartier ans Whiteboard hängen konnten.

„Unterrichten Sie mich, wenn Sie in den Abflüssen etwas finden", bat Sam Haggerty.

„Sie werden es als Erste erfahren. Ich habe mich über diese Betrugssache informiert. Jede Menge Motive, was?"

„Da sagen Sie was. Fast jeder, der sie kannte, hat ihr den Tod gewünscht."

„Um diesen Fall beneide ich Sie nicht."

„Ach, um die anderen schon?"

Haggerty lachte. „Nein, aber immerhin werden wir so nicht arbeitslos."

„Leider ja. Na dann … Auf geht's, Detective Cruz."

Als sie wieder im Auto waren, rief Sam Jeannie McBride an und bat sie, sich noch einmal in der Nachbarschaft der McLeods umzuhören, ob irgendwer beobachtet hatte, wie jemand am Sonntagnachmittag etwas mit dem Gartenschlauch gereinigt hatte.

„Ich melde mich, sobald ich etwas erfahre", versprach Jeannie.

Kaum hatte Sam aufgelegt, als sie einen Anruf von Darren Tabor erhielt, ihrem Lieblingsreporter vom *Washington Star*. „Was gibt's?", meldete sie sich.

„Echt jetzt, Sam? Sie haben dieser Hexe, die Ihnen letzte Woche diese schreckliche Frage gestellt hat, das Exklusivinterview des Jahres gegeben?"

„Zunächst mal habe ich gar niemandem irgendwas gegeben. Das ging von meinem Mann aus. Es war seine Entscheidung, nicht meine."

„Ich bin trotzdem … enttäuscht."

„Das tut mir leid."

„Sie könnten es mit exklusiven Informationen über die Ermittlungen im Fall McLeod wiedergutmachen. Nach dem, was sie angerichtet hatte, ist der Mord an ihr *das* Thema des Tages."

„Ich habe noch nichts."

„Aber wenn Sie etwas haben …?"

„Werde ich an Sie denken."

„Vielen Dank."

„Ich muss jetzt leider auflegen." Rasch klappte Sam das Handy zu, ehe er antworten konnte, startete den Motor und fuhr Richtung Catholic University an der Michigan Avenue, legte allerdings einen Zwischenstopp bei einem von Freddies Lieblings-Sandwichläden ein. Während er sich ein großes Steaksandwich mit Zwiebeln, Paprika und Käse bestellte, begnügte sie sich mit einer Gemüsetasche. Sam lief beim Anblick seines Sandwiches das Wasser im Mund zusammen, und sie nahm vermutlich rein durch Osmose zwei Kilo zu – und zwar alles am Hintern. Er verdrückte das gesamte Ding, dazu zwei Tüten Chips und eine große Cola.

Sam freute sich schon jetzt auf den Moment, in dem sein Stoffwechsel umschlagen und seine schrecklichen Essgewohnheiten ihren Tribut fordern würden. Doch bei ihrem Glück würde sie diesen Tag niemals erleben.

„Ich hoffe, du hast Kaugummi oder so, sonst bringst du mit deinem Zwiebelatem noch jemanden um. Mich zum Beispiel."

„Selbstverständlich habe ich Kaugummi."

„Gratuliere, jetzt hast du dafür gesorgt, dass wir beide nach Röstzwiebeln stinken."

„Du vielleicht, ich dufte wie ein Frühlingsmorgen."

Sie prustete vor Lachen. „Ja, klar."

Auf dem Campus der Catholic University hieß Freddie sie vor einem der Wohnheime parken. „Sie hat Zimmer 311."

„Ich möchte gar nicht wissen, wie du das herausgefunden hast."

„Dann frag nicht."

„Eigentlich wundert es mich schon, dass sie weiter hier ist, nachdem gerade ihre Mutter ermordet worden ist, aber angesichts dessen, was ich über die Tote weiß, sollte mich das vermutlich nicht überraschen."

„Stimmt."

Sie folgten einer Gruppe junger Leute durch den Haupteingang, doch auf dem Weg zum Aufzug hielt ein Wachmann sie auf. „Kann ich Ihnen helfen?"

Sam und Freddie zeigten ihm ihre Dienstmarken. „Wir wollen zu Mandi McLeod, Zimmer 311."

„Ich kann sie runterrufen."

„Wir würden lieber zu ihr hochgehen."

Sie lieferten sich ein Blickduell, dann blinzelte der Wachmann. „Ich weiß, wer Sie sind."

„Das ist schön. Könnten Sie mich dann jetzt durchlassen?"

Er runzelte die Stirn, trat aber beiseite.

Im Aufzug fluchte Sam: „Verdammter Drecksmist. Warum müssen die Leute immer meine Zeit damit verschwenden, dass sie mir sagen, sie wüssten, wer ich bin?"

„Weil sie sich freuen, eine Prominente zu sehen."

„Pah. Halt den Mund. Ich bin nicht prominent."

„Wie du meinst."

„Genau. Ich meine, ich bin nicht prominent, basta."

„Okay."

„Stell sofort diese Unbotmäßigkeit ein."

„Geht nicht. Macht zu viel Spaß."

Sie warf ihm beim Verlassen des Aufzugs einen drohend funkelnden Blick zu und folgte dann den Hinweisschildern zu Zimmer 311. „Wenn sie nicht daheim ist, bin ich stinksauer."

„Du bist doch so oder so sauer."

„Stimmt." Sie fand ihn überaus unterhaltsam – nicht, dass sie ihm das jemals sagen würde, denn er war ohnehin schon kaum mehr unter Kontrolle zu halten. Das war allerdings ihre eigene Schuld, wobei sie es auch gar nicht anders hätte haben wollen.

# KAPITEL 11

S am klopfte an die Tür von Zimmer 311, das, wie man dem kleinen Whiteboard entnehmen konnte, von Mandi und Sarah bewohnt wurde.

Eine junge Frau mit nassen dunklen Haaren öffnete, und als sie Sam erkannte, fielen ihr beinahe die Augen aus dem Kopf.

„Prominent", flüsterte Freddie, woraufhin Sam ihm den Ellbogen in den mit Steaksandwich gefüllten Bauch rammte.

Sam zeigte der jungen Frau ihre Dienstmarke. „Lieutenant Holland, Detective Cruz, MPD. Wir möchten zu Mandi McLeod."

„Das bin ich. Geht es um meine Mutter?"

Sam dankte ihrem Glücksstern, dass es ihnen einigermaßen leicht gelungen war, Mandi zu finden. „Ja. Könnten wir kurz reinkommen?"

„Klar."

Sie trat beiseite und ließ sie in das unordentliche Zimmer, in dem Klamotten und Handtücher herumlagen. Auf zwei Schreibtischen stapelten sich Bücher, und bunte Lichterketten zierten die Wände. Mandi schob einen Klamottenstapel beiseite und bedeutete ihnen, auf einem der schmalen Betten Platz zu nehmen.

Sam hatte in ihrer Collegezeit zu Hause gewohnt, weswegen sie diesen Teil des akademischen Lebens verpasst hatte, was ihr ganz recht war. Sie war noch nie ein WG-Typ gewesen.

„Haben Sie den Mörder meiner Mutter gefunden?", fragte Mandi.

„Bisher nicht. Es überrascht mich, dass Sie weiter hier im College sind. Eigentlich hätte ich Sie bei Ihrer Familie erwartet.“

„Ich hatte seit Monaten nicht mit meinen Eltern gesprochen – nicht mehr, seit ich herausgefunden habe, was sie getan haben.“

„Sie?“

„Mein Bruder und ich glauben, dass mein Vater eingeweiht war. Wie auch nicht?“

Das war eine interessante Entwicklung. „Wie haben Sie von dem Betrug erfahren?“

„Dadurch, dass das FBI und das Finanzamt angefangen haben, gegen unsere Mutter zu ermitteln, und sich langsam herumgesprochen hat, dass sie möglicherweise all unsere Bekannten bestohlen hatte.“

„Davor hatten Sie keine Ahnung?“

„Nein. Dann wurde nach und nach die Liste ihrer Opfer öffentlich … Freundinnen und Freunde, die Eltern von Freundinnen und Freunden, unsere Pateneltern, Tanten, Onkel, Nachbarinnen und Nachbarn, Leute, die mein Bruder und ich schon unser ganzes Leben lang kennen. Wir waren schockiert, angewidert und … tief verletzt. Wie hat sie das Leuten antun können, die wir lieben? Leuten, die sie geliebt haben? Unser gesamtes Leben lag plötzlich in Trümmern, Lieutenant. Alle haben sich gegen uns gewandt. Es war ein Albtraum.“

„Haben Sie seither mit irgendwem von ihnen gesprochen?“

Sie schüttelte den Kopf, und Tränen traten ihr in die Augen. „Meine Tanten und Onkel nehmen meine Anrufe nicht an. Die Mädchen, mit denen ich auf der Highschool Fußball gespielt habe, hassen mich, weil meine Mutter ihre Eltern bestohlen hat. Meinem Bruder geht es genauso. Keiner der Jungs, mit denen er Baseball gespielt hat, redet mehr mit ihm. Alle Menschen, die uns etwas bedeuten, haben uns aus ihrem Leben ausgeschlossen, selbst die, die keine Betrugsopfer sind. So eine Art Sippenhaft, schätze ich. Ich werde einen Studentenkredit aufnehmen müssen, um mein letztes Collegejahr zu finanzieren.“

„Unterstützen Ihre Eltern Sie nicht?“, fragte Freddie.

„Die Staatsanwaltschaft hat ihre Konten eingefroren. Außerdem möchte ich nichts mehr von ihnen annehmen. Ich habe zwei Jobs und hangele mich so durchs Studium, während mich außer meinem Bruder alle, die mir wichtig sind, ignorieren. So sieht mein Leben im Augenblick aus.“ Jedes ihrer Worte war voller Schmerz und Bitterkeit. „Meine Mutter ist für mich nicht erst gestern gestorben."

„Wie haben Sie von ihrem Tod erfahren?", erkundigte sich Sam.

„Mein Vater hat gestern am späten Nachmittag angerufen, ein paar Stunden nachdem er sie gefunden hatte. Ich hatte keine Ahnung, warum er sich bei mir melden sollte. Mir war sofort klar, dass etwas Schlimmes passiert sein musste, denn er weiß, dass ich eigentlich nichts mehr mit ihnen zu tun haben will."

„Es überrascht mich, dass Sie rangegangen sind", sagte Sam, „und dass Sie sie nicht beide blockiert hatten."

Mandi blinzelte, konnte aber nicht verhindern, dass die ersten Tränen über ihre Wangen rannen. „Das hätte ich tun sollen, doch das hab ich nicht über mich gebracht. Sie sind nach wie vor meine Eltern. Als ich gestern seine Nummer gesehen habe, wollte ich einfach nur seine Stimme hören."

Freddie erhob sich, um Papiertaschentücher aus einer Schachtel auf dem Nachttisch zu holen, und reichte sie ihr.

„Danke." Sie wischte sich das Gesicht ab. „Ich weiß, das war schwach von mir, aber ich liebe und hasse meine Eltern gleichzeitig. Sie haben mit ihrer Gier unser Leben ruiniert, und das finde ich furchtbar."

„Kennen Sie jemanden, der wütend genug auf Ihre Mutter war, um sie zu töten?"

„Ich kenne tonnenweise Leute, die dieses Kriterium erfüllen. Wenn Sie meinen, ob ich weiß, wer es getan hat – nein. Ich bin sicher, ich würde es mit als Letzte erfahren. Viele Menschen sind der Auffassung, mein Bruder und ich hätten gewusst, was die beiden getrieben haben, haben wir aber nicht. Auch wenn uns das niemand glaubt."

„Sie haben jetzt mehrfach ‚sie' gesagt", stellte Freddie fest. „Sind Sie überzeugt davon, dass es eine gemeinschaftliche Tat Ihrer Eltern war?"

„Die Staatsanwaltschaft hat zwar nur meine Mutter angeklagt, trotzdem kann ich einfach nicht glauben, dass er nicht Bescheid gewusst hat. Wie hätte das denn gehen sollen? Er hat uns geschworen, dass er nichts geahnt hat, und hat ja auch den Lügendetektortest bestanden, doch wir nehmen ihm das nicht ab."

„Hat er Sie schon früher belogen?", hakte Freddie nach.

„Nicht dass ich wüsste. Aber wenn Sie mich gefragt hätten, ob meine Mutter dazu fähig wäre, unsere besten Freunde und unsere

Verwandten zu bestehlen, hätte ich ebenfalls Nein gesagt. Also wer weiß, ob sie uns auch in anderen Punkten belogen haben?“ Sie wischte sich weitere Tränen ab, ehe sie leise hinzusetzte: „Diese Angelegenheit hat mein Leben zerstört, und ich bin erst einundzwanzig.“

„Es tut uns leid, dass Sie das durchmachen müssen“, versicherte Freddie mitfühlend wie immer.

„Ich muss Sie fragen, wo Sie gestern waren“, erklärte Sam.

„Hier. Den ganzen Tag. Am Vormittag hatte ich Lerngruppe. Den Rest des Tages über war ich allein hier.“

„Kann das jemand bezeugen?“

„Erst war meine Mitbewohnerin hier, ist dann gegen Mittag gegangen und war noch nicht wieder da, als ich von meiner Lerngruppe zurückgekommen bin. Sie war erst heute Morgen zurück.“

„Sie haben gestern den ganzen Tag niemanden sonst getroffen?“

„Nein, nach dem Anruf meines Vaters bin ich allein geblieben. Ich wollte niemanden sehen.“

Sam reichte Mandi ihre Karte. „Rufen Sie mich an, wenn Ihnen noch etwas einfällt.“

„Haben Sie mit der Maklerin gesprochen? Cheri Clark?“

„Bisher nicht. Was ist mit ihr?“

„Sie hat mit meiner Mutter unter einer Decke gesteckt, auch wenn gegen sie keine Anklage erhoben wurde. Wenn sie die Immobilien nicht präsentiert hätte, hätte niemand den Köder geschluckt. Ich glaube, meine Mutter hat ihr Schmiergeld gezahlt, aber das FBI konnte ihr keine Beteiligung oder Mitwisserschaft nachweisen.“

„Wissen Sie, wo wir sie finden?“

„In Chevy Chase.“

In dieser Gegend waren sie doch am Morgen erst gewesen! Sam unterdrückte ein Stöhnen bei dem Gedanken, noch länger im Stau zu stehen. „Was ist mit Ihrem Bruder? Wo hält er sich um diese Tageszeit auf?“

„In der City.“

Auf dem Weg zum Ausgang riefen mehrere der jungen Leute Sam hinterher:

„Ich kann nicht glauben, dass Ihr Mann nicht kandidieren will.“

„Wie kann er uns das antun?“

„Wir brauchen ihn.“

„Puh“, sagte sie, als sie mit Freddie wieder im Freien war. „Warum müssen die mir das nachrufen, wenn es um Nick geht?“

„Äh, weil du mit ihm schläfst und es ihm ausrichten kannst?“

„Das war eine rhetorische Frage. Das solltest du mittlerweile erkennen können.“

„Entschuldige.“

„Ich akzeptiere deine Entschuldigung nicht. Wirf eine Münze. Kopf: Wir fahren nach Chevy Chase. Zahl: Wir fahren in die City.“

„Warum kann es nicht eine dritte Option geben – weder noch?“

„Das wäre mir auch am liebsten.“ Selbst der Weg zurück zum Auto nervte sie, weil er volle zehn Minuten dauerte.

„Ich brauche was zum Beißen.“

„Du hast doch gerade zu Mittag gegessen!“

„Das ist schon fast zwei Stunden her.“

„Es ist fünfundvierzig Minuten her. Jetzt gibt es erst mal nichts mehr.“

„Wenn du zu viele Personen mit Motiv hast, wirst du richtig fies.“

„Ich bin immer fies. Die vielen Personen mit Motiv machen mich nur zusätzlich auch noch mürrisch.“

„Stimmt.“

Im Auto verkündete Sam: „Ich möchte den Ehemann vorladen.“

„Nach dem wollte ich gerade fragen.“

„Nein, wolltest du nicht.“

„Doch, wollte ich! Ich wollte gerade sagen: Wir müssen noch mal mit dem Ehemann reden.“

„Wenn du meinst, Rockstar.“

„Ehrlich!“

„Sei still, und schick einen Streifenwagen zu ihm, der ihn bei seinem Bruder abholen soll. Hast du die Adresse noch von gestern?“

„Ja, habe ich“, antwortete er und klang genervt, weil sie das überhaupt fragte.

„Na, dann nichts wie ans Werk.“ Sie lenkte den Wagen in Richtung Chevy Chase, obwohl sie keine Lust auf eine Stunde Fahrzeit hatte, zumal sie eigentlich deutlich Wichtigeres zu tun hatte, als sich durch den dichten Verkehr bis ganz an den Nordweststrand der Stadt zu quälen.

Freddie nannte der Einsatzzentrale die Adresse, unter der Ken McLeod zu finden war. „Sie kümmern sich darum." Er schaute zu Sam. „Apropos Streifenwagen, ich kann immer noch nicht glauben, dass Captain Hernandez von Conklins Rolle bei den Schüssen auf Skip wusste. Ich kann mir nicht mal ansatzweise vorstellen, wie sich das für dich und deine Familie anfühlen muss."

„Für mich ist es unvorstellbar, dass diese Leute geschwiegen haben, als einer ihrer Kollegen ermordet und der andere zum Krüppel geschossen wurde." Sie hatten die Männer, die Conklin gedeckt hatte, auch mit dem Jahrzehnte zurückliegenden Mord am ersten Partner ihres Vaters, Steven Coyne, in Verbindung gebracht. „Darüber werde ich nie hinwegkommen, aber ich bin froh, dass sie jetzt wenigstens kriegen, was sie verdienen. Was Hernandez betrifft, den hat seine eigene Dummheit verraten. Er hat mir eine handschriftliche Notiz geschickt, dass die Antworten näher seien, als wir ahnen … Er hat sich da selbst reingeritten."

„Gott sei Dank. Sonst hätten wir von seiner Mitwisserschaft nie etwas erfahren."

„Ich frage mich nur, wer sonst noch alles Bescheid gewusst hat."

„Du glaubst, es gab mehr?"

„Ich würde mein Leben darauf verwetten."

„Wirklich?" Er schüttelte den Kopf. „Wie kann das sein?"

„Conklin und Hernandez haben doch auch Bescheid gewusst. Das Motiv ist dasselbe wie das für Ginny McLeods Taten. Es geht schlicht und ergreifend um Gier. Geld regiert die Welt, und die Leute tun alles, um so viel wie möglich davon zusammenzuraffen. Sie verraten sogar einen Freund oder lassen zu, dass dieser Freund fast ermordet wird, bloß um ihren Goldesel zu schützen."

„Das ist widerwärtig."

„Ja, aber so ist es nun mal."

„Wie kannst du so sachlich darüber reden?"

„Wenn ich das wirklich näher an mich heranlassen würde, könnte ich den Job nicht mehr machen."

„Ja, das verstehe ich."

„Alles rächt sich irgendwann. Denk an Conklin und Hernandez. Die beiden hatten alles. Stellvertretender Polizeichef und Captain, gute Rente und alle Vorzüge, die man als hochrangiger Beamter eben so hat. Jetzt sind sie wegen Verbrechen angeklagt, die sie für Jahrzehnte hinter Gitter bringen werden."

„Ich wünsche mir, dass sie auch ihren Pensionsanspruch verlieren."

„Daran arbeiten wir zurzeit. Der Chief hat das gleiche Ziel, glaub mir."

„Was wird deiner Meinung nach bei der FBI-Untersuchung herauskommen?"

„Dass es in unserer Abteilung immer noch nicht in jeder Hinsicht so sauber läuft, wie wir das wollen. Wir werden Dinge über uns erfahren, die uns vielleicht nicht gefallen, zum Beispiel, dass wir uns auf vielen Ebenen verbessern müssen. Innenschau ist fast immer schmerzhaft."

„Ich frage mich, wer alles davon wusste."

„Wir werden womöglich nie das ganze Ausmaß dieser Affäre kennen, also tröste ich mich damit, dass sie sich wahrscheinlich in die Hose machen, vor allem wenn das FBI jetzt herumzuschnüffeln beginnt."

„Ich hätte nie gedacht, dass ich mich mal freuen würde, dass das FBI gegen uns ermittelt."

„Geht mir genauso. Doch das sollten wir vermutlich besser für uns behalten, besonders, da die Untersuchung eine Weile dauern wird."

„Da hast du recht. Gibt es eigentlich was Neues in Sachen Gonzo?"

„Nur dass der Chief mit der Staatsanwaltschaft darüber spricht. Die haben vielleicht keine andere Wahl, als Gonzo anzuklagen, zumal er zugegeben hat, was er getan hat. Damit müssen wir uns vermutlich abfinden. Sosehr es mir auch missfällt, am Ende ist es seine Entscheidung."

„Mir missfällt in letzter Zeit so einiges."

„Lass dich davon nicht verbittern", riet ihm Sam. „Nicht, wenn du Polizist bleiben möchtest, und ich glaube, das willst du."

„Natürlich, aber es regt mich auf. Wir sollen das Gesetz hüten, nicht brechen. Wie soll ich mich als einfacher Detective fühlen, wenn mein Deputy Chief und einer der ranghöchsten Captains des MPD angeklagt werden, weil sie die Hintergründe des versuchten Mordes an unserem früheren Deputy Chief vertuscht haben?"

„Wütend solltest du dich fühlen", sagte Sam.

„Andererseits will man einem der besten Polizisten, die ich je gekannt habe, einen Strick daraus drehen, dass er sich unter dem Einfluss einer durch ein Trauma bei der Arbeit ausgelösten Sucht einen Fehltritt geleistet hat. Ist das fair?"

„Nein. Nichts davon ist fair. Doch so ist das Leben. Menschen unterlaufen Fehler. Dummheiten. Sie sind gierig. Viele denken nur an sich. Ob uns das passt oder nicht, so ist es nun mal. Nimm zum Beispiel unsere Freundin Ginny. Sieh dir an, was sie ihrer Familie, ihren Freunden und ihren Kindern angetan hat."

„Ja, das ist ekelhaft."

„Richtig. Und wofür? Damit sie jedes Jahr ein paar Urlaube mehr machen und mehr Kram kaufen konnte? Was nützt ihr das jetzt? Man nimmt nichts mit."

„Weißt du, was ich mich die ganze Zeit frage?", entgegnete er.

„Was denn?"

„Sie hat viel ausgegeben, aber zwanzig Millionen? Irgendwo muss doch noch Geld übrig sein."

„Wir haben uns ihre Finanzen ja schon angeschaut, oder?"

„Ja, Cam hat das erledigt."

„Rufen wir ihn an."

Freddie tätigte den Anruf mit seinem Smartphone und verband es über Bluetooth mit der Freisprechanlage ihres Autos.

„Will ich wissen, wie du das gemacht hast?"

„Das braucht dich nicht zu interessieren."

Sie wollte gerade behaupten, das interessiere sie sehr wohl, da nahm Cameron ab. „Hey, was gibt's?"

„Wir haben uns gefragt, wie man zwanzig Millionen ausgibt. Das kann eigentlich nicht so leicht sein."

„Richtig, und soweit ich sehen kann, hat sie auch nur einen Bruchteil davon verjubelt."

„Wo ist dann der Rest?", fragte Sam.

„Eine sehr gute Frage, der das FBI seit über einem Jahr nachgeht. Bisher werden Offshore-Konten vermutet, aber niemand hat was aufgespürt, und Ginny hat nicht geredet. Sie haben ihr sogar eine Verminderung des Strafmaßes angeboten, wenn sie sagt, wo das Geld versteckt ist, doch das hat sie nie getan."

„Sie hat sicher Hilfe gehabt", erwiderte Sam. „Die meisten Menschen wissen gar nicht, wie man ein Offshore-Konto eröffnet."

„Das FBI hat sich mit dieser Frage intensiv befasst, ohne

Komplizen zu finden. Die Theorie ist, dass Ginny nur persönlich kommuniziert hat, nie per Telefon oder elektronisch, um keine Spuren zu hinterlassen."

„Mann", sagte Sam. „Die Frau nervt."

„Haben Sie sich mit ihrer Tochter getroffen?", fragte Cam.

„Ja, gerade eben. Das Mädchen ist am Boden zerstört. Allerdings nicht, weil ihre Mutter tot ist, sondern weil sie vor ihrer Ermordung ihr Leben zerstört hat. Sie hat die Eltern der Freunde der Tochter abgezockt."

„Krass."

„Niemand war vor ihr sicher, nicht einmal ihre eigenen Geschwister, Cousinen und engen Freunde."

„Was hat sie sich bei alldem gedacht?", überlegte Freddie laut. „Irgendwann hätte sie jeden abgezockt, den sie persönlich kannte, einschließlich ihrer eigenen Kinder. Hat sie ernsthaft geglaubt, sie würde damit durchkommen?"

„Sie ist doch damit durchgekommen, bis Haverson das FBI auf den Plan gerufen hat", erinnerte ihn Cam. „Das war der erste Dominostein, der fiel. Ich persönlich glaube, sie hatte geplant, längst über alle Berge zu sein, wenn sie auffliegen würde."

„Was wiederum bedeutet, dass es irgendwo einen gefälschten Pass und andere Dokumente geben könnte. Cam, rufen Sie Haggerty an, und bitten Sie ihn, ein weiteres Mal nach versteckten Tresoren zu suchen. Ich will jedes Stück Papier, das sich derzeit in diesem Haus befindet, und alles, was das FBI beschlagnahmt hat."

„Ich kümmere mich darum", versprach Cam.

„Sie sollen alles in unseren Besprechungsraum schaffen. Wir fangen noch mal ganz von vorne an, falls das FBI etwas übersehen hat."

„Das wird sicher ein Riesenspaß", unkte Freddie.

„Der Teufel steckt im Detail", sagte Sam.

„Wo wollen Sie jetzt hin?", fragte Cam.

„Zu der Maklerin, die Ginny bei ihrem Betrugsmanöver unterstützt hat."

„Wo ist die?"

„Ausgerechnet in Chevy Chase."

„Puh."

„Sie sagen es. Zum zweiten Mal heute ganz an den Nordwestrand der Stadt."

„Besser Sie als ich. Sie sollten noch wissen, dass hier seit der

Nachricht, dass Nick nicht kandidieren wird, die Hütte brennt. Die Pressemeute draußen hat sich verdreifacht."

Sam stöhnte auf. „Was zum Teufel wollen die von mir? Ich gebe ihnen doch nie irgendwas. Wie kommen die auf die Idee, dass ich jetzt damit anfangen könnte?"

„Die Hoffnung stirbt zuletzt", meinte Cameron. „Was steht nach der Maklerin an?"

„Der Sohn, und dann fahren wir wieder zum Hauptquartier, um mit dem Ehemann zu reden. Wir haben ihn von einem Streifenwagen abholen lassen. Er müsste demnächst eintreffen. Lassen Sie ihn im Verhörraum sitzen, bis wir da sind. Wenn er nach einem Anwalt fragt, besorgen Sie ihm einen."

„Wird erledigt."

„Wir beeilen uns, werden aber wahrscheinlich erst in drei Tagen da sein, so wie der Verkehr aussieht."

„Ich halte hier die Stellung."

„Danke sehr. Sagen Sie uns Bescheid, wenn sich etwas Neues ergibt."

„Mach ich."

Freddie beendete die Verbindung.

„Entferne dein Smartphone aus meinem Bluetooth."

„Dein Bluetooth mag mein Smartphone. Die beiden haben eine Beziehung."

„Ihre Beziehung ist beendet."

„Sie hat gerade erst angefangen. Die beiden hatten letzte Nacht Sex."

Sam konnte sich ein Grinsen nicht verkneifen. „Dein Smartphone ist da deutlich schneller als du."

„Hast du mein Smartphone gerade als Schlampe bezeichnet, Sam? Das ist uncool."

„Ich versuche nur herauszufinden, wo du so fundamental falsch abgebogen bist."

Er sah sie ungläubig an. „Echt jetzt? Wirklich? Ich glaube, das war an dem Tag, an dem Stahl gesagt hat: ‚Cruz, Ihre Partnerin ist Holland.'"

Sam hatte beinahe vergessen, dass es Stahl gewesen war, der sie beide verpartnert hatte. „Ich schätze, zumindest dafür muss ich ihm dankbar sein."

„Nein, wir hassen ihn trotzdem, aber immerhin hat er uns zusammengebracht."

„Damals warst du so ein netter Junge. So unverdorben, mit ehernen Prinzipien."

„Meine Prinzipien sind nach wie vor ehern."

„Na ja, so ein bisschen angekratzt sind sie schon."

„Das stimmt nicht! Ich habe sehr wohl eherne Prinzipien. Der Rest von mir ist deinetwegen allerdings leicht verschrammt, das stimmt."

„Gib's zu. Ich habe einen Mann aus dir gemacht."

„O mein Gott. Sei still, ja?"

„Das ist meine Version der Geschichte, und dabei bleibe ich."

„Tu das."

„Werde ich, danke."

Freddie war einer der wenigen Gründe, warum sie es aushielt, diesen Job Tag für Tag zu erledigen. Egal, womit sie sich rumschlagen mussten, die Zusammenarbeit mit ihm war immer angenehm und unterhaltsam. Sam hatte schon vor langer Zeit erkannt, dass sie jede klare Perspektive und jede Unvoreingenommenheit verloren hatte, die sie möglicherweise einmal gehabt hatte, wenn es um ihn ging. Er war für sie Teil ihrer Familie. In Anbetracht dessen hätte sie ihn wahrscheinlich versetzen sollen, doch das würde nicht passieren.

Sie brauchte ihn zu sehr.

# KAPITEL 12

E s war fast drei, als sie in Chevy Chase eintrafen.

„Früher war ich neidisch auf die Kinder, die hier draußen gewohnt haben", sagte Sam.

„Inwiefern?"

„Weil sie das Glück hatten, in der Vorstadt zu leben, aber jetzt weiß ich, dass wir die Glücklichen waren, weil wir so verkehrsgünstig gewohnt haben. Sie mussten immer erst ewig mit der U-Bahn fahren, wenn sie irgendetwas unternehmen wollten."

„Ich fand es immer schon seltsam, dass es zwei Chevy Chases gibt."

„Oder? Noch dazu zwei völlig unterschiedliche. Das eine ist in D. C. und das andere in Maryland."

„Allerdings liegen sie direkt nebeneinander. Bizarr – und wir besuchen jetzt Cheri Clark in Chevy Chase. Heute ist offenbar Doppel-C-Tag."

„Es gibt übrigens einen Haufen interessante Wörter mit C."

„Über die wir jetzt aber nicht reden werden."

„Der leicht angekratzte Freddie steht eigentlich auf mein dreckiges Mundwerk."

„Nein, tut er nicht."

„Cracknutte, Cunnilingus …"

„Sam! Halt den Mund."

Während sie noch über ihren eigenen Witz lachte, fand sie einen Parkplatz drei Blocks von Clarks Büro in der Connecticut

Avenue entfernt. Auf dem Weg dorthin wehte ihnen ein eisiger Wind um die Ohren.

„Das ist die Frau des Vizepräsidenten", rief ein junger Mann seinem Freund zu, als sie an ihnen vorbeigingen. „Hey, sagen Sie Ihrem Mann, er muss kandidieren. Aus der Politik steigt man nicht einfach so wieder aus!"

„Darf ich ihn erschießen?", wollte Sam von Freddie wissen.

„Solange der ganze Papierkram nicht an mir hängen bleibt, bin ich bereit wegzusehen."

Dankenswerterweise folgte ihr der Typ nicht, sodass sie ihn nicht wirklich erschießen musste. Sie betraten das Foyer eines Bürogebäudes, fanden in der Firmenübersicht Cheri Clark Real Estate und machten sich auf den Weg in den dritten Stock.

„Hier müsste man echt mal einen Aufzug einbauen", keuchte Sam, oben angekommen.

„Oder du müsstest mehr trainieren."

„Klappe."

Sein spöttisches Lachen hätte sie geärgert, wenn sie nicht so fertig gewesen wäre. Er hatte vielleicht recht mit seiner Aussage, wenn sie sich nach drei Treppen fühlte, als würde sie jeden Augenblick sterben. Nicht dass sie vorhatte, das zuzugeben.

Das Licht in Cheris Büro war aus, und als Sam die Tür zu öffnen versuchte, war sie verschlossen. „Verdammt. Wenn sie nicht da ist, nachdem wir extra hier raus gefahren sind, werde ich sie wegen Zeitverschwendung verhaften."

„Nein, wirst du nicht. Ich werde den Papierkram jedenfalls definitiv nicht übernehmen."

„Doch, wirst du, wenn ich es dir sage. Los, finde heraus, wo sie wohnt."

Freddie machte sich an seinem Telefon zu schaffen und hatte innerhalb von zwei Minuten eine Adresse recherchiert. „Das ist etwa anderthalb Kilometer von hier entfernt."

„Dann los." Sie stiegen die Treppen wieder hinunter, und Sam beklagte sich, weil sie sie umsonst erklommen hatte und jetzt genau wusste, wie sehr sie außer Form war. „Haben wir ein Bild von ihr?"

Freddie reichte ihr sein Smartphone.

Sam sah sich die kesse Frau mit dem schulterlangen blonden Haar, den weißen Zähnen und dem perfekt aufgetragenen roten Lippenstift lange an, dann reichte sie ihm das Handy zurück. „Ich bin froh, dass ich keinen Beruf habe, bei dem ich die ganze Zeit Lippenstift tragen muss."

„Dafür sind wir alle dankbar."

„Du bist heute echt in Topform, Frederico", meinte Sam auf dem Rückweg zum Auto.

„Nenn mich nicht so. Dann klingst du wie meine Mutter."

„Wie geht es denn der lieben Juliette?"

„Sie macht mich mit der Frage wahnsinnig, wann sie endlich Großmutter wird."

„Ah, die ewige Frage aller Mütter auf der ganzen Welt, die maximal zwei Monate nach der Hochzeit das erste Mal gestellt wird."

„Es nervt. Elin und ich haben es mit dem Kinderkriegen nicht eilig, und ich lasse mich von niemandem unter Druck setzen, nicht mal von meiner eigenen Mutter."

„Gut so. Bleib stark, junger Padawan."

„Ich versuch's, aber es ist nicht leicht. Hey …" Er deutete auf eine Frau, die sich ihnen näherte.

Als Sam sie erblickte, stürmte sie los.

Die Frau sah sie kommen, wurde blass, wirbelte herum und versuchte, auf acht Zentimeter hohen Absätzen zu fliehen. Das als leichte Wettbewerbsverzerrung zu bezeichnen wäre zu milde gewesen.

Sam holte sie problemlos ein und hatte ihr Handschellen angelegt, ehe Freddie die beiden erreichte.

Weil er weniger außer Atem war als Sam, überließ sie es ihm, die Frau über ihre Rechte aufzuklären. Sam musste wirklich mal wieder ins Fitnessstudio beziehungsweise erst mal bei einem Mitglied werden.

Cheri wehrte sich gegen Sams harten Griff. „Ich habe nichts getan!"

„Warum sind Sie dann weggerannt?", fragte Sam.

„Ich hatte Angst. Jeder weiß doch, wie Sie sind."

„Wie bin ich denn?", erkundigte sich Sam, während sie sie zum Auto führten.

„Ein knallhartes Miststück."

„Oh, das ist jetzt aber gemein! Ich bin tief getroffen! Oder was denken Sie, Detective Cruz?"

„Dass die Leute einfach nicht raffen, dass du das als Kompliment auffasst …"

Sie liebte ihn so sehr. Er war der absolut perfekte Partner. „Ja, nicht wahr?“

„Ich will einen Anwalt.“

„Witzig, oder, Detective Cruz, wie oft ‚Unschuldige‘ nach einem Anwalt schreien, kaum dass sie einen Polizisten sehen?“

Cheri funkelte sie wütend an. „Ich sage Ihnen dasselbe wie dem FBI: Ich hatte keine Ahnung, was Ginny im Schilde führte, als sie mich gebeten hat, Leuten Immobilien zu zeigen. Vielmehr habe ich lediglich meinen Job gemacht.“

„Schön, und wenn wir Ihre Finanzen überprüfen würden, würden wir feststellen, dass Sie nie irgendwas dafür erhalten haben, dass Sie die Drecksarbeit für sie erledigt haben, richtig?“

„Selbstverständlich hat Ginny mich für das bezahlt, was ich für ihre Firma getan habe. Ich arbeite grundsätzlich nicht umsonst. Sie etwa?“

„Ich dachte, Immobilienmakler kriegen ihr Geld immer erst nach einem Vertragsabschluss“, erwiderte Sam, „nicht, wenn sie Immobilien zeigen. Aber Sie handhaben das offenbar anders.“

„Wir hatten eine Absprache. Ich habe Immobilien präsentiert, und sie hat mich dafür bezahlt. Inwiefern ist das illegal?“

„Darüber reden wir in Gegenwart Ihres Anwalts.“

Sam lenkte ihren BMW durch den dichten Verkehr, der während ihres Aufenthalts in Chevy Chase nur noch schlimmer geworden war, zurück zum Hauptquartier. Als sie endlich dort angekommen waren, war sie unleidlich und gereizt. „Lass sie erkennungsdienstlich behandeln“, sagte sie zu Freddie.

„Erkennungsdienstlich behandeln?“, kreischte Cheri. „Sie können mir doch wohl nicht vorwerfen, dass ich Immobilien präsentiert habe!“

„Nein, aber wir können Ihnen Behinderung einer Mordermittlung und Widerstand gegen eine Festnahme vorwerfen.“

Cheris Gesicht verlor jegliche Farbe, und der Mund blieb ihr offen stehen. „Inwiefern habe ich eine Mordermittlung behindert?“

„Sie haben uns gezwungen, Sie zu verfolgen.“ Manchmal genoss Sam ihren Job, vor allem, wenn sie anmaßende Leute wie Cheri in ihre Schranken weisen konnte. „Bringen Sie sie zum Erkennungsdienst, Detective Cruz.“

„Sie haben nichts gegen mich in der Hand.“

Sam lachte laut. „Wollen Sie Ihr das Gegenteil beweisen, Detective?“

„Klar, ich kümmere mich darum." Freddie führte die Frau weg, während Sam sich einen Blick auf die massive Medienpräsenz vor dem Haupteingang gönnte.

„Mein Gott", murmelte sie, entnervt von dem intensiven Interesse an Nicks Entscheidung.

Wenn man vom Teufel sprach … Ihr Handy klingelte, und es war ihr Mann.

„Ich bin nicht sicher, ob ich deine Anrufe weiter entgegennehmen sollte."

„Doch, das solltest du unbedingt."

„Was ist denn los?"

„Die ganze Welt dreht wegen meiner Ankündigung durch."

„Ich kann das an dem Ansturm der Medienvertreter vor dem Polizeigebäude ablesen." Sams Unbehagen steigerte sich in den roten Bereich. „Woran erkennst du es?"

„Ich wage es kaum auszusprechen … Brant war gerade hier, und sie würden dir gerne ein paar Beamte zur Seite stellen, nur für die nächsten Tage, bis die Lage sich beruhigt hat."

„Nein."

„Sam, bitte? In solchen Situationen kriechen die Verrückten unter ihren Steinen hervor. Du musst mir erlauben, dich zu beschützen."

„Mir geht es gut. Ich brauche keinen Schutz. Aber bitte richte Brant meinen Dank für seine Fürsorge aus."

Auf ihre Antwort folgte Totenstille.

„Hallo?"

„Ich bin noch dran", sagte er angespannt.

„Du bist sauer."

„Irgendwie schon."

„Du weißt, was ich von Personenschutz halte, Nick. Ich *bin* Personenschutz."

„Ja, trotzdem weißt du auch, wie wichtig du mir bist. Was, wenn jemand beschließt, meine Frau zu entführen und als Geisel zu nehmen, weil ich erklärt habe, dass ich nicht für das Präsidentenamt kandidiere?"

„Das würde niemand ernsthaft tun. Ich weiß, du bist beliebt, aber das wäre Wahnsinn."

„Wenn du einige der E-Mails sehen könntest, die mein Team bekommt, wüsstest du, dass es durchaus im Bereich des Möglichen liegt. Die Menschen reagieren ziemlich extrem auf meine Entscheidung. Brant war ein wenig verärgert, weil ich ihn nicht vorgewarnt habe, bevor ich die Bombe habe platzen lassen. Tatsächlich ist es mir gar nicht in den Sinn gekommen, dass meine Entscheidung für meine Personenschützer eine Rolle spielen würde. Der Secret Service hat die Wachmannschaft der Kinder verdoppelt."

Als Sam das hörte, wurde ihr schlecht. „Ist das dein Ernst?"

„Mein voller Ernst. Bitte, Sam … Tu nur dieses eine Mal, worum ich dich bitte."

Er klang so gestresst, dass ihr enormer Widerwille ihr plötzlich weniger wichtig war als sein Seelenfrieden. „Gut. Ein Bodyguard, der mir allerdings nicht im Weg rumstehen darf."

„Sie arbeiten in Teams. Du kriegst zwei, und ich gebe deine Bedingungen weiter."

„Das ist eine einmalige Angelegenheit, Nick. Nur bis sich die Wogen wieder geglättet haben."

„Danke."

„Ich muss dich wirklich lieben."

„Bei Gott, das hoffe ich, denn wenn das so weitergeht, landen wir am Ende wieder im Bunker des Secret Service."

„Sag das bloß nicht." Sam verzog das Gesicht bei der Erinnerung an das tagelange Festsitzen in dem unterirdischen Bunker, während der Secret Service sich mit einem glaubwürdigen Bedrohungsszenario gegen ihre Familie befasst hatte.

„Das sage nicht ich. Ich hatte keine Ahnung, dass die Leute so versessen auf meine Kandidatur sind. Ich bin über diese Reaktionen wirklich schockiert."

„Nick, ich weise ja bloß ungern darauf hin, dass ich dir das prophezeit habe, aber …"

„Du liebst es, darauf hinzuweisen, dass du recht hattest."

„Ja, irgendwie schon. Bei Freddie noch viel mehr."

Nick lachte. „Der arme Freddie."

„Nein, *du* Armer. Geht es dir gut?"

„Irgendwie schon. Es ist nur bizarr, so sehr im Mittelpunkt der Aufmerksamkeit zu stehen."

„Ich vermute, wenn sie die Wachmannschaft der Kinder verdoppelt haben, gilt das auch für deine?"

„Meine wurde verdreifacht."

„Mein Gott, Nick …"

„Es ist schon in Ordnung, Babe. Die haben das im Griff, und solange ihr in Sicherheit seid, du und die Kinder, ist alles in Ordnung."

„Vergiss dich selbst nicht. Bitte nimm deine eigene Sicherheit nicht auf die leichte Schulter. Die Leute sind wahnsinnig."

„Vertrau mir, das weiß ich. Wo soll ich deine Personenschützer hinschicken?"

„Zum Hauptquartier, aber sie sollen nicht reinkommen. Ich werde noch ein Weilchen hier sein. Sag ihnen, dass ich sie größtenteils ignorieren werde und sie dasselbe mit mir tun sollen, wenn sie wissen, was gut für sie ist."

„Wird gemacht", antwortete er mit einem leisen Lachen. „Ich liebe dich, Sam."

„Dafür schuldest du mir was."

„Stimmt, ich schulde dir dafür sogar ganz schön viel, und ich schwöre, ich werde mich erkenntlich zeigen."

„Ich kann's kaum erwarten. Bis bald."

„Pass auf meine Ehefrau auf, Babe. Sie ist mir das Liebste auf der ganzen Welt."

„Geht klar. Wir sehen uns."

„Bye."

Sam beendete das Gespräch nur ungern, doch sie hatte zu viel zu tun, um vor der Tür der Gerichtsmedizin zu stehen und mit ihrem Mann zu reden, als wären sie zwei Teenager, die zum ersten Mal verliebt waren. Auch wenn es sich nach wie vor so anfühlte. Sie war vor ihm schon in andere Männer verliebt gewesen, aber ihre Gefühle für ihn bewegten sich auf einer ganz anderen Ebene als alles, was sie zuvor erlebt hatte. Hätte man sie früher gefragt, ob es Seelenverwandtschaften gab, hätte sie darüber gespottet. Inzwischen wusste sie es besser.

„Ist alles in Ordnung, Sam?", fragte Lindsey.

Sam wurde klar, dass ihre Freundin sie schon seit einer vollen Minute betrachtete.

„Äh, nun ja, die ganze Welt dreht wegen Nicks Ankündigung durch, und ich habe ab jetzt Personenschutz."

„Ehrlich? Es muss schlimm sein, wenn sie darauf bestehen."

„Schätze schon. Wer hätte gedacht, dass die Menschen glauben, er schulde ihnen irgendwas?"

„Mein Gott ... Das ist verrückt."

„Ja."

„Du hast also Personenschutz."

„Ja, doch ich habe die Bedingung gestellt, dass die Typen mir bloß nicht im Weg rumstehen sollen."

„Vermutlich mit genau diesen Worten."

„Was hätte ich denn sonst sagen sollen?"

Lindseys Augen funkelten amüsiert.

„Ich muss mich um Ginny McLeods unseriöse Immobilienmaklerin kümmern, die vor uns davongelaufen ist, als sie uns hat kommen sehen, aber nicht begreifen will, inwiefern das eine Behinderung einer Mordermittlung darstellt."

„Bei der Stimmung, in der du bist, nehme ich an, dass es dir Spaß machen wird, es ihr vor Augen zu führen."

„Da liegst du richtig, Doc. Übrigens, Haggertys Team hat höchstwahrscheinlich die Mordwaffe gefunden."

„Echt? Hat das Ding gezackte Kanten?"

„Extrem gezackte, und es ist das einzige Werkzeug im ganzen Haus, das abgewischt und dann in einem Schrank im Gästezimmer im Souterrain verstaut worden ist."

„Ach verdammt, dann ist es euch keine große Hilfe."

„Es bringt uns immerhin eine neue Erkenntnis – dass der Täter sich die Zeit genommen hat, die Mordwaffe gründlich zu reinigen und im Haus zu verstecken, während Ginny verblutet ist. Dadurch wird die Tat kaltblütiger als ursprünglich gedacht."

„Ich beneide dich ja grundsätzlich nicht um deine Fälle, aber der ..."

„Ist das Letzte, genau wie das Opfer. Wir haben uns mit ihrer Tochter unterhalten, die uns unter Tränen erzählt hat, dass sich alle Menschen in ihrem Leben gegen sie gewandt haben. Ginny hat nicht nur ihre eigene Familie, sondern auch die Eltern der Freunde ihrer Kinder abgezockt."

„Ach herrje. Sie war eine Soziopathin."

„In der Tat. Es fällt mir schwer, meine übliche Energie für die Suche nach ihrem Mörder aufzubringen."

„Daraus kann ich dir keinen Vorwurf machen. Zwar verdient es niemand, ermordet zu werden, doch ..."

„Genau. Bis später."

„Gib mir Bescheid, wenn ich dir helfen kann."

„Danke."

Sam begab sich ins Großraumbüro und dort direkt zu Cameron Greens Arbeitsplatz. „Kann ich bitte mal den FBI-Bericht über die Rolle der Maklerin haben?"

„Klar." Er blätterte fein säuberlich sortierte Aktenordner durch, fand den gesuchten und reichte ihn ihr.

„Gegen Sie wirken wir alle wie Faulpelze."

Der junge Polizist schaute sie verblüfft an. „Ich, äh ..."

„Das war ein Kompliment, Green." Sie verdrehte die Augen. „Sie sind ein sehr guter Ermittler."

„Oh, äh, danke. Ich mach das gern."

„Merkt man. Fassen Sie für mich das Wichtigste über unsere Freundin kurz zusammen."

„Cheri ist eine ziemlich erfolgreiche Maklerin im Nordwesten der Stadt. Sie hat einige der größten Transaktionen des letzten Jahres abgewickelt, für Käufer und Verkäufer gleichermaßen. Sie ist sehr aktiv in Organisationen wie dem Rotary Club, der Handelskammer und so weiter. Ihr Geschäft boomt – oder tat es, bis Ginny McLeods Machenschaften aufgeflogen sind und man Cheri vorgeworfen hat, mit der Betrügerin unter einer Decke gesteckt zu haben. Sie hat geschworen, dass sie keine Ahnung hatte, was Ginny im Schilde führte, als sie sie gebeten hat, einigen ihrer Kunden Immobilien zu zeigen."

„Ist Cheri nicht ein wenig neugierig geworden, was da eigentlich los war, als Ginny Hunderte von Leuten zur Besichtigung eines heruntergekommenen ehemaligen Lagerhauses eingeladen hat? Vor allem, als niemand etwas gekauft hat?"

„Das wollte das FBI auch wissen, aber Cheri hat ausgesagt, Ginny habe sie gebeten, die Immobilien zu zeigen, und sie dafür bezahlt. Sie hat keine Fragen gestellt."

„Fällt es Ihnen schwer, das zu glauben?"

„Extrem, und dem FBI genauso. Doch Cheri ist in all den Monaten, in denen das FBI gegen sie und Ginny ermittelt hat, nie von ihrer Geschichte abgewichen. Ich habe mir ihre aktuellen Finanzen angesehen, sie mit denen von vor einem Jahr verglichen und festgestellt, dass ihr Umsatz im Vergleich zum Vorjahr um fünfzig Prozent eingebrochen ist. Die Verbindung mit Ginny hat ihr geschadet, trotz ihrer hartnäckigen Behauptungen, sie habe nichts mit dem Betrug zu tun gehabt."

„Ich hasse diese Frauen", knurrte Sam.

„Da sind Sie nicht die Einzige."

„Stimmt, es geht so vielen so, dass es fast unmöglich sein wird, den Mörder zu finden."

„Irgendwas werden wir schon ausgraben."

Freddie kam ins Großraumbüro. Er sah genervt aus. „Eine wirklich nette Frau, diese Ms Clark. Sie ist erkennungsdienstlich behandelt und wartet in Verhörraum zwei."

„Was ist mit dem Anwalt?"

„Den habe ich angerufen. Er hat erklärt, er werde innerhalb der nächsten zwei Stunden hier sein.“

„Das muss Cheri gefallen haben“, meinte Sam.

„Weniger.“ Freddie fuhr sich mit den Fingern durchs Haar. „Sie ist wütend und droht, den Medien zu erzählen, sie sei das Opfer von Polizeigewalt geworden.“

„Soll sie doch“, erwiderte Sam. „Dann erzählen wir der Welt, dass sie vor Polizisten geflohen ist, die ihr ein paar Fragen stellen wollten. Soweit ich mich erinnere, laufen Unschuldige nicht vor der Polizei weg.“

„Stimmt“, pflichtete ihr Freddie bei.

„Green, Sie befassen sich eingehender mit Cheris Finanzen. Wenn es da irgendetwas zu finden gibt, finden Sie es.“

Green nickte. „Schon dabei.“

„Während wir auf Cheris Anwalt warten, kommt bitte alle in den Besprechungsraum, um zu erörtern, was wir haben, und unsere nächsten Schritte zu planen.“

# KAPITEL 13

Während sich die anderen im Besprechungsraum versammelten, betrat Sam ihr Büro, um rasch ihre E-Mails und ihren Anrufbeantworter zu checken. Sie verteilte tonnenweise Visitenkarten, doch es meldete sich nur selten jemand, der zusätzliche Informationen für sie hatte. Aber das war in Ordnung. Sie würde weiterhin Karten verteilen, in der Hoffnung, dass eines Tages ein wichtiger Tipp dabei herauskommen würde, der entscheidende Hinweis in einem Fall.

Sie scrollte gerade durch ihre E-Mails, als Avery Hill in der Tür erschien. „Nicht jetzt, Agent Hill. Ich stecke knietief in einer Mordermittlung."

„Die Frau, die ihre Familie und ihre Freunde abgezockt hat, richtig?"

„Ja, genau."

„Da musst du doch tonnenweise Leute mit Motiv haben."

„Megatonnenweise, was bedeutet, dass ich heute leider keine Zeit für dich habe."

„Und wie sieht es in den nächsten beiden Tagen aus?"

„Alles, was ich über Stahl und Conklin weiß, steht bereits in den Akten."

„Alles?"

„Alles Wichtige."

„Ich wette, du hast das eine oder andere vergessen, was im Gespräch herauskommen könnte."

„Du hast sicher Verständnis dafür, dass ich nicht gerade
erpicht darauf bin, weitere Gespräche über die beiden oder über
Hernandez zu führen."

„Ja. Ich habe deinen Vater gekannt, bewundert und respektiert,
und obwohl ich mir nicht mal ansatzweise vorstellen kann, wie
man sich fühlt, wenn die Spur in die eigene Abteilung führt, tut es
mir echt leid für dich, dass die Sache so gelaufen ist, wie sie nun
mal gelaufen ist."

„Danke." Sie wollte nicht, dass sie ihm oder irgendjemandem
leidtat, aber sie hätte sich wie eine dumme Zicke angehört, wenn
sie das laut gesagt hätte. Niemand konnte verstehen, wie tief
dieser Verrat sie getroffen hatte. Dass Leute in der Abteilung, der
sie und ihr Vater zusammen mehr als vier Jahrzehnte gedient
hatten, sie so im Stich hatten lassen können, wie Conklin und
Hernandez das getan hatten. „Ich will nur herausfinden, wer sonst
noch die Wahrheit gekannt hat."

„Du meinst, der Kreis der Mitwisser geht über Conklin und
Hernandez hinaus?"

„Ja, verdammt, genau das meine ich. Die Kohle wäre nicht bloß
für die beiden verlockend gewesen. Selbst wenn wir Überstunden
und Sonderschichten bis zum Abwinken machen, können wir als
Polizisten nun mal nur eine gewisse Menge Geld verdienen." Ihr
kam ein weiterer Gedanke. „Erinnerst du dich, wie wir den
Prostitutionsring hochgenommen haben, der den Sprecher des
Repräsentantenhauses zu Fall gebracht hat?"

„Wie könnte ich das jemals vergessen?"

„Denk daran, wie viele hochrangige Beamte darin verwickelt
waren. Egal was jemand für seinen Lebensunterhalt tut, leicht
verdientes Geld ist leicht verdientes Geld. Polizisten sind nicht
immun gegen diese Verlockung, auch wenn wir beide das gerne
glauben würden."

Er betrat das Büro und nahm Platz. „Hast du konkret irgendwelche Namen im Sinn?", erkundigte er sich mit dem melodi-
schen South-Carolina-Akzent, der ihr in den letzten Monaten so
vertraut geworden war. Es hatte eine Zeit gegeben, in der sie sich
wegen seines Interesses an ihr ausgesprochen unwohl gefühlt
hatte, aber das gehörte inzwischen, da er glücklich mit Shelby
verheiratet war, der Vergangenheit an.

Sie dachte noch über Averys Frage nach, als Sergeant Ramsey
an ihrer Tür erschien, einen Umschlag mit einer dienstlichen
Notiz in der Hand, das Gesicht knallrot vor Wut.

„Was zum Teufel treiben Sie da, Holland?"

Avery erhob sich und wandte sich zur Tür um.

„Wie bitte?", fragte Sam.

„Sie wissen genau, wovon ich spreche, Sie verdammte Fotze."

„Hey", warnte ihn Hill. „Passen Sie auf, was Sie sagen."

„Schnauze. Ich arbeite nicht für Sie, Mr FBI."

„Ich bin mir nicht sicher, welche Laus Ihnen diesmal über die Leber gelaufen ist, Ramsey", erklärte Sam, „doch ich kann Ihnen versichern, dass ich nichts damit zu tun habe."

„Sie sind eine verdammte Lügnerin, und das werde ich auch beweisen."

„Nur zu. Tun Sie, was Sie nicht lassen können."

„Sie halten sich für so verdammt schlau", brachte er vor Empörung stotternd raus, „aber merken Sie sich meine Worte, Holland: Ich mach Sie fertig."

„Diese Drohung haben Sie gehört, oder, Agent Hill?"

„Jap."

„Wenn Sie denken, Sie könnten mich erpressen, um Ihren geliebten Gonzales zu retten …"

„Moment", sagte Sam „Jemand erpresst Sie? Wenn Sie deswegen so sauer sind, muss da jemand ja echt was Krasses gegen Sie in der Hand haben." Sie beugte sich vor, heuchelte Interesse. „Was macht Sie denn so wütend?"

Seine Augen verengten sich zu einem Blick schieren Hasses. „Ficken Sie sich. Sie sollten sich vorsehen, Holland."

Sam lächelte ihn an, als sei sie vollkommen immun gegen seine Drohungen. „Alles klar. Das nehm ich mir dann doch glatt zu Herzen."

Ramsey stürmte wutentbrannt davon.

„Was zum Teufel war das denn, Sam?", fragte Avery.

„Das war mein guter Freund Sergeant Ramsey. Wir kennen einander schon sehr lange."

„Das war eine direkte Drohung vor einem FBI-Agenten. Wir könnten ihn festnehmen."

„Ach was, das ist er nicht wert. Er bereitet mir keine Sorge, und dir sollte er auch keine bereiten. Aber würdest du vielleicht Malone oder jemand anderem, den es interessiert, von seiner Drohung erzählen, wenn man meine Leiche finden sollte?"

„Mach darüber keine Scherze. Der Typ ist völlig neben der Spur. Ich würde ihm zutrauen, dass er handgreiflich wird."

„Nun, die gute Nachricht ist, dass ich ab sofort Personenschutz vom Secret Service an der Backe habe, bis die Leute sich damit abgefunden haben, dass Nick nicht kandidieren möchte."

„Ich habe schon gehört, dass seine Entscheidung nicht gut aufgenommen wird."

Sam zuckte die Achseln. „Ich verstehe das sogar. Er ist der Beste. Mir ist schon klar, warum die Menschen enttäuscht sind, doch er wird seine Meinung nicht ändern."

„Ich gebe zu, ich bin selbst auch enttäuscht. Eigentlich habe ich mich auf eine Regierung Cappuano gefreut."

„Während er sich darauf freut, keine Minute von Scottys Teenagerzeit oder der Grundschulzeit der Zwillinge zu verpassen."

„Das bewundere ich. Wirklich."

„Es ist das Wichtigste für ihn, und ich, egoistisch, wie ich bin, bin begeistert, weil er nicht monatelang im Wahlkampf unterwegs sein wird." Beim bloßen Gedanken daran schnürte sich ihr die Brust zusammen. „Ich glaube nicht, dass ich zur alleinerziehenden Mutter tauge."

„Wenn du müsstest, könntest du es."

„Gott sei Dank muss ich ja aber nicht. Mein Team wartet im Besprechungsraum auf mich. Ich habe morgen am späten Nachmittag etwas Zeit für dich, wenn das passt."

„Ich nehme, was ich kriegen kann. Danke dir, Sam."

„Ich würde ja sagen: ‚Gern geschehen‘, nur leider ist diese ganze Ermittlung ein Riesenproblem für mich."

„Das kann ich mir vorstellen."

„Ich bemühe mich wirklich, mir davon nicht einen Job und eine Karriere kaputtmachen zu lassen, die ich liebe."

„Das ist nur verständlich, Sam. Der Verrat trifft dich tief."

„Absolut. Und um die Frage zu beantworten, die du gestellt hast, bevor Ramsey uns so unhöflich unterbrochen hat: Ich weiß nicht, wer alles von dem Glücksspielring gewusst haben könnte. Ich bin immer noch schockiert, dass ausgerechnet Conklin informiert war und nie ein Wort gesagt hat, gleichzeitig aber den engen Freund meines Vaters gespielt hat. Hernandez' Mitwisserschaft war ein weiterer großer Schock."

„Ja, klar."

„Mein Vater war ein toller Polizist. Einer der besten, die ich je gekannt habe, und das meine ich nicht nur, weil er mein Dad war."

„Ja, unbedingt. Das hört man von allen Seiten."

„Das freut mich. Er hat mir beigebracht, immer das Richtige zu tun, selbst wenn es schwer war. Nach diesem Credo hat er gelebt, und das hat er meinen Schwestern und mir weitergegeben. Ich hoffe, dass die Leute auch nach allem, was wir seit seinem Tod herausgefunden haben, im Gedächtnis behalten werden, wie er gelebt und gearbeitet hat, und nicht nur, wie er gestorben ist."

„Das werden sie. Die Leute erinnern sich an gute Menschen."

„Schön zu hören. Sein Vermächtnis zu bewahren ist eigentlich das Einzige, was mir in diesem ganzen Schlamassel wichtig ist."

„Das verstehe ich. Dann lasse ich dich jetzt mal weiterarbeiten und melde mich morgen wieder."

„Danke, Avery. Ich weiß, ich müsste mich eigentlich mit jeder Faser meines Wesens dagegen sträuben, dass das FBI hier Nachforschungen anstellt, doch ich muss sagen, diesmal freut es mich in gewisser Weise sogar. Wenn es weitere Mitwisser gibt …"

„Werden wir sie finden", versprach Avery mit grimmiger Miene. „Wir *werden* sie finden, Sam."

Sie nickte, und plötzlich hatte sie einen Kloß in der Kehle, als sie von einer Welle des Schmerzes überrollt wurde, die sie auch noch Wochen nach dem unerwarteten Tod ihres Vaters unvorbereitet traf. Ganz zu schweigen von den hässlichen Dingen, die die neuerliche Untersuchung der Schüsse auf ihn zutage gefördert hatte, als die Spur unter anderem zu ihrem stellvertretenden Polizeichef geführt hatte.

„Bis morgen", sagte er.

„Du weißt ja, wo du mich findest."

An der Tür drehte er sich noch einmal zu ihr um. „Weißt du … Viele Leute hätten nach so einer Erfahrung einfach alles hingeschmissen. Ich rechne es dir hoch an, dass du weitermachst."

„Was bleibt mir denn anderes übrig? Es ist das Einzige, worin ich je wirklich gut war, das Einzige, was ich kann."

„Du bist außergewöhnlich gut darin, und du bist bestens für diesen Job geeignet."

„Jetzt, wo die Angst, dass mein Mann Präsident werden könnte, vom Tisch ist, kann ich ein bisschen aufatmen, was meine eigene Zukunft angeht. Sieht so aus, als würde ich sie genau hier verbringen, wenn ihr also die restlichen Drecksäcke in unseren Reihen aufstöbern könntet, die gewusst haben, wer meinen Vater erschossen hat, und geschwiegen haben, würde ich das als persönlichen Gefallen betrachten."

„Wir arbeiten daran, Sam. Die Leute sind nicht sehr gesprächig, aber wir lassen uns nicht abspeisen."

„Schnappt sie euch."

„Viel Glück bei deinem Fall."

„Danke, kann ich brauchen."

„Du knackst ihn schon." Er winkte ihr zum Abschied zu und verschwand, um weiter in den Tiefen des MPD nach faulen Äpfeln zu suchen.

Früher hatte sie geglaubt, jeder Polizist sähe den Job so wie sie und ihr Vater. Diese Illusion hatte sich schon vor langer Zeit zerschlagen. Wann immer sie mit Skip darüber gesprochen hatte, hatte er ihr geraten, einfach immer auf der richtigen Seite zu bleiben und den Job so gut zu machen, wie sie konnte. Mehr konnte man nicht tun. „Wir haben keine Kontrolle darüber, was andere tun", hatte er gesagt. „Nur darüber, was wir selbst tun und wie wir reagieren."

Während sie ihre Unterlagen für die Besprechung zusammensuchte, hörte sie seine Stimme im Kopf. Das war jetzt, wo er nicht mehr körperlich anwesend war, ein großer Trost für sie. Sie würde bis zu ihrem letzten Atemzug für Gerechtigkeit für ihn kämpfen, selbst wenn das bedeutete, Kollegen, mit denen sie jahrelang zusammengearbeitet hatte, zu Fall zu bringen. Wenn es weitere Mitwisser gab, hoffte sie, würden sie die Nerven verlieren, weil das FBI das Hauptquartier durchleuchtete.

Sie ging in den Besprechungsraum, wo sich ihr Team versammelt hatte. Während sie auf sie warteten, hatten sie das Whiteboard mit zusätzlichen Informationen aktualisiert, darunter Fotos von Ginny zu Lebzeiten und als Leiche sowie von dem Gartengerät, das vermutlich die Mordwaffe war, außerdem eine Liste der Leute, mit denen sie gesprochen hatten, und weiterer Betrugsopfer.

„Wie ist die Opferliste sortiert?", fragte Sam.

„Nach dem investierten Betrag", erklärte Jeannie. „Die, die ganz oben stehen, haben am meisten gelöhnt. Wir denken, dass wir mit denen anfangen und uns nach unten vorarbeiten."

„Heißt das, dass wir mit all diesen Leuten sprechen müssen?"

„Ja, schon irgendwie", antwortete Jeannie mit einem Lächeln und einem Achselzucken.

„Ich hasse diese Frau, und ich hasse diesen Fall", knurrte Sam. „Falls das noch nicht klar war."

Cameron lächelte. „War es. Trotzdem danke für die Bestätigung."

„Natürlich verdienen auch abscheuliche Mordopfer Gerechtigkeit", ließ sich Freddie vernehmen. „Nur ist es manchmal schwer, Mitleid zu haben, wenn es so aussieht, als hätte ein Opfer bekommen, was es verdient hatte."

„In der Tat", pflichtete ihm Sam bei. „Doch wir werden trotzdem für Gerechtigkeit sorgen, ob sie es verdient hat oder nicht. Was verraten uns die Finanzunterlagen?"

„Nichts, was darauf schließen ließe, dass die Frau zwanzig Millionen zur Verfügung hatte", erwiderte Cameron.

Detective Matt O'Brien, das neueste Mitglied ihres Teams, verteilte Ausdrucke einer Übersicht über die Finanzen der McLeods, die aus verschiedenen Aktiendepots, Girokonten mit jeweils mehreren Tausend Dollar Guthaben und Rentenfonds bestanden. „Wie Sie schon gesagt haben, vermuten wir, dass der Großteil der Gelder auf Offshore-Konten gebunkert ist, die wir nicht finden."

Es klopfte.

„Herein", rief Sam.

Der Streifenpolizist, den Sam am Tatort von Tara Webers Ermordung kennengelernt hatte, ein Mann namens Clare, steckte den Kopf in den Raum. „Verzeihen Sie die Störung, Lieutenant, aber auf Ihren Wunsch hin haben wir Ken McLeod in Befragungsraum eins gesetzt."

„Danke, Officer Clare."

„Sie sollten wissen, dass er wegen seiner Festnahme wütend ist und nach einem Anwalt verlangt."

„Ich nehme an, Sie haben ihm einen Anruf gestattet?"

„Jawohl, Ma'am."

„Gute Arbeit. Danke."

Er nickte und ging.

„Wir haben also ein weiteres Mitglied von Ginnys Truppe, das behauptet, nichts mit dem Betrug zu tun zu haben, und nach einem Anwalt schreit", sagte Sam, hinter deren Stirn sich Kopfschmerzen zusammenbrauten. „Wie sehen wir das?"

„Ich möchte sein Alibi überprüfen", meldete sich Freddie zu Wort. „Wie wir seit Kurzem wissen, lassen sich Alibis durchaus faken."

Er bezog sich auf den Fall Weber, bei dem sich ein luftdichtes Alibi bei näherer Betrachtung als löchrig erwiesen hatte.

„Guter Punkt." Sam nickte. „McBride und O'Brien, fahrt raus zum Potomac Country Club, wo McLeod am Sonntag angeblich achtzehn Löcher gespielt hat, und schaut, ob ihr jemanden findet, der bestätigen kann, dass er die ganze Zeit dort war. Sprecht vor allem auch mit den drei Leuten, mit denen er angeblich gespielt hat." Sam reichte ihnen den Zettel aus ihrem Notizbuch, auf dem McLeod widerwillig die Namen und Nummern aufgeschrieben hatte.

„Wird gemacht", antwortete McBride und erhob sich, um mit O'Brien den Raum zu verlassen.

„Ich möchte mit Dan und Toni Alino sprechen", verkündete Sam. „McLeod hat uns gesagt, die beiden seien seine und Ginnys engste Freunde. Beide Eltern von Dan haben Alzheimer, und Ginny hat ihnen Geld abgeknöpft, obwohl sie das wusste."

„Diese Frau wird mit jeder neuen Information über sie, die auftaucht, immer verachtenswerter", bemerkte Cameron.

„Stimmt", pflichtete ihm Sam bei. „Und dann gibt es Leute wie Lenore Worthington, die, fünfzehn Jahre nachdem ihr Sohn als Teenager in ihrer eigenen Einfahrt erschossen worden ist, immer noch auf Gerechtigkeit wartet. Ich würde viel lieber diesen Fall neu aufrollen, als mich um den hier zu kümmern."

„Geht mir genauso", bestätigte Cam. „Vielleicht im Anschluss?"

„Das hoffe ich auch. Ich warte auf Malones Freigabe dafür. Bis dahin …"

„Müssen wir herausfinden, wer Ginny McLeod umgebracht hat", beendete Freddie den Satz.

„Richtig", sagte Sam. „Besuchen wir ihren Sohn, und morgen früh kümmern wir uns um die Alinos."

Freddie sah auf die Wanduhr. „Um diese Zeit treffen wir den Sohn wahrscheinlich eher zu Hause als bei der Arbeit an, denke ich."

Sam stellte überrascht fest, dass es bereits halb sechs war. „Probieren wir es." Mandi hatte ihnen Adresse und Telefonnummer ihres Bruders und die seiner Arbeitsstelle gegeben.

„Was ist mit Cheri und Ken?", fragte Freddie.

„Sind ihre Anwälte schon da?"

„Lass mich das checken." Er verließ den Raum, und als er nach ein paar Minuten zurückkam, schüttelte er den Kopf.

„Dann werden sie vermutlich hier übernachten müssen."

„Da freuen sie sich bestimmt."

Sam zuckte die Achseln. „Nicht mein Problem. Lass sie nach unten bringen, und informier sie, dass wir morgen bei Eintreffen ihrer Anwälte mit ihnen reden werden."

„Immer darf ich die tollen Sachen machen", beschwerte Freddie sich und ging, um ihre Anweisungen umzusetzen.

Dass sie Cheri und Ken über Nacht dabehalten konnte, erfüllte Sam mit Genugtuung, weil beide sich so wenig kooperativ gezeigt hatten.

Als Freddie eine Viertelstunde später ins Großraumbüro zurückkam, wirkte er deutlich genervt. „Was für nette Leute."

„Dann haben sie sich wohl nicht gefreut, hier auf Kosten der Stadt zu übernachten?"

„Korrekt, aber ich habe ihnen erklärt, dass wir keine andere Wahl haben, als auf das Eintreffen ihres Anwalts zu warten, sobald sie nach einem verlangt haben, und dass unsere Schicht jetzt endet …"

„Genau, was sollen wir machen? Wir können die Anwälte ja nicht zu Überstunden zwingen."

„Exakt."

„Fahren wir nach Arlington." Der Feierabendverkehr aus der Innenstadt hinaus würde eine Katastrophe sein.

„Der Verkehr wird eine Katastrophe sein."

„Hey, kannst du Gedanken lesen?"

Draußen bemerkte Sam den schwarzen SUV mit den getönten Scheiben, der so hinter ihrem Auto geparkt war, dass sie nicht wegfahren konnte, wenn der andere Wagen sich nicht bewegte.

Sie ging um diesen herum und schloss ihr Auto auf.

„Mrs Cappuano …"

Sie wirbelte herum und stellte sich vor die beiden Personenschützer, von denen einer ein älterer Afroamerikaner war, der einen eleganten Anzug und eine dunkle Sonnenbrille trug, während der andere jung und blond war und ein jungenhaftes Gesicht hatte. „Ich heiße Lieutenant Holland, und das hier läuft folgendermaßen: Sie werden mir aus dem Weg gehen und nicht mit mir reden. Verstanden?"

„Jawohl, Ma'am", bestätigte der jüngere der beiden Beamten.

„Lieutenant, Ma'am."

„Wir freuen uns so, Sie kennenzulernen", sagte der ältere in einem Tonfall, der genau so sarkastisch war, dass er gerade noch als höflich durchging, was Sam widerwilligen Respekt abverlangte. „Ich bin Vernon, und das ist Jimmy. Es ist uns ein Vergnügen, Ihnen Personenschutz zu bieten."

„Ja, du mich auch", flüsterte sie, stieg in ihren Wagen, ließ ihn an und setzte so abrupt zurück, dass den beiden nur Sekunden dafür blieben, den SUV wegzufahren, sonst hätte sie ihn gerammt.

# KAPITEL 14

„Ach danke, lieber nicht“, erwiderte Freddie. „Was war das da gerade eben?“

„Seit Nicks Ankündigung drehen alle total durch.“ Sam deutete auf die außergewöhnlich große Ansammlung von Reporterinnen und Reportern vor dem Haupteingang des Polizeigebäudes. „Ich habe jetzt vorübergehend Personenschutz.“

„Wow. Dem hast du tatsächlich zugestimmt?“

„Mein Mann hat mich freundlich gebeten, und da ihn die Tatsache, dass die Wachmannschaft der Kinder bereits verdoppelt und seine verdreifacht worden ist, furchtbar zu stressen schien, habe ich ihm zuliebe eingewilligt.“

„Verdammt. Er kriegt also Hassmails, weil er beschlossen hat, nicht zu kandidieren?“

„So in der Art. Er hat erzählt, Brant sei sauer, weil der Secret Service nicht vorgewarnt worden ist, bevor das Statement veröffentlicht wurde. Aber Nick hat gemeint, ihm sei überhaupt nicht klar gewesen, dass die das wissen müssen. Wieso auch?“

„Weil die Leute spinnen und furchtbar enttäuscht sein werden, weil er jetzt aus dem Rennen ist.“

„Wieso glaubt denn irgendwer, er *müsse* kandidieren? Das raff ich nicht.“

„Ich glaube, es ist eher so, dass die Leute sich seine Kandidatur unbedingt gewünscht haben und jetzt am Boden zerstört sind, weil er ihnen diesen Wunsch nicht erfüllt.“

„So am Boden zerstört, dass sie seiner Frau und seinen Kindern drohen?"

„Wie du richtig gesagt hast: Die drehen alle total durch."

„Das beweist nur, dass seine Entscheidung völlig richtig war. Vizepräsident zu sein ist schon schlimm genug. Ich will mir gar nicht vorstellen, wie es wäre, wenn er Präsident wäre und wir tagtäglich mit diesem Ausmaß von Wahnsinn klarkommen müssten."

Zwanzig Minuten später standen sie im Stau auf der Memorial Bridge, und Sam schaute in Richtung des Lincoln Memorial, ihres Lieblingsdenkmals. Sie zog sich gern dorthin zurück, wenn sie nachdenken musste. In der Ferne brannte die ewige Flamme auf Präsident Kennedys Grab auf dem Arlington National Cemetery, die man in der zunehmenden Dunkelheit bis hierhin sehen konnte. Der Anblick dieser Flamme war eine schmerzliche Erinnerung an die Opfer, die manche Staatsoberhäupter für ihr Land gebracht hatten, und Sams Dankbarkeit, dass der Mann, den sie liebte, dieses Amt nicht anstreben würde, nahm noch zu.

„Ich hasse es, dass es um diese Jahreszeit schon so früh dunkel wird", erklärte Sam.

„Kann ich nachvollziehen. Es ist deprimierend."

„Genau wie dieser Verkehr. Ich weiß nicht, wie die Pendler das Tag für Tag aushalten."

„Das verstehe ich auch nicht. Wir haben Glück, dass wir in der Stadt wohnen."

Es dauerte fast eine Stunde, das Viertel zu erreichen, in dem McLeod junior in einem Reihenhaus mit Backsteinfassade wohnte. Schon wieder Backstein.

Sam blickte auf die Uhr, um festzustellen, ob sie es rechtzeitig nach Hause schaffen würde, um die Zwillinge noch vor dem Zubettgehen zu sehen. Das würde eher nicht klappen, was sie wütend machte. „Ich hoffe bloß, er ist daheim."

„Das hoffe ich auch. Da brennt Licht, das ist ein gutes Zeichen."

Sam und Freddie ignorierten die Personenschützer, die aus ihrem SUV gestiegen waren, liefen die Treppe hoch und klingelten. Ein junger Mann mit hellbraunen Haaren kam in einem Georgetown-T-Shirt und Basketballshorts an die Tür.

Sam zeigte ihm durch die Sturmtür ihre Dienstmarke. „Lieutenant Holland, MPD. Hätten Sie einen Moment Zeit für uns?"

Er öffnete die Tür. „Meine Schwester hat mich schon vorgewarnt, dass die Frau des Vizepräsidenten mit mir würde sprechen wollen.“

„Im Augenblick bin ich nicht die Frau des Vizepräsidenten. Ich bin die Ermittlerin, die den Mörder Ihrer Mutter sucht.“

„Kommen Sie rein.“

Ken führte sie in ein Wohnzimmer im rückwärtigen Bereich des stilvoll eingerichteten Hauses, wo ESPN lief. Dem Geruch nach kochte er gerade.

Sams Magen knurrte.

Mithilfe der Fernbedienung machte Ken den Fernseher leiser und bedeutete ihnen, auf einem grauen Ledersofa Platz zu nehmen. „Lassen Sie mich kurz den Herd runterschalten.“ Als er zurückkehrte, setzte er sich ihnen gegenüber in einen Sessel. „Was kann ich für Sie tun?“

„Wir untersuchen den Mord an Ihrer Mutter und fragen uns, ob Sie uns irgendetwas sagen können, was uns helfen könnte.“

„Warum sollte ich Ihnen helfen wollen, wo sie mein Leben und das meiner Schwester zerstört hat?“

„Weil niemand es verdient, ermordet zu werden.“

Er lachte bitter. „Doch, manche Leute schon, unter anderem sie. Sie hat ihre gerechte Strafe bekommen, und ich hoffe, ihre letzten Sekunden waren so schrecklich wie das Leben, das Mandi und ich führen müssen, seit alles aufgeflogen ist. Meine besten Freunde gehen nicht ans Telefon, wenn ich sie anrufe, und erwidern meine SMS nicht, weil sie deren Eltern abgezockt hat. Sie glauben nicht, dass ich nicht eingeweiht war, aber das war ich nicht. Warum auch? Ich wohne schon seit Jahren nicht mehr zu Hause. Woher hätte ich wissen sollen, was sie treibt?“

„Standen Sie Ihrer Mutter davor nahe?“

„Nahe wie in ‚Wir haben jeden Tag telefoniert‘? Nein. Allerdings haben wir uns regelmäßig gesehen, haben gelegentlich zusammen zu Abend gegessen, waren gemeinsam im Urlaub, das Übliche. Ich habe viel zu tun. Sie hatte viel zu tun.“ Er zuckte die Achseln. „Wir haben einander nicht ständig getroffen, doch wir waren noch nicht zerstritten oder so.“

„Aber nachdem Sie von der Ermittlung erfahren haben, hat es Streit gegeben?“

„Er blickte sie ungläubig an. „Nachdem ich herausgefunden hatte, was sie getan hatte, herrschte zwischen uns absolute Funkstille.“

„Haben Sie mit ihr darüber gesprochen?“

„Was gab es da zu besprechen? Nachdem ich die Opferliste gesehen hatte, war ich zu sehr mit Kotzen beschäftigt, um mit meiner Mutter zu sprechen. Jeder, der uns nahestand, war auf dieser Liste vertreten. Können Sie sich vorstellen, wie es ist, wenn man herausfindet, dass die eigene Mutter Menschen abgezockt hat, die einem nahestehen? Die Eltern Ihrer Freunde? Alle glauben, ihr Geld sei in dieses Haus geflossen, aber das stimmt nicht. Doch wer sollte das auch glauben, wo noch immer zwanzig Millionen verschwunden sind? Ich weigere mich, den Audi R8 zu fahren, den sie mir zu Weihnachten geschenkt hat, und wenn ich ihn verkaufe, geht das Geld an Geschädigte."

„Wo waren Sie am Sonntagnachmittag?", fragte Sam.

Er sah sie ausdruckslos an. „Wollen Sie wissen, ob ich meine Mutter getötet habe?"

„Haben Sie?"

„Nein, aber es überrascht mich nicht, dass jemand anders es getan hat. Ich war den ganzen Nachmittag mit meinem Flag-Football-Team zusammen. Das können Ihnen zwanzig Leute bestätigen."

„Zwei reichen schon. Waren Sie traurig, als Sie von ihrem Tod gehört haben?"

Nach langem Zögern sagte er: „Ich bin traurig, die Mutter verloren zu haben, für die ich sie immer gehalten habe, die Mutter, die mich aufgezogen und sich um mich gekümmert hat, die Kindergeburtstage für mich veranstaltet hat und zu meinen Baseballspielen gekommen ist. Dass ich diese Mutter verloren habe, macht mich sehr traurig, doch das ist offenbar schon vor einiger Zeit passiert, und ich habe es jetzt erst gemerkt. Bin ich traurig, dass die Frau, die unsere engsten Freunde und Verwandten abgezockt hat, tot ist? Absolut nicht. Diese Frau war ein Monster."

„Haben Sie eine Ahnung, wer wütend genug gewesen sein könnte, um sie zu ermorden?"

„Viele Menschen, und das aus gutem Grund. Sie hat ihr Leben zerstört."

„Denken Sie an jemand Bestimmten?"

Er schüttelte den Kopf. „Selbst wenn ich die Identität des Mörders kennen würde, würde ich Ihnen den Namen nicht nennen. Die Menschen haben wegen meiner Familie schon genug gelitten. Wer immer sie getötet hat, hat uns allen einen Gefallen getan. Jetzt müssen wir wenigstens nicht auch noch einen Prozess über uns ergehen lassen." Er holte tief Luft, seufzte und schien ein wenig in sich zusammenzusinken. „Ich bin kein herzloser Drecksack, falls Sie sich das fragen. Noch vor ganz kurzer Zeit wäre der Gedanke, meine Mutter könnte ermordet werden, entsetzlich gewesen. Aber nach allem, was sie getan hat …" Er verzog das Gesicht. „Es bedeutet mir einfach nichts."

„Haben Sie mit Ihrem Vater gesprochen?"

„Kurz."

„Was glauben Sie, ab wann er was gewusst hat?"

„Ich glaube, er hat die ganze Zeit Bescheid gewusst, auch wenn er schwört, dass dem nicht so ist, und er hat den Lügendetektortest bestanden. Was soll man da glauben?"

Sam reichte ihm eine Visitenkarte. „Ich verstehe, wie schwierig Ihre Situation ist, doch wenn Ihnen noch irgendetwas einfällt, das uns helfen könnte, rufen Sie mich bitte an. Da steht meine Handynummer drauf."

„Haben Sie Informationen über die Bestattung meiner Mutter?", fragte er.

„Nein, aber das müsste doch Ihr Vater wissen."

„Er geht nicht ans Telefon."

„Wahrscheinlich, weil er im Moment in einer Zelle des MPD sitzt."

Ken blieb der Mund offen stehen. „Er ist in Untersuchungshaft? Warum?"

„Wir wollten mit ihm reden, er wollte einen Anwalt, und der ist nicht vor dem Ende unserer Schicht eingetroffen. Deshalb verbringt er die Nacht bei der Polizei."

„Sein Anwalt kommt vermutlich nicht. Der Typ, den er wahrscheinlich angerufen hat, steht auf der Liste der Leute, die meine Mutter abgezockt hat."

„Hätte er das nicht ahnen müssen?"

„Vielleicht hat er gedacht, sein alter Freund würde ihm trotzdem helfen. Wird er aber nicht."

„Gut zu wissen. Danke für Ihre Zeit."

Sam bedeutete ihm, sie zur Haustür zu bringen. Sie kehrte während einer Ermittlung nie jemandem den Rücken zu, selbst wenn die Person kein Verdächtiger war.

An der Tür musterte er sie. „Kriegen wir Bescheid, wenn Sie den Mörder unserer Mutter gefasst haben?"

„Möchten Sie das denn?"

Er dachte kurz darüber nach. „Ich glaube schon."

„Dann werden wir Sie informieren, sobald wir den Fall abschließen."

„Danke."

Sie traten hinaus in die kalte, triste Dunkelheit, die Sam so deprimierend fand.

„Verdammt noch mal, ich hasse diese Jahreszeit", sagte sie, sah in den Rückspiegel und beobachtete, wie die beiden Mitarbeiter des Secret Service wieder in ihren SUV stiegen.

„Ich auch. Außer wenn ich mein Körpergewicht an Truthahnfleisch verputze. Den Tag mag ich sehr."

„Kein Wunder. Du bist ein Fass ohne Boden."

„Ich bin noch im Wachstum."

„Hoffentlich fängst auch du irgendwann an, in die falsche Richtung zu wachsen. Nichts fände ich befriedigender."

„Du bist missgünstig und fies."

„Also alles wie immer." Sam lachte, wie stets erleichtert über ihre wunderbare Beziehung. Dadurch wurde das Unerträgliche aushaltbar. „Soll ich dich beim MPD absetzen?"

„Nein", lehnte er ab. „Ich nehme die Metro. Dann bin ich schneller zu Hause."

„Du Glücklicher."

„So richtig glücklich werde ich erst sein, wenn ich daheim bin."

„Macht ihr beiden Turteltäubchen eigentlich manchmal auch eine Nacht Pause?"

„Tut ihr das denn?"

„Das geht dich nichts an."

„Aber mein Sexleben dich schon?"

„Seit du gleich beim ersten Mal dein Handy abgestellt hast."

„O mein Gott, ernsthaft jetzt? Hast du das wirklich gerade erwähnt? Das ist fast zwei Jahre her."

„Manche Dinge vergisst man nie, zum Beispiel, wie du endlich mal flachgelegt und dann direkt im Anschluss angeschossen worden bist."

„Das war zu hundert Prozent deine Schuld, weil du fies warst."

„Nein, ich habe dir nur eine Lektion erteilt, die du ein bisschen zu gut gelernt hast."

„Du hast um mein Leben gefürchtet."

„Nein."

„Doch."

Sam hielt ruckartig an der nächsten Metrostation. „Raus."

„Ich hab dich auch lieb."

„Wenn du weiterredest, missachtest du meinen Befehl."

„Schönen Abend noch, Lieutenant."

„Ja, ja, dir auch. Und verrenk dir nichts."

„Ich muss tatsächlich aufpassen, dass ich mir nichts zerre. Manchmal wird es ganz schön akrobatisch bei uns."

„Raus!"

Noch immer lachend stieg er aus, schloss die Tür hinter sich und joggte in die Metrostation.

„Verdammte Nervensäge", murmelte sie, als sie sich wieder in den Verkehr einreihte, ohne sich darum zu kümmern, ob ihre Personenschützer ihr folgen konnten. Das war deren Problem, nicht ihres. Das Telefon klingelte, und sie nahm den Anruf des Polizeipsychiaters Dr. Trulo entgegen.

„Is' was, Doc?", fragte sie und schmunzelte über ihren eigenen Spruch.

„Ich rufe wegen unseres ersten Treffens morgen Abend an."

„Äh …"

„Jetzt mal ehrlich, Sam. Erzählen Sie mir nicht, dass Sie das vergessen haben."

„Hab ich nicht."

„Lügnerin."

„Heute haben offenbar alle einen Clown gefrühstückt. Wie sieht der Plan aus?"

„Ich habe für neunzehn Uhr den Aufenthaltsraum der Lieutenants für das Treffen der Selbsthilfegruppe reserviert."

Als Sam das hörte, hätte sie am liebsten geschrien, weil ihr klar wurde, dass sie einen weiteren Abend mit ihren Kindern verpassen würde, auch wenn es für einen guten Zweck war. „Ich vergesse immer, dass wir einen Aufenthaltsraum haben."

„Doch, den haben Sie, und Sie hätten ihn reservieren sollen. Gut, dass ich das überprüft habe."

„Bei der Arbeit an einem speziellen Projekt mit mir, Doc, muss Ihnen klar sein, dass Sie immer alles überprüfen müssen."

Sein Lachen dröhnte durch die Autolautsprecher und brachte sie zum Lächeln. Während sie sich früher gegen seine Versuche, sie zu therapieren, gewehrt hatte, war er inzwischen zu einem vertrauten Freund und Kollegen geworden. „Das habe ich schon vor einer Weile begriffen, deshalb habe ich auch alle Leute auf Ihrer Liste angerufen, um sie wissen zu lassen, dass unser erstes Treffen für morgen Abend angesetzt ist."

„Sie sind sehr gründlich."

„Sam, Sie haben viel zu tun. Es macht mir nichts aus, ein wenig mehr Zeit zu investieren. Die Einzige auf Ihrer Liste, die ich nicht erreicht habe, war Roni Connolly."

„Sie ist diejenige, die ich am dringendsten dabeihaben will." Sam seufzte resigniert, weil sich ihre Rückkehr zu ihrer Familie erneut verzögern würde. „Ich werde auf dem Heimweg bei ihr vorbeifahren und mit ihr sprechen. Mal sehen, ob ich sie überreden kann, morgen zu kommen."

„Soll ich Sie morgen noch mal daran erinnern, dass Sie abends ein Termin haben?"

„Wäre wahrscheinlich keine schlechte Idee."

„Es wird Sie freuen, zu hören, dass Ihre Freundin Officer Charles sich bereit erklärt hat, bei den administrativen Aspekten unserer Gruppe zu helfen."

„Wirklich? Das sind ja tolle Neuigkeiten." Die junge Beamtin hatte Sam mit ihrer Liebe zum Detail bei der Planung des Ehrenbegräbnisses für ihren Vater schwer beeindruckt. Sie hatte den Chief angefleht, Officer Charles mit ihr zu teilen, und es freute sie, dass sie in der Selbsthilfegruppe mitarbeiten würde.

„In der Tat. Beim ersten Treffen hat sie Dienst und ist daher verhindert, aber sie wird hinter den Kulissen helfen. Sie sollten mit ihr mal über ihre eigenen Erfahrungen mit Gewaltverbrechen sprechen, und darüber, weshalb sie Polizistin geworden ist. Faszinierende junge Frau."

„Okay, und ja, ist sie."

„Na schön. Wir sehen uns morgen."

„Danke für alles, was Sie getan haben, um diese Selbsthilfegruppe aus der Taufe zu heben, Doc."

„Es war Ihre Idee. Ich habe nur die Vorlage verwandelt."

„Das weiß ich zu schätzen."

„Schönen Abend, Lieutenant."

„Ihnen auch."

Obwohl alles in ihr unbedingt zu ihrer Familie nach Hause wollte, machte sie einen Umweg zurück in die Stadt und parkte vor dem Haus, in dem Roni Connolly wohnte. Unter dem Vordach drückte sie die Klingel von 3C und wartete. Als nichts passierte, klingelte sie erneut.

„Ja?"

„Roni, hier ist Sam Holland. Kann ich kurz raufkommen?"

„Äh, klar." Sie ließ Sam ins Gebäude, die eintrat und die Tür hinter sich zuschlagen ließ.

Als sie hörte, wie jemand gegen die Tür trommelte, schaute sie auf und sah die beiden Personenschützer, die sie finster betrachteten. Sie ging zurück zur Tür und öffnete ihnen. „Sie müssen sich schon ein bisschen Mühe geben, um mit mir Schritt zu halten, meine Herren." Ohne auf ihre Antwort zu warten, drehte sie sich um und lief die Treppe hoch in den dritten Stock. Oben klopfte sie bei 3C an.

Roni machte auf und wich zurück, um Sam einzulassen.

Sam hob eine Hand, um die beiden Beamten zu stoppen, die dicht hinter ihr waren. „Warten Sie hier."

Sie sah, dass Vernon widersprechen wollte, doch sie ließ ihm keine Zeit dazu, sondern betrat die Wohnung.

„Was für eine schöne Überraschung", sagte Roni mit ausdrucksloser Stimme. An ihr erinnerte nichts mehr an die junge Frau, die sie gewesen war, ehe Sam mit der Nachricht über den sinnlosen Mord an ihrem Ehemann ihr Leben zerstört hatte. Zu dem Zeitpunkt hatte sie sie gerade mal zwei Minuten gekannt, aber der Unterschied war selbst für sie unübersehbar.

Roni hatte dunkles Haar, das ihr bis über die Schultern fiel, und in ihren braunen Augen lag zwar immer noch Trauer, doch sie zeigten nicht mehr den Schock, der bei ihrer letzten Begegnung dort gestanden hatte.

Sam folgte ihr und nahm auf dem Sofa Platz. „Wie geht es Ihnen?" Sie hasste sich selbst für diese dumme Frage. Wie sollte es der jungen Witwe schon gehen?

„Es gibt gute und schlechte Momente." Roni zuckte die Achseln. „Sie kennen das ja. Schließlich haben Sie selbst gerade Ihren Vater verloren."

„Ja, ich kenne das, allerdings war mein Vater älter und hatte den Großteil seines Lebens gelebt …"

„Ein Verlust ist ein Verlust, egal, wann er einen trifft."

„Stimmt. Erinnern Sie sich an die Selbsthilfegruppe, die ich vor einer Weile erwähnt habe?"

Roni nickte. „Was ist damit?"

„Morgen Abend trifft sie sich zum ersten Mal im MPD. Ich habe keine Ahnung, ob die Gruppe Ihnen etwas bringen wird, aber ich würde Sie wirklich gerne dazu einladen. Wissen Sie, ich muss einfach daran glauben, dass sie etwas nützt."

„Mal sehen. Ich arbeite wieder, und an manchen Tagen habe

ich ziemlich viel zu tun. Die Einladung weiß ich sehr zu schätzen, ich muss einfach mal abwarten, ob es morgen klappt."

„Natürlich."

„Es ist sehr freundlich von Ihnen, herzukommen und nach mir zu schauen. Darren hat erzählt, dass Sie sich nach mir erkundigt haben, das ist wirklich nett, vor allem, weil Sie doch so viel um die Ohren haben." Roni schrieb Nachrufe für den *Washington Star*, wo Darren arbeitete.

„Ich habe oft an Sie gedacht."

„Das bedeutet mir viel."

„Hören Sie, ich will ehrlich zu Ihnen sein. Vielleicht zu ehrlich."

„Äh, okay …"

Sam war froh, Erheiterung in den Augen der jüngeren Frau aufblitzen zu sehen. „Ich bin eine schlechte Freundin. Meistens habe ich mehr zu tun, als ich auch nur ansatzweise schaffen kann. Ich habe für gar nichts Zeit. Keine Ahnung, was ich hier überhaupt mache, aber ich mag Sie. Ich wäre gern Ihre Freundin, wenn Sie noch eine brauchen können. Natürlich verstehe ich es völlig, wenn die Begegnung mit mir Sie zu sehr an den schlimmsten Tag Ihres Lebens erinnert. Moment mal … Lachen Sie etwa?"

Roni wedelte sich mit der Hand vor dem Gesicht herum. „Tut mir leid, doch das war lustig. ,Ich bin eine furchtbare Freundin, aber Ihre wäre ich wirklich gern.' Super Verkaufsgespräch, Lieutenant."

„Für meine Freunde bin ich Sam."

„Sam", sagte Roni mit einem angedeuteten Lächeln. „Es wäre mir eine Ehre, die Freundin einer Frau zu sein, die ich so bewundere."

„O Gott. Bitte nicht. Die meiste Zeit über ist mein Leben das totale Chaos."

„Das würde man nie vermuten."

„Wenn wir uns besser kennenlernen, musst du mir versprechen, bei dem Chaos mindestens eineinhalb Augen zuzudrücken."

„Versprochen. Darf ich dir etwas anvertrauen?"

„Klar. Wir sind jetzt Freundinnen."

„Einige meiner engsten Freunde aus der Zeit vor Patricks Tod sind wie vom Erdboden verschluckt. Ich höre und sehe nichts mehr von ihnen."

„Ganz viele Menschen können mit dem Schmerz anderer nicht gut umgehen. Das habe ich selbst schon erlebt."

„Ich möchte dir als meiner neuen Freundin nur sagen, wie viel es mir bedeutet, dass du am Ende eines vermutlich schrecklich langen Tages bei mir vorbeigekommen bist. Damit bist du schon deutlich besser als die meisten meiner langjährigen Freundinnen, was für eine furchtbare Freundin ziemlich gut ist."

„Ich mag dich", gestand Sam lachend.

„Das hast du schon erwähnt."

„Würde es die Wahrscheinlichkeit, dass du an unseren Treffen teilnimmst, erhöhen, wenn ich dich morgen Abend um Viertel vor sieben abhole?"

„Leicht."

„Dann stehe ich um Viertel vor draußen vor der Tür. Komm raus, wenn du möchtest. Bleib hier, wenn dir nicht danach ist. Ich komme jeden Dienstag, bis du bereit dafür bist."

„Das ist ziemlich viel verlangt von einer neuen Freundin."

„Vielleicht kannst du mir ja helfen, meinen Ruf als furchtbare Freundin etwas aufzubessern."

„Vielleicht. Sag, Freundin, was hat es damit auf sich, dass dein Mann nicht Präsident werden will?"

„Das hast du also auch schon gehört, ja?"

„Ich glaube, man kann ruhig behaupten, dass die ganze Welt davon gehört hat. Es ist die Topmeldung in allen Fernsehnachrichten."

„O Freude."

„Hast du deshalb die beiden Hünen im Schlepptau?"

„Ja. Nick hat mich freundlich darum gebeten."

„Nur damit wir uns richtig verstehen – ich finde es auch furchtbar, dass er nicht antritt. Ich glaube, er wäre ein in jeder Hinsicht vorbildliches Staatsoberhaupt."

„Danke. Das glaube ich auch, aber unter uns Freundinnen: Ich bin froh, dass er stattdessen ein vorbildlicher Vater für unsere Kinder sein wird."

„Das verstehe und respektiere ich, trotzdem … andere betrachten das ganz anders."

„Das habe ich schon gehört. Ich versuche, diesen Mist nach Kräften zu ignorieren, damit ich so tun kann, als gäbe es ihn nicht."

„Guter Plan. Dann lass heute Abend auf jeden Fall den Fernseher aus."

„Danke für den Rat. Ich fahre jetzt besser mal nach Hause, damit ich meinen Kleinen noch persönlich Gute Nacht sagen kann."

„Ich würde gern irgendwann mal die Familie meiner neuen Freundin kennenlernen."

Sam erhob sich. „Das lässt sich sicher einrichten. Vielleicht sehen wir uns morgen. Vielleicht auch nicht. Beides ist okay."

Roni brachte sie zur Tür. „Darf ich meine neue Freundin in den Arm nehmen?"

„Ganz kurz."

Roni lachte und umarmte Sam. „Vielen Dank für den Besuch, dafür, dass du jetzt meine furchtbare Freundin bist, und einfach für alles."

Sam erwiderte die Umarmung. „Diese Freundschaft könntest du eines Tages noch bereuen."

„Das glaube ich nicht."

Sam reichte ihr eine ihrer Visitenkarten. „Da steht meine Nummer drauf. Du kannst mich jederzeit anrufen, wenn du eine furchtbare Freundin brauchst."

„Das werde ich. Danke."

Mit einem guten Gefühl bezüglich ihres Besuchs verließ Sam die Wohnung und stieg die Treppe hinunter, wobei sie die schweren Schritte der Personenschützer hinter sich hörte. Draußen erinnerte sie die kalte Luft daran, dass ein langer Winter bevorstand. Doch während die kalte Jahreszeit sie früher nahezu in den Wahnsinn getrieben hatte, nutzte sie sie jetzt als Vorwand, um sich mit ihrem Liebsten und ihren Kindern zu verkriechen. Der Winter regte sie nicht mehr auf, dafür viele andere Dinge. Etwa die Beamten, die ihr folgten.

Sam hatte nicht nur wegen des Gesprächs mit Roni ein gutes Gefühl, sondern auch weil sie hatte sehen können, dass es der jungen Frau etwas besser ging als bei ihrer letzten Begegnung. Sie hatte nicht vorgehabt, ihr die Freundschaft anzutragen. Das war spontan geschehen, aber es hatte sich gut angefühlt, dieses Angebot zu machen – und dass Roni es angenommen hatte. Sam neigte nicht dazu, regelmäßig neue Freundschaften zu knüpfen, doch Roni war die Mühe wohl wert. Vom ersten Tag ihrer Bekanntschaft an – dem schlimmsten Tag in Ronis Leben – hatte Sam eine Verbundenheit mit ihr gespürt, und sie war froh, dass sie in Kontakt bleiben würden.

# KAPITEL 15

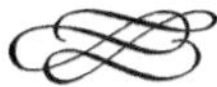

Es war schon fast acht, als Sam in die Ninth Street einbog, die von Medienleuten und der größten Secret-Service-Präsenz, seit Nick Vizepräsident geworden war, überlaufen war. „Gott steh mir bei", brummte sie, während die Personenschützer sich bemühten, ihr den Weg zum Kontrollpunkt frei zu machen. Zehn Minuten später parkte sie auf dem ihr zugewiesenen Platz vor ihrem Haus.

Sie wollte gerade aussteigen, als ihr Handy klingelte. Es war Gonzos Verlobte Christina Billings. Sam stöhnte über die erneute Verzögerung und nahm den Anruf entgegen, weil Gonzo das in der umgekehrten Situation ebenfalls getan hätte. „Hey."

„Sam! Du musst irgendwas tun!"

„Was meinst du?"

„Du darfst nicht zulassen, dass er sich schuldig bekennt, sonst ist seine Karriere beendet!"

„Das habe ich ihm auch schon gesagt, aber er hat sehr entschlossen gewirkt."

„Dann rede es ihm aus. Das ist Wahnsinn! Er war damals krank. Sonst hätte er so was nie getan. Das weißt du genauso gut wie ich."

„Ja, doch leider ist das nicht so einfach, Christina. Irgendwie sind ihm Kollegen von uns auf die Schliche gekommen, und jetzt ist die Katze aus dem Sack."

„Auf dich hören die Leute, Sam. Du könntest das für ihn in Ordnung bringen. Bitte. Er hat so hart daran gearbeitet, clean zu

werden, und er scheint zu diesem Geständnis entschlossen zu
sein, obwohl das alles kaputtmachen könnte.“

„Ich weiß“, seufzte Sam. „Das befürchte ich auch, und ich habe
es mit meinen Vorgesetzten besprochen. Der Chief hat vor, mit
Staatsanwalt Forrester darüber zu reden, und ich werde ihn
morgen fragen, wie es damit aussieht.“

„Danke“, erwiderte Christina erleichtert. „Er ist vielleicht nicht
stark genug, um in dieser Sache für sich einzustehen, aber ich bin
stark genug für uns beide.“

„Gut. Das wird er brauchen.“

„Bitte, Sam. Lass das nicht zu.“

„Ich werde tun, was ich kann. Versprochen.“

„Okay. Tut mir leid, dass ich dich so panisch angerufen habe,
ich habe nur gerade erst von dem Plan mit dem Geständnis
gehört.“

„Ich habe angenommen, er hätte mit dir darüber geredet.“

„Hat er nicht, vermutlich weil er meine Reaktion vorausgeahnt
hat.“ Christina hielt inne, dann fuhr sie fort: „Endlich ist er
langsam wieder der Alte. Doch so ein Rückschlag … Ich weiß
nicht, ob er den überleben würde, Sam. Er gibt sich zwar ganz
abgeklärt, aber du weißt, wie es ihm damit wirklich geht.“

„Ja, und es beunruhigt mich genauso wie dich. Hast du schon
was darüber gehört, wann er rausdarf?“

„Zu Thanksgiving.“

„Das ist toll. Das freut mich sehr.“

„Mich auch. Du kannst es dir gar nicht vorstellen.“

„Wir werden alle für ihn und für dich da sein.“

„Danke.“

Sie verabschiedeten sich, und Sam klappte ihr Handy diesmal
ohne das laute Klacken zu, das ihr sonst immer eine solche
Befriedigung verschaffte. Nachdem sie einige Minuten lang über
die Situation nachgedacht hatte, beschloss sie, etwas zu tun,
worauf sie eher selten zurückgriff, und rief den Chief auf seinem
Handy an. Diese Karte spielte sie nur in wirklich kritischen Situationen aus. So wie dieser.

„Hey“, meldete er sich. „Was gibt’s?“

„Hier ist deine Nichte Sam, die ihren Onkel Joe telefonisch um
einen berufsbezogenen Gefallen bitten möchte.“

Er lachte auf. „Sind die Zombies los, und mir hat bisher keiner
Bescheid gesagt?“

Darüber musste auch sie lachen. „Noch nicht, und wenn, melde ich mich. Im Moment geht es um Gonzales.“

„Ah ja, und um seinen Deal mit dem Geständnis, nehme ich an?“

„Dieser Deal ist totaler Quatsch. Er hat unter PTBS gelitten, seit sein Partner direkt vor seinen Augen ermordet worden ist. Statt ihn eines Verbrechens anzuklagen, sollten wir ihm für seine treuen Dienste danken.“

„Du weißt, dass ich das auch so sehe, aber es haben Leute von der Drogenbeschaffung Wind gekriegt, und jetzt habe ich die Sache nicht mehr in der Hand.“

„Diese ‚Leute‘ heißen Ramsey. Er hat nach belastendem Material gegen mein Team gesucht, weil er mich auf dem Kieker hat.“

„Mir war nicht bekannt, dass die Information von ihm stammt, ich hatte nur gehört, dass sie glaubwürdig ist. Die Staatsanwaltschaft hat sie anonym erhalten. Als ich davon erfahren habe, hatten sie bereits die Anklageschrift vorbereitet.“

„Ruf doch bitte Staatsanwalt Tom Forrester an. Erinnere ihn daran, dass Arnold direkt vor Gonzos Augen erschossen worden ist, nachdem der ihn zum ersten Mal eine Befragung hat übernehmen lassen. Gonzo glaubt, diese Kugel hätte eigentlich ihn treffen müssen. Wir müssen zumindest *versuchen*, das wieder hinzubiegen.“

„Ich habe schon mit Tom gesprochen und getan, was ich konnte. Keine Garantien.“

„Okay. Dann schlage ich Folgendes vor: Wir lassen Gonzo eine Erklärung abgeben, in der er sich dazu bekennt, was er getan hat, die Hintergründe darlegt und die Probleme, die er seit dem Tod seines Partners hatte, öffentlich macht. Das ist nach allem, was war, viel von ihm verlangt, aber ich denke, er würde es tun. Damit steht er zu dem, was er getan hat, und zeigt gleichzeitig, dass ihm klar ist, dass er es als Gesetzeshüter besser hätte wissen müssen. Ich denke, wir könnten das mit Forrester koordinieren, der parallel erklären könnte, dass er in Anbetracht von Sergeant Gonzales’ langem Aufenthalt in der Entzugsklinik und seiner herausragenden Karriere sowie der Umstände der Ermordung seines Partners davon absieht, Anklage zu erheben, weil durch Gonzos Taten außer ihm selbst niemand zu Schaden gekommen ist.“

„Gute Idee. Ich werde sie Tom unterbreiten und schauen, was er davon hält.“

„Gonzo ist vielleicht dagegen, die Mitleidskarte zu spielen, um eine Anklage zu vermeiden, aber ich finde, es ist einen Versuch wert. Ich kann ihn wahrscheinlich dazu überreden."

„Wenn das überhaupt jemand kann, dann du."

„Das werte ich mal als Kompliment. Danke, dass du es versuchen willst."

„Für dich tue ich doch alles, Kleines, solange du niemandem verrätst, dass ich das gesagt habe."

„Was denn? Schönen Abend noch."

„Dir auch."

Als Sam das Handy erneut zuklappte und ausstieg, kam ihr Nick die Rampe herunter entgegen.

Vom Kontrollpunkt her schrien ihnen Reporterinnen und Reporter Fragen zu.

„Warum kandidieren Sie nicht?"

„Sagen Sie uns die Wahrheit. Warum möchten Sie nicht Präsident werden?"

„Besteht die Möglichkeit, dass Sie Ihre Meinung noch ändern?"

„Liegt es an Nelsons Skandalen?"

Nick legte den Arm um Sam und führte sie die Rampe hinauf in die Sicherheit ihres Zuhauses.

Sam nickte Nate zu, dem Secret-Service-Mitarbeiter, der Türdienst hatte, während sie gleichzeitig überlegte, ob ihre Personenschützer jetzt wohl nach Hause gehen oder draußen warten würden, wobei es ihr nicht wichtig genug war, um danach zu fragen.

„Als du nicht reingekommen bist, habe ich mir Sorgen gemacht", begann Nick.

„Ich habe telefoniert. Christina hat sich wegen Gonzos geplantem Deal mit dem Geständnis bei mir gemeldet und mich gebeten, etwas dagegen zu unternehmen. Daraufhin habe ich den Chief angerufen, und er wird morgen noch mal mit Forrester reden."

„Ich hoffe, den beiden fällt etwas ein, denn ich finde es völlig daneben, dass sie eine Anklage auch nur in Erwägung ziehen."

„Sehe ich genauso."

„Was willst du zuerst? Kinder oder Abendessen?"

„Definitiv die Kinder. Sind die Kleinen noch wach?"

„Ja. Scotty liest ihnen gerade eine Gutenachtgeschichte vor."

„Dann los." Auf dem Weg nach oben meinte Sam: „Wenn dieser

Fall abgeschlossen ist, will ich einen kompletten freien Tag mit meiner Familie. Wir fahren mit den Kindern zur Farm.“

„Graham hat heute erst gesagt, wir wären schon viel zu lange nicht mehr dort gewesen.“

„Vielleicht können wir ja in der Hütte übernachten.“ John O'Connor hatte Nick eine kleine Hütte ein paar Kilometer von Grahams und Laines Farm in Leesburg entfernt hinterlassen. Sie nutzten sie von Zeit zu Zeit als Zufluchtsort. „Ich finde es furchtbar, dass ich an solchen Tagen so wenig Zeit für die Kinder habe.“

„Dafür haben sie an anderen Tagen viel von dir. Mach dir keine Sorgen. Sie wissen, dass wir sie sehr lieben.“

„Daran musst du mich manchmal erinnern.“

„Jederzeit gerne.“

An der Tür blieben sie stehen und beobachteten, wie Scotty den Zwillingen vorlas, die sich links und rechts an ihn gekuschelt hatten. Wenn Sam die drei zusammen sah, drohte ihr das Herz immer die Brust zu sprengen, vor allem wenn Scotty im Großer-Bruder-Modus war.

„Noch eine“, bettelte Aubrey, als die Geschichte zu Ende war.

„Nein, das reicht jetzt. Ihr müsstet beide schon längst schlafen.“

Sam unterdrückte ein Lachen, weil er so sehr wie sein Vater klang. Sie betrat das Zimmer und nahm Scottys Platz zwischen den Zwillingen ein, nachdem der vom Bett aufgestanden war. „Kuschelt mit mir, ihr zwei kleinen Schätze. Ich habe euch heute so vermisst. Erzählt mir mal, was den Tag über passiert ist.“

Sie hörte sich Geschichten von der Kindergartenfront an, erfuhr, wie Maisy sich Kleber in die Nase geschmiert, Taylor Glitzer ins Auge bekommen und Billys Mutter Muffins mit grünem Zuckerguss mitgebracht hatte, die ihre Zungen grün gefärbt hatten. Sam musste lachen und gleichzeitig beinahe weinen, weil die beiden Kleinen so süß und lustig waren. Sie blieb bei ihnen, bis sie merkte, dass ihnen die Augen zufielen, und gab ihnen dann einen Gutenachtkuss.

„Zuckerschock“, sagte sie zu Nick, als sie wieder zu ihm auf den Flur trat. „Ich muss ihnen auch mal Muffins in den Kinder-garten mitgeben.“

„Musst du nicht.“

„Möchte ich aber.“

„Ähm, woher willst du die denn nehmen?“

Sie warf ihm einen finsteren Blick zu, als sie die Treppe hinuntergingen. „Ich werde sie backen."

„Oh. Äh. Kannst du das denn?"

„Natürlich. Wofür hältst du mich?"

„War das eine rhetorische Frage?"

„Sie haben heute Abend ganz schön Oberwasser, Mr Vice President." Sam sah in den Backofen, um festzustellen, was Shelby ihr warm gestellt hatte. Enchiladas. Lecker. „Liegt das daran, dass das ganze Land wegen deiner Entscheidung, nicht zu kandidieren, kollektiv den Verstand verliert?" Sie schnappte sich Topflappen vom Küchentresen und holte sich ihr Abendessen.

„Ich kann das immer noch nicht richtig glauben. Die Leute sind offenbar irgendwie der Auffassung, ich sei verpflichtet zu kandidieren! Wir lassen Leute eine Nachtschicht einlegen, um die ganzen Anrufe entgegenzunehmen. Es ist der Wahnsinn – und Trevor sagt, ich müsse ein weiteres Interview geben."

„Macht dich das fertig?"

„Eigentlich nicht. Momentan will ich noch nicht wahrhaben, dass sich das Ganze zu einer viel größeren Sache als erwartet entwickelt hat. Derek hat mir gegenüber angedeutet, dass Nelson nicht glücklich darüber ist, dass ich ihm in den Nachrichten die Schau gestohlen habe."

„Sein Problem. Wenn er die Nachrichten beherrscht, geht es eh nur um Mord und außereheliche Affären."

„Stimmt", pflichtete ihr Nick bei, schenkte ihr ein Glas Chardonnay ein und brachte es ihr.

„Trinkst du nichts?", fragte sie und stürzte sich auf die köstlichen Enchiladas.

„Heute Abend nicht. Ich möchte schlafen können. Ausnahmsweise bin ich mal wirklich müde."

„Die Entscheidung hat dich belastet, und jetzt, wo du sie getroffen hast und die Dinge ihren Gang gehen, kannst du dich entspannen. Die Reaktionen darauf haben nichts mit dir oder uns zu tun. Natürlich sind Leute, die dich mögen, enttäuscht, aber das ist nicht unser Problem. Du bist denen nichts schuldig, sondern hast ihnen bereits weit mehr gegeben, als viele Menschen je für ihr Land tun werden."

„Ich brauche vielleicht etwas Hilfe beim Entspannen." Er unterstrich seine Worte mit einem vielsagenden Heben der Augenbrauen und einem anzüglichen Grinsen. „Meine Nerven sind praktisch zum Zerreißen gespannt."

„Versuchst du zufällig gerade, die Situation auszunutzen?"

„Ja, absolut, aber das ist bei meiner Frau zum Glück gar kein so großes Problem. Ich muss nicht zu Tricks greifen, um sie ins Bett zu kriegen."

„Das gilt allerdings nur für dich. Niemand sonst auf der Welt würde sie für leicht zu haben halten, und das ist dir durchaus recht."

„Da wir gerade davon sprechen, dass du eine Nervensäge bist, wie lief's mit dem Personenschutz?"

„Ganz gut so weit. Ich habe ihnen gesagt, sie sollen mir nicht in die Quere kommen, und das haben sie sich zu Herzen genommen."

Seine Lippen zuckten belustigt. „Danke, dass du sie um meines Seelenfriedens willen ertragen hast."

„Ich ertrage sie nur ausnahmsweise und vorübergehend."

Er schenkte ihr Wein nach und trank einen Schluck Eiswasser. „Zur Kenntnis genommen, Liebste."

„Ich habe heute ganz offiziell eine neue Freundin gefunden."

Er hob die Brauen. „Echt?"

„Ja, echt."

„Aber du hasst Menschen. Du schließt nie neue Freundschaften."

Sam musste bei dieser treffenden Beschreibung ihrer Persönlichkeit lachen und hätte sich fast an ihrem Wein verschluckt. „Für Roni Connolly habe ich eine meiner seltenen Ausnahmen gemacht."

„Die, deren Mann von dem Querschläger getötet wurde?"

Sie nickte. „Genau die."

„Warum ausgerechnet für sie?"

„Ich habe keine Ahnung, doch von dem Moment an, als ich sie kennengelernt habe und ihr die schlimmste Nachricht ihres Lebens überbringen musste, habe ich diese seltsame Verbindung zu ihr gespürt und den Wunsch, ihr zu helfen. Irgendwie. Ich kann es nicht richtig in Worte fassen."

„Es ist süß von dir, dass du dich um sie kümmerst."

Sam sah ihn finster an. „Nenn mich Mistzicke, wenn es sein muss, aber bezeichne mich niemals als ‚süß'."

„Du bist die süßeste Mistzicke, die ich kenne."

„Igitt. Als Nächstes wirst du sagen, ich sei nett."

„Ich würde dich niemals auf diese Weise beleidigen."

Gott, sie liebte diesen Mann mit jeder Faser ihres Wesens.

„Trotzdem bin ich etwas besorgt darüber, dass du eine neue Freundin gefunden und dich am selben Tag entschieden hast, Muffins zu backen. Wer bist du, und was hast du mit meiner Samantha gemacht?"

„Noch habe ich die Muffins nicht gebacken, also freu dich nicht zu früh."

„Wenn du in meiner Nähe bist, bin ich immer so froh. Das kann ich nicht ändern."

Scotty kam gerade rechtzeitig in die Küche, um diese letzte Bemerkung mitzukriegen, und stöhnte laut auf. „Mein Gott. Hört das denn niemals auf? Redet ihr je über irgendwas anderes?"

„*Darüber* haben wir gar nicht geredet, wenn du es unbedingt wissen möchtest", sagte Nick. „Sondern über Muffins."

„Ist das so was wie eine Metapher? Das haben wir in Englisch durchgenommen. Das ist, wenn man ein Wort verwendet, aber etwas ganz anderes meint. Ihr beide tut das ständig."

Sam, die versucht hatte, sich zusammenzureißen, lachte laut los. Sie liebte ihren Sohn ebenso sehr wie seinen Vater.

„Das ist nicht witzig", beschwerte sich Scotty. „Man sollte doch meinen, ein Mann kann sich in seinem eigenen Heim eine Schale Eiscreme gönnen, ohne sich diesen Quatsch anhören zu müssen."

Nick biss sich auf die Lippe und versuchte eindeutig, ein Lachen zu unterdrücken.

Scotty holte sich umständlich eine Schale, einen Löffel und das Eis. „Mag jemand was? Ihr könntet sicher beide eine Abkühlung gebrauchen."

„Ich nehme ein bisschen", antwortete Sam.

„Klar, ich auch", schloss sich Nick an.

Scotty bereitete drei Portionen Cookie-Eiscreme vor und setzte sich zu ihnen an den Tisch. Nach dem zweiten Löffel sah er sie an. „Ich habe gehört, was ihr heute getan habt."

„Was meinst du?", fragte Sam und schaute zu Nick. Sie wollte es aus Scottys Mund hören.

„Ihr habt diese Reporterin aufgesucht, die die blöde Frage gestellt hat, und dann habt ihr ihr ein Interview über korrekte Begrifflichkeiten bei Adoptionen gegeben."

„Oh", sagte Nick. „Das meinst du."

Scotty warf ihm einen vernichtenden Blick zu. „Du hast gewusst, wovon ich rede." Er belud seinen Löffel mit Eiscreme und fuhr mit vollem Mund fort: „Das war cool."

„Es hat irgendwie Spaß gemacht", erklärte Sam. „Du hättest

den Aufruhr sehen sollen, als wir unangemeldet in der Redaktion aufgetaucht sind."

„Ihr habt euch nicht vorher angemeldet?", erkundigte sich Scotty.

„Nein. Wir sind einfach reingeplatzt."

„Wow. Stellt euch vor, ihr arbeitet gerade friedlich vor euch hin, und dann kommen der Vizepräsident und seine Frau reinspaziert. Die Reporterin hat vor Angst bestimmt die Hosen voll gehabt."

„Ich sollte dich jetzt auffordern, diese Ausdrucksweise zu unterlassen", verkündete Sam, grinste dabei allerdings.

Er verdrehte die Augen. „Ja, ja."

„Ich muss dir außerdem mitteilen, dass es sich nicht gehört, seiner Mutter mit ‚Ja, ja' zu antworten."

„Ja, ja", wiederholte er mit einem frechen Grinsen.

Sam wandte sich an Nick: „Werden wir das in der Rückschau als den Augenblick erkennen, in dem er uns endgültig entglitten ist?"

„Ich glaube, das ist vielleicht schon passiert, als du ihn in seiner Abneigung gegen Achte Klasse-Mathe bestärkt hast", stellte Nick fest.

„Das war ihre größte Leistung als Mutter", widersprach Scotty und bot ihr eine Gettofaust an.

Sam boxte dagegen. „Danke. Fand ich auch."

„Wie ist eigentlich der Stand bei der Hundediskussion?"

„Etwa so wie gestern um diese Zeit", meinte Sam.

„Das ist kein Fortschritt. Wir müssen Fortschritte machen."

„Bald ist Weihnachten", sagte Nick. „Schreib einen Wunschzettel."

„Hier ist mein Wunschzettel: Hund. Noch Fragen?"

„Musst du nicht langsam ins Bett?", erkundigte sich Sam.

„Erst in zehn Minuten, wir haben also jede Menge Zeit, uns über den Hund zu unterhalten, den ich zu Weihnachten kriege. Was für eine Rasse findet ihr gut?"

„Wenn wir uns einen Hund anschaffen", erwiderte Sam, „dann in Form einer Vermittlung."

„Was ist das?", fragte Scotty. „Eine Vermittlung?"

„Das bedeutet, wir holen einen Hund aus dem Tierheim."

„Oh, wie ein Adoptivkind."

„Keineswegs, denn wir reden über einen Hund", entgegnete Sam. „Nicht über ein Kind."

„Du weißt genau, was ich meine. Es sind kleine Wesen, die ein gutes Zuhause brauchen, deshalb bin ich dafür, einen Hund aus dem Tierheim zu holen. Darf ich ihn mit aussuchen?"

„Wenn wir tatsächlich beschließen, einen Hund aus dem Tierheim zu holen, dann darfst du das", versprach Nick.

„Ich kann es kaum erwarten." Er räumte ihre drei Schalen in die Spülmaschine. Dann trat er an den Tisch und umarmte seine Eltern. „Danke noch mal für die Sache mit der Reporterin."

„Für dich tue ich doch alles, Kleiner", zitierte Sam die Worte, die der Chief zuvor zu ihr gesagt hatte. „Wir sind deine Familie."

„Ich bin froh, dass ihr meine Familie seid, auch wenn ihr ständig über *diese Sache* redet."

„Nicht ständig", widersprach Nick.

„Ja, ja." Er ging aus der Küche und ließ die Tür hinter sich zufallen.

„Womit auch immer ich diesen Jungen verdient habe, ich werde auf ewig dafür dankbar sein", sagte Nick.

„Ich auch. Er ist wunderbar, selbst wenn er stur wie ein Esel ist und ständig mit diesem Hundethema ankommt."

„Das stimmt. Da werden wir nachgeben müssen, oder?"

„Ich glaube schon. Aber bist du sicher, dass wir nicht einen möglichst zu vermeidenden Präzedenzfall schaffen, wenn wir zulassen, dass er mit seiner Zermürbungstaktik Erfolg hat?"

„Ich bin mir da überhaupt nicht sicher, doch ich möchte ebenso sehr, dass er einen Hund bekommt, wie er selbst."

„Ja, ich auch."

Sie erhoben sich, räumten die Spülmaschine fertig ein, löschten das Licht und verließen die Küche.

„Woher wissen wir, ob wir damit einen Präzedenzfall schaffen?", fragte Sam, nachdem sie noch einmal nach den Zwillingen geschaut und sich dann in ihr eigenes Schlafzimmer zurückgezogen hatten. „Du weißt schon, was kommt als Nächstes? Ein Auto?"

„Er wird ein Auto wollen, wenn er alt genug ist, um den Führerschein zu machen, und wir werden ihm wahrscheinlich eins kaufen, weil das schlicht einfacher für uns ist. Nicht weil er glaubt, er hätte Anspruch darauf. So tickt er nicht."

„Stimmt."

„Weißt du noch, wie aufgeregt er war, als ich ihm die Spielkonsole besorgt habe, als er uns damals besucht hat? Man hätte meinen können, ich hätte ihm eine Million Dollar geschenkt, denn er hatte zuvor nie eine eigene gehabt. Das ist noch nicht so lange her, dass er vergessen hätte, wie sein Leben früher war. Ich glaube, er wird das niemals vergessen."

„Ich liebe ihn so sehr. Vermutlich würde ich ihn nach Strich und Faden verwöhnen, wenn du nicht aufpassen würdest."

„Mir geht es umgekehrt genauso. Wenn er je herausfindet, dass er nur fragen muss und alles kriegt, was er will …"

Sam lachte. „Wir sind solche Versager."

„Vielleicht, aber wir lassen wenigstens niemals Zweifel daran aufkommen, wie sehr wir ihn lieben. Das haben wir heute auch ziemlich öffentlich zum Ausdruck gebracht."

Sam bot ihm eine Gettofaust an. „Das haben wir gut gemacht."

Er legte die Hand um ihre Faust und zog sie sanft in seine Arme. „Ja, das war eine Großtat."

„Wer unseren Kindern Probleme bereitet, kriegt es mit uns zu tun", erklärte Sam.

„Richtig."

„Darf ich mich wie blöd freuen, dass die ganze Welt jetzt weiß, dass du nicht kandidieren wirst, und ich dich für immer und ewig ganz für mich behalten darf?"

„Definitiv. Du darfst es feiern, wie immer du es für angemessen hältst."

Sam kniete sich vor ihn und machte sich an seinem Gürtel zu schaffen.

„Eine gute Entscheidung."

Lachend legte sie die Hand auf seine marineblaue Anzughose und öffnete den Reißverschluss, um seine beeindruckende Erektion freizulegen. „Oh, Mr Vice President, bei der Reaktion könnte man meinen, Sie freuen sich auch."

„Ich freue mich sehr, in deiner Nähe zu sein. Immer."

„Das sehe und spüre ich."

„Du wirst gleich noch viel mehr spüren."

Hätte er noch sexyer oder perfekter sein können? Nein. Unmöglich. Sie wollte gerade die nächste Stufe zünden, da gab sein Handy den speziellen Klingelton von sich, der seinem Stabschef Terry O'Connor vorbehalten war.

Nick stöhnte gequält auf. „Da muss ich rangehen."

# KAPITEL 16

S am ließ ihn los und setzte sich auf den Boden, während er sein Handy aus der Tasche kramte.

„Was gibt's?", fragte er unwirsch. Vermutlich wusste Terry angesichts dieses Tonfalls genau, wobei er gestört hatte.

Sam bemerkte das Entsetzen in seiner Miene nur, weil sie ihn so genau beobachtete. *Was ist denn jetzt schon wieder?*

„Machst du Witze?"

Sein gesamter Körper spannte sich an, was sie unglaublich ärgerte. Er hatte sich doch entspannen sollen.

Zu Sam sagte er: „Schalt den Fernseher ein. Channel 26."

Sam hatte beinahe Angst, zu tun, was er verlangte, aber sie stand auf, um die Fernbedienung zu suchen. Als der Fernseher an war, musste sie kurz blinzeln, um zu glauben, was sie da sah. Nicks Mutter, mit der er zerstritten war, gab ein Interview über seine Entscheidung, nicht für das Präsidentenamt zu kandidieren. Was um alles in der Welt …?

Die Bauchbinde lautete: „Nicoletta Bernadino, Mutter des Vizepräsidenten Nick Cappuano".

Nick setzte sich aufs Bett und stellte das Telefon laut, während er das Gesicht seiner Mutter anstarrte, der man ihr ganzes Leben lang erzählt hatte, sie sähe der Schauspielerin Sophia Loren ähnlich.

Sam nahm neben ihm Platz, während sie Nicoletta zuhörten, die mit einer Autorität über den Vizepräsidenten sprach, als telefoniere sie regelmäßig mit ihm.

Was natürlich nicht der Fall war.

Wenn Sam ihre Schwiegermutter betrachtete, sah sie nicht die überwältigende Schönheit einer Sophia Loren, sondern eine schamlose Schmarotzerin, die ihren Sohn sein ganzes Leben lang vernachlässigt hatte und nun aus seinem Erfolg Kapital schlagen wollte.

„Er möchte sehr gerne Präsident werden, nur eben nicht jetzt", behauptete Nicoletta.

„Hast du das ihr gegenüber geäußert?", fragte Terry.

„Ich habe seit Monaten nicht mehr mit ihr gesprochen, seit ich ihr mit rechtlichen Schritten gedroht habe, wenn sie sich nicht aus meinen Angelegenheiten heraushält."

„Vielleicht ist es an der Zeit, diese rechtlichen Schritte tatsächlich einzuleiten, um sie zum Schweigen zu bringen."

„Das ist offenbar überfällig", meinte Nick fassungslos.

Sam wünschte sich, sie könnte die Frau in die Finger kriegen und ihr den Hals umdrehen. Hatte sie Nick mit einer Kindheit voller gebrochener Versprechen nicht schon genug wehgetan? Jedes Mal, wenn sie aus ihrem Loch kroch, bereitete sie Nick Probleme, und das wollte Sam nicht.

„Lass uns diese mediale Katastrophe nicht weiter anschauen." Sam machte den Fernseher aus. „Terry, gibst du bitte eine Erklärung im Namen des Vizepräsidenten heraus?"

„Natürlich."

„Sie soll Folgendes beinhalten: Vizepräsident Cappuano steht nicht in Kontakt mit seiner Mutter. Sie hat keine Insiderinformationen über seinen Entscheidungsprozess und spricht weder für ihn noch mit seinem Einverständnis über ihn. Nicoletta Bernadino hat in seinem Leben bestenfalls gelegentlich eine Nebenrolle gespielt, weil sie das von Anfang an so gewollt hat. Alles, was sie über ihn, seine Familie oder seine Karriere erzählt, muss als komplett erfunden betrachtet werden. Habe ich mich klar ausgedrückt?"

„Glasklar."

„Wunderbar. Gib das unverzüglich heraus."

„In Ordnung. Ich melde mich morgen früh wieder, Nick."

„Danke, Terry", beendete Nick das Gespräch.

„Also", sagte Sam, ließ sich vor ihm auf die Knie fallen und legte die Hände auf seine Oberschenkel. „Wo waren wir?"

Er wickelte sich mehrere Strähnen ihres Haars um die Finger

und lächelte sie an. „Erinnere mich daran, dich niemals zu
verärgern."

Die Traurigkeit, die sie in seinen Augen las, weckte ihren
Zorn. Sie wäre gern mal fünf Minuten mit ihrer Schwiegermutter
allein gewesen, doch danach hätte es wahrscheinlich Blut aufzu-
wischen und Papierkram zu bewältigen gegeben. „Darf ich sagen,
dass ich deine Mutter verabscheue?"

„Klar."

„Können wir uns wieder dem zuwenden, was wir gemacht
haben, bevor uns Terry so rüde unterbrochen hat?"

„Du weißt, dass ich nie Nein zu einer deiner Super-de-luxe-
Behandlungen sage, aber wäre es okay, wenn wir stattdessen das
hier tun?" Sanft zog er sie hoch, schlang die Arme um ihre Taille
und legte den Kopf an ihren Bauch.

Sam hätte sich am liebsten dem Tobsuchtsanfall hingegeben,
der in ihr brodelte, weil seine Mutter ihn immer noch so
verletzte. Sie fuhr ihm mit den Fingern durchs Haar und hielt ihn
fest, gab ihm so viel Liebe, wie sie nur konnte.

„Die Erklärung, die du spontan formuliert hast, war perfekt",
meinte er nach einer langen Zeit des Schweigens.

„Ich tue für meine Mitmenschen, was ich kann."

Er hob den Kopf und schaute sie an.

„Gott sei Dank habe ich dich und unsere Familie."

„Du wirst uns immer haben, Nick. Du bist unser Held, und wir
lieben dich mehr als alles andere."

„Danke, dass du mich liebst."

Sie lächelte, als sie daran denken musste, dass so auch ihr
Hochzeitslied hieß. „Nichts leichter als das."

Der Vorfall mit Nicks Mutter und seine Erschütterung darüber
beschäftigten Sam noch, als sie am nächsten Morgen nach dem
Frühstück mit ihm und den Kindern das Haus verließ. Er machte
für die Kinder gute Miene zum bösen Spiel. Wahrscheinlich
hatten sie die Traurigkeit in seinen Augen nicht bemerkt, doch
Sam hatte sie gesehen und war weiterhin wütend darüber, was
seine Mutter ihm mit ihrem Egoismus und ihrer Geltungssucht
antat. Zweifellos hatte der Sender sie dafür bezahlt, dass sie
öffentlich ihren Schwachsinn verbreitete.

Sam starrte in Richtung des Kontrollpunktes, musterte die

massive Medienpräsenz und stöhnte dann auf, als sich ihr einer ihrer Begleiter näherte.

„Mrs Cappuano", sagte Vernon, „wir würden Sie heute gerne fahren."

„Kommt nicht infrage. Sonst noch was?"

Er setzte zu einer Antwort an, schien es sich dann aber anders zu überlegen und schüttelte den Kopf.

„Gut, können Sie mich dann jetzt bitte hier wegschaffen? Ich muss zur Arbeit."

„Jawohl, Ma'am."

Ihre beiden Personenschützer brauchten die Unterstützung sechs weiterer am Kontrollpunkt, um sie durch die Menge der Reporter zu eskortieren, die ihr im Vorbeifahren Fragen zuriefen, von denen sie jedoch nur Fetzen aufschnappte: „Überzeugen Sie ihn zu kandidieren", „seine Mutter", „will Präsident werden", „wegen Nelson".

Dachten sie, sie würde anhalten, ihr Fenster herunterlassen und plötzlich mit ihnen über die Karriere ihres Mannes plaudern, wo sie bislang in all den Monaten, seit er im Amt war, nie ein Wort darüber oder über ihn verloren hatte? Nicht mal, wenn die Hölle zufror.

Aber sie war neugierig darauf, was über Nick und sie erzählt wurde, also schaltete sie WTOP ein und landete mitten in der Berichterstattung über Nicks Entscheidung und den anschließenden Medienrummel.

Das Büro des Vizepräsidenten hatte sofort eine Erklärung herausgegeben, die Ms Bernadino diskreditierte und auf die allseits bekannte Entfremdung zwischen Vizepräsident Cappuano und seiner Mutter verwies. Laut Quellen, die dem Vizepräsidenten nahestanden, hatte er nie eine echte Beziehung zu seiner Mutter gehabt, die an seiner Kindheit praktisch keinen Anteil genommen hatte. Ms Bernadino hatte mehrere Interviews gegeben, seit ihr Sohn Vizepräsident war, doch jedes Mal hatte der Vizepräsident bekräftigt, dass er keinen Kontakt zu ihr hatte. Die Erklärung aus der vergangenen Nacht war die bisher schärfste zu diesem Thema.

Danach wurde darüber diskutiert, dass das Democratic National Committee nach der Ankündigung des Vizepräsidenten, die am Vortag das Washingtoner Regierungsviertel erschüttert hatte, mit der Suche nach einem Spitzenkandidaten für die Partei wieder von vorn anfangen konnte. Es folgte ein Exklusivinterview mit dem Vorsitzenden des DNC, Brandon Halliwell.

„Mr Halliwell, wann haben Sie erfahren, dass der Vizepräsident beschlossen hat, bei der nächsten Wahl nicht anzutreten?"

„Kurz vor dem Rest der Welt."

„War das eine Überraschung für Sie?"

„Seine Entscheidung traf mich nicht völlig unvorbereitet. Im Nachhinein betrachtet hat der Vizepräsident schon seit einiger Zeit bei privaten Treffen und anderen Gelegenheiten angedeutet, er werde vielleicht nicht kandidieren. Ich gebe zu, dass ich, so wie auch andere Mitglieder der Parteiführung, inständig gehofft habe, er würde seine Meinung ändern. Trotzdem respektiere ich seine Gründe für diese Entscheidung."

„Haben Sie mit einem solchen Ausmaß von Enttäuschung und sogar Wut gerechnet, nachdem der Vizepräsident gestern seine Absicht öffentlich gemacht hat?"

„Es hat mich nicht überrascht. Mir war klar, wie populär er ist, weshalb ich auch so begeistert über seine mögliche Kandidatur war. Ich war selbst enttäuscht, dass er sich entschieden hat, nicht anzutreten, von daher verstehe ich, dass andere es ebenfalls sind."

Das Gespräch wandte sich danach anderen potenziellen Anwärtern auf die Nominierung der Demokraten zu, und Sam konnte den Mangel an Begeisterung in Halliwells Stimme hören. Sie verstand, wie es ihm ging. Auch für sie kam außer Nick Cappuano niemand infrage. Beim Gedanken an ihren geliebten Mann klappte sie ihr Handy auf und rief im Stau stehend Avery Hill an. Sie hatte noch nicht herausgefunden, wie sie die Freisprechtechnik für einen ausgehenden Anruf nutzen konnte, wollte das aber nicht zugeben, schon gar nicht Freddie gegenüber. Es hätte ihm viel zu viel Freude bereitet, sie damit aufzuziehen.

„Hallo. Erzähl mir jetzt nicht, dass du unser Treffen heute Nachmittag absagen willst."

„Ich behalte mir das Recht vor, später noch abzusagen, falls mein Tag außer Kontrolle gerät, doch deshalb rufe ich nicht an."

„Weswegen dann?"

„Du musst mir einen unangemessenen persönlichen Gefallen tun."

„Ich bin verheiratet, Sam. Diese Art von Gefallen können andere Frauen nicht mehr von mir kriegen."

Sam musste lachen, vor allem da seine anzüglichen Worte dank seines Akzents honigsüß klangen. „Urkomisch, Avery. Es geht um Nicks Mutter. Hast du gestern Abend ihr schwachsinniges Interview gesehen?“

„Möglicherweise habe ich einen Teil davon mitbekommen.“

„Wir müssen etwas gegen sie unternehmen. Wenn du miterleben könntest, was es mit Nick macht, wenn sie den Kopf aus ihrem Loch streckt ... Es ist unerträglich.“

„Das tut mir leid. Was schwebt dir vor?“

„Sie finden, ein paar Personenschützer hinschicken, um mit ihr zu reden, ihr Angst einjagen?“

„Hmm, nun, das könnte man als Missbrauch von Regierungsressourcen betrachten.“

„Nicht, wenn du deine Ressourcen nutzt, um den Vizepräsidenten zu schützen.“

„Stimmt auch wieder.“

„Also wirst du es tun?“

„Wo finden wir sie?“

„Soweit ich weiß, lebt sie in Cleveland, deshalb habe ich dich angerufen. Ich habe im Gegensatz zu dir keine bundesweite Autorität.“

„Ich kümmere mich darum. Versprechen kann ich nichts, aber ich werd mal schauen.“

„Danke.“

„Ungeachtet von Nicks Amt als Vizepräsident ist dies tatsächlich ein unangemessener persönlicher Gefallen.“

„Verstanden. Ich schulde dir was.“

„Nein, vergiss es. Es wird mir Spaß machen, sie so einzuschüchtern, dass sie die Klappe hält.“

„Vertrau mir, fast niemand braucht eine ordentliche Portion Einschüchterung durch das FBI dringender als sie.“

„Ich gucke mal, was ich über sie herausfinden kann, und melde mich wieder.“

„Danke, Avery. Wie geht es Shelby? Ich habe sie schon ein paar Tage nicht gesehen.“

„Morgenübelkeit, ansonsten gut. Sie ist nur wirklich müde. Ihre Schwester hat ihr prophezeit, dass diese Schwangerschaft anstrengender werden wird als die mit Noah, weil sie sich parallel um ihn kümmern muss.“

„Ich werde mal fragen, ob wir sie auch nicht zu sehr beanspruchen.“

„Klingt gut. Bis heute Nachmittag. Lass mich nicht hängen.“

„Ich gebe mir die größte Mühe.“

Er lachte. „Ich bitte darum.“

„Danke noch mal, Avery. Wirklich. Ich weiß es zu schätzen, und ich weiß, dass Nick das genauso sieht.“

„Wir werden tun, was wir können. Bis später.“

„Schönen Tag bis dahin.“ Sam klappte das Handy zu und schlängelte sich zwischen zwei Autos hindurch, um auf die Fahrspur zu gelangen, wo sich tatsächlich etwas vorwärtsbewegte, was ihr ein Hupen und einen hochgereckten Mittelfinger von dem Fahrer einbrachte, den sie geschnitten hatte. „Tut mir leid. Es musste sein.“

Ihr Handy klingelte, und sie nahm Captain Malones Anruf entgegen. „Morgen, Cap.“

„Morgen. Ich wollte mal hören, was es Neues in Sachen McLeod gibt.“

„Ich hasse diesen Fall.“

„Das ist mir bewusst, aber Sie müssen ihn nach Möglichkeit trotzdem lösen.“

„Wirklich? Man sollte ein Gesetz erlassen, nach dem die Ressourcen der Mordkommission nur für Leute eingesetzt werden, die Gerechtigkeit verdient haben.“

„Ich kümmere mich sofort darum“, erwiderte er trocken. „Also, wo stehen wir denn nun?“

„Wir arbeiten nach und nach langsam alle Personen ab, die ein Motiv für die Tat hatten. Heute sprechen wir mit einigen der größeren Investoren, weil wir glauben, sie hatten ein stichhaltigeres Motiv. Doch ehrlich gesagt gibt es Motive, so weit das Auge reicht, wohin wir auch schauen. Wir haben außerdem den Ehemann und die Maklerin in Gewahrsam, sie warten auf ihre Anwälte.“

„Ich hörte, die Maklerin macht einen Aufstand und droht mit einer Klage.“

„Sie hat sich einen Anwalt genommen, aber der konnte gestern nicht mehr kommen. Das ist ja wohl schwerlich unsere Schuld!“

„Versuchen Sie mal, ihr das zu sagen.“

„Das werde ich, wenn ich heute zu ihr komme.“

„Nicks Ankündigung hat die Rund-um-die-Uhr-Berichterstattung über den Fall McLeod aus den Schlagzeilen verdrängt. Mein Gott, Sam. Wir haben noch nie so viele Reporterinnen und Reporter vor dem Polizeigebäude gehabt.“

Sie warf zum ersten Mal seit ihrer Abfahrt einen Blick in den Rückspiegel und war ein klein wenig erleichtert, als sie den schwarzen Secret-Service-SUV sah, der ihr folgte. Nicht, dass sie das je jemandem gegenüber zugeben würde. „Das tut mir furchtbar leid. Ich weiß nicht, warum die an meinen Arbeitsplatz kommen, obwohl ich ihnen dort noch nie etwas über ihn verraten habe."

„Es ist nicht Ihre Schuld, dass Ihr Mann die Welt mit seiner Ankündigung am Boden zerstört hat."

„Aua. Mussten Sie das wirklich so formulieren?"

„Es stimmt doch. Seit ich gehört habe, dass er nicht kandidiert, schaue ich weniger zuversichtlich in die Zukunft."

„Wohingegen die Zukunft aus meiner Sicht strahlend und rosig aussieht."

Er lachte auf. „Ja, darauf wette ich."

„Cap, ich will ehrlich zu Ihnen sein. Ich bin total erleichtert. Natürlich hätte ich ihn unterstützt, egal, was er getan hätte, aber ich unterstütze ihn so viel lieber als Privatmann und nicht als Präsident. Die Vizepräsidentschaft ist für uns alle sehr anstrengend, doch besonders für ihn. Die Sicherheitsmaßnahmen schränken uns so ein."

„Ich würde das nicht aushalten. Das rechne ich Nick hoch an."

„Ich auch, trotzdem werde ich sehr froh sein, wenn seine Amtszeit endet."

„Welche Pläne hat er für die Zeit danach?"

„Das weiß er noch nicht. Er denkt über seine Möglichkeiten nach, aber er hat ja noch ein paar Jahre Zeit."

„Wofür auch immer er sich entscheidet, ich bin sicher, er wird es großartig machen."

„Danke. Ich bin gespannt, was als Nächstes passiert." Es bedeutete Sam viel, dass die Menschen, die ihr am nächsten standen, ihren Mann liebten und achteten. Das war eine weitere Sache, die während ihrer ersten Ehe gefehlt hatte, als ihre Familie und ihre Freunde wenig getan hatten, um ihre Abneigung gegen Peter zu verbergen.

„Ich wollte Ihnen außerdem mitteilen, dass ich mit dem Chief gesprochen habe, und er genehmigt Ihnen einen gewissen Spielraum dafür, sich den Worthington-Fall noch mal anzusehen, allerdings keine Überstunden."

Sam freute sich, dass sie Lenore sagen konnte, dass sie die Ermittlungen in Calvins Fall wieder aufnehmen würden. „Danke. Das wird Calvins Mutter sehr viel bedeuten. Sie hat nie aufgehört, nach Gerechtigkeit für ihn zu streben."

„Ich erinnere mich an den Fall und daran, dass wir keine einzige Spur gefunden haben. Es war total frustrierend."

„Wer war der leitende Ermittler in diesem Fall? Können Sie sich daran noch erinnern?"

„Ich glaube, Stahl. Er war damals Detective."

Ein unbehaglicher Schauer lief Sam über den Rücken. „Wenn er damals schon auch nur annähernd so war wie als Lieutenant, dann hat er sicher nicht besonders gründlich nach dem Täter gesucht."

„Wir werden es vermutlich bald herausfinden. Haben Sie schon mit Hill gesprochen?"

„Heute Nachmittag. Sie?"

„Gestern."

„Wie war es?"

„Gar nicht so schlimm. Dem FBI geht es hauptsächlich darum, Rollen, Zuständigkeiten und zwischenmenschliche Probleme zu erkennen."

„Ich bin sicher, dass mein Name ein paarmal bei den zwischenmenschlichen Problemen aufgetaucht ist."

„Ein- oder zweimal."

„Ich hoffe, Sie haben denen gesagt, dass es nicht meine Schuld ist, dass männliche Polizisten nicht mit einer Frau klarkommen, die klüger ist als sie."

„Das gilt nicht für alle männlichen Polizisten, und das weiß das FBI auch. Ich habe betont, dass Sie es nicht leicht hatten, da Ihr Vater stellvertretender Chief war, als Sie Berufsanfängerin waren."

„Leute wie Stahl und Ramsey – genau wie andere, davon bin ich überzeugt – sind der Auffassung, der einzige Grund, warum ich es je zu etwas gebracht habe, sei mein Daddy gewesen. Sie weigern sich zu glauben, dass das mein eigenes Verdienst sein könnte."

„Die Leute, auf die es ankommt, kennen die Wahrheit, Sam."

„Ich weiß, aber es ärgert mich trotzdem, von Idioten von oben herab behandelt zu werden, die immer andere für ihr eigenes Versagen verantwortlich machen. Es geht Ramsey auf den Sack, dass ich ihm den Rang ablaufe, doch wessen Schuld ist das denn bitte?"

„Ausschließlich seine eigene. Der Mann hatte von Anfang an disziplinarische Probleme."

„Solche Leute sollten es in unserem Beruf nicht weit bringen. Wer nicht gut arbeitet oder korrupt ist, sollte rausfliegen."

„Sie rennen bei mir offene Türen ein. Dieser Auffassung war ich schon immer."

„Wo ich Sie gerade am Telefon habe: Gestern Abend hat sich Christina Billings bei mir gemeldet. Sie ist völlig durch den Wind, weil sich Tommy schuldig bekennen will. Ich habe danach gleich den Chief angerufen, und er hat sich bereit erklärt, mit Forrester darüber zu sprechen. Wir müssen das verhindern, wenn wir können."

„Sehe ich auch so, aber es könnte schwierig werden, das unseren Kolleginnen und Kollegen zu verkaufen, vor allem den erwähnten Herren, die mit Ihrem Erfolg nicht umgehen können …"

„Ich denke, Gonzo sollte eine Erklärung abgeben, sich zu seinem Fehlverhalten bekennen, die Gründe dafür nennen und erzählen, wie sein Leben seit der Ermordung seines Partners aussieht. Mit anderen Worten, die Mitleidskarte spielen."

„Ich kann mir nicht vorstellen, dass er dazu bereit ist", meinte Malone.

„Soweit ich das beurteilen kann, steht ihm ansonsten eine Anklage ins Haus, die das Ende seiner vielversprechenden Karriere bedeuten wird."

„Wir werden mit ihm reden, wenn er dazu bereit ist. Einstweilen werde ich ihm eine SMS schicken und ihm raten, bis dahin nichts zu unterschreiben."

„Danke." Sam seufzte tief. Sie hatte gar nicht gemerkt, dass sie die ganze Zeit die Luft angehalten hatte, während sie über Gonzo gesprochen hatten. „Wenn das von Ihnen kommt, hat es mehr Gewicht, und es wird uns etwas Zeit dafür verschaffen, unsere Optionen zu erwägen."

„Das ist die Idee dahinter. Ich schreibe ihm sofort eine SMS und lasse sie wie einen Befehl klingen."

„Halten Sie mich über seine Antwort auf dem Laufenden."

„Gern. Sie und der Doc haben heute Abend das erste Treffen Ihrer Selbsthilfegruppe für Hinterbliebene, richtig?"

„Das hat er mir zumindest gesagt."

„Sind Sie dafür bereit?", fragte er zögernd.

„Wie meinen Sie das?"

„Wegen Ihres Vaters und so."

„Äh, na ja, das hängt davon ab, wie man ‚bereit' definiert."

„Ich hoffe, es hilft Ihnen und den anderen, darüber zu reden, was Sie durchgemacht haben“, erklärte er.

„Sie können gerne kommen, Cap. Skip war einer Ihrer Freunde. Sie haben jedes Recht, dabei zu sein, wenn Sie das möchten.“

„Ich überleg's mir. Danke für die Einladung. Ich bewundere Sie und Dr. Trulo wirklich für diese Idee. Dieses Angebot wird vielen Menschen helfen.“

„Das hoffen wir.“

„Ich lasse Sie mal weiterarbeiten. Bis demnächst.“

„Ja, bis später.“ Sam klappte ihr Handy zu und dankte im Stillen Gott für die guten Freunde, die ihr über den schwersten Verlust ihres Lebens hinweggeholfen hatten. Zu wissen, dass so viele Menschen ihren Vater geliebt hatten und seinen Verlust betrauerten, linderte ihren eigenen Schmerz. Sein Name fiel jeden Tag, sei es bei der Arbeit oder zu Hause, und die lustigen Geschichten und unvergesslichen Erinnerungen gaben ihr Kraft, während sie lernte, sich ohne Skip Holland in ihrem Leben zurechtzufinden.

# KAPITEL 17

Beim Gedanken an ihren Vater und die Hinterbliebenen-Selbsthilfegruppe rief Sam ihre Schwester Tracy an.

„Hallo", meldete die sich. „Bearbeitest du den Fall der Frau, die ihre Freunde abgezockt hat?"

„Ja, und der ist ziemlich furchtbar."

„Die ganze Welt dreht wegen der Entscheidung deines Mannes am Rad."

Sam verzog das Gesicht. „Ich hätte euch vorwarnen sollen."

„Ist nicht schlimm. Du hast wahrlich genug, woran du denken musst."

„Trotzdem … Ein Gebot der Höflichkeit und so."

„Uns stört es nicht, also sollte es dich auch nicht stören. Hast du gestern Abend das Interview mit Nicks Mutter im Fernsehen gesehen?"

„Leider ja. Sie ist so was von schrecklich. Ich habe Avery gebeten, etwas gegen sie zu unternehmen."

„Den vom FBI?"

„Genau den."

„O mein Gott! Das wäre ja super!"

„Finde ich auch. Ein bisschen Einschüchterung, damit sie die Klappe hält. Wenn du wüsstest, wie es Nick jedes Mal wieder mitnimmt, wenn sie auftaucht … Es macht mich stinkwütend."

„Ich kann mir vorstellen, dass du sie am liebsten umbringen würdest."

„Mit jeder Faser meines Herzens."

„Es tut mir wirklich leid. Für dich und für ihn."

„Danke. Ich versuche, mir zu sagen, dass wir daran nichts ändern können, aber es treibt mich fast in den Wahnsinn, zu sehen, wie sehr ihn dieser Mist verletzt."

„Mich auch, und er ist nicht mal mein Ehemann."

„Danke dafür. Ich wollte dich eigentlich daran erinnern, dass die Hinterbliebenen-Selbsthilfegruppe sich heute Abend trifft, falls ihr immer noch kommen möchtet."

„Ich hoffe, dass Ang und Celia mich begleiten. Allerdings kann ich nichts versprechen. Wir fahren weiter ziemlich auf Sicht."

„Glaub mir, dafür habe ich vollstes Verständnis. Doch dann wären außer mir und Dr. Trulo immerhin drei weitere Teilnehmerinnen da." Sam war noch immer nicht überzeugt, dass Roni tatsächlich kommen würde.

„Es werden mehr da sein. Ganz viele Leute brauchen ein solches Angebot wirklich dringend. Ich mal auf jeden Fall. Seit Dads Tod bin ich so … ich weiß auch nicht … daneben, könnte man wohl sagen."

„Ich weiß, was du meinst. Genau so fühle ich mich auch."

„Und jetzt auch noch demnächst Thanksgiving … O Mann. Das würde ich dieses Jahr am liebsten ausfallen lassen."

Thanksgiving hatte zu Skips Lieblingsfeiertagen gehört. Er hatte immer erklärt, wenn es nach ihm ginge, würden sie jeden Tag ein riesiges Truthahnessen veranstalten.

„Eigentlich müsste er mich jetzt ständig anrufen, um zu fragen, ob ich die Truthähne schon besorgt habe, und mich daran zu erinnern, dass er sie bezahlt", schniefte Tracy. „Ich rechne ständig mit seinem Anruf."

Lachend blinzelte Sam ihre eigenen Tränen weg. „Jedes Jahr mussten wir ihm sagen: ‚Dad, wenn wir sie jetzt schon kaufen, werden sie bis Thanksgiving schlecht.'"

„Stimmt", lachte Tracy. „Jedes Jahr. Immer dasselbe Gespräch."

„Erinnerst du dich noch an das Jahr, in dem du vergessen hast, die Innereien für ihn zuzubereiten?"

„O Gott, ja. Ich dachte, er würde mich enterben."

„Dabei ist das so was von eklig. Wer isst denn so was?"

Im Chor antworteten sie: „Skip Holland."

„Ich vermisse ihn so, dass es mich körperlich schmerzt", gestand Sam.

„Geht mir genauso. Ich hab mich gerade noch mit Brooke darüber unterhalten", erzählte Tracy. Brooke war ihre neunzehnjährige Tochter. „Sie hat mich gefragt, wie lange es dauern wird, bis es nicht mehr so wehtut."

„Was hast du gesagt?"

„Ich habe erwidert, es würde wahrscheinlich immer ein bisschen wehtun, weil er eine Lücke in unserem Leben hinterlassen hat, dass er aber nicht wollen würde, dass wir den Kopf hängen lassen. Er würde darauf verweisen, dass er ein gutes Leben gehabt habe und sich dasselbe für uns wünsche."

„Das ist eine wirklich perfekte Antwort. Darf ich die benutzen, wenn ich sie für Scotty brauche?"

„Nur zu. Es ist die Wahrheit. Da bin ich mir sicher. Das würde er wollen."

„Stimmt."

„Für dich kommt ja noch erschwerend hinzu, dass Conklin und dieser andere Beamte in die Sache verwickelt waren. Wie heißt er noch mal?"

„Hernandez."

„Ja, genau der. Das muss den Verlust für dich bloß noch schlimmer machen."

„Es hilft auf jeden Fall mal nicht."

„Ich habe keinen Zweifel daran, dass ihr dafür sorgen werdet, dass Dad Gerechtigkeit widerfährt, du und deine Kolleginnen und Kollegen."

„Absolut, und wenn es das Letzte ist, was ich tue."

~

Nick nahm den Ärger über das unerwartete Wiederauftauchen seiner Mutter mit zur Arbeit. Nach einer unruhigen Nacht mit zu wenig Schlaf fühlte er sich schlapp. Wieder einmal hatten ihn Träume über seine Kindheit und die vielen Tage heimgesucht, an denen er in der kleinen Wohnung seiner Großmutter am Fenster gesessen und auf jemanden gewartet hatte, der nicht kam. Der Duft von Chanel No. 5, dem Parfüm seiner Mutter, hatte in seinem Traum auf widerwärtige Weise in der Luft gehangen. Er hasste diesen Geruch und die Erinnerungen an zahllose Enttäuschungen, die damit verknüpft waren.

Wieso redete sie im Fernsehen über ihn, wo sie doch seit Monaten nicht mehr miteinander gesprochen hatten? Nicht, seit sie das letzte Mal plötzlich aufgetaucht war, um während Christopher Nelsons Terror ihre Nase in seine Angelegenheiten zu stecken. Die Einmischung seiner Mutter hatte alles nur noch schlimmer gemacht. Die Person, die ihn hätte beschützen müssen, hatte ihn ein weiteres Mal enttäuscht. Er sollte es inzwischen eigentlich gewohnt sein, hatte aber keine geeigneten Mittel und Wege, um sein Herz gegen ihre Grausamkeiten zu wappnen.

Es nervte ihn, dass sie ihn immer noch verletzen konnte. Inzwischen hätte sie dazu wirklich nicht mehr imstande sein sollen, doch nach dem vergangenen Abend zu urteilen, war es noch lange nicht so weit.

Terry erwartete ihn mit dem morgendlichen Sicherheitsbriefing und anderen Angelegenheiten, die seine Aufmerksamkeit erforderten, wodurch er sich von dem Thema ablenken konnte, über das er nicht nachdenken wollte. „Was dieses Interview betrifft, das deine Mutter gestern Abend gegeben hat", sagte Terry, als sie die restlichen Punkte auf seiner morgendlichen Liste durchgesprochen hatten.

Nick wappnete sich innerlich. „Was ist damit?"

„Trevor hat nach der Erklärung von gestern Abend eine Reihe von Anfragen nach genaueren Informationen zu deiner Beziehung zu ihr erhalten."

„Sam ist immer in Hochform, wenn es um meine Mutter geht."

„Ja. Tut mir wirklich leid, dass sie dir solche Probleme bereitet."

Nick zuckte die Achseln, als sei es keine große Sache, dass seine Mutter ihn regelmäßig emotional fertigmachte. „Daran ist nichts zu ändern. Ich weiß schon lange, dass es sinnlos ist, bei ihr auf eine Wesensveränderung zu hoffen." Sein Privathandy klingelte. „Ach, schau mal. Mein Vater ist wahrscheinlich auch stinksauer." Er nahm den Anruf von Leo Cappuano entgegen, der an der Kindheit seines Sohnes ebenso wenig Anteil gehabt hatte wie dessen Mutter, sich aber in den letzten Jahren redlich um eine Verbesserung ihres Verhältnisses bemüht hatte. „Hey, Dad."

Mit einem Winken verließ Terry den Raum, damit Nick in Ruhe telefonieren konnte.

„Nick …" Leo stotterte, was ungewohnt war. „Ich bin völlig außer mir. Was zum Teufel hat sie sich dabei gedacht?"

„Ich glaube, sie hat vor allem ans Geld gedacht."

„Widerlich. Es tut mir so leid. Ich wünschte, ich könnte das irgendwie unterbinden."

„Es hilft mir schon, dass du angerufen hast. Versuch, dich nicht aufzuregen. Das versuche ich auch. Tut mir übrigens leid,

dass ich mich nicht gemeldet habe, ehe ich meine Erklärung abgegeben habe. Das hätte ich tun sollen."

„Mach dir meinetwegen keine Gedanken, obwohl ich gestehen
muss, ich bin schon etwas enttäuscht, dass ich jetzt doch nicht im
Lincoln-Schlafzimmer werde übernachten können."

Nick lachte. „Wenn du möchtest, lässt sich das sicher
einrichten."

„Nein, das war nur ein Witz. Ich hoffe, du weißt, dass einer
deiner Elternteile sehr stolz auf deine Leistung ist und sich darauf
freut, zu verfolgen, wie es mit dir und deiner Familie weitergeht."

„Danke, Dad. Ich weiß das sehr zu schätzen. Wir freuen uns
darauf, euch an Thanksgiving zu sehen. Scotty hat ein neues
Rennspiel, von dem er sagt, die Jungs würden es sicher lieben."

„Wir freuen uns ebenfalls darauf. Bis nächste Woche dann.
Pass auf dich auf, mein Sohn."

„Du auch auf dich." Nick beendete das Gespräch und lehnte
sich in seinem Stuhl zurück. Er legte den Kopf gegen das Leder
und wünschte sich, er hätte etwas mehr Kontrolle über die
verworrenen Gefühle, die seine Mutter in ihm auslöste. Nick
liebte und hasste sie gleichzeitig und wünschte sich, sie wäre
anders. Vor allem aber wünschte er sich, sie würde
verschwinden und ihn einfach in Ruhe lassen. All diese Dinge,
dieselben, die er sein ganzes Leben lang im Zusammenhang mit
ihr empfunden hatte, ballten sich in wenigen Sekunden
zusammen.

Als Kind hatte er nicht gewusst, wie er mit den emotionalen
Massakern, die sie anrichtete, umgehen sollte. Als Erwachsener
hatte er sein Bestes getan, um sie und das Chaos, das sie auf
Schritt und Tritt begleitete, zu meiden. Doch seine Gefühle …
waren genau dieselben wie damals, wenn sie ihm einen Besuch
versprochen hatte und dann nie aufgetaucht war.

Warum dachte er jetzt, wo sein Leben so großartig war, überhaupt an diesen Mist? Warum ließ er zu, dass sie sich wie ein
Energievampir benahm? Ohne groß weiter darüber nachzudenken, nahm er den Hörer ab und rief sie an.

„Nick", sagte sie überrascht.

Sofort war ihm klar, dass er einen riesigen Fehler gemacht
hatte. Beim Klang ihrer Stimme verwandelte er sich wieder in das
Kind, das sich nach ihrer Liebe sehnte, das darauf wartete, etwas
– *irgendetwas* – von der Mutter zu bekommen, der es völlig egal
war. Damals wie heute. „Warum tust du das? Warum redest du im

Fernsehen über mich, als wüsstest du auch nur das Geringste über mein Leben?“

„Du bist mein Sohn! Natürlich weiß ich über dich und dein Leben Bescheid.“

„Wenn wir monatelang keinen Kontakt miteinander haben, hast du kein Recht, im Fernsehen über mich zu sprechen, als verfügtest du über Insiderinformationen, obwohl das gar nicht der Fall ist.“

„Deine Erklärung war überaus respektlos.“

„Ist das dein Ernst? Du möchtest über Respekt reden? Du wolltest nichts mit mir zu tun haben, bis ich erfolgreich und prominent war, und jetzt willst du plötzlich ein Achtel von einem Lorbeerblatt abhaben.“

„Das ist nicht wahr.“

„O bitte. Mach es nicht noch schlimmer, indem du dich aufs Lügen verlegst. Ich möchte nicht unfreundlich zu dir sein, aber wenn du dich nicht aus meinem Leben und meinen Angelegenheiten heraushältst, kann ich nicht anders. Wenn ich das nächste Mal mitbekomme, dass du in irgendeiner Form über mich sprichst, gehe ich gerichtlich gegen dich vor.“ Das hätte er schon tun sollen, nachdem sie während der Ermittlungen gegen Christopher Nelson wieder aufgetaucht war, doch er hatte es unterlassen. Das war ein Fehler gewesen, wie er jetzt wusste. „Letzte Warnung.“

„Vielleicht sollte ich der Öffentlichkeit erzählen, dass mein Sohn, der Vizepräsident, seiner Mutter mit rechtlichen Schritten droht.“

„Tu, was du nicht lassen kannst. Aber kein Wort über mich und meine Familie. Ich werde diesmal nicht zögern, dir das Leben ebenso zur Hölle zu machen wie du mir.“

Sie lachte harsch. „Dein Leben war ja wohl kaum die Hölle. Überleg nur mal, wo du heute arbeitest.“

„Das verdanke ich nicht dir. Lass mich in Ruhe, und halt den Mund, was mich betrifft. Das ist mein Ernst.“ Er beendete das Gespräch, ehe sie noch etwas sagen konnte, das ihn wie ein Stich in sein zahllose Male von ihr gebrochenes Herz treffen würde. Er ärgerte sich furchtbar, dass seine Hände noch volle fünf Minuten lang zitterten. Er war siebenunddreißig, und sie setzte ihm unvermindert zu.

Nick schloss die Augen und dachte an Sam, Scotty, die Zwillinge und seine Familie, die aus seinen Kindern, Sams Angehörigen, seinem Vater und ihren engen Freunden bestand. Er dachte an die Menschen, die er liebte – und die dieses Gefühl erwiderten.

Nick war weit gekommen seit dieser Wohnung in Lowell, Massachusetts. Er arbeitete jetzt im Weißen Haus. Millionen von Menschen kannten seinen Namen und waren am Boden zerstört, weil er nicht für das Amt des Präsidenten kandidieren würde. Warum ließ er es zu, dass diese schreckliche Frau ihn so fertigmachte?

Er starrte das Telefon auf seinem Schreibtisch an, nahm erneut den Hörer ab und tat etwas, was er schon Monate zuvor hätte tun sollen. Er rief seinen Freund, den Anwalt Andy Simone, an, um herauszufinden, wie er verhindern konnte, dass sie ihm weiter solche Dinge antat.

Genug war in diesem Fall wirklich mehr als genug.

~

Sam und ihr Team begannen mit den zehn größten Investoren bei Ginnys Vorhaben, um sich anschließend in der Liste nach unten durchzuarbeiten, bis sich etwas ergab.

„Ich bin ja meist recht zuversichtlich, dass wir herausfinden werden, was passiert ist, aber diesmal nicht", teilte sie Freddie mit, während sie nach Bethesda fuhren. Der Verkehr war zum Glück nicht so dicht wie sonst. Sie hatten das Hauptquartier erst nach neun verlassen, in der Hoffnung, den schlimmsten Stau zu vermeiden.

„Das habe ich gestern Abend auch zu Elin gesagt – dass wir Hunderte von Leuten mit einem Motiv haben."

Der Tag hatte gerade erst begonnen, und Sam war bereits erschöpft. Sie hatte nach Nicolettas Auftritt und Nicks Reaktion darauf schlecht geschlafen.

„Christina hat mich gestern Abend angerufen und war völlig außer sich, weil Gonzo den Deal mit dem Geständnis angenommen hat", erzählte Sam.

„Sie hat erst jetzt davon erfahren?"

„So hat es sich angehört. Ich habe mit dem Chief gesprochen, und er bearbeitet Forrester. Malone wollte Gonzo eine SMS schicken und ihm raten, nichts zu unterschreiben, bis er Gelegenheit gehabt hat, die Sache mit uns zu besprechen. Wir waren uns einig, dass es besser wäre, wenn dieser Tipp von ihm käme."

„Gott, ich hoffe, er hält sich daran."

„Ja, ich auch. Ich ertrage den Gedanken nicht, dass er seine Karriere wegen Ramseys Fehde gegen mich aufs Spiel setzt."

„Ich habe gehört, Ramsey dreht durch wegen etwas, das er mit der Hauspost bekommen hat."

„Ja, das habe ich ebenfalls gehört. Was das wohl war?"

„Keine Ahnung, aber es muss was Schlimmes gewesen sein, wenn er deswegen so ausflippt."

„Ja, wahrscheinlich schon." Sam konnte sich nur schwer beherrschen, damit sie nicht albern kicherte. Wie man in den Wald hineinrief, so schallte es heraus, und wenn man so ein Idiot war wie Ramsey, musste man damit rechnen, dass andere irgendwelchen Mist über einen ausgruben. Es war nicht einmal besonders schwierig gewesen.

„Ich habe gehört, Nicks Mutter sei gestern Abend wieder unangenehm aufgefallen."

„Ja, sie ist einfach schrecklich."

„Das tut mir so leid für ihn."

„Mir auch. Du machst dir kein Bild … Er ist immer völlig fertig, wenn sie aus ihrer Verwandtschaft zu ihm Kapital schlägt."

„Es ist ja auch ekelhaft", meinte Freddie.

„Absolut."

„Haben wir neue Informationen über die Alinos, die Freunde, die Eltern mit Alzheimer pflegen?"

„Jeannie hat heute Morgen mit Mrs Alino gesprochen – die beiden haben die letzten beiden Tage im Krankenhaus bei Mr Alinos Vater verbracht, der irgendeine Infektion hat. Sie haben beide das Krankenhaus nicht verlassen, was mehrere Krankenschwestern bezeugen können. Als Jeannie wissen wollte, ob sie etwas zur Klärung von Ginnys Tod beitragen könne, hat Mrs Alino erwidert, sie habe dazu nichts zu sagen."

„Das ist also eine Sackgasse."

„Jeannie überprüft gerade im Krankenhaus ihr Alibi."

„Es will mir nicht in den Kopf, dass Ginny Freunde abgezockt hat, deren Eltern mit Alzheimer zu kämpfen haben. Das ist soziopathisch."

„Absolut."

„Jeannie hat außerdem berichtet, dass keinem der Nachbarn jemand aufgefallen ist, der am Sonntag außerhalb des Hauses etwas sauber gemacht hat."

„Eine Sackgasse nach der anderen."

Ihr Weg führte sie zunächst zu VocalExchange, einem Aufnahmestudio im obersten Stockwerk eines Bürogebäudes in einer Seitenstraße des Rockville Pike. Natürlich stand ihrem Gespräch mit Mark Townsend, dem Studiobetreiber, eine Empfangsdame im Weg.

„Haben Sie einen Termin?", fragte die junge Frau.

„Haben wir einen Termin, Detective Cruz?", wiederholte Sam die Frage im Tonfall übermäßig beanspruchter Geduld.

„Wir brauchen keinen", antwortete Freddie. „Wir sind Mordermittler. Sagen Sie ihm, wir können das hier oder auf dem Revier erledigen. Die Entscheidung liegt ganz bei ihm."

„Ah, Moment bitte", erwiderte die Empfangsdame und enteilte durch eine Doppeltür.

„Fies und furchterregend", bemerkte Sam mit einem Lächeln.

„Ich hatte die beste Lehrmeisterin."

„Wenn die wüssten, was für eine leere Drohung das ist. Als würden wir ihn bei dem Verkehr tatsächlich ins Hauptquartier schaffen."

„Stimmt. Von dem ganzen Papierkram ganz zu schweigen. Wie viel Zeit gibst du ihr, bis sie das gesamte Ausmaß von Sam Hollands Zorn zu spüren kriegt?"

„Eine Minute."

Während sie warteten, blätterte Sam eine Broschüre des Studios durch und erfuhr, dass hier eine breite Palette von Nachvertonungen für Radio- und Fernsehwerbung, Aufnahmen von Hörbüchern und eine Vielzahl anderer Projekte durchgeführt wurden.

Wenige Sekunden vor Ablauf ihrer Frist kehrte die Empfangsdame zurück. „Bitte hier entlang."

Während sie der Frau durch die Doppeltür folgten, lächelte Freddie Sam selbstgefällig an.

Ganz anders als bei ihr lag es nicht in seiner Natur, fies und furchterregend zu sein. Sie war geradezu lächerlich stolz darauf, wie er in diesem Fall für sich einstand.

Im Gegensatz zu den meisten Firmen, denen sie beruflich einen Besuch abstatteten, bestand diese in erster Linie aus an einem zentralen Korridor gelegenen Studios mit Glasfronten. In mehreren, an denen sie auf dem Weg zu Townsends Büro, das am Ende eines weiteren Ganges lag, vorbeikamen, arbeiteten Menschen. Die Empfangsdame bedeutete ihnen einzutreten.

„Danke", sagte Freddie zu ihr – er war stets höflich, selbst wenn er fies und furchterregend aufzutreten versuchte.

Sam schätzte Townsend auf Mitte fünfzig. Er hatte grau meliertes Haar und wirkte gestresst, so als hätte er mehr zu tun, als er in seinem Arbeitstag unterbringen konnte. Sam kannte dieses Gefühl.

Sie zeigten ihre Dienstmarken.

„Lieutenant Holland, Detective Cruz, Metro PD", stellte sie sich und ihren Begleiter vor.

Er lehnte sich in seinem Bürostuhl zurück und musterte sie mit der Neugier, die ihr überall entgegenschlug, seit Nick Vizepräsident war – besonders von Männern. Wahrscheinlich fragten sie sich, warum der zweitmächtigste Mann des Staates seiner

Frau „erlaubte", ohne Personenschutz Morde aufzuklären. Wenn die wüssten, dass ihr niemand irgendetwas „erlaubte".

„Was kann ich für Sie tun?"

„Wir ermitteln im Mordfall Ginny McLeod", antwortete Sam.

„Ich bin überrascht, dass Sie Zeit und Ressourcen dafür verschwenden. Vertrauen Sie mir, das war sie nicht wert."

„Das haben wir jetzt schon von mehreren Leuten gehört, aber es ist unsere Aufgabe, dafür zu sorgen, dass ihr Gerechtigkeit widerfährt, egal, ob sie es verdient hat oder nicht."

„Was ist mit der Gerechtigkeit für die Leute, die sie betrogen hat?" Jedes seiner Worte troff vor Bitterkeit. „Wann kriegen wir Gerechtigkeit?"

„Woher haben Sie Ginny gekannt?"

„Ich bin seit der Highschool mit Ken befreundet. Oder zumindest waren wir das, bis seine Frau beschlossen hat, mich auszunehmen. Haben Sie eine Ahnung, wie hart ich gearbeitet habe, um diese Firma aufzubauen? Meiner Frau und meinen Kindern ein gutes Leben zu ermöglichen? Ich hatte noch fünf Jahre bis zum Ruhestand, und jetzt …" Er zuckte die Achseln. „Ich wollte die Firma meinem ältesten Sohn übergeben, doch jetzt werde ich sie verkaufen müssen, wenn ich mich denn je zur Ruhe setzen kann. Das hat sie mir genommen. Das Vermächtnis, das ich meinen Kindern hinterlassen wollte."

„Wie viel haben Sie in ihre Pläne investiert?"

„Eine Dreiviertelmillion."

Sam unterdrückte ein Keuchen. Ja, Ginny hatte finstere Pläne geschmiedet, ihre Opfer waren allerdings auch recht leichte Beute gewesen, wenn sie solche Summen in etwas investieren konnten, bei dem es keine garantierte Rendite gab.

„Ich sehe, Sie fragen sich, was für ein Idiot man sein muss, um solche Summen in so etwas zu investieren, aber Sie hätten Ginny kennen müssen, um zu verstehen, wie sie einen dazu gebracht hat. Sie konnte einen glauben machen, dass dies eine einmalige Gelegenheit sei, eine Chance, den Einsatz zu verdoppeln, ohne einen Finger rühren zu müssen. Ich habe die ganze Zeit gedacht, es wäre zu schön, um wahr zu sein, aber sie hatte auf jeden Einwand eine Antwort parat. Meine Frau und ich waren nicht leichtsinnig. Wir haben mit anderen Investoren von Ginnys Projekten Kontakt aufgenommen, die ausgezeichnete Renditen erzielt hatten oder das zumindest behaupteten."

„Erinnern Sie sich noch, wer Ihnen diese Investitionserfolge bestätigt hat?"

„Das habe ich alles schon im Rahmen der ersten Ermittlung den Steuerfahndern erzählt, ohne dass es was gebracht hätte. Die Namen und Geschichten waren erfunden. Es war eigentlich alles erfunden, außer der Tatsache, dass sie unser Geld genommen und durchgebracht hat. Das ist sehr real." Er hielt inne und sah sie an. „Haben Sie schon mit Tina Goss gesprochen?"

„Der Name ist uns neu", sagte Sam und schaute Freddie an, der den Kopf schüttelte. „Wer ist das?", fragte sie.

„Ihr Mann Jack war einer der Investoren. Er hat Selbstmord begangen, als der Betrug aufgeflogen ist. Sie sollten mit Tina reden." Townsend schien bereits zu bereuen, dass er ihr diese Information gegeben hatte. „Ich weiß gar nicht, warum ich Ihnen überhaupt helfe. Mir ist egal, wer Ginny getötet hat. Die betreffende Person hat uns allen einen Gefallen getan, nur dass wir jetzt natürlich nie erfahren werden, ob sie das Geld irgendwo gebunkert hat."

„Wo waren Sie am Sonntagnachmittag?"

Die Frage schien ihn zu schockieren. „Sie fragen doch nicht gerade, ob *ich* Ginny umgebracht habe, oder?"

„Ich frage Sie, wo Sie am Sonntagnachmittag waren."

„Hier, Lieutenant. Ich habe gearbeitet, was ich sieben Tage die Woche tue, weil ich keine Zeit verschwenden darf, wenn ich zumindest einen Teil meiner Verluste wieder reinholen möchte. Deshalb arbeite ich jeden Tag."

„Waren Sie allein?"

„Einer meiner Tontechniker war ebenfalls da."

„Könnten wir bitte mit ihm sprechen?"

Er war zwar eindeutig sauer, nahm aber den Hörer des Telefons auf seinem Schreibtisch ab, wählte und bat den Tontechniker, in sein Büro zu kommen.

Nach ein paar unangenehmen Minuten der Stille klopfte es an der Tür, und ein junger Mann trat ein. „Sie wollten mich sehen?" Er erschrak, als er Sam erblickte.

Auch das passierte ihr in letzter Zeit häufig.

„Diese Herrschaften vom MPD untersuchen den Mord an Ginny McLeod. Sie wollen wissen, wo ich am Sonntagnachmittag war."

„Äh, Sie waren hier. Von etwa elf bis gegen sieben, dann haben wir Schluss gemacht."

„Wie heißen Sie?", erkundigte sich Sam.

„Rob Heinke."

„Buchstabieren Sie mir den Nachnamen." Sam notierte ihn sich. „Ihre Telefonnummer bitte."

„Wozu?", wollte Townsend wissen.

„Für den Fall, dass wir weitere Fragen haben."

„Was denn für welche? Er hat Ihnen doch gesagt, dass ich von elf bis sieben hier war. Was könnten Sie denn sonst noch für Fragen an ihn haben?"

Sam sah den jüngeren Mann an, der völlig durcheinander zu sein schien. „Ihre Telefonnummer."

Er schaute Townsend an, dann wieder sie und gab ihr seine Nummer.

„Danke", antwortete Sam.

„Sie können jetzt wieder an die Arbeit gehen", erklärte Townsend.

Heinke hatte es offensichtlich eilig, von hier wegzukommen. Diese Wirkung hatte Sam manchmal auf Menschen.

„Ich wüsste nicht, was Sie sonst noch von ihm wissen wollen könnten."

„Wir haben gelernt, dass es am besten ist, alle Informationen zu sammeln, die wir möglicherweise brauchen könnten", entgegnete Sam. „Damit wir nicht ein weiteres Mal herfahren müssen."

„Ich habe sie nicht umgebracht, aber ich bin froh, dass jemand es getan hat."

„Auch das haben wir schon von anderen gehört."

„Ich bin sicher, das wird Ihnen noch häufiger passieren."

„Wo können wir Tina finden?"

Townsend zögerte, zückte allerdings schließlich sein Handy und scrollte durch die Kontaktliste. „Sie arbeitet von zu Hause aus, in Rockville." Er nannte ihnen die Adresse. „Bitte sagen Sie ihr nicht, dass Sie die Anschrift von mir haben. Die arme Frau hat schon genügend Probleme, ohne dass sie befürchten muss, ich hätte mich ebenfalls gegen sie gewandt."

„Warum wäre das von Bedeutung?"

„Weil wir befreundet sind. Was Ginny uns allen angetan hat, hat einige von uns näher zusammengebracht. Geteiltes Leid und so."

„Wie nah genau?", hakte Sam nach.

Er starrte sie an. „Was zum Teufel soll denn das heißen?"

„Das wissen Sie genau. Waren oder sind Sie und Tina mehr als Freunde?"

„Ich, äh, das muss ich nicht beantworten. Mein Privatleben geht Sie nichts an."

„Im Rahmen einer Mordermittlung schon. Antworten Sie bitte, sonst müssen wir Sie zu einer formellen Befragung aufs Revier mitnehmen. Ihre Entscheidung."

„Was hat das denn mit den Ermittlungen zu tun?", fragte er verärgert.

„Bei Mord ist alles relevant, Mr Townsend. Insofern wäre es schön, wenn Sie jetzt kooperieren und nicht länger unsere Zeit verschwenden würden."

„Ich … ich habe mich mit den beiden angefreundet – mit Jack und Tina –, weil wir alle drei befürchteten, abgezockt worden zu sein."

„Wie haben Sie sie kennengelernt?"

„Sie haben sich mit ihrem Verdacht an die Öffentlichkeit gewandt. Damals hatten wir noch Mühe, vom FBI ernst genommen zu werden. Das war lange vor Beginn der offiziellen Ermittlungen. Als ich in einem Artikel über einen möglichen Immobilienbetrug Auszüge aus einem Gespräch mit den beiden las, habe ich Kontakt mit ihnen aufgenommen, und wir haben uns unterhalten. Wir hatten viel gemeinsam."

Townsend hielt inne und rieb sich mit zitternden Händen über sein von Erschöpfung und Anspannung gezeichnetes Gesicht. „Jack … war deswegen völlig neben der Spur. Alles, wofür er so hart gearbeitet hatte, war weg. Aber das schien sehr lange überhaupt niemanden zu interessieren. Wir glaubten, beweisen zu können, dass sie uns um Hunderttausende erleichtert hatte, doch das FBI hat unsere Anrufe ignoriert und sich unsere Beschwerden nicht angehört, obwohl einer von uns einen Freund hatte, der selbst FBI-Agent war. Also haben wir Anzeige bei unseren örtlichen Polizeidienststellen erstattet, die sich auch nicht genauer damit befasst haben. Das war alles so frustrierend, vor allem weil Ginny es noch immer krachen ließ, während uns langsam klar wurde, dass eine Freundin uns komplett über den Tisch gezogen hatte. Es war alles so unfassbar."

Sam machte sich ausführliche Notizen, während er sprach.

„Bei unseren Bemühungen, für uns und andere Opfer, von denen wir sicher waren, dass es sie gab, Gerechtigkeit zu erstreiten, sind wir zu Freunden und Verbündeten geworden. Dann, als ich gerade dachte, schlimmer könne es nicht kommen, rief mich Tina an, um mir mitzuteilen, dass Jack sich umgebracht hatte." Townsend traten Tränen in die Augen. „Diese Nachricht hat mich getroffen wie ein Schlag in die Magengrube. Mir ist die Luft weggeblieben."

Sam ließ ihm einen Moment Zeit dafür, sich zu sammeln, und wartete, so geduldig sie konnte, darauf, dass er zum Punkt kam.

„Gleich am selben Abend habe ich Tina besucht, um ihr meine Hilfe anzubieten, und dann habe ich sie irgendwann regelmäßig aufgesucht, um mich um die Witwe meines Freundes zu kümmern."

„Hat Ihre Frau sie auch besucht?"

Er schüttelte den Kopf. „Sie hatte beschlossen, sich von der ganzen Situation eher fernzuhalten. Sicher, sie hat sich darüber aufgeregt, aber sie hat gesagt, sie dürfe sich davon nicht so vereinnahmen lassen wie Jack und ich. Natürlich wirft sie mir die ganze Sache vor. Ich war so wild entschlossen zu investieren. Sie war dagegen, und als sich erwies, dass sie recht gehabt hatte, nun ja … Seither besteht unsere Ehe nur noch auf dem Papier."

„Sie haben Tina also allein besucht?"

„Ja."

„Haben Sie ein Verhältnis mit ihr, Mr Townsend?"

„Sie müssen verstehen, was wir durchgemacht haben …"

Sam musste gegen den Drang ankämpfen, laut zu schreien. „Haben Sie ein Verhältnis mit ihr?"

„Ja! Habe ich. Mehr noch, ich liebe sie. Sind Sie jetzt zufrieden? Hilft Ihnen das, herauszufinden, wer Ginny getötet hat?"

„Nein, aber es hilft uns, zu erkennen, wer möglicherweise ein Motiv dafür hatte."

„Tina hat sie nicht umgebracht."

„Woher wissen Sie das?"

„Weil ich am Sonntagabend, als wir beide von Ginnys Tod erfahren haben, bei ihr war, und Tina war regelrecht schockiert. Natürlich auch verzweifelt, weil uns allen klar ist, dass es jetzt noch schwieriger sein wird, auch nur einen Teil unseres Geldes zurückzubekommen. Wir werden uns mit ihren Erben auseinandersetzen müssen und so. Ich bezweifle, dass einer von uns alt genug wird, um zu erleben, wie jemand diesen verworrenen Knoten aufdröselt. Niemand weiß, wo das Geld ist. Nicht mal Ken – zumindest behauptet er das."

„Glauben Sie, er war ihr Mitwisser?"

„Zuerst habe ich das nicht angenommen, aber später … Wie hätte er es nicht mitbekommen können? Wie hätte sie ihm den plötzlichen warmen Regen erklären sollen?" Er sah Sam zögernd und unsicher an. „Werden Sie meine Beziehung zu Tina öffentlich machen müssen?"

„Nur wenn einer von Ihnen beiden an Ginnys Ermordung beteiligt war oder den Täter kennt."

„Beides trifft auf uns nicht zu."

„Das sagen Sie. Wir haben schon erlebt, wie sich Menschen mit wasserdichten Alibis am Ende als Mörder herausgestellt haben. Tatsächlich gerade erst kürzlich. Sie werden also entschuldigen, wenn wir Leuten gegenüber skeptisch bleiben, die so ein starkes Motiv haben wie Sie."

„Nehmen Sie mich unter die Lupe, so viel Sie wollen", meinte er achselzuckend. „Doch am Sonntag war ich nur hier, bei Tina und dann zu Hause. Ich arbeite ununterbrochen, und das einzig Schöne in meinem Leben ist die Zeit, die ich mit Tina verbringe. Meine Ehe ist praktisch Geschichte, weil ich den Riesenfehler gemacht habe, bei Ginny zu investieren. Ich würde alles dafür geben, diese Entscheidung ein zweites Mal und diesmal anders treffen zu können. Wirklich alles."

Sam reichte ihm eine Visitenkarte. „Wenn Ihnen irgendetwas Relevantes oder jemand einfällt, der wütend genug gewesen sein könnte, um Ginny umzubringen, rufen Sie mich an. Meine Handynummer steht da drauf."

„Die Liste der Leute, die wütend genug waren, um sie umzubringen, ist lang."

„Das ist uns klar. Danke für Ihre Zeit. Sagen Sie Tina nicht, dass wir kommen."

„Warum nicht?"

„Weil ich es so will. Wir finden allein raus." Auf dem Weg zum Parkplatz wollte Sam von Freddie wissen: „Meine Güte. Was ist an ,Sagen Sie ihr nicht, dass wir kommen' so schwer zu verstehen?"

„Die Tatsache, dass er tun muss, was du von ihm verlangst."

Sie lachte. „Männer hassen es, wenn Frauen ihnen Befehle geben."

„Fürs Protokoll: Mir ist das egal."

„Weil du sowohl zu Hause als auch bei der Arbeit unter dem Pantoffel einer Frau stehst."

„Was mir ganz recht ist."

„Das mit der Empfangsdame eben war gut. Ich mag es, wenn du so selbstbewusst auftrittst."

„Danke. Irgendwie."

Als sie ins Auto eingestiegen waren, klingelte Sams Handy. Es war Malone. „Was gibt's?", meldete sie sich.

„Die Anwälte des Ehemannes und der Maklerin sind aufgeschlagen."

„Alles klar. Wir sind bald wieder da."

„Der Anwalt der Maklerin macht einen Riesenaufstand wegen widerrechtlicher Festnahme und dem üblichen Quatsch."

„Es ist nicht widerrechtlich, wenn wir eine wichtige Zeugin bei einer Mordermittlung in Gewahrsam nehmen."

„Wir beide wissen das …"

„Keine Sorge. Ich kümmere mich um sie, wenn ich wieder da bin."

„Wo sind Sie denn?"

„Bethesda."

„Oh, verdammt. Ich gebe Bescheid, dass es noch eine Weile dauern wird."

„Wir haben noch eine weitere Station vor uns, dann komme ich zurück."

„Alles klar."

Sam klappte das Handy zu, startete den Motor und steuerte die Ausfahrt des Parkplatzes an. „Hast du Tinas Adresse?"

Freddie warf ihr einen vernichtenden Blick zu. „Natürlich."

„Daran hatte ich keinen Zweifel."

Seine Navi-App wies ihnen den Weg nach Rockville.

„Danke, dass wir uns darum kümmern, bevor wir in die Stadt zurückfahren."

„Ich wollte auf keinen Fall den ganzen blöden Weg hier raus noch mal machen, wenn es sich vermeiden lässt." Dann fiel ihr ihr Termin mit Hill wieder ein. Das würde ihren gesamten Tagesablauf durcheinanderbringen.

Tina lebte in einem bescheidenen zweistöckigen Häuschen in einer gut situierten Gegend. Es war weiß, hatte schwarze Fensterläden und einen gepflegten Garten.

„Als ich klein war, dachte ich immer, es wäre unglaublich cool, in so einer Gegend zu wohnen", sagte Freddie und deutete auf die baumgesäumten Straßen mit den ordentlichen Bürgersteigen und den gepflegten Häusern. „Ich dachte, wer in solchen Stadtvierteln wohnt, hat keine Probleme."

„Heute weißt du es besser. Jeder hat Probleme."

„Richtig, und manchmal haben die Leute mit den größeren Häusern auch die größeren Probleme. Diese Dame zum Beispiel. Sie hatte ihr Leben durchgeplant. Eine lange Ehe mit einem Mann, den sie wahrscheinlich noch geliebt hat, bis sie auf eine Betrügerin hereingefallen sind und alles den Bach runtergegangen ist. Jetzt ist er tot, sie ist pleite, und in diesem schönen Haus liegt ein Leben in Trümmern."

„Das ist sehr tiefgründig, kleiner Freddie. Leider auch wahr."

„Es ist so traurig. Sie hat geglaubt, sie hätte alles, bis eine skrupellose Trickbetrügerin es ihr genommen hat." Er seufzte. „Ich würde viel lieber den Mord an Calvin Worthington untersuchen als den an Ginny McLeod. Er gehört zu der Gruppe unschuldiger Opfer, der ich Gerechtigkeit verschaffen wollte, als ich Polizist geworden bin."

„Ich auch, doch wir dürfen nicht vergessen, dass nichts einen Mord rechtfertigt, nicht einmal die abscheulichste Tat."

„Bitte erinnere mich von Zeit zu Zeit daran."

„In Ordnung." Sam betätigte die Klingel und lauschte dem Läuten im Haus. „Schon wieder so eine furchtbare Türklingel."

„Die liebst du fast so sehr wie Empfangsdamen."

„Noch mehr sogar." Sie spähte durch die facettierte Glasscheibe neben der Eingangstür und klingelte erneut. „Da kommt sie."

Hinter der Tür fragte eine Frauenstimme: „Wer ist da?"

Sam, die nach der Sache mit Clarissa Haverson und ihrer Waffe vorsichtig geworden war, antwortete laut und deutlich: „Lieutenant Holland, Detective Cruz, MPD."

Sie hielten ihre Dienstmarken vor das Fenster neben der Tür.

Eine Reihe von Schlössern wurde geöffnet, ehe die Tür aufging. Dahinter stand eine Frau mittleren Alters mit ergrauendem blonden Haar, Fältchen um die Augen und einem Mund, der schmal wie eine Klinge war. „Was kann ich für Sie tun?"

„Wir möchten gerne mit Ihnen über den Mord an Ginny McLeod sprechen", erklärte Sam.

„Dazu habe ich nichts zu sagen."

„Ich verstehe, was Sie durchgemacht haben …"

„Nein, das tun Sie nicht. Ihr junger, attraktiver Mann ist nämlich noch am Leben. Niemand, den Sie für eine Freundin gehalten haben, hat Ihr Leben zerstört. Sie haben keine Ahnung, was ich durchgemacht habe."

„Tut mir leid, ich wollte damit nur sagen, dass ich verstehe, warum Sie so über Ginny denken, aber wir müssen trotzdem ihren Mörder finden."

„Das ist eine Verschwendung von Steuergeld. Wer auch immer sie umgebracht hat, hat dieser Welt einen großen Gefallen getan. Jetzt kann sie niemandes Leben mehr zerstören, wie sie es mit meinem, dem von meinem Mann und von so vielen anderen Menschen getan hat."

„Es ist natürlich nachvollziehbar, dass Sie sie nicht mochten …"

„‚Nicht mögen' ist der falsche Ausdruck. Ich hasse sie. Ich verabscheue, was sie mir, Jack und anderen Menschen angetan hat, die ihr ganzes Leben lang für das geschuftet haben, was sie hatten, nur um es an sie zu verlieren – an eine vermeintliche Freundin. Ich hasse sie."

„Trotzdem müssen wir ihren Mörder finden. Wir können uns hier oder in unseren Räumlichkeiten unterhalten. Das entscheiden Sie."

Sie funkelte Sam wütend an und trat dann beiseite, um sie einzulassen.

# KAPITEL 19

Sam verdrehte die Augen und folgte Tina in das Haus, das innen genauso schön war wie außen. Sie wurde zusammen mit Freddie in ein gemütliches Wohnzimmer geführt, wo sie nebeneinander auf einer Couch Platz nahmen. Ein bisschen fühlte sie sich an ein altes Ehepaar vor dem Fernseher erinnert – darüber würde sie später einen Scherz machen müssen.

„Was wollen Sie wissen?", fragte Tina.

„Woher haben Sie Ginny gekannt?"

„Wir waren gemeinsam auf dem College."

„Warum haben Sie und Ihr Mann sich entschieden, in ihr Projekt zu investieren?"

„Sie hat uns ein Angebot unterbreitet, das wir gar nicht ablehnen konnten. Ginny hatte alle erforderlichen Antworten, Unterlagen, Finanzprognosen. Was auch immer wir sehen wollten. Wir haben uns genau wie alle anderen von einer todsicheren Geschäftsidee einwickeln lassen. Nach zwölf bis achtzehn Monaten hätten wir einen Riesengewinn einstreichen sollen." Sie hielt inne und blickte Sam direkt an. „Ich weiß, Sie fragen sich, wie wir alle so dumm sein konnten, aber wenn Sie gehört hätten, was wir gehört haben, hätten Sie das Gleiche getan."

*Nein, hätte ich nicht*, dachte Sam, behielt das jedoch für sich. Ihr Vater, der zynische Polizist, hatte ihr und ihren Schwestern immer wieder eingeschärft, die Finger von Dingen zu lassen, die zu schön klangen, um wahr zu sein. Üblicherweise hatte er sich dabei auf Jungs bezogen, obwohl es sich um eine allgemeingültige Wahrheit handelte.

„Wann ist Ihnen klar geworden, dass sie Sie um Ihr Geld gebracht hatte?"

„Als der zwölfte Monat ohne eine Rückmeldung verstrichen war. Sie hat überhaupt nichts von sich hören lassen, und später haben wir herausgefunden, dass sie mit den anderen Investoren genauso verfahren ist."

„Wie haben Sie reagiert, als Sie sie nicht erreichen konnten?"

„Zuerst mit Panik. Sie hatte den Großteil unserer Ersparnisse und rief uns einfach nicht zurück. Wie konnte das sein? Also sind wir zu ihr gefahren, und Ken hat gesagt, sie sei nicht da. Er wisse auch nicht, wo sie sei oder wann sie zurückkommen werde." Tina schluckte schwer und kämpfte mit den Tränen. „Ich musste Jack daran hindern, einfach ins Haus zu stürmen. Er war überzeugt davon, dass sie da war und Ken sie nur verleugnete."

„Was haben Sie dann getan?"

„Wir sind aufs Polizeirevier in Rockville gegangen, haben Anzeige erstattet und mit Beamten gesprochen, die uns versichert haben, sie würden sich darum kümmern."

„Haben sie das getan?"

„Sie haben es behauptet, konnten Ginny aber genauso wenig aufspüren wie wir. Wir haben sie gebeten, sich einen Durchsuchungsbeschluss für ihr Haus zu besorgen, und sie haben das zugesagt, doch dazu ist es nie gekommen. Also haben wir täglich beim FBI angerufen, bis wir jemanden an der Strippe hatten, der unsere Anzeige aufgenommen und versprochen hat, sich darum zu kümmern. Auch von ihm haben wir nie wieder etwas gehört."

Sam fand es schrecklich, wie die Strafverfolgungsbehörden diese Menschen im Stich gelassen hatten. „Tut mir leid, dass Sie das erleben mussten."

„Und mir erst, vor allem weil Ginny all die vertane Zeit genutzt hat, um das Geld so zu verstecken, dass wir es wahrscheinlich nie wiederfinden werden. All die Monate, in denen wir sie hätten aufhalten können, bevor eines der anderen Opfer die Sache schließlich selbst in die Hand genommen hat, kriegen wir nie wieder zurück."

„Wo waren Sie am Sonntag?"

„Warum wollen Sie das wissen?"

„Wir fragen jeden mit einem Motiv nach seinem Alibi."

„Ich habe sie nicht umgebracht. Glauben Sie mir, ich wollte sie lebend, damit sie uns verrät, was zum Teufel sie mit all dem Geld angestellt hat. Die Steuerfahndung und das FBI haben lediglich Ausgabebelege für eine der zweiundzwanzig Millionen gefunden, die sie veruntreut hatte. Wo also sind die anderen einundzwanzig? Das wusste nur sie, und jetzt …" Tina zuckte so hilflos die Achseln, dass Sam spontan Mitleid mit ihr empfand. Sie konnte höchstens ahnen, wie frustriert und am Boden zerstört ihr Gegenüber sein musste. Die Frau hatte weit mehr als ihre Ersparnisse an Ginny verloren. „Ich war am Sonntag von elf bis zwei in meinem Tennisclub. Die Mitgliedschaft dort ist das Einzige, was ich mir nach den massiven finanziellen Verlusten noch leisten kann."

„Kann das jemand bestätigen?"

„Meine Freundin Celeste war die ganze Zeit bei mir."

„Können wir bitte ihre Nummer haben?"

Tina suchte die Nummer aus der Kontaktliste ihres Handys heraus und las sie vor.

Sam notierte sie sich, riss die Seite aus ihrem Notizblock und reichte sie Freddie, der sich erhob, um vor der Tür zu telefonieren.

„Erzählen Sie mir vom Todestag Ihres Mannes."

„Muss das sein?"

„Ich würde es gern hören."

Tina sackte in ihrer Ecke des Sofas zusammen, verschränkte die Arme und fixierte einen Punkt hinter Sam. „Er war so aufgebracht. So furchtbar aufgebracht. Ich habe ihm vorgeschlagen, mit Freunden eine Runde Golf zu spielen, während ich unsere Tochter besuchen gefahren bin. Sie hatte drei Wochen zuvor ein Kind bekommen, weswegen ich oft bei ihr war, um sie zu unterstützen. Wenn ich jetzt darüber nachdenke, frage ich mich, ob ich vielleicht hätte voraussehen können, was er vorhatte, wenn ich häufiger zu Hause gewesen wäre. Doch ich hatte keine Ahnung. Ich wusste, dass er wegen der Sache mit Ginny am Boden zerstört war, aber ich hätte mir nie vorstellen können, dass er … Ich bin einfach nicht auf die Idee gekommen …" Sie blinzelte heftig und wischte sich dann die Tränen ab. „Wie konnte er mich nur mit alldem alleinlassen?" Kopfschüttelnd wischte sie weitere Tränen fort.

Sam gab sich alle Mühe, geduldig zu bleiben und sie nicht zur Eile zu drängen.

„Als ich nach Hause gekommen bin, habe ich ihn nirgends

gefunden. Ich habe oben und in der Garage nachgeschaut, bevor ich in seine Werkstatt gegangen bin, weil mir aufgefallen war, dass die Tür offen stand. Er war seit Monaten nicht mehr da draußen gewesen, nicht mehr, seit wir gemerkt hatten, dass Ginny unser Geld gestohlen hatte, also hab ich das als gutes Zeichen betrachtet. Ich kann mich noch genau erinnern, wie ich rausgegangen bin und dachte, dass alles wieder gut wird, dass wir es irgendwie hinkriegen."

Tina ließ den Kopf hängen. „Aber als ich die Werkstatt betrat, da … hing er von einem Deckenbalken. Ich habe geschrien, bin zu ihm hingerannt und habe versucht, ihn runterzuholen, doch er war schon tot. Später habe ich erfahren, dass er zu dem Zeitpunkt schon drei Stunden dort hing. Er hat gewartet, bis er sicher war, dass ich weg war." Sie wischte sich erneut die Tränen ab und schaute Sam an. „Das hat sie uns angetan, Lieutenant. Sie hat uns unser Geld genommen, meinem Mann den Lebenswillen und unserer Tochter und unserem Enkel den Vater beziehungsweise Großvater. Ginny hat uns *alles* genommen, und dafür mache ich mir Vorwürfe. Sie war meine Freundin, und ich wollte unbedingt in ihre Firma investieren. Ich habe Jack dazu überredet, und jetzt ist er tot."

„Wissen Sie, ob jemand sie ausdrücklich bedroht oder gesagt hat, er wünschte, sie wäre tot?"

„Alle Betroffenen haben schon mal erklärt, sie würden sie am liebsten umbringen. Natürlich hat das niemand ernst gemeint. Es war mehr ein Ventil."

„Sind Sie sicher, dass es nicht doch ernst für jemanden war?"

Sie dachte kurz nach. „Nicht, dass ich wüsste. Das war aus Verzweiflung und Hoffnungslosigkeit geborenes Gerede. Wenn es in diesem Albtraum einen Silberstreif am Horizont gibt, dann dass ich viele neue Freunde gefunden habe."

„Wie beispielsweise Mark Townsend?" Sam fühlte sich wie ein totales Arschloch, weil sie nachtrat, obwohl Tina eindeutig schon am Boden lag, aber sie musste wissen, ob ihre Beziehung tiefer ging als gegenseitiges Trostspenden.

Die Angesprochene blinzelte mehrfach, eindeutig schockiert. „Was ist mit ihm?"

„Ich habe gehört, Sie beide hätten eine Beziehung."

„Wir … ich … Er war mir seit Jacks Tod ein sehr guter Freund."

„Ich will ehrlich zu Ihnen sein, Tina. Wir haben bereits mit ihm gesprochen. Uns ist klar, dass Sie mehr sind als nur Freunde."

„Das … das hat er Ihnen erzählt?"

„Ja, weil er einsieht, dass wir eine Mordermittlung durchführen und diese Dinge wichtig sind. Ich möchte alles wirklich nicht noch schlimmer für Sie machen. Versprochen. Ich möchte bloß Ihre Beziehung zu Mark verstehen und beurteilen können, ob sie relevant für den Mord an Ginny McLeod ist."

„Ist sie nicht. Wir haben damit nichts zu tun, auch wenn wir beide nicht gerade traurig sind, dass sie tot ist. Wenn man Menschen behandelt wie Ginny …"

„Niemand verdient es, ermordet zu werden, Tina. Nicht mal Ginny."

„Manche Leute schon", widersprach sie mit wütend blitzenden Augen. „Manche Leute verdienen es nicht, am Leben zu sein, weil sie moralisch derart verkommen sind, dass die Welt ohne sie ein besserer Ort ist."

„Vielleicht, aber Mord ist und bleibt illegal, und deshalb müssen wir ihren Mörder finden. Erzählen Sie mir, wie sich Ihre Beziehung zu Mark Townsend entwickelt hat."

„Ich wüsste nicht, warum das relevant sein sollte."

„Müssen Sie auch nicht. Für mich ist es relevant, und deshalb müssen Sie die Frage beantworten."

„Und was, wenn ich es nicht tue?"

„Dann nehmen wir Sie fest, bringen Sie aufs Revier, lassen Sie erkennungsdienstlich behandeln und behalten Sie bis zur Anklageverlesung über Nacht in Haft."

Sie wurde blass. „Weswegen?"

„Behinderung einer Mordermittlung."

„Weil ich keine persönlichen Fragen beantworten möchte, die nichts mit Ginny McLeod zu tun haben?"

„Ihre Beziehung zu Mark Townsend hat etwas mit ihr zu tun. Ohne sie hätten Sie beide sich nie kennengelernt. Momentan verschwenden Sie außerdem eindeutig meine Zeit, das kommt erschwerend hinzu. Also? Unterhalten wir uns hier oder bei der Polizei?"

Während Tina eine volle Minute lang vor Wut schäumte, ließ Sam im Geiste einen Countdown ablaufen und gab ihr noch zehn weitere Sekunden, bis sie sie verhaften würde.

„Na gut. Ich werde es Ihnen erzählen, aber fürs Protokoll: Ich finde wirklich, das geht Sie nichts an."

„Zur Kenntnis genommen."

Freddie kehrte zurück und reichte Sam den Zettel mit der

Telefonnummer der Tennispartnerin zurück, neben die er einen großen Haken gemacht hatte. Er setzte sich neben sie.

„Tina wird uns jetzt von ihrer Beziehung zu Mark Townsend berichten", sagte Sam.

„Ah, verstehe", erwiderte Freddie.

Tina funkelte beide an und brachte mit zusammengebissenen Zähnen und angespannten Lippen hervor: „Jack und ich haben Mark etwa zu dem Zeitpunkt kennengelernt, als uns klar geworden ist, dass Ginny uns betrogen hatte. Wir haben uns gegenseitig bedauert und Zeit mit Mark und seiner Frau verbracht, bis sie mehr oder weniger aufgehört hat, mit ihm zu sprechen, weil sie so sauer war, dass er bei Ginny investiert hatte."

Sam machte sich Notizen, während Tina erzählte. Anders als zuvor wollte sie sich jetzt unbedingt mit Marks Frau unterhalten. Deshalb verlangte sie von Menschen, über Dinge zu reden, über die sie lieber geschwiegen hätten: Man wusste nie, welche weiteren Details ans Licht kamen, wenn man etwas beim zweiten Mal aus einer anderen Perspektive hörte.

„Mark hat sich bei Jack und mir darüber beschwert, wie unfair er es fand, dass sie mit allem vollauf einverstanden gewesen war, bis sich herauskristallisierte, dass Ginny sie über den Tisch gezogen hatte. Danach war plötzlich alles seine Schuld. Er meinte, sie hätten wochenlang ausufernde Streitereien gehabt und sich gegenseitig angebrüllt, aber irgendwann habe sie ihn eigentlich nur noch angeschwiegen. Das hat er als große Erleichterung empfunden. Er kam rüber, trank ein Bier mit Jack, und wir haben uns über die neuesten Ermittlungsergebnisse ausgetauscht. Wir sind enge Freunde geworden, alle drei. So was wie Kriegskameraden. In unserem Krieg gegen Ginny. Als Jack dann tot war, hat Mark mir bei allem geholfen – Begräbnisvorbereitungen, Nachlassfragen, Anwälte, das volle Programm. Er war auf eine Weise für mich da, wie es unsere Tochter und unsere Freunde nicht sein konnten, weil sie selbst so am Boden zerstört waren. Ich war völlig fertig. Irgendwann habe ich bei Mark dann nicht mehr nur Unterstützung, sondern auch Trost gesucht. Nach einer Weile habe ich gemerkt, dass ich wirklich etwas für ihn empfinde. Ich war Witwe, und er war praktisch von seiner Frau getrennt … Unsere Beziehung hat nichts Anrüchiges. Wir sind zwei einsame, verletzte Menschen, die einander Trost spenden."

„Ist sich seine Frau darüber im Klaren, dass Sie beide mehr als Freunde sind?", fragte Freddie.

„Das weiß ich nicht. Wir reden nicht über sie. Eine Scheidung können die beiden sich nicht leisten, deshalb sind sie gezwungen, zusammenzubleiben. Mark zufolge lebt sie in einem Teil des Hauses, er im anderen."

So zu leben wollte Sam sich gar nicht vorstellen. Es erinnerte sie so sehr an ihre furchtbare erste Ehe, während derer sie tagelang kein Wort mit Peter gewechselt hatte, üblicherweise wenn er wegen irgendeines eingebildeten Fehlers sauer auf sie gewesen war. Der Gedanke an diese schreckliche Phase ihres Lebens brachte sie immer gegen sich selbst auf, weil sie diesen Mist viel zu lange ertragen hatte.

„Sie werden unsere Beziehung doch nicht öffentlich machen, oder?", erkundigte sich Tina.

„Nur wenn sie irgendwie mit dem Mord in Verbindung steht."

„Das tut sie nicht. Wir hätten beide nichts davon gehabt, den einzigen Menschen zu töten, der wusste, wo das Geld versteckt war."

Ihrer Routine folgend überreichte Sam Tina ihre Visitenkarte. „Wenn Ihnen noch etwas dazu einfällt, rufen Sie mich bitte an, gleichgültig, wie unbedeutend es Ihnen auch erscheinen mag."

Tina nahm die Karte und erhob sich, um sie zur Tür zu begleiten.

„Danke für Ihre Zeit", verabschiedete sich Sam. „Und herzliches Beileid."

„Danke."

Die Tür schloss sich mit einem Klicken und wurde sogleich wieder verriegelt.

„Sei nicht neidisch auf Menschen, die in so hübschen Stadtvierteln leben", sagte Sam auf dem Weg zum Auto zu Freddie. „Hinter den gepflegten Fassaden verbirgt sich oft großes Leid. Die Menschen sehen Leute wie Tina, die in diesem schönen Haus lebt, und glauben, sie hätten es geschafft, doch das stimmt gar nicht. In diesem schönen Haus liegt ihr Leben in Scherben."

„Und all das nur, weil eine Freundin ihr ihr Geld abgeschwatzt hat."

„Ich wüsste gern, ob es ein Video von Ginnys Verkaufsofferte gibt, denn ich würde mir gern ein Bild davon machen, was sie an sich hatte, dass es ihr gelungen ist, Leute dazu zu überreden, sich von ihren Ersparnissen zu trennen."

„Das kann ich gerne in den Akten des FBI nachschauen, aber auf den ersten Blick ist mir nichts aufgefallen."

„Ich habe den Eindruck, meine Alarmglocken hätten unüberhörbar geschrillt, wenn sie versucht hätte, mich um mein Geld zu bringen. Hat denn niemand gedacht: He, vielleicht ist das alles ein Riesenschwindel?"

„Du hättest das gedacht, weil du Menschen grundsätzlich das Schlechteste zutraust. Jemand wie Tina denkt so nicht. Sie würde nicht auf die Dinge achten, die du bemerkst."

„Stimmt." Sam sah auf die Uhr, es wurde langsam Mittag. Als sie daran dachte, wie viele Stunden noch vor ihr lagen, ehe sie wieder zu Hause sein würde … Puh. Außerdem traf sich am Abend auch noch die Selbsthilfegruppe. „Ich und meine tollen Ideen."

„Über welche tolle Idee genau jammern wir gerade?"

„Die Selbsthilfegruppe."

„Ich dachte, die findest du super."

„Ja, ich freue mich darauf, wie man sich auf etwas, das mit Trauerarbeit zu tun hat, nur freuen kann, doch deswegen muss ich heute Abend länger arbeiten, und das wiederum bedeutet: keine Zeit mit den Kindern. Das hasse ich."

„Du bist so ein Muttertier."

„Manchmal glaube ich, ich habe das überhaupt nicht drauf. Ich bin häufiger unterwegs als zu Hause."

„Du hast das sehr wohl drauf. Du liebst sie und zeigst es ihnen auch."

„Trotzdem habe ich an den meisten Tagen das Gefühl, sie hätten etwas Besseres verdient als das, was sie von mir kriegen."

„Sam, komm schon. Dein Beruf erfordert jede Menge Kraft und Energie. Das ist ihnen klar. Sie wollen nur deine Liebe, etwas, das viele Kinder von ihren Eltern nicht kriegen. Diese Liebe ist das Wichtigste, was du ihnen geben kannst."

„Wichtiger als meine Zeit?"

„Sie haben, was sie brauchen – ein sicheres, liebevolles Zuhause –, und sie sind umgeben von Menschen, die alles für sie tun würden. Die drei haben es gut, und das wissen sie durchaus."

„Scotty auf jeden Fall. Die Zwillinge hatten es bei ihren Eltern besser, als sie es bei uns je haben werden."

„Natürlich. Es waren ihre Eltern. Sie werden immer erste Wahl bleiben. Aber wenn du mich fragst, seid ihr beiden die optimale Ersatzbesetzung."

„Das ist nett von dir. Danke. Ich bin in dieser Hinsicht total verunsichert. Ihre Mutter war unglaublich. Sie hat mit ihnen gebastelt, gebacken, Spielverabredungen für sie ausgemacht und war ständig um sie herum. Ich bin nur ich."

„Du liebst sie. Mehr brauchen sie nicht."

„Das hoffe ich."

„Also, wie lautet unser Plan?"

Sam dachte kurz nach. „Du sprichst mit Mark Townsends Frau. Ich nehme die Metro zurück zum Hauptquartier, um Ken McLeod und diese Makler-Barbie zu befragen."

„Oh, Mom lässt mich ans Steuer."

„Pass gut darauf auf."

Er verdrehte die Augen, nahm ihr die Schlüssel aus der Hand und warf sich auf den Fahrersitz. „Dir ist klar, dass die Fahrt mit dem öffentlichen Nahverkehr etwa dreißig Minuten dauern wird, ja?"

„Ja, danke für den Hinweis."

„Du könntest mit dem Secret Service fahren."

Sam hätte ihre Personenschützer beinahe vergessen. „Kommt überhaupt nicht in die Tüte. Diese Genugtuung verschaffe ich ihnen nicht."

„Dir ist schon klar, dass da richtige Menschen in der Bahn sein werden, oder?"

Er nahm sich echt viel raus, war allerdings auch wirklich witzig. „Danke der Nachfrage. Ja, ich habe gehört, andere benutzen die Metro sehr häufig."

„Dir ist ebenso klar, dass diese Menschen dich anstarren und sich fragen werden, was zum Teufel die Frau des Vizepräsidenten im öffentlichen Nahverkehr treibt, oder?"

„Meine Fresse, Freddie. Halt endlich den Mund!"

Er schüttete sich vor Lachen aus. „Oh, bei dieser Fahrt würde ich so gern Mäuschen spielen. Nimm die Rote Linie bis Gallery Place und dann die Gelbe eine Haltestelle weit bis Archives."

„Wieso weißt du das auswendig?"

„Äh, weil ich hier aufgewachsen bin und schon mein ganzes Leben lang U-Bahn fahre?"

„Ich bin ebenfalls hier aufgewachsen, aber deshalb kenne ich doch noch nicht den Metro-Linienplan auswendig."

„Dazu gäbe es so viel zu sagen, worauf ich jetzt aus Respekt vor meiner Dienstvorgesetzten mal verzichte."

„Gute Entscheidung, junger Padawan."

„Wann steige ich eigentlich zum Jedi-Ritter oder zu etwas ähnlich Coolem auf?"

„So weit bist du noch lange nicht. Du hast noch einen langen Weg vor dir, bevor dir der Zopf abgeschnitten wird." Sam musste sich auf die Lippe beißen, um nicht über ihren eigenen Witz zu lachen. Sie fand ihn richtig gut.

„Ich höre, dass es dir schwerfällt, deine Erheiterung zu unterdrücken", bemerkte er.

Sam hasste es, wenn Menschen sie so gut kannten, dass sie sie ständig bei allem ertappten. „Du musst zugeben, dass das ein guter Witz war."

„War es nicht."

„Doch."

So kabbelten sie sich bis zum U-Bahnhof Rockville, wo er in die Kurzparkzone fuhr.

„Raus", verlangte er.

Sie funkelte ihn an. „Pass auf, was du sagst. Du weißt, was wir uns von dem Gespräch mit Townsends Frau erhoffen, oder?"

„Ja, das schaffe ich schon."

„Lass dich nicht erschießen oder so, wenn du ohne Aufsicht unterwegs bist."

„Ich werde mir alle Mühe geben."

Sam zögerte aus irgendeinem Grund, ihn zu verlassen, was sie sofort als albern abtat. Freddie war ein hervorragend ausgebildeter Polizist, was er zum großen Teil ihr zu verdanken hatte. Er würde klarkommen. *Hoffe ich zumindest*, dachte sie, als er davonfuhr und sie den Bahnhof betrat, um mit der Metro in die Innenstadt zu fahren.

# KAPITEL 20

*Sie treibt mich irgendwann noch mal in den Suff, aber ich liebe sie trotzdem,* dachte Freddie, während er sich durch den Verkehr zum Haus der Townsends in Potomac schlängelte, einem weiteren Stadtviertel, auf dessen Einwohner er als Kind neidisch gewesen war. Da er dorthin etwa zwanzig Minuten brauchen würde, rief er seine Frau an.

Auch Wochen nach der Hochzeit genoss er es noch, die wunderbare Elin Cruz als „seine Frau" zu bezeichnen, denn sie zur Frau zu haben war das Beste überhaupt.

„Hey", meldete sie sich außer Atem.

Ihr Keuchen erinnerte ihn an Dinge, an die er bei der Arbeit besser nicht dachte.

„Freddie? Bist du da?"

„Ja, ich bin hier, Babe. Was treibst du?"

„Ich trainiere nur. Und du?"

Sie sich verschwitzt und zerzaust nach einem Work-out vorzustellen war auch nicht gerade konzentrationsförderlich. „Ich bin mit Sams Auto auf dem Weg nach Potomac, also dachte ich mir, ich melde mich mal."

„Wo ist Sam?"

„Sie hat die Metro zurück zum Hauptquartier genommen."

„Wirklich? Wieso das denn?"

„Schwierige Zeiten. Wir sind heute schon sehr viel durch die Gegend gefahren, und keiner von uns wollte Zeit daran verschwenden, wieder hierher zurückzufahren. Einer von uns musste aber ins Hauptquartier zurück, deshalb haben wir uns aufgeteilt."

„Ich kann sie mir überhaupt nicht in der Metro vorstellen."

Freddie lachte. „Ich auch nicht. Vorher musste ich sie daran erinnern, dass da auch noch andere Fahrgäste sein würden, denen sie nicht einfach grundlos den Kopf abreißen kann."

„Das wird ihr gar nicht gefallen."

„Stimmt. Ich bin sicher, sie wird eine Menge über ihre Fahrt mit der Roten Linie zu erzählen haben."

„Zweifellos. Habt ihr schon herausgefunden, wer die Frau umgebracht hat, die ihre Freunde abgezockt hat?"

„Bisher nicht, aber sie wird mir mit jedem neuen Opfer, das wir befragen, unsympathischer."

„Ich kann mir einfach nicht vorstellen, was sie letztlich vorhatte. Es muss ihr doch klar gewesen sein, dass irgendwann herauskommen würde, dass sie alle Leute über den Tisch gezogen hat."

„Wer weiß? Vielleicht wollte sie bis dahin längst über alle Berge sein, hat nur den günstigen Zeitpunkt verpasst."

„Mag sein. Wie hätte sie denn den Menschen in ihrem Leben begegnen wollen, nachdem sie alle betrogen hatte, die sie kannte?"

„Gar nicht. Sam spricht ein weiteres Mal mit dem Ehemann, wenn sie im Hauptquartier ist. Vielleicht kann er etwas Licht ins Dunkel bringen."

„Mich würde interessieren, was bei diesem Gespräch herauskommt. Ich meine, jemand, der Menschen derart übers Ohr haut, die ihm nahestehen, kann nicht vorgehabt haben, danach noch hierzubleiben. Ich jedenfalls würde das nicht tun. Vielmehr würde ich irgendwohin verduften, wo es warm und sonnig ist."

„Gut zu wissen. Ich muss dich dann schließlich finden können."

„Quatsch, ich würde dich natürlich mitnehmen."

Freddie lachte. „Es erleichtert mich, das zu hören, aber bitte betrüge nicht unsere Familie und unsere Freunde. Ich mag mein Leben so, wie es ist."

„Geht mir genauso. Im Fitnessstudio reden alle Leute über Nicks Entscheidung, nicht zu kandidieren."

„Was sagen sie denn so?"

„Die meisten von ihnen sind extrem enttäuscht. Sie hatten sich auf eine Regierung Cappuano gefreut."

„Das hatte ich auch."

„Ich weiß. Tja. Ich rechne es ihm hoch an, dass er seine Prioritäten richtig setzt. Viele Leute stellen ihren persönlichen Ehrgeiz über alles, sogar über die eigene Familie."

„Aber nicht Nick. Er hat ewig auf genau das gewartet, was er jetzt mit Sam und den Kindern hat."

„Ein weiterer Grund, warum ich ihn sehr bewundere."

„Habe ich Anlass zur Sorge, weil du den Vizepräsidenten so anhimmelst?"

„Der der Ehemann deiner Partnerin ist? Wohl kaum."

Ihr trockener, sarkastischer Tonfall amüsierte ihn immer wieder. „Gut zu wissen."

„Sie machen sich doch nicht immer noch irgendwelche albernen Sorgen, oder, Detective Cruz?"

„Natürlich nicht."

„Es wäre nämlich wirklich dumm, wenn du dir Sorgen machen würdest, ich könnte irgendjemanden außer dir wollen."

„Zur Kenntnis genommen."

„Tatsächlich möchte ich dir, wenn du heimkommst, gerne demonstrieren, wen ich wirklich will."

„Wow."

Sie lachte. „Ich dachte, das könnte dir gefallen."

„Das gefällt mir immer."

„Du hast ja keinen Vergleich." Sie liebte es, ihn daran zu erinnern, dass sie seine erste und einzige Frau war – nicht, dass es dieser Erinnerung bedurft hätte. Sie war das Warten mehr als wert gewesen.

„Es gibt nichts Besseres als dich, Baby."

„Musst du heute lange arbeiten?"

„Nicht, wenn es nach mir geht. Vielleicht mache ich sogar ein bisschen früher Schluss, weil meine Frau heute in Geberlaune ist."

„Haha, deine Frau ist immer in Geberlaune."

„Gott sei Dank. Ich schreibe dir eine SMS, wenn ich auf dem Heimweg bin."

„Du weißt ja, wo du mich findest. Ich probiere heute ein neues Rezept aus. Das wird den halben Tag dauern."

„Ich kann's kaum erwarten."

„Sei vorsichtig, Freddie. Ich liebe dich."

„Ich dich auch. Bis bald."

Er legte auf und gab Gas, begierig darauf, das Gespräch mit Townsends Frau hinter sich zu bringen, damit er früher nach Hause konnte. Sam hatte sicher nichts dagegen. Sie arbeiteten immer schrecklich lange und nahmen sich selten Zeit für sich selbst.

Als er kurz darauf Potomac erreichte, fuhr er an stattlichen Häusern vorbei, bei denen er sich fragte, welche Geheimnisse sie wohl beherbergten. Da seine Mutter alleinerziehend gewesen war, waren sie meist knapp bei Kasse gewesen. Er hatte immer angenommen, Leute mit Geld seien immun gegen die Probleme, mit denen weniger gesegnete Menschen zu kämpfen hatten. Doch er hatte gelernt, dass sie sich zwar vielleicht keine Sorgen um ein Dach über dem Kopf oder darum, woher ihre nächste Mahlzeit kommen würde, machen mussten, dass aber niemand gegen ernste Schwierigkeiten gefeit war, selbst die Menschen nicht, die alles zu haben schienen.

Die Townsends wohnten in einem großen Haus im Tudorstil in einer von mehreren von Bäumen gesäumten Straßen, wo Kinder auf den Bürgersteigen Fahrrad fuhren und Luxusautos parkten, wohin man auch schaute. Er stellte Sams BMW in der Einfahrt hinter einem marineblauen Lexus-SUV ab. Sein Handy vermeldete den Eingang einer SMS von Sam.

*Schick mir die Adresse der Townsends, damit ich weiß, wo du bist.*
*Überwachst du mich?*
*Nein, ich lerne aus meinen Fehlern.*

Sie spielte darauf an, dass sie einmal zu einem Haus gefahren war, ohne jemandem zu sagen, was sie vorhatte, und in einen Albtraum geraten war, weil sie dort ihrem ehemaligen Lieutenant in die Hände gefallen war. Freddie schickte ihr die Adresse.

*Eine weitere güldene Villa.*
*Bewohnt von ganz normalen Menschen mit echten Problemen.*
*Wie ist es so in der Metro?*
*Super! Ich liebe es. Habe schon ein paar neue Freunde gefunden.*
Freddie lachte laut. *Das glaubst du ja selbst nicht.*
*Jetzt besorg mir endlich eine neue Spur.*
*Ich versuch's, aber meine Chefin nervt mich ständig.*
*Mach schon! LOS!*
*Du nervst.*
*Gürte das Laserschwert, Padawan, und besorg mir irgendetwas Brauchbares.*
*Bin dabei. Stress mich nicht.*

Freddie schaffte es bei ihr sonst nie, das letzte Wort zu haben, also steckte er sein Smartphone in die Gesäßtasche, um den Moment auszukosten. Er ging die Treppe hinauf und läutete an der Tür, woraufhin eine Klingel wie eine Luftschutzsirene durch das Haus schallte. So hätte Sam es jedenfalls beschrieben, und ob er es zugeben wollte oder nicht, ihre Stimme war immer in seinem Kopf.

Das würde ihr gefallen, was bedeutete, dass er es ihr gegenüber niemals erwähnen durfte.

Er läutete erneut und betätigte ein paarmal den massiven Türklopfer.

Ohne Vorwarnung flog die Tür auf, und eine Frau packte ihn am Arm, zerrte ihn ins Innere und schloss die Tür so schnell, dass er nicht reagieren konnte. Ein lautes Klicken ließ ihn geschockt auf sie starren. Sie hatte eine Pistole auf ihn gerichtet. Er hob die Hände.

„Was zur Hölle wollen Sie?", fragte sie, während sie diverse Schlösser versperrte und Riegel einrasten ließ.

„Ich bin Polizist. Lassen Sie mich Ihnen meine Dienstmarke zeigen."

„Aber schön langsam."

Er zog sehr behutsam seine Dienstmarke hervor.

„Geben Sie mir Ihre Waffe."

„Kommt nicht infrage."

Sie richtete die Pistole auf sein Herz. „Doch, oder ich lege Sie auf der Stelle um."

Während Freddie über die beschissene Situation nachdachte, in die er so unvermittelt geraten war, versuchte er, sich vorzustellen, was Sam an seiner Stelle tun würde. Sie würde die Waffe ziehen und das Risiko eingehen, selbst erschossen zu werden, also sollte er das auch tun. Allerdings hatte er sich schon einmal eine Kugel eingefangen, und das war totaler Mist gewesen. Freddie hatte keine Lust, das noch einmal zu erleben, zumal seine schöne Frau zu Hause auf ihn wartete.

Also zog er seine Waffe aus dem Holster an seiner Hüfte und reichte sie der Frau mit dem Griff voran, in der Hoffnung, dass er es nicht bereuen würde, sie nicht erschossen zu haben, als er die Chance dazu gehabt hatte.

Sam hatte vergessen, wie sehr sie öffentliche Verkehrsmittel hasste, vor allem, weil alle anderen Fahrgäste sie ständig anstarrten. Neue Leute stiegen ein. Auch die starrten sie an. Wahrscheinlich war sie gerade der heißeste Scheiß auf Twitter.

Ihr Handy meldete den Eingang einer SMS von Nick.

*Was machst du in der Metro?*

Sam lachte. Ja, sie war der heißeste Scheiß auf Twitter, oder ihre Personenschützer hatten sie verraten. Sie hatte die beiden völlig vergessen.

*Es gefällt mir eben, die Dinge interessant zu halten.*

*Mal im Ernst, Samantha. Was soll das?*

Sie liebte es, wenn er sie Samantha nannte. Niemand außer ihm tat das.

*Ich habe Freddie mein Auto geliehen, damit er in Montgomery County ermitteln kann, während ich zurück zum Hauptquartier fahre, um zwei Leute zu befragen, die seit letzter Nacht in U-Haft sitzen und nach Anwälten schreien.*

*Warum hast du dich nicht von deinen Bodyguards fahren lassen?*

*Welche Bodyguards?*

*Nicht witzig, Samantha. Ich mag es nicht, wenn du ohne Personenschutz öffentliche Verkehrsmittel benutzt.*

*Mir wird schon nichts passieren. Mach dir keine Sorgen.*

*Ja, klar. Ich mach mir keine Sorgen. Soll ich vielleicht auch aufhören zu atmen?*

*Nein, bitte atme weiter. Ich brauche dich lebendig und gesund.*

*Dito, und deshalb missfällt es mir, wenn du ungeschützt ein Bad in der Menge nimmst.*

*Ich sage doch, es ist alles in bester Ordnung. Meine Bodyguards sind sicher auch hier irgendwo.*

*Das weißt du nicht genau?*

*Ich hatte sie ganz vergessen.*

*Ehrlich, Samantha? Kein Wunder, dass ich nachts nicht schlafen kann.*

Sie sah vom Handy auf, um zu überprüfen, an welcher Haltestelle sie sich gerade befanden. Aus dem Augenwinkel bemerkte sie einen jungen Mann, der sich einer Frau näherte, die einen Stehplatz hatte und sich an einer Metallstange festhielt, um das Gleichgewicht zu halten.

Der Mann sagte etwas zu ihr, woraufhin sie zurückzuckte. „Lassen Sie mich in Ruhe."

„Zwingen Sie mich doch dazu."

*Um Himmels willen.* Sam seufzte, steckte ihr Handy ein und stand auf, um einzugreifen. Bei den beiden angekommen, zückte sie ihre Dienstmarke und hielt sie dem jungen Mann vor die Nase. „Ich gebe Ihnen einen guten Rat: Man weiß nie, wer einen beobachtet, wenn man Mist baut. Verschwinden Sie besser", riet sie dem schockierten Mann, der eindeutig wusste, dass er sie von irgendwoher kannte, sich aber nicht sicher war, woher. „Sofort."

Er warf ihr einen finsteren Blick zu, ehe er zum anderen Ende des Wagens ging und dort Platz nahm, doch Sam spürte, dass er sie weiter beobachtete, während sie sich um die junge Frau kümmerte und sich nach ihrem Befinden erkundigte.

„Alles okay, aber danke für Ihr Eingreifen."

„Er hat Sie nicht angefasst, oder?"

„Nein, er hat mir bloß widerlicherweise mitgeteilt, was er sich von mir wünschen würde."

„Wo fahren Sie hin?"

„Gallery Place."

„Ich auch. Dort besorge ich Ihnen eine Transportmöglichkeit zu Ihrem endgültigen Ziel."

„Danke. Das ist wirklich nett von Ihnen."

„Kein Problem." Ihr Job brachte nicht viele Vorteile mit sich, doch die Möglichkeit, jemandem in Not eine Fahrgelegenheit zu verschaffen, war sicherlich einer davon.

„Ich habe Ihre Karriere mit großem Interesse verfolgt", bemerkte die Frau schüchtern. Sie hatte glattes, dunkles Haar und hübsche braune Augen. „Ich studiere im letzten Semester Strafrecht an der American. Eines Tages möchte ich eine Karriere wie Ihre machen."

„Es freut mich, das zu hören, aber manchmal bedeutet eine Karriere wie meine, dass man sich mit Schwachköpfen wie ihm herumschlagen muss. Es ist weniger glamourös, als es auf den ersten Blick wirkt."

„Ich weiß, trotzdem kann ich mir nichts vorstellen, was ich lieber täte."

„Sie klingen wie ich damals. Haben Sie Polizisten in der Familie?"

„Meinen Vater und meinen Großvater."

„Ah, dann liegt es Ihnen also in den Genen. Wie bei mir."

„Es hat mir leidgetan, das mit Ihrem Vater zu hören."

„Danke sehr. Es war ein schwerer Verlust. Er war mein bester Freund und Vertrauter."

„Das habe ich an der Art gemerkt, wie Sie von ihm reden." Die junge Frau lächelte. „Ich bin voll der Fan von Ihnen, und jetzt kommen Sie mir zu Hilfe und sind in Wirklichkeit genauso toll, wie ich immer dachte!“

Sam lachte. Sie mochte diese junge Frau. „Wie heißen Sie?“

„Valerie Southern.“

„Freut mich, Sie kennenzulernen, Valerie.“

„Ich freue mich auch sehr, Sie kennenzulernen, Lieutenant.“

„Nennen Sie mich Sam.“

Valerie fächelte sich Luft zu. „Das muss ich erst mal verdauen.“

Sam lachte, als ihr eine Idee kam. „Möchten Sie mich vielleicht ins Hauptquartier begleiten? Ein wenig Frontluft schnuppern?“

Die junge Frau starrte sie an. „Ist das Ihr Ernst?“

„Klar“, versicherte ihr Sam mit seltener Großzügigkeit. Sie wollte auch sicherstellen, dass der Typ, der die Frau belästigt hatte, sich nicht noch einmal an sie ranmachte. „Wenn Sie wollen. Kein Druck.“

„Natürlich möchte ich das.“

„Haben Sie einen Termin?“

„Ja, doch den sage ich ab.“ Sie schrieb eine SMS und lachte. „Meine Freundinnen drehen durch. Die wissen, wie sehr ich auf Sie stehe.“

„Vergessen Sie bitte nicht, dass ich glücklich verheiratet bin.“

„Oh, auf Ihren Mann stehe ich auch. Das coolste Paar der Welt.“

„Na, ich weiß nicht …“

„Aber ich. Vertrauen Sie mir.“

„Wenn’s sein muss“, meinte Sam, die sich über die Begeisterung der Frau amüsierte.

„Es muss. Wer ist denn der Typ da drüben, der Sie so finster anfunkelt?“

Sam warf einen Blick über ihre Schulter und entdeckte Vernon direkt hinter sich. Hoppla. „Äh, na ja, er ist ein Secret-Service-Mitarbeiter, der mir Personenschutz leisten soll, nachdem die ganze verdammte Welt wegen der Entscheidung meines Mannes, nicht zu kandidieren, ausgeflippt ist, und die Wahrheit ist, ich hatte ihn völlig vergessen. Ich glaube, er ist ein bisschen sauer.“

„Ich war am Boden zerstört, als ich gehört habe, dass Ihr Mann nicht antritt. Sie haben keine Ahnung, mit wie vielen Leuten ich gesprochen habe, denen es genauso geht. Jeder, den ich kenne, hat gehofft, er würde Präsident werden.“

Sam verzog das Gesicht. „Tut mir leid, dass Sie enttäuscht sind."

„Ich kann's ja verstehen." Valerie seufzte. „Ich habe alles über seine Kindheit gelesen und gesehen, wie seine verkorkste Mutter gestern Abend wieder mit ihm geprahlt hat. Ich finde es cool, dass er bei Ihnen und Ihren Kindern sein will."

„Die Meinung teile ich, aber verraten Sie niemandem, dass ich das gesagt habe."

„Würde ich niemals tun. Sie zu treffen ist das Krasseste, was mir je passiert ist, und auch wenn Sie mich überhaupt nicht kennen, können Sie mir vertrauen: Was Sie zu mir sagen, bleibt unter uns."

„Verschwiegenheit ist eine gute Eigenschaft. Normalerweise brauchen die Leute viel länger als bis zum letzten Jahr auf dem College, um zu erkennen, dass sie in dieser Welt weiter kommen, wenn sie einfach mal die Klappe halten."

„Stimmt. Ich erzähle meinen Freundinnen immer wieder, dass sie sich bloß von Twitter fernhalten und einfach ihr Leben leben sollen, verdammt noch mal."

„Ich habe nie eine Minute auf Twitter verbracht, und es geht mir gut."

„Ihnen geht es mehr als gut. Haben Sie eine Ahnung, wie viele junge Frauen zu Ihnen aufschauen?"

„Äh, nein."

„Tausende. Sie sind unser Totemtier."

„Äh, was ist denn ein Totemtier?"

Valerie blickte Sam an, als wäre sie verrückt oder käme von einem anderen Planeten. Wahrscheinlich traf beides zu. „Ein Totemtier ist eine Art Lehrerin oder Leitfigur, der man nacheifert. Normalerweise hat es die Gestalt eines richtigen Tiers, aber Sie sind ein Säugetier, das zählt also."

„Ah, gut zu wissen. Morgens, wenn ich noch keinen Kaffee hatte, fühle ich mich wirklich oft wie ein Tier."

Valerie musste darüber lachen. „Ich auch."

Der Zug erreichte die Station Gallery Place. Freddie hatte gesagt, hier müsse sie umsteigen, doch sie hatte genug von der Metro.

„Das ist unsere Haltestelle", stellte Sam fest. „Den Rest legen wir zu Fuß zurück." Worauf sie sich bei dem kalten Wind nicht freute.

„Haben Sie es eilig?"

„Immer."

Valerie tippte auf ihrem Smartphone herum. „Ich habe uns ein Uber gerufen. Es holt uns vor der Tür ab."

„Sie sind sehr hilfreich."

„Das kann ich nur zurückgeben. Danke, dass Sie sich um diesen komischen Typen gekümmert haben."

„Gern geschehen."

„Was ist mit Ihrem Personenschützer?"

„Was soll mit ihm sein?"

„Müssen Sie nicht in seiner Nähe bleiben?"

„Nein. Ich möchte ihn ja eigentlich gar nicht, also müssen er und sein Partner sich schon wenigstens ein bisschen anstrengen, um an mir dranzubleiben. Leicht machen werde ich es ihnen nicht."

„Obwohl die beiden quasi Kollegen sind?"

„Wollen Sie, dass ich mich wie eine Idiotin fühle?"

Valerie hob abwehrend die Hände, während sie mit der Rolltreppe ins Erdgeschoss fuhren. „Auf keinen Fall. Ich habe mich bloß gewundert."

„Jetzt fühle ich mich tatsächlich wie eine Idiotin." Verargert über die vielen Verzögerungen blieb Sam am oberen Ende der Treppe stehen und wartete, bis Vernon sie erreicht hatte. „Wir fahren mit einem Uber zum Hauptquartier." Dann wandte sie sich ab und ging weiter Richtung Bürgersteig. „Jetzt zufrieden?", fragte sie Valerie.

„Es war sehr nett von Ihnen, dass Sie ihm Bescheid gesagt haben."

„Man tut, was man kann."

# KAPITEL 21

Unterwegs zückte Sam ihr Handy, um Freddie anzurufen, und war genervt, als sie auf der Mailbox landete. „Verdammt, Freddie." Er hätte inzwischen eigentlich etwas haben müssen. Sie wählte erneut, und wieder meldete sich direkt die Mailbox. „Was zum Teufel …?"

„Was ist denn?", fragte Valerie.

„Mein Partner geht nicht ans Telefon." Sam war nicht sicher, ob sie sich Sorgen machen musste oder ob er vielleicht selbst telefonierte oder keinen Empfang hatte. Sie würde es in ein paar Minuten noch mal versuchen. Dann sollte er das Gespräch allerdings besser annehmen, sonst … In der Zwischenzeit schickte sie ihm eine SMS.

*Geh sofort an dein verdammtes Handy, sonst bleibst du für immer Padawan.*

„Das ist unser Uber", sagte Valerie und deutete auf eine dunkle Limousine.

„Mrs Cappuano", rief ihr Vernon zu.

Sam wandte sich zu ihm um.

Er zeigte auf einen schwarzen SUV. „Wir fahren Sie gern überallhin."

„Danke, aber das passt schon so."

„Wir würden es vorziehen, wenn Sie mit uns fahren würden."

„Das habe ich verstanden, möchte jedoch nicht."

Der Bodyguard stand vor ihr, die Hände in die Hüften gestemmt, seine Verärgerung war unübersehbar.

Sam zog Valerie am Arm Richtung Uber. „Schnell, bevor er etwas Dummes tut, zum Beispiel mich mit Gewalt zum Wagen zu zerren."

„Müssen Sie sich damit jeden Tag herumschlagen?"

„Nein. Nur gestern und heute. Hoffentlich bin ich sie morgen wieder los, wenn sich der Wirbel um die Entscheidung meines Mannes, nicht zu kandidieren, gelegt hat."

Valerie folgte Sam ins Auto. „Äh, ich glaube, so schnell wird das nicht gehen. Sie haben wirklich keine Vorstellung davon, wie enttäuscht die Leute sind, oder?"

„Ich neige dazu, nur zur Kenntnis zu nehmen, was ich unbedingt wissen muss, und das fällt in die Kategorie ‚Will ich nicht wissen'. Ich verstehe, dass die Leute es sich anders gewünscht haben, und mir ist auch klar, warum sie das wollten, aber so ist es im Moment am besten für ihn und uns."

Sams Handy klingelte. Es war Malone. „Entschuldigen Sie. Das ist mein Captain. Was gibt's, Cap?"

„Gonzales ist aus der Entzugsklinik entlassen worden. Er ist gerade mit Christina auf dem Heimweg und hat morgen früh um neun ein Treffen mit mir, dem Chief und Faith Miller."

„Bin ich ebenfalls eingeladen?"

„Deshalb rufe ich an. Ich dachte, Sie möchten vielleicht dabei sein."

„Sehr gerne."

„Ich habe mir auch die Akte Worthington noch mal angesehen. Sie liegt auf Ihrem Schreibtisch."

„Danke."

„Außerdem habe ich hier zwei sehr unglückliche Menschen, die seit gestern auf Eis liegen, und ihre Anwälte, die ihre Zeit stündlich in Rechnung stellen, und wir alle warten nur auf Sie."

„Ich bin in zehn Minuten da, und sie stehen ganz oben auf meiner To-do-Liste. Können Sie mir einen Gefallen tun?"

„Für Sie tue ich doch alles", antwortete er trocken.

„Könnten Sie eine Polizeistreife bitten, mal nachzuschauen, wo Cruz abgeblieben ist? Von mir aus auch die Montgomery County Police. Je nachdem, was schneller zu Ergebnissen führt."

„Warum?"

„Er geht nicht ans Telefon, und das ist zumindest ungewöhnlich."

„Moment, ich rufe ihn an."

Im Hintergrund hörte Sam, wie sich erneut direkt die

Mailbox meldete. Ein eisiger Schauer rann ihr über den Rücken. „Schicken Sie eine Streife zu ihm. Er ist mit meinem Auto in Potomac." Sie nannte ihm die Adresse. „Er wollte mit Mark Townsends Frau, einem von Ginny McLeods Opfern, reden. Wir haben beschlossen, uns aufzuteilen, damit ich zum Hauptquartier zurückfahren kann, um den Ehemann und die Maklerin zu befragen."

„Ich schicke einen Streifenwagen. Bleiben Sie dran."

Sam beugte sich vor, um den Uber-Fahrer zu fragen, ob er sie stattdessen nach Potomac fahren könne.

„Das darf er nicht", informierte Valerie sie.

„Könnten Sie dann bitte rechts ranfahren?"

Der Fahrer tat es.

„Kommen Sie", forderte sie Valerie auf.

Auf dem Bürgersteig wartete Sam, bis das Secret-Service-Fahrzeug angehalten hatte, stieg dann hinten ein und rückte durch, um Platz für Valerie zu machen.

„Ich muss so schnell wie möglich nach Potomac", erklärte sie. „Es eilt."

Während Vernon im fließenden Verkehr wendete und ein Blaulicht aufs Dach stellte, betete Sam, Freddie möge nichts Dummes getan haben, etwa sein Smartphone im Auto zu lassen, während er Mrs Townsend befragte. Sie hatte Valerie versprochen, sie dürfe ein wenig Frontluft schnuppern, und konnte jetzt nur hoffen, dass sie sie nicht mitten in einen Albtraum mitnahm.

Die Frau musterte Freddie argwöhnisch. „Sagen Sie mir, warum Sie hier sind."

Er setzte sich auf ein Sofa im Wohnzimmer, während sie auf und ab ging und mit der Waffe herumfuchtelte.

„Hat Mark Sie geschickt?" Sie hatte strähniges braunes Haar, das schon eine Weile nicht gewaschen worden war, und war so dünn, dass sich unter dem weiten T-Shirt ihre Schlüsselbeine abzeichneten. Ihre haselnussbraunen Augen waren groß und waidwund, ihre Wangen eingefallen, ihr Teint war bleich. Sie war früher einmal vermutlich eine auffallend schöne Frau gewesen. Jetzt wirkte sie krank.

„Was? Nein. Ich ermittle im Mordfall Ginny McLeod und …"

Es schockte ihn, dass sie ihm ins Gesicht schlug. „Wagen Sie es nie wieder, den Namen dieser schrecklichen Frau in meinem Haus auszusprechen!"

Freddie rieb sich die Wange. „Ma'am, ein tätlicher Angriff auf einen Polizisten und das Bedrohen eines Polizeibeamten mit der Waffe sind Verbrechen, für die Sie jahrelang ins Gefängnis kommen können."

„Glauben Sie wirklich, das würde mich auch nur im Geringsten interessieren? Mein Leben ist zerstört. Was für einen beschissenen Unterschied macht es da noch, ob ich Ihres ebenfalls ruiniere?"

Freddie wusste, er hätte eigentlich schon vorher Angst haben müssen, doch bisher war er davon ausgegangen, dass er wie immer einen Ausweg finden würde. Aber plötzlich schien es eine echte Möglichkeit zu sein, dass sie ihn tatsächlich umbringen würde. „Es würde für mich, meine Frau, meine Eltern und meine Freunde einen Unterschied machen."

„Sie hätten nicht herkommen sollen." Sie starrte auf eine Art und Weise durch ihn hindurch, die auf einen völligen Realitätsverlust schließen ließ.

„Das ist mir inzwischen auch klar."

„Mark vögelt sie." Sie umklammerte die Handfeuerwaffe fester und visierte einen Punkt an der Wand hinter ihm an. „Tina, diese Schlampe. Er vögelt sie." Sie funkelte Freddie an. „Wussten Sie das?"

Freddie war sich nicht sicher, ob er es zugeben sollte. Er traf eine spontane Entscheidung. „Wer ist Tina?"

„Die Frau, die mein Mann vögelt! Ihr Ehemann hat sich umgebracht, und jetzt hat sie mir meinen weggenommen. Ginny … Das ist alles ihre Schuld! Wenn sie nicht das Geld veruntreut hätte, wäre das alles nicht passiert. Das ist ihre Schuld. Sie muss dafür bezahlen."

„Wissen Sie, wer Ginny etwas angetan hat?"

„Jemand hat Ginny etwas angetan?" Jetzt glitzerte etwas in ihren Augen, das sich nur als Schadenfreude beschreiben ließ.

„Ginny ist tot."

„Gut. Sie hat es nicht verdient, unter anständigen Menschen zu leben."

„Haben Sie Ginny umgebracht?"

„Was? Nein. Klar, ich hätte es gerne getan, aber ich habe seit Monaten das Haus nicht mehr verlassen. Ich kann nicht … Sie … Sie hat mir auch das genommen. Sie hat mir *alles* genommen."

Freddie ließ die Waffe nicht aus den Augen und wartete auf seine Chance. Sein Handy hatte mehrfach geklingelt, was bedeutete, Sam oder jemand anders aus dem Hauptquartier versuchte, ihn zu erreichen. Er hoffte, es war Sam. Sie würde auf die Tatsache, dass er nicht ranging, reagieren. Für einen flüchtigen Moment dachte er an Elin, doch als die Verzweiflung überhandzunehmen und sein gesundes Urteilsvermögen zu beeinträchtigen drohte, zwang er sich, sich wieder auf Mrs Townsend zu konzentrieren.

„Wie heißen Sie?"

„Wie ich heiße? Hattie."

„Ich bin Freddie. Freddie Cruz. Ich bin Polizist beim MPD, und meine Frau heißt Elin. Wir haben erst vor etwas mehr als einem Monat geheiratet."

„Die Ehe ist etwas für Idioten."

„Vielleicht, aber bisher gefällt es mir. Ich liebe meine Frau sehr. Ich habe mein ganzes Leben lang auf jemanden wie sie gewartet, und als es dann so weit war, wusste ich fast sofort, dass sie für mich bestimmt war. Wissen Sie, ich liebe sie und sie mich, und wenn Sie mich töten, ruinieren Sie ihr Leben und meins auch. Ich habe ihr versprochen, das auf keinen Fall zuzulassen, und ich will mein Versprechen ihr gegenüber nicht brechen."

„Sie dürfen ihr nicht trauen. Sobald etwas schiefläuft – und das wird es unweigerlich irgendwann –, wird sie vergessen, warum sie Sie überhaupt je geliebt hat."

Das war ein ziemlich deprimierender Gedanke. „So muss es nicht zwangsläufig kommen."

„Doch. Uns ging es gut, bis Ginny unser Geld gestohlen und Mark beschlossen hat, wenn er schon arm sein muss, dann mit jemand anderem. Das wäre nie passiert, wenn sie uns nicht alles genommen hätte."

„Warum haben Sie beschlossen zu investieren?"

„Warum wohl! Sie hat uns ein Angebot unterbreitet, das wir nicht ablehnen konnten. Hundert Prozent Anlagenrendite? Wer hätte da nicht zugeschlagen?" Während sie redete, fuchtelte sie wieder auf eine Weise mit der Waffe herum, die Freddie ernsthaft Angst machte. „Ich weiß, was Sie denken. Es war dumm von uns, auf sie reinzufallen, aber Sie hätten das Gleiche getan. Verdoppelung einer Investition in zwei Jahren? Da hätte jeder zugegriffen!" Sie trat näher an Freddie heran, richtete die Waffe auf sein Gesicht.

Er konnte nicht glauben, dass das wirklich geschah. Eigentlich hatte er ihr bloß ein paar Fragen stellen wollen, und jetzt war er in diesem Albtraum gefangen.

„Sagen Sie die Wahrheit. Sie hätten es auch getan, oder?"

Er starrte die Waffe an und erwiderte: „Absolut. Das hätte jeder getan. Es wäre Wahnsinn gewesen, es nicht zu tun."

Seine Antwort schien ihr zu gefallen. Gott sei Dank. Sie senkte die Waffe, da klingelte sein Handy erneut.

„Wenn ich nicht rangehe, kommen sie mich suchen."

Darüber schien sie kurz nachzudenken. „Wimmeln Sie sie ab."

Freddie seufzte tief auf. Er hatte die Luft angehalten, während er abgewartet hatte, ob sie ihm erlauben würde, den Anruf anzunehmen. Rasch holte er das Smartphone aus seiner Gesäßtasche und meldete sich, wobei er dem Herrn dankte, dass es Sam war. „Hey."

„Was zur Hölle …? Warum bist du nicht ans Telefon gegangen?"

„Das habe ich dir doch gesagt." Er bemühte sich, ruhig und ausdruckslos zu klingen. „Du bedeutest mir nichts. Das hast du noch nie. Hör auf, mich mit deinen Lügen zu nerven."

„Freddie … Ich komme. *Wir* kommen."

„Das ist gut. Genau das muss passieren. Und ruf mich nicht wieder an." Er schob das Smartphone wieder in seine Tasche. „Erledigt."

„Ihnen passiert es auch schon. Leute außerhalb Ihrer Ehe versuchen, sie zu ruinieren. Die sind eifersüchtig, weil Sie etwas haben, das sie wollen. Bei uns war es genauso. Andere Frauen wollten meinen Mann, aber das war kein Problem, bis diese Schlampe uns alles genommen hat. Bis Ginny uns in den Ruin getrieben hat, hat Mark immer bloß Augen für mich gehabt. Nur jetzt …" Sie hielt inne, blinzelte, und Tränen standen ihr in den Augen, als sie Freddie völlig verzweifelt ansah. „Was soll ich denn jetzt machen?"

„Lassen Sie sich von Ihrer Familie und Ihren Freunden da durchhelfen, und bauen Sie Ihr Leben neu auf. Das tun Menschen, wenn etwas nicht so läuft, wie sie es sich erhofft hatten. Sie fangen von vorne an."

„Ich will nicht von vorne anfangen."

„Es wird Ihnen nichts anderes übrig bleiben. Es ist die einzige Möglichkeit. Das mit Mark hat nicht geklappt. Suchen Sie sich jemand anderen, der Sie respektiert und liebt."

„Wie soll ich das denn machen, wenn ich nicht mal das Haus verlassen kann? Das war früher nie ein Problem, jetzt jedoch …"

„Womit haben Sie früher Ihren Lebensunterhalt bestritten?"

„Ich hatte einen Buchladen, den ich, nachdem Ginny unser Geld genommen hatte, aufgeben musste. Ein Jahr lang haben meine Ersparnisse gereicht, aber als uns klar wurde, dass das Geld weg und die vermeintliche Investition eine perfide Betrugsmasche gewesen war … Der Laden hat mir alles bedeutet, und dann war er plötzlich weg. Fünfzehn Jahre Arbeit, einfach so weg." Ihr hilfloses Achselzucken brach ihm das Herz. „Ich weiß nicht, wie es jetzt weitergehen soll."

„Nun, zuerst suchen Sie sich einen Therapeuten, der Ihnen hilft, mit Ihrer Agoraphobie fertigzuwerden. Dann nehmen Sie sich einen Scheidungsanwalt. Sie verkaufen dieses schöne Haus und erwerben eine hübsche kleine Wohnung, die Sie sich von dem Verkaufserlös problemlos leisten können. Dann suchen Sie sich online jemanden, der auch eine kaputte Beziehung hinter sich hat, und finden eine neue, bessere Liebe. Sie schaffen das, Hattie. Ich weiß es."

„Das klingt wirklich gut", gab sie mit einem kleinen Lächeln zu, das ihre Miene weicher werden ließ. „Wenn Sie das sagen, klingt das alles so leicht."

„Es wird nicht leicht werden. Das bedeutet viel harte Arbeit und emotionale Turbulenzen, aber am Ende werden Sie gestärkt daraus hervorgehen und sich leichter dem stellen können, was als Nächstes kommt. Außerdem werden Sie so Ihren Mann los, der Sie gedemütigt hat, indem er mit einer anderen Frau eine Affäre begonnen hat. Denken Sie doch nur, wie großartig dieses neue Leben sein wird und wie befriedigend es sein wird, dass Sie es ganz ohne ihn durchgezogen haben. Er hat Sie gar nicht verdient, aber irgendwo da draußen wartet jemand auf Sie. Sie müssen ihn bloß finden."

„Glauben Sie wirklich, ich kann jemand Neues finden?"

„Ja, das glaube ich wirklich. Nur müssen Sie mir zuerst diese Waffe geben. Ansonsten kriegen Sie richtig großen Ärger. Wir können das Ganze als Missverständnis abtun, allerdings bloß, wenn Sie mir die Waffe geben." Er streckte die Hand aus. „Bitte, Hattie. Geben Sie sich selbst die Gelegenheit, wieder glücklich zu werden, indem Sie das Richtige tun. Her mit der Waffe."

In den Sekunden, die sie brauchte, um sich zu entscheiden, zog Freddies gesamtes Leben vor seinem geistigen Auge vorbei –

das Gute, das weniger Gute, das Schöne, das Hässliche. Der Best-of-Zusammenschnitt endete mit Elins wunderhübschem Gesicht, das ihn so anlächelte, wie sie es immer tat: als sei er der Mittelpunkt der Welt. Das war er für sie auch, genauso wie umgekehrt.

„Bitte, Hattie. Tun Sie nichts, was sich nicht ungeschehen machen lässt. Wir kriegen das hin, aber wenn Sie mich verletzen oder mich gegen meinen Willen festhalten, kann ich nichts für Sie tun."

„Sie werden mir helfen?", flüsterte sie.

„Das schwöre ich bei Gott."

Ein weiterer Moment verstrich, in dem Freddie ihr fest in die Augen sah.

Sie reichte ihm die Waffe.

Er entlud sie rasch. „Jetzt geben Sie mir auch meine."

Sie griff hinter sich, zog seine Waffe aus ihrem Hosenbund und händigte sie ihm aus, Mündung nach vorn.

Er richtete sie rasch auf eine Wand und schob sie dann zurück ins Holster, froh, zu wissen, dass er den Tag überleben würde. „Ich möchte, dass Sie sich hinsetzen, während ich mit meinem Team rede. Wir besorgen Ihnen Hilfe, okay?"

„Sie gehen doch nicht weg, oder?"

„Erst wenn Sie alles haben, was Sie brauchen. Versprochen, Hattie. Ich werde Ihnen helfen."

„Da… danke", schluchzte sie. „Das mit der Waffe tut mir leid, und dass ich Sie geschlagen habe, auch."

„Ist schon in Ordnung. Geben Sie mir eine Minute. Ich bin gleich wieder da." Mit beiden Pistolen verließ Freddie rückwärts den Raum, denn er konnte nicht wissen, ob sie noch weitere Waffen besaß, und eine Leibesvisitation wäre in dieser Situation vermutlich zu viel gewesen. Er zückte sein Smartphone und rief Sam an. „Alles klar", sagte er, als sie abnahm.

„Was zum Teufel ist passiert?"

„Ich erzähle es dir, wenn wir uns sehen. Aber erst mal brauche ich Dr. Trulo hier. Kannst du ihm Bescheid geben? Es geht hier nicht um ein Verbrechen, sondern um ein psychologisches Problem."

„Hat sie eine Waffe auf dich gerichtet?"

„Wie gesagt, das erzähle ich dir gleich."

„Ja, ich bin fast da."

„Wie bist du so schnell hierhergekommen?"

„Zwei Worte: Secret Service."

# KAPITEL 22

Sam war so erleichtert, dass ihr fast schlecht wurde. Freddie war unverletzt. Was auch immer er für ein Problem mit Townsends Frau gehabt hatte, er hatte es unter Kontrolle gebracht und war unverletzt.

„Ist alles in Ordnung?", fragte Valerie.

Sam hatte sie beinahe vergessen. „Jetzt schon. Mein Partner hat die Situation im Griff." Sie rief Captain Malone an. „Sagen Sie der Kavallerie, sie wird nicht mehr gebraucht."

„Ist alles in Ordnung mit ihm?"

„Jetzt ja."

„Mein Gott, Sam. Was zum Teufel war da los?"

„Ich kenne noch nicht alle Einzelheiten, aber es geht ihm gut."

„Gott sei Dank. Ich beende den Alarm."

„Danke." Dann rief Sam Dr. Trulo an.

„Hey, ich habe gerade an Sie gedacht. Für heute Abend um sieben ist alles vorbereitet."

„Das ist gut, doch ich brauche Sie für etwas anderes", antwortete sie und setzte ihn über Freddies Bitte in Kenntnis.

„Potomac, hm?"

„Leider ja."

„Teilen Sie Detective Cruz mit, ich bin unterwegs."

„Ein Streifenwagen soll Sie mit Sirene und Blaulicht herbringen."

„Hervorragende Idee. Ich bin so schnell wie möglich da."

Sam beendete das Gespräch und rief Freddie an. „Der Doc ist mit einem Streifenwagen unterwegs.“

„Gut.“

„Jetzt erzähl mir, was passiert ist.“ Der SUV des Secret Service blieb vor dem Haus der Townsends in Potomac stehen. Sam sprang aus dem Wagen und brachte damit Jimmy gegen sich auf, der ausgestiegen war, um ihr die Tür zu öffnen. Sie klappte ihr Handy zu und eilte auf ihren Partner zu, der vor dem großen Haus stand. Sie musterte ihn rasch von Kopf bis Fuß, doch abgesehen von einem roten Fleck im Gesicht konnte sie nichts Ungewöhnliches entdecken.

„Sie ist mit einer Knarre an die Tür gekommen, hat mich reingezerrt und mir meine Waffe abgenommen. Es ging so schnell, Sam. Ich hatte überhaupt keine Zeit, zu reagieren.“

Sam blieb bei dem Gedanken daran, was alles hätte passieren können, fast das Herz stehen.

„Ginnys Betrugsschema hat ihr Leben ruiniert. Hattie ist psychisch krank und kann das Haus nicht verlassen. Sie weiß von Mark und Tina und ist verzweifelt. Ich habe versprochen, ihr Hilfe zu besorgen, wenn sie mich freilässt und mir beide Waffen aushändigt.“

„Was ist mit deinem Gesicht passiert?“

„Sie hat mich geohrfeigt, als ich Ginnys Namen erwähnt habe.“

„Also, damit ich das richtig verstehe: Sie hat dich mit einer Waffe bedroht, dir die Dienstwaffe abgeknöpft, dich geschlagen und mindestens eine Stunde lang gegen deinen Willen festgehalten, und du willst sie lieber in die Psychiatrie bringen, als sie zu verhaften.“

Er erwiderte ihren Blick, ohne zu blinzeln. „Ginny hat ihr Leben zerstört. Sie ist paranoid. Vor dem Betrug hat sie eine Buchhandlung besessen, die sie schließen musste, weil sie es sich nicht mehr leisten konnte, sie zu betreiben. Hattie ist keine Kriminelle. Sie ist untröstlich und verzweifelt.“

„Die Frau hat eine Waffe auf dich gerichtet, Freddie. Sie hätte dich umbringen können.“

„Dessen bin ich mir bewusst. Ich bitte dich aber, meinem Urteil zu vertrauen, Sam. Diese Frau muss man nicht verhaften. Sie braucht einen Arzt, möglicherweise eine stationäre Behandlung und eine Chance auf ein neues Leben. Sie einzusperren bringt gar nichts. Hattie hat das Recht auf das gleiche Mitgefühl, das wir alle für Gonzo einfordern.“

Ein schwarzer Luxus-Geländewagen hielt mit quietschenden Reifen am Ende der Einfahrt, und Mark Townsend stieg mit erschöpfter Miene aus. „Mein Nachbar hat mich angerufen und gesagt, hier sei etwas passiert. Ist was mit Hattie?"

„Es geht ihr gut", antwortete Freddie in einem eisigen Tonfall, den Sam ihrem weichherzigen Partner gar nicht zugetraut hätte.

Mark deutete auf das Haus. „Ich sehe nur mal nach ihr."

Freddie trat ihm in den Weg. „Tun Sie das nicht. Sie sind hier nicht erwünscht."

„Was zur Hölle soll das heißen? Das ist mein Haus."

„Sie werden woanders unterkommen müssen."

„Warum?"

„Das wird Hattie Ihnen erklären, wenn sie so weit ist. Gehen Sie jetzt, und bleiben Sie weg."

Mark starrte Freddie an und schien sich zu überlegen, ob er sich auf ihn stürzen sollte. Zum Glück traf er die richtige Entscheidung, stürmte zum Wagen und raste mit quietschenden Reifen davon.

„Ich muss zu ihr rein, weil er sie natürlich gleich anrufen wird. Schickst du Trulo rein, wenn er eintrifft?"

„Mach ich."

„Sobald sie sich wieder gefangen hat, gehe ich heim zu meiner Frau. Ich hole die Arbeitszeit ein andermal nach."

„Vergiss es. Danke, dass du dich nicht hast umbringen lassen."

Er grinste. „Man tut, was man kann."

Es war fast halb vier, als Sam wieder am Hauptquartier ankam, immer noch in Begleitung von Valerie. Nachdem sie diese in einem der Beobachtungsräume untergebracht hatte, ging sie direkt zu den Vernehmungsräumen, um sich um Makler-Barbie und Ken McLeod zu kümmern. Sie begann mit Ken und erschreckte ihn und seinen jungen, blassen Anwalt, indem sie ohne Vorwarnung in den Raum stürmte.

„Das wurde verdammt noch mal auch langsam Zeit", meinte Ken. „Wissen Sie, ich kenne meine Rechte. Ich habe meine Frau nicht umgebracht, und ich habe nichts von ihrem Plan gewusst."

„Interessiert es Sie vielleicht, was alle, mit denen ich gesprochen habe, sogar Ihre eigenen Kinder, über Sie gesagt haben?"

Die Erwähnung seiner Kinder schien ihm etwas die Luft aus den Segeln zu nehmen. „Was denn?“

„Wie kann er das nicht gewusst haben?‘“

„Ich habe es nicht gewusst! Glauben Sie mir, ich hatte nichts mit alldem zu schaffen!“

„Was haben Sie geglaubt, woher das Geld stammt?“

„Ginny war schon lange eine sehr erfolgreiche Geschäftsfrau. Wir hatten immer Geld. Mir ist kein Unterschied aufgefallen.“

„Sie haben nicht bemerkt, dass plötzlich die Millionen sprudelten?“

„Ginny hat unsere Finanzen verwaltet. Immer schon.“

„Sie haben sich nichts dabei gedacht, dass sie jeden Ihrer gemeinsamen Bekannten und alle Freundinnen und Freunde Ihrer Kinder gebeten hat, in ihr neuestes Projekt zu investieren?“

„Davon wusste ich auch nichts.“

„Mr McLeod, Sie müssen schon entschuldigen, wenn ich darauf hinweise, dass niemand so ahnungslos sein kann, wie Sie es mir weismachen wollen.“

„Ginny und ich sind beruflich getrennte Wege gegangen. Sie hatte ihre Arbeit, ich meine. Wir haben darüber nie viel geredet. Sie hat immer großartige Pläne geschmiedet, Geschäfte abgeschlossen und Leute dazu gebracht, in Projekte zu investieren, und sie hatte großen Erfolg.“

„Warum hat sie dann plötzlich beschlossen, ihre Familie und ihre Freunde abzuzocken?“

„Ich weiß es wirklich nicht.“

„Auch als schon mehrere Bundesbehörden gegen sie ermittelt haben, haben Sie nie gesagt: ‚Hey, Schatz, wie kommst du darauf, Geld von Leuten zu nehmen, die wir kennen, und sie dann zu ignorieren, wenn sie nach ihren Investitionen fragen?‘“

„Ich habe sie nie ‚Schatz‘ genannt.“

„Sie wissen genau, worauf meine Frage abzielt. Beantworten Sie sie.“

„Ich habe sie gefragt, wieso das FBI gegen sie ermittelt, und sie hat geantwortet, das sei alles ein Missverständnis, das sie aus der Welt schaffen werde.“

„Das war alles? Sie haben ihr einfach geglaubt und sind in Ihre ahnungslose kleine Welt zurückgekehrt, während sie Millionen von Dollar, die Ihrer Familie und Ihren Freunden gehörten, auf Offshore-Konten gebunkert hat?“

„Sie hat gesagt, es handle sich um ein Missverständnis und sie werde es aufklären. Was hätte ich denn bitte tun sollen? Sie zwingen, mir alles haarklein zu erzählen?"

Sam beugte sich über den Tisch zu ihm vor. „Ich will Ihnen verraten, was ich getan hätte, wenn ich herausgefunden hätte, dass mein Mann Geld von unserer Familie und unseren persönlichen Freunden genommen und sich dann allem Anschein nach damit aus dem Staub gemacht hat. Ich hätte das verdammte Geld gefunden und zurückgegeben. Haben Sie überhaupt versucht, mal nachzuforschen oder sie dazu zu bringen, Ihnen mitzuteilen, wo es ist?"

„Nein."

„Warum nicht?"

„Weil ich mich nicht in ihre Geschäfte eingemischt habe und sie sich nicht in meine."

„Auch nachdem das FBI und die Steuerfahndung mit ihren Ermittlungen begonnen hatten? Auch dann haben Sie sich noch herausgehalten?"

„Sie hat gesagt, sie hätte alles im Griff. Was hätte ich denn tun sollen?"

„Irgendwas. Sie hätten irgendwas tun sollen."

„Worauf wollen Sie bitte hinaus?", unterbrach der Anwalt.

Sam ignorierte ihn. „Der Punkt ist, Mr McLeod, niemand glaubt Ihnen."

„Tja, so ein Pech. Es ist aber die Wahrheit, und ich habe einen Lügendetektortest bestanden. Der Lügendetektor hat mir geglaubt."

„Lügendetektortests sind nicht unfehlbar. Deshalb sind sie vor Gericht nicht zulässig. Man muss fast von Vorsatz ausgehen, wenn Sie so komplett übersehen konnten, was in Ihrem eigenen Haus geschah. Haben Sie absichtlich weggeschaut, um sich später dumm stellen zu können?"

„Ich stelle mich nicht dumm."

„Dann sind Sie es tatsächlich? Denn das müssten Sie schon gewesen sein, um nicht zu merken, dass Ihre Frau die Menschen, die Ihnen am nächsten stehen, systematisch betrogen hat." Sam nahm einen Ausdruck der Liste mit den Opfern und ihren Beziehungen zu den McLeods zur Hand. „Ihr eigener Bruder, Ihre Schwägerin, engste Freunde, Nachbarn, Arbeitskollegen … Wie sollte das enden? Wie hatte Ginny vor, diesen Leuten zu erklären, was aus ihren Investitionen geworden war?"

„Ich weiß es nicht."

„Wo wollten Sie beide hin? Denn Sie müssen einen Plan dafür gehabt haben, wohin Sie fliehen wollten, wenn alles auffliegen und die Menschen in Ihrem Leben hinter Ihnen her sein würden. Wie hat dieser Plan ausgesehen, Ken?"

„Ich hatte keinen Plan. Wenn *sie* einen hatte, dann kenne ich ihn nicht."

„Haben Sie eigentlich ab und zu mit Ihrer Frau gesprochen?"

„Darüber, was es zum Abendessen gab und wer den Müll raustragen würde. Über solche Dinge."

„Wow, diese Art von Ehe wünscht sich wirklich niemand."

„Ich muss mich über Ihren Tonfall wundern, Lieutenant", warf der Anwalt ein.

„Und *ich* muss mich darüber wundern, dass dieser Mann und seine Frau zig Menschen Millionen abgeschwatzt und das Geld dann an einem Ort versteckt haben, den nur sie beide kennen, und er sich jetzt weigert, die Beute rauszurücken. Sie haben das Leben anderer Menschen ruiniert, Ken. Ist Ihnen das komplett egal?"

„*Ginny* hat das Leben anderer Menschen ruiniert, und natürlich ist mir das nicht egal."

„Wie tragen Sie dann zur Suche nach ihrem Geldversteck bei?"

„Ich habe alle relevanten Unterlagen ans FBI übergeben und bin seit mehr als vierundzwanzig Stunden hier, um Ihre Fragen zu beantworten. Was soll ich denn noch tun?"

„Wo hat Ihre Frau das Geld versteckt?"

„Wenn ich das wüsste, hätte ich es dem FBI schon vor Monaten gesagt, Lieutenant. Aber ich weiß es leider nicht. Ginny wollte es mir nicht verraten."

„Also haben Sie sie tatsächlich danach gefragt?"

„Sie hat behauptet, es sei alles geregelt und ich solle mir keine Sorgen machen."

„Das hat Ihnen gereicht?"

„Ich konnte es ja schlecht aus ihr herausprügeln."

„Tatsächlich überlege ich gerade, ob Sie ein pathologischer Lügner oder einfach nur dumm sind."

„Ich muss hier nicht sitzen und mich von Ihnen beleidigen lassen."

„Doch, das müssen Sie. Vielleicht sollte ich Sie sogar wegen Behinderung einer Mordermittlung anklagen, damit ich Sie noch ein bisschen länger hierbehalten kann und Sie in Ruhe darüber nachdenken können, wo das Geld sein könnte."

„Sie können meinem Mandanten schlecht Behinderung einer Mordermittlung vorwerfen, wenn er kooperiert", erwiderte der Anwalt.

„Wollen wir wetten? Wir haben offenbar sehr unterschiedliche Vorstellungen von Kooperation."

„Er hat Ihnen erzählt, was er weiß."

„Ihr Mandant hat mir einen Scheiß erzählt", konterte Sam.

Bei dieser Ausdrucksweise zuckte der Anwalt zusammen. Der Arme. War das zu viel für seine zarten Nerven?

„Er hat Ihnen erzählt, was er weiß", wiederholte der Anwalt.

„Ich will ganz ehrlich zu Ihnen sein, Ken", sagte Sam. „Wenn ich herausfinde, dass Sie irgendetwas gewusst haben, das uns hätte helfen können, zu ermitteln, wer Ginny getötet hat, oder ihre Opfer zu entschädigen, werde ich dafür sorgen, dass Sie die volle Härte des Gesetzes zu spüren bekommen. Ich klage Sie mehrerer Verbrechen an und tue alles, um Ihnen das Leben zur Hölle zu machen. Verstehen Sie?"

„Das ist mein Leben bereits. Meine Frau ist ermordet worden. Meine Kinder, meine Familie, meine Freunde sprechen nicht mehr mit mir. Nichts, was Sie mir antun könnten, ist schlimmer als die Hölle, in der ich bereits lebe."

„Seien Sie sich da nicht so sicher."

„Kann er jetzt gehen?", fragte der Anwalt.

„Erst mal ja." Angewidert von ihm und seinem Mandanten stand Sam auf, verließ den Raum und wäre im Flur fast mit Avery Hill zusammengestoßen.

„Oh, verdammt. Ich wusste doch, dass ich etwas vergessen habe."

„Ich bin tief verletzt."

Sam lachte. „Nein, bist du nicht. Ich muss noch eine Sache erledigen, dann treffen wir uns im Besprechungsraum der Mordkommission."

„Klingt gut."

„Für dich vielleicht."

Er entfernte sich lachend.

Sam sammelte sich, holte tief Luft und betrat den Raum, in dem Makler-Barbie und ihr Anwalt, ein Mann mittleren Alters, warteten. Cheri sah nach einer Nacht in U-Haft ziemlich mitgenommen aus. Ihr Mascara war unter den Augen verschmiert, ihr Haar war strähnig, und der orangefarbene Overall verlieh ihrem Teint einen unschön fahlen Ton.

„Wurde ja auch Zeit", begrüßte sie der Anwalt.

„Oh, tut mir leid. Habe ich mit meiner Mordermittlung Ihren Tagesablauf durcheinandergebracht?"

„Sie haben keine Veranlassung, meine Mandantin festzuhalten."

„Doch."

„Werden Sie uns Ihre Gründe nennen?"

Sam nahm den beiden gegenüber Platz und bemerkte, dass Cheri verängstigt wirkte. Gut. „Ich glaube, Cheri hat genau gewusst, was Ginny im Schilde führte, und hat somit Beihilfe geleistet."

Cheri keuchte auf. „Das stimmt nicht!"

„Just in diesem Moment nimmt einer meiner besten Ermittler Ihr Leben auseinander. Er prüft alles ganz genau, dreht jeden Stein um und schaut hinter jede Tür. Wenn da irgendetwas ist, wird er es finden. Wenn Sie zum Beispiel ein Honorar für Ihre getürkten ‚Besichtigungen' bekommen haben, wird Detective Green das aufdecken. Wenn der Geldeingang auf Ihrem Konto nicht mit Ihren Provisionen übereinstimmt, wird er es bemerken. Wenn Sie irgendwo Geld gebunkert haben, wird er es aufspüren. Er ist einer der Besten, mit denen ich je gearbeitet habe, ihm entgeht nichts."

Sam blinzelte nicht, während sie Cheri anstarrte, und verfolgte, wie sie vor ihren Augen dahinwelkte. „Haben Sie Kinder, Cheri?"

Sie richtete sich auf. „Drei. Warum?"

„Wie alt sind sie?"

„Siebzehn, neunzehn und einundzwanzig."

„Also zwei auf dem College. Richtig?"

Sie warf ihrem Anwalt einen fragenden Blick zu, ehe sie zögernd nickte.

„Auf welchen?"

„Äh, eines meiner Kinder ist auf der George Mason, das andere auf der Virginia Tech."

„Die sind beide ziemlich renommiert. Das ist bestimmt nicht ganz billig, oder? Vor allem, wenn zwei gleichzeitig auf dem College sind, was zudem noch eine Weile der Fall sein wird, weil Ihr Jüngster ja noch nachrückt, richtig?"

„J… ja."

„Worauf wollen Sie hinaus, Lieutenant?", schaltete sich der Anwalt ein.

„Detective Green wird ihre Leben ebenfalls auseinandernehmen. Wenn sie das College ohne Studienkredite bezahlt haben, wird er wissen wollen, woher das Geld stammt. Wenn sie dicke Autos fahren, wird er nachforschen, womit sie sie bezahlt haben. Wenn sie etwas zu verbergen haben, wird Green ihnen daraufkommen. Er ist wie ein Bluthund. Gegen ihn sind die Steuerfahnder, die gegen Sie ermittelt haben, Schülerlotsen. Ich wette, die haben nie daran gedacht, Ihre Kinder zu checken, oder? Gibt es irgendetwas für ihn zu finden?"

Cheri rutschte in ihrem Sitz hin und her, ließ dann die Schultern hängen. Ihrer Körpersprache nach zu urteilen, hatte Sam mit der Erwähnung ihrer Kinder einen Volltreffer gelandet.

„Sie müssen das nicht beantworten, Cheri", sagte der Anwalt.

„Stimmt, sie muss überhaupt keine Frage beantworten. Aber es wird mir ein außerordentliches Vergnügen sein, sie wegen Behinderung einer Mordermittlung anzuklagen. Das ist eine meiner Lieblingsanklagen. Sie führt zu einer Menge schlechter Presse für Leute, die mir dabei im Weg stehen, Mörder hinter Schloss und Riegel zu bringen. In der Immobilienbranche ist ein guter Ruf alles, nicht war, Cheri? Ich kann mir vorstellen, Ihrer hat etwas gelitten, seit das FBI bei Ginny aufgetaucht ist und Ihre Rolle in ihrem Plan aufgedeckt hat."

„Meine Mandantin steht nicht unter Anklage."

„*Noch* nicht", berichtigte ihn Sam. „Sie steht *noch* nicht unter Anklage." Sie schlug mit der Hand auf den Tisch, sodass Cheri erschrocken zusammenzuckte. „Raus mit der Sprache, Cheri. Sagen Sie mir, was Sie mit den Honoraren von Ginny gemacht haben!"

Cheri brach zusammen, ihr Schluchzen hallte durch den kleinen Raum. „Ich wollte doch bloß meinen Kindern helfen", stammelte sie.

„Halten Sie den Mund, Cheri", knurrte der Anwalt.

„Nein, ich kann nicht mehr, Al. Ich ertrage das einfach nicht mehr." Sie verschmierte sich das Gesicht weiter mit Mascara, als sie sich die Tränen abwischte. „Ginny hat mir geschworen, dass an dem, was sie tat, nichts Illegales war. Ich habe ihr erklärt, ich dürfe unter keinen Umständen meine Lizenz gefährden, denn nur mit ihr konnte ich nach meiner Scheidung meine Familie über Wasser halten. Meine Kinder wollten aufs College, und da habe ich die Gelegenheit beim Schopf gepackt, als Ginny mit ihrem Vorschlag zu mir kam."

„Woher haben Sie sie gekannt?"

„Wir haben in einem Verein in Gaithersburg zusammen Tennis gespielt. Außerdem hatten wir gemeinsame Freunde. Die haben mich ihr vorgestellt, und sie schien ganz begeistert, als sie hörte, dass ich Immobilienmaklerin bin. Gleich am ersten Tag hat sie mir erzählt, sie suche für einige ihrer Projekte nach einem guten Makler in unserer Gegend. Wir haben Visitenkarten ausgetauscht, sie hat mich am nächsten Tag angerufen, und kurz darauf haben wir angefangen zusammenzuarbeiten."

„Worin bestand Ihre Tätigkeit für sie?"

„Sie hat mir Immobilien genannt, die ich Gruppen von Leuten zeigen sollte."

„Wie hat sie Sie bezahlt?"

„Fünfhundert pro Besichtigung."

Sam stieß einen leisen Pfiff aus. „Fünfhundert Dollar für eine Besichtigung? Und Sie haben sich nie gewundert, dass sie Immobilien zeigen ließ, aber nie etwas verkaufte?"

„Ginny hat gesagt, sie stelle eine Investorengruppe zusammen, um die Gebäude zu kaufen, und das werde einige Zeit dauern. Sie hat mich gebeten, die Immobilien zu zeigen. Das habe ich getan."

„Wie viele Besichtigungen haben Sie für sie durchgeführt?"

„Ein paar Tausend im Laufe von drei Jahren."

„Wie viele Tausend? Zwei, drei, vier?"

„Vielleicht zwei."

„Ich bin kein Mathegenie, doch das müsste dann etwa eine Million Dollar sein. Richtig?"

Cheri wand sich auf ihrem Stuhl. „Das kommt ungefähr hin."

„Das ist viel Geld für Besichtigungen. Hat Ginny Ihnen eine Textvorlage geliefert?"

„Ich habe den Leuten die Immobilien und ihr Potenzial vorgestellt und den Mietspiegel der jeweiligen Gegend präsentiert. Solche Dinge. Im Grunde habe ich Ginnys Projekte als attraktive Investitionen hingestellt."

„Obwohl Sie wussten, dass das alles Teil eines Betrugsschemas war."

„Nein! Das habe ich *nicht* gewusst! Erst als das FBI Ginny verhaftet hat. Ich hatte wirklich keine Ahnung."

„Wie haben Sie herausgefunden, dass alles ein Riesenbetrug war?"

„Das FBI ist in meinem Büro aufgetaucht und hat mir das

mitgeteilt. Ich wusste es wirklich nicht. Wenn Sie wollen, unterziehe ich mich einem Lügendetektortest."

„Sagen Sie kein Wort mehr, Cheri", riet der Anwalt.

„Dazu bin ich wirklich bereit. Ich habe nicht gewusst, was sie da trieb!"

„Denkbar", räumte Sam ein. „Aber Sie müssen doch geahnt haben, dass da etwas faul war."

„Nein. Sie hat mich gebeten, Leuten Immobilien zu zeigen. Das habe ich getan. Ich bin Maklerin. Das ist mein Beruf."

„Haben Sie sich nie gefragt, was Ginny eigentlich im Schilde führte?"

„Nein."

„Nun, ich nehme an, bei so leicht verdientem Geld würde ich auch keine Fragen stellen. Oder warten Sie, vielleicht doch, weil ich wissen wollen würde, warum ich das Geld so leicht verdiene und wie mir das auf die Füße fallen könnte. Allerdings ist das nur meine Meinung. Ich neige nun mal zu gesunder Skepsis."

„Haben Sie noch Fragen an meine Mandantin, oder kann sie gehen?"

Sam musterte die Frau eine volle Minute lang, dann fragte sie: „Wo waren Sie am Sonntagnachmittag?"

„Was? Warum?"

„Weil ich wissen möchte, wo Sie waren, als jemand Ginny ein Gartengerät in den Hals gerammt hat. Also … wo waren Sie?"

„Ich habe sie nicht umgebracht", beteuerte ihr Gegenüber und blickte verzweifelt zu dem Anwalt, der ihr beruhigend den Arm tätschelte.

„Das weiß sie, Cheri", sagte er in einem herablassenden Ton, der Sam gegen ihn aufbrachte.

„Meinen Sie?", fragte sie ihn. „Wie kommen Sie darauf?"

„Wenn Sie sie wirklich verdächtigen würden, hätten Sie diese Frage als Erstes gestellt", antwortete er süffisant, als wäre er eine Art Experte für Verhörtechniken.

„Eigentlich nicht. Ich neige dazu, mir die entscheidenden Fragen für den Schluss aufzuheben, wenn mein Gesprächspartner denkt, ich sei fertig mit ihm. So wie eben. Cheri hat gedacht, wir wären fertig, aber weit gefehlt."

Der Anwalt sah sie finster an. „Sie hat Ginny nicht umgebracht."

Sam ignorierte ihn und konzentrierte sich ganz auf Cheri, die unter ihrer Musterung in sich zusammenzuschrumpfen schien. „Wo waren Sie am Sonntagnachmittag?"

„Ich hatte zwei Hausbesichtigungen, eine von zwölf bis zwei und die zweite von drei bis fünf."

„Wo waren Sie von zwei bis drei?"

„Im Auto unterwegs von einer zur anderen."

Sam schob ihr Notizbuch über den Tisch. „Ich brauche die Adressen der beiden Immobilien."

„Warum?"

„Weil ich das überprüfen werde. Sagen Sie mir also besser die Wahrheit, wenn Sie nicht wieder hier landen wollen. Orange steht Ihnen im Übrigen wirklich nicht."

Cheris Hand zitterte, als sie die Adressen notierte und den Block zu Sam zurückschob, die das Geschriebene überprüfte.

„Wie lange haben Sie von Bethesda nach Germantown gebraucht?"

„Etwa … eine halbe … eine halbe Stunde."

Warum stotterte sie? „Sie hatten eine Stunde, und die Fahrt dauert nur eine halbe. Was also haben Sie in der anderen halben Stunde getan?"

„Es war viel Verkehr, deshalb hat es länger gedauert."

„Aber Sie haben doch gerade angegeben, es hätte eine halbe Stunde gedauert."

„Ich habe gemeint, so lange hätte es eigentlich dauern sollen."

„Legen Sie es darauf an, wegen Mordes festgenommen zu werden, Cheri?"

„Nein! Ich habe niemanden umgebracht!"

„Meiner Meinung nach haben Sie ein Zeitfenster von dreißig Minuten ohne Alibi, genau um die Zeit herum, als jemand Ginny in der Garage ihres Hauses getötet hat."

„Da saß ich am Steuer!" Cheri sah ihren Anwalt mit weit aufgerissenen Augen an. „Sagen Sie ihr, sie muss mir glauben."

„Lieutenant, meine Mandantin hat Ginny nicht ermordet, und dieses Gespräch ist hiermit beendet." Er erhob sich, sammelte seine Sachen ein und reckte das Kinn, um Cheri zu bedeuten, sie solle seinem Beispiel folgen und ebenfalls aufstehen.

Sam lehnte sich zurück und wartete ab, ob er tatsächlich versuchen würde, den Verhörraum zu verlassen. In weiser Voraussicht unterließ er das jedoch.

„Kann meine Mandantin jetzt gehen?"

„Erst mal ja."

„Was soll das heißen?", erkundigte sich Cheri in dem schrillen Tonfall, der Sam so langsam richtig nervte. „Erst mal?"

„Das heißt genau das, was ich gesagt habe. Ich behalte mir das Recht vor, wenn nötig erneut mit Ihnen zu sprechen, und wenn ich herausfinde, dass Sie diese dreißig Minuten genutzt haben, um Ginny umzubringen, dann schnappe ich Sie mir."

„Ich habe sie nicht getötet!"

„Haben Sie alles Geld ausgegeben, das Sie von ihr erhalten haben?", fragte Sam.

„Einen Großteil davon. Ich habe meine Hypothek damit abbezahlt und die Studiengebühren für die Kinder."

„Ihnen ist aber schon klar, dass da draußen Menschen Gefahr laufen, ihr Zuhause zu verlieren, weil ihnen dieses Geld fehlt, oder?"

„Das ist nicht meine Schuld! Ich habe ihr Geld nicht gestohlen. Das war Ginny."

„Ja, das sagten Sie schon, sollte ich jedoch rausfinden, dass Sie mich belogen haben, wird Ihnen das sehr leidtun."

„Ich habe nicht gelogen", beteuerte sie mit zitternder Stimme und Tränen in den Augen. „Ich wünschte, ich wäre Ginny nie begegnet."

„Trotzdem wette ich, Sie sind verdammt froh, dass diese Hypothek abbezahlt ist, oder?"

„Wir sind hier fertig", beendete der Anwalt das Gespräch.

Sam sah Cheri voller Abscheu an, erhob sich und verließ den Raum. Diese Leute waren so was von daneben. Wie hatte Cheri nicht wissen wollen können, warum sie diese Gebäude zeigte oder warum Ginny ihr fünfhundert Dollar für Besichtigungen zahlte? Wieso hatte sie nie nach dem Grund dafür gefragt?

Je mehr Sam über Ginny und ihren Plan herausfand, desto mehr Mitleid empfand sie für die Leute, die auf sie hereingefallen waren. Vielleicht waren sie dumm oder gierig gewesen oder wie auch immer man es nennen wollte, aber sie hatten es ganz sicher nicht verdient, alles zu verlieren.

# KAPITEL 23

Gemäß den Anweisungen, die sie am Vortag per E-Mail erhalten hatte, wartete Christina im Empfangsbereich der Entzugsklinik auf Tommy. Sie hatte Alex bei Clara gelassen, einer älteren Nachbarin, die in ihrem Haus wohnte und für ihn so etwas wie eine Ersatz-Oma war, weil Christina auch mal etwas Zeit allein mit ihrem Verlobten brauchte. Jetzt war Tommy einige sehr lange Wochen nicht zu Hause gewesen und hatte nicht bei der Erziehung und allem anderen helfen können. Aber es waren noch längere zehn Monate gewesen, seit ihr Leben durch den Tod seines Partners in eine Abwärtsspirale geraten war.

Detective Arnolds Verlust hatte ihn schwer getroffen. Genauer gesagt hatte er ihn fast umgebracht. Er hatte sich von einem gesunden, produktiven, voll engagierten Partner, Vater und Kriminalbeamten in einen Schatten seiner selbst verwandelt, einen Mann, der so zerrüttet gewesen war, dass man ihn kaum noch als lebenstauglich hatte bezeichnen können. Er hatte Schmerzmittel genommen, um sich Erleichterung zu verschaffen, und eine Zeit lang hatte Christina befürchtet, ihn für immer zu verlieren, entweder durch den Tod oder durch die Sucht.

Langsam schien er seinem alten Ich wieder näher zu sein als je zuvor seit jener schrecklichen Januarnacht, als ein gesuchter Verbrecher Arnold praktisch gleich neben Tommy niedergeschossen hatte. Und endlich regte sich in Christina zum ersten Mal wieder die Hoffnung, es könnte trotz der vielen Hindernisse, die ihnen die letzten beiden Jahre in den Weg gelegt hatten, doch noch ein Happy End geben.

Irgendwann in den vergangenen Wochen hatte sie, während sie die Tage herunterzählte, bis er aus der Entzugsklinik entlassen werden würde, zum ersten Mal seit Monaten wieder an sich gedacht. Sie hatte sich die Zeit genommen, herauszufinden, was sie sich von dieser zweiten Chance erhoffte, und wollte nun dringend über ein paar Dinge mit Tommy reden, wenn der Zeitpunkt günstig war.

So war das nun bei ihm. Es kam immer auf den Zeitpunkt an, und so war es früher nie gewesen. Vor Arnolds Tod hatte sie nie einen solchen Eiertanz aufführen oder den richtigen Moment abwarten müssen, um etwas mit Tommy zu besprechen. Sie hatten ihre Höhen und Tiefen gehabt, aber ihre Beziehung war solide gewesen, bis jene schicksalhafte Nacht alles auf den Kopf gestellt hatte.

Manchmal hatte sie das Gefühl, egoistisch zu sein, weil ihre Gedanken sich in erster Linie darum drehten, wie Arnolds Tod ihre Familie beeinflusst hatte, doch sie vergaß nie, was für ein wunderbarer junger Mann in jener Nacht sein Leben verloren hatte, und Tommy tat das auch nicht.

Sie zückte ihr Handy und prüfte die Uhrzeit. Vier. Er musste jeden Moment auftauchen, und dann konnten sie ihr Leben neu beginnen. Sie atmete tief ein und versuchte, sich zu beruhigen. Auch das war neu – dass sie in Tommys Gegenwart nervös war. Als sie das letzte Mal zusammen gewesen waren, als er zu Skip Hollands Beerdigung nach Hause gekommen war, hatte sie ein wenig von der alten Magie gefunden, die von Anfang an zwischen ihnen spürbar gewesen war. Seitdem klammerte sie sich an die Erinnerungen an diese Nacht und wollte unbedingt herausfinden, ob sie diesen Zauber wieder aufleben lassen konnten, wenn Tommy endlich wieder ganz zu Hause war.

Die Tür zum Innenbereich der Entzugsklinik schwang auf, und da war er.

Christina stand auf, um zu ihm zu gehen, hielt dann jedoch inne, als Ungewissheit sie überfiel.

Plötzlich lächelte er, sein Gesicht leuchtete bei ihrem Anblick vor Freude auf, und als er auf sie zukam, seine Tasche fallen ließ und die Arme um sie legte, entspannte sich etwas in ihr. Er hielt sie eng umschlungen, wie nur er es konnte, und als sie seinen vertrauten Duft einatmete, stieß sie den Atem aus, den sie gefühlt seit Monaten angehalten hatte.

„Hey, Baby", flüsterte er. „Ich bin so glücklich, dass du da bist."

Christina klammerte sich an ihn. „Geht mir genauso."

„Wo ist der Kleine?"

„Bei Clara. Ich habe gedacht, wir könnten ein bisschen Zeit für uns gebrauchen."

„Gute Idee. Wobei ich es kaum erwarten kann, ihn zu sehen."

„Das gilt genauso für ihn." Sie löste sich von ihm und schaute in das attraktive Gesicht, das zum Mittelpunkt ihrer Welt geworden war, seit sie einander vor fast zwei Jahren auf Sams und Nicks Silvesterparty kennengelernt hatten. „Sind alle Entlassungsformalitäten erledigt?"

„Ja."

„Gut."

Er nahm ihre Hand, bückte sich, um seine Tasche aufzuheben, und bedeutete ihr, vor ihm durch die Tür in die einbrechende Dämmerung zu treten.

Meist hasste Christina den November. So kalt und dunkel, ein Vorbote des langen Winters. Doch in diesem Jahr fühlte sich der November für sie wie Frühling an, da sie und Tommy hoffentlich ihren lang ersehnten Neustart bekommen würden.

„Darf ich fahren?", bat er. „Ich kann's kaum glauben, aber das Fahren fehlt mir."

„Gern. Denn ich habe die Fahrerei satt."

Er hielt ihr die Beifahrertür auf. „Danke, dass du mich so oft mit Alex besucht hast. Ihr habt mir geholfen, nicht durchzudrehen."

„Natürlich haben wir dich besucht. Wir haben dich furchtbar vermisst."

„Ich euch genauso." Er beugte sich in den Wagen, um sie zu küssen, ehe er um die Motorhaube herum auf die Fahrerseite ging. Lange saß er reglos da, dann wandte er sich ihr zu. „Ich weiß, ich habe dir das schon mal gesagt, aber ich muss es noch mal tun. Es tut mir furchtbar leid, was ich dir angetan habe."

„Du musst dich nicht bei mir entschuldigen, Tommy."

„O doch. Ich habe erlaubt, dass meine Trauer in jeden Lebensbereich vordringt, sogar in meine Beziehung zu dir und Alex. Das hätte ich niemals zulassen dürfen."

Christina umfasste seine Hand mit ihren beiden. „Du hast gar nichts zugelassen. Jemand hat deinem Freund und Partner etwas Furchtbares angetan. Nur seinen Mörder trifft die Schuld. Ich mache dich dafür nicht verantwortlich – und auch sonst niemand."

„Manche Leute tun das bestimmt."

„Niemand, der etwas bedeutet, wirft dir das vor, Tommy, und genau darüber möchte ich mit dir reden. Du wirst dich auf diesen Deal nicht einlassen."

„Doch."

„Nein."

„Woher weißt du überhaupt davon?"

„Es ist mir eben zu Ohren gekommen. Eigentlich, möchte ich hinzufügen, hätte ich das von dir erfahren müssen."

„Ich hätte es dir noch erzählt."

„Wann? Nachdem du etwas unterzeichnet hättest, das deine ehemals so vielversprechende Karriere praktisch beendet hätte?"

„Ich muss die Verantwortung übernehmen, damit ich meinen Kolleginnen und Kollegen auch weiterhin in die Augen schauen kann."

„Okay, dann übernimm die Verantwortung, ohne dich eines Verbrechens schuldig zu bekennen, das deine Karriere zerstören wird."

„Wie meinst du das?"

„Es gibt Möglichkeiten, zu deinem Verhalten zu stehen, ohne dieses Schuldbekenntnis zu unterschreiben. Sag mir, dass dir das bewusst ist."

„Äh, nun ja, vielleicht bin ich darüber nicht ausreichend informiert. Wie soll ich das denn bewerkstelligen?"

„Du gibst einem Reporter deines Vertrauens ein Interview. Du redest ganz offen darüber, wie das letzte Jahr seit jener schrecklichen Nacht im Januar für dich war, und über die Fehler, die du unter dem Einfluss deiner Trauer gemacht hast. Du stehst dazu, ohne dich davon ruinieren zu lassen."

„Was ist mit den Kolleginnen und Kollegen, die finden, ich müsste für meinen Fehltritt bezahlen?"

Christina beugte sich zu ihm vor und sah ihm fest in die Augen. „Scheiß auf sie."

Er lachte. „Ja, klar."

„Ich meine das ernst, Tommy. Jeder bei der Polizei, der kritisiert, wie du mit dem Mord an deinem Partner umgegangen bist, soll sich ins Knie ficken. Die wissen nicht, wie du gelitten hast, denn das kann man nur nachvollziehen, wenn einem dasselbe passiert ist, und das ist Gott sei Dank bei niemandem der Fall. Skip hat verstanden, wie es für dich war, weil er es auch erlebt hat. Er war der Einzige, den ich kannte, der es wirklich nachvollziehen konnte – und er hat es kapiert. Besser als jeder andere. Der Rest kann uns egal sein. Wenn die anderen dich nie wieder respektieren, was soll's? Du kannst nicht kontrollieren, was andere Menschen tun, sondern nur, wie du darauf reagierst, und wenn du dich von ihrem Urteil abhängig machst, gibst du ihnen Macht über dich, die ihnen nicht zusteht. Ihr Partner ist nämlich nicht direkt vor ihren Augen erschossen worden."

„Du hast über dieses Thema offenbar lange nachgedacht."

„Seit ich gehört habe, dass du mit dem Gedanken spielst, dich schuldig zu bekennen, habe ich an nichts anderes mehr gedacht. Bitte tu es nicht. Du glaubst vielleicht, auf diese Weise etwas wiedergutmachen zu können, aber letztendlich wird dadurch alles bloß schlimmer. Wenn der Schrecken dieses letzten Jahres verblasst und eine Weile hinter uns liegt, wirst du es bereuen, mit einer Unterschrift deine Karriere weggeworfen zu haben."

„Das sind gute Argumente. Morgen treffe ich mich zu einer Besprechung in der Sache mit Malone, Sam und dem zuständigen Staatsanwalt."

„Ich möchte dabei sein."

„Das lässt sich wohl arrangieren."

„Gut. Nur damit du's weißt, ich werde ihnen haargenau das Gleiche sagen wie dir."

„Dachte ich mir schon."

„Jemand muss für dich kämpfen, Tommy, und in diesem Fall werden das Sam und ich sein. Sie sieht das genauso wie ich."

„Mit euch beiden an meiner Seite kann ich gar nicht verlieren." Er beugte sich über die Mittelkonsole, nahm sie in die Arme und küsste sie wie vor der Katastrophe, mit einer Mischung aus Verlangen, Zärtlichkeit und Sanftheit. „Ich liebe dich. Du hast ja keine Ahnung, wie oft der Gedanke an dich und Alex mich gerettet hat."

„Wir lieben dich auch."

„Danke, dass du mich nicht aufgegeben hast, Christina. Ich hätte dir keinen Vorwurf daraus machen können."

„Ich liebe dich viel zu sehr, um dich aufzugeben, doch es muss sich einiges ändern, Tommy. Schon vor Arnolds Tod war ich mit manchem nicht zufrieden, und ich habe ein paar Entscheidungen getroffen, mit denen du hoffentlich einverstanden sein wirst."

„Zum Beispiel?“

„Ich werde in Teilzeit wieder für Nick arbeiten, größtenteils im Homeoffice. Er möchte mehr Schulen besuchen, und ich habe zugesagt, dass ich das für ihn koordiniere und ihn zu einigen der Washingtoner Termine begleite. Aber er möchte auch andere Teile des Landes mit einbeziehen, und an diesem Besuchsprogramm werde ich arbeiten.“

„Das ist ja eine tolle Chance für dich!“

„Ich bin gerne Alex’ Mutter und liebe es, mich um euch beide zu kümmern. Trotzdem möchte ich wieder arbeiten. Mir fehlt etwas, das nur mir gehört.“

„Das verstehe ich vollkommen. Schon als du beschlossen hast, zu Hause zu bleiben, habe ich mich gefragt, ob dich das langfristig glücklich machen würde.“

„Glücklich bin ich, doch mit ein paar Anreizen von außen könnte ich noch glücklicher sein.“

„Was hast du sonst so geplant?“

„Ich möchte ein Kind.“

„Gut, ich bin dabei. Tatsächlich kann ich mir nichts Schöneres vorstellen, als daran zu arbeiten.“

Christina lachte über seinen anzüglichen Unterton. „Das glaube ich dir gern.“

„Was sonst noch?“

„Wir werden eine größere Wohnung brauchen.“

„Sorgen wir erst mal dafür, dass ich auch weiterhin einen Job habe.“

„Das wirst du. Wenn man dich aufgrund von Dingen entlässt, die du getan hast, nachdem du deinen Partner verloren hattest, wirst du den größten Prozess in der Geschichte des Arbeitsrechts führen, und das wissen die genau. Sie können dich gar nicht entlassen. Außerdem werden sie berücksichtigen, dass du ein verdammt guter Polizist bist und sie verrückt wären, wenn sie dich gehen ließen. Auch das ist ihnen klar.“

Er hob mit dem Finger unter ihrem Kinn ihren Kopf an und küsste sie erneut. „Ich muss sagen, deine energische Seite macht mich total an.“

Sie lachte. „Du hast seit Wochen keinen Sex gehabt. Es ist wahrscheinlich nicht viel nötig, um dich anzumachen.“

„Nein, Baby, das liegt ausschließlich an dir. Ich kann es kaum erwarten, heute Nacht mit dir in meinen Armen einzuschlafen.

Du hast mir so gefehlt, und zwar nicht erst seit meiner Einweisung hier. Schon seit Monaten."

„Jetzt wird alles gut, Tommy. Ich weiß es."

„Schauen wir, dass wir hier wegkommen. Ich habe diesen Laden so satt."

„Ich werde den Leuten hier ewig dankbar sein, dass sie dich uns zurückgegeben haben."

„Ich bin wieder da, und jetzt wird alles gut. Versprochen." Auf dem Weg nach Hause warf er ihr einen Blick von der Seite zu. „Wann heiraten wir?"

„So bald wie möglich."

„Vielleicht könnten wir es an Thanksgiving tun und alle komplett überraschen."

„Das wäre toll."

„Wirklich?"

„Wirklich."

„Willst du nichts Größeres, Schöneres?"

Sie schüttelte den Kopf. Früher hätte sie vielleicht einmal eine aufwendig geplante Feier gewollt, aber das Leben hatte sie gelehrt, für kleine Dinge dankbar zu sein. „Ich will nur dich, Alex und unser gemeinsames Leben. Alles andere ist mir völlig gleichgültig. Wir haben so viel Grund, dankbar zu sein. Thanksgiving erscheint mir wie der perfekte Zeitpunkt dafür, den nächsten Schritt in Angriff zu nehmen. Unsere beiden Familien warten darauf, dass wir uns hinsichtlich unserer Pläne äußern, also wie wäre es, wenn ich allen sage, dass das Festessen dieses Jahr bei uns stattfindet?"

„Klingt perfekt."

Nachdem Dr. Trulo am Haus der Townsends eingetroffen war, informierte Freddie ihn über den Vorfall mit Hattie und darüber, was er ihr versprochen hatte. „Ich bin überzeugt, dass sich Hattie mit der richtigen Behandlung von den psychischen Problemen erholen kann, die sie quälen, seit sie und ihr Mann Opfer von Ginny McLeod geworden sind."

„Ist das nicht die ermordete Frau, die ihre Freunde und ihre Familie betrogen hat?", fragte Trulo.

„Genau die. Die Townsends gehören zu ihren Opfern, und wenn Sie mit Hattie reden, werden Sie verstehen, welche Auswirkungen das auf sie hatte und inwiefern es zu den heutigen Ereignissen geführt hat."

„Was ist mit Ihnen, Detective? Ich habe gehört, sie hat Sie mit einer Waffe bedroht."

„Mir geht es gut. Kümmern wir uns um sie. Sie braucht Ihre Hilfe, nicht ich."

„Ich kümmere mich um sie, doch ich möchte Sie morgen in meinem Büro sehen, um dieses Gespräch fortzusetzen."

„Wie gesagt, mit mir ist alles in Ordnung."

„Das ist nicht verhandelbar, Detective."

Freddie starrte den Doktor lange an und hoffte, dieser würde blinzeln. Tat er aber nicht. „Gut. Dann komme ich morgen. Kann ich Sie jetzt zu Hattie bringen?"

„Gehen Sie vor."

Eine Stunde später fuhr Freddie in Sams Auto Richtung Woodley Park. Er musste so schnell wie möglich Elin sehen. Sie war sein einziger Gedanke, und er fuhr schneller, als er sollte, und widerstand nur mit Mühe dem Drang, Blaulicht und Sirene zu benutzen. Er brauchte zehn kostbare Minuten, um einen Parkplatz in der Nähe von zu Hause zu finden, und weitere zehn, um die kurze Strecke bis zu dem Gebäude, in dem sie wohnten, zu joggen. Freddie nahm immer zwei Stufen auf einmal und ließ seinen Schlüssel bei dem Versuch, ihn ins Türschloss zu stecken, zweimal fast fallen.

Elin rettete ihn, in dem sie die Tür öffnete, die weißblonden Brauen verwirrt zusammengezogen. „Ein Glück, du bist es. Ich hatte schon befürchtet, es sei ein Einbrecher."

„Nein, ich bin es nur."

„Was ist denn los?"

„Nichts. Ich brauche bloß das hier." Er legte die Arme um sie und drückte sie so fest, dass sie aufquiekte.

„Freddie! Ich kriege ja gar keine Luft mehr!"

„Sorry." Er ließ voller Erleichterung, weil er wieder bei ihr war, den Kopf auf ihre Schulter sinken – schließlich hatte er allen Grund gehabt, sich zu fragen, ob er sie jemals wiedersehen würde.

„Du machst mir Angst." Sie fuhr ihm mit den Fingern durchs Haar, zog ein wenig daran und zwang ihn so, ihr in die Augen zu schauen. „Was ist passiert?"

„Nichts." Wenn er es ihr erzählte, würde sie sich noch mehr um ihn sorgen, als sie es ohnehin schon tat. „Nur ein schräger Tag, und ich konnte es nicht erwarten, wieder bei dir zu sein."

„Eigentlich habe ich dich erst in ein paar Stunden zurück-
erwartet.“

„Ich habe früher aufgehört.“

„Warum?“

„Na, weil ich zu dir wollte.“

„Solche Sachen tust du sonst nicht, wenn du einen neuen Fall
hast. Was ist los? Sag jetzt nicht ‚Nichts‘.“

„Es ist etwas passiert, doch ich möchte nicht, dass du dir
Sorgen machst. Ich hatte alles unter Kontrolle. Na ja, zumindest
die meiste Zeit, aber es war schon irgendwie seltsam und …“

„Was ist geschehen, Freddie?“

„Ich habe eins der Betrugsopfer unserer Ermordeten befragt.“

„Allein?“

„Ja, Sam musste zurück ins Hauptquartier, um zwei Leute zu
verhören, die wir schon fast vierundzwanzig Stunden in
Gewahrsam hatten. Also haben wir beschlossen, uns aufzuteilen,
weil wir weit draußen waren, in Maryland.“

„Was ist dann passiert?“

„Als ich am Haus der Frau angekommen war, hat sie eine
Waffe auf mich gerichtet, und, nun ja, im Grunde war ich kurz-
zeitig in ihrer Gewalt.“

„Mein Gott!“, stieß Elin entsetzt aus.

„Ich habe mit ihr geredet und ihr erklärt, dass ich ihr Hilfe bei
den Problemen besorgen kann, die sie hat, seit Ginny McLeod sie
um ihr Geld erleichtert hat. Dr. Trulo ist gekommen, er hilft ihr,
und alles ist gut. Trotzdem musste ich herfahren, um dich zu
sehen.“

Sie schaute mit den atemberaubenden blauen Augen, die ihn
seit ihrer ersten Begegnung nicht mehr losgelassen hatten, zu ihm
hoch. „Warum wolltest du mich so unbedingt sehen?“

„Das will ich immer.“

„Warum, Freddie?“

Er seufzte. „Weil ich kurz – und es war wirklich nicht länger
als ein oder zwei Minuten – Angst hatte, ich könnte dich nie
wiedersehen, und das hat mich trauriger gemacht, als ich je zuvor
in meinem Leben gewesen bin.“

Sie schlang die Arme um ihn und zog seinen Kopf wieder an
ihre Schulter. „Wie soll ich dich denn unter diesen Umständen
morgen wieder zur Arbeit gehen lassen?“

„Genau deshalb wollte ich es dir nicht erzählen.“

„Du hast sie doch hoffentlich verhaftet?“

„Nein, sie wird die nächsten zweiundsiebzig Stunden in der Psychiatrie verbringen, und wir hoffen, sie in dieser Zeit überzeugen zu können, sich selbst stationär einzuliefern.“

„Sie hat eine Waffe auf dich gerichtet.“

„Die Frau ist geisteskrank. Untersuchungshaft hätte die Situation nur verschlimmert.“

„Freddie, sie hätte dich umbringen können.“

„Hat sie aber nicht. Ich will ein Kind mit dir.“

„Was? Wo kommt das denn jetzt plötzlich her?“

„Das kommt überhaupt nicht plötzlich. Ich denke schon eine ganze Weile darüber nach.“

„Hast du nicht immer gesagt, du willst keine Kinder in diese verkorkste Welt setzen, in der wir leben?“

„Sam hat mir klargemacht, dass wir unser Leben und die Art, wie wir es führen, nicht nach dem kaputten Dreck beurteilen dürfen, den wir tagtäglich bei der Arbeit zu sehen kriegen, weil das nicht das normale Leben ist.“

„Ach, und nachdem dir jetzt der Schreck derart in die Glieder gefahren ist, bist du plötzlich bereit für ein Baby?“

„Das ist nicht der einzige Grund. Willst du denn keins?“

„Doch, allerdings nicht sofort. Können wir ein Jahr lang unsere Ehe genießen, ehe wir mit dem Kinderkriegen anfangen?“

„Schätze schon, aber wir müssen in der Zwischenzeit viel üben, damit wir es draufhaben, wenn es so weit ist.“

Wie erwartet lachte sie. „Wenn wir noch mehr üben, kommen wir zu gar nichts anderem mehr.“

„Das ist mir recht, denn ich liebe nichts mehr, als mit dir zu üben.“

„Willst du gleich anfangen?“, fragte sie, während er sie schon in Richtung Schlafzimmer führte.

„Auf der Stelle.“

„Hey, Freddie?“

„Ja, Babe?“

„Vielen Dank, dass du dich heute nicht hast umbringen lassen. Ich wüsste nicht, wie ich ohne dich leben soll.“

„Elin, ich habe die ganze Zeit nur an dich gedacht und daran, dass ich zu dir nach Hause wollte. Das wird immer das Wichtigste für mich sein.“

# KAPITEL 24

Sam hatte fast vergessen, dass Avery im Besprechungsraum auf sie wartete. Erst als sie mit Valerie im Schlepptau ins Großraumbüro zurückkehrte und ihn dort telefonieren hörte, fiel es ihr wieder ein. Solche Tage kosteten sie immer viel Kraft, und dieser hier war noch lange nicht vorbei. Dann erinnerte sie sich an das Treffen der Selbsthilfegruppe, und sie stöhnte laut auf.

„Stimmt etwas nicht, Lieutenant?", fragte Cameron Green.

„Jede Menge, leider. Ich hasse diesen Fall, mein Partner wurde von einer Frau, die er befragen wollte, mit der Waffe bedroht, ich habe gleich das Proktologie-Treffen mit Hill und heute Abend meine Selbsthilfegruppe, und damit ist dieser Tag offiziell endlos. Ansonsten ist alles toll."

Greens Lippen zuckten, und seine Augen blitzten belustigt.

„Wenn Sie lachen, sind Sie gefeuert."

„Ich würde es niemals wagen, zu lachen, aber ich habe vielleicht etwas, das Sie interessiert."

„Nämlich?"

Cameron sah mit fragend gehobener Braue Valerie an.

„Das ist Valerie, sie schließt demnächst ihr Studium in Strafrecht an der American ab", stellte Sam sie vor. „Valerie, das ist Detective Cameron Green. Sie macht heute ein Praktikum bei mir. Green, Sie können in ihrer Gegenwart frei sprechen."

„Tatsächlich habe ich zwei Dinge. Zum einen haben alle Golfkumpel von Ken senior Jeannie schriftlich bestätigt, dass er den ganzen Nachmittag auf dem Grün war."

„Na immerhin."

„Die zweite Info ist noch besser", sagte Cam. „Unsere Freundin Mandi McLeod hat in den letzten zwei Jahren mehrere Reisen auf die Cayman Islands unternommen."

„Okay …"

„Sie wissen, dass die Cayman Islands ein Steuerparadies sind, oder?", fragte Cameron.

„Sie sind beliebt, weil man dort gut Geld parken kann, das man nicht versteuern möchte", fügte Valerie hinzu.

„Richtig", bestätigte Cam, der von der jungen Frau beeindruckt zu sein schien.

„Ich glaube, davon habe ich schon mal gehört", antwortete Sam. „Hat sich das FBI nicht mit diesen Reisen befasst?"

„Nein, ich glaube nicht, denn sie haben zwar Ginny und Ken durchleuchtet, sind aber nicht viel weiter vorgedrungen. Ich bin über die sozialen Medien der Tochter darauf gestoßen, genauer gesagt ein privates Instagram-Konto namens Finsta, auf das ich mit Mitteln zugreifen konnte, die wir besser nicht diskutieren sollten. Sie hat in den letzten zwei Jahren fünf verschiedene Sonnenuntergangsfotos gepostet, die mit ‚Seven Mile Beach, George Town, Grand Cayman' getaggt sind."

„Mehrere Reisen oder Bilder von derselben Reise?"

„Nach den Daten zu urteilen, vier verschiedene Reisen."

„Gibt es Anzeichen dafür, dass die Eltern zur gleichen Zeit dort waren?"

„Nichts, was öffentlich zugänglich wäre. Es gibt auch keine Anzeichen für entsprechende Ausgaben in ihren Finanzunterlagen aus dieser Zeit. Ich nehme an, Mandi muss die Reisen unter einem falschen Namen bezahlt haben oder einen gefälschten Pass oder eine andere Möglichkeit gehabt haben, unentdeckt zu reisen."

„Hervorragende Arbeit, wie üblich, Detective. Holen Sie Mandi McLeod von der Catholic University her." Sam notierte ihm den Namen ihres Wohnheims und ihre Zimmernummer. „Nehmen Sie O'Brien mit, und bitten Sie eine Funkstreife zur Verstärkung hinzu." Nach Freddies Missgeschick wollte sie kein Risiko eingehen.

„Mach ich."

„Wir lassen Ms McLeod die Nacht in unserer Luxusherberge im Keller verbringen und kümmern uns morgen früh um sie."

„Stellen wir sie unter Anklage?"

„Noch nicht. Lassen Sie mich zuerst mit ihr reden und ein Gefühl dafür bekommen, was sie wann wusste. Bei unserer letzten Unterhaltung war sie total empört über das, was ihre Mutter getan hat. Ich bin mir nicht sicher, ob sie eine willige Mitverschwörerin war oder ob sie im Laufe von zwei Jahren ganz unschuldig viermal ein paar Tage auf den Cayman Islands verbracht hat, und bis ich das weiß, will ich sie nicht anklagen."

„Wird erledigt."

„Lassen Sie es mich wissen, wenn Sie mit ihr wieder zurück sind."

„Okay."

„Danach können Sie den Rest des Tages freinehmen – ein halber Tag Arbeit reicht für heute."

Cameron lachte. „Oh, vielen Dank, Lieutenant. Sie sind wirklich eine großzügige Vorgesetzte."

„Man tut, was man kann." Die Bezugnahme auf den legendären Ausspruch Skip Hollands über Halbtagsarbeit ließ sie sich ihrem Vater näher fühlen.

„Und so", sagte Sam zu Valerie, „sieht hier der Alltag aus."

„Das war so ungefähr der coolste Tag meines gesamten Lebens. Es war atemberaubend, Ihnen bei den Verhören zuzuschauen. Sie sind unglaublich gut."

„Danke." Sam reichte ihr eine Visitenkarte. „Rufen Sie mich an, wenn Sie Ihren Abschluss haben. Ich kann Ihnen vielleicht weiterhelfen."

„Ich werde nie vergessen, wie eine Belästigung in der Metro sich zum Besten entwickelt hat, was mir je passiert ist."

„Bitte behandeln Sie das, was Sie hier beobachtet haben, vertraulich."

„Natürlich. Darf ich Sie umarmen und ein Selfie machen?"

„Wenn es nicht lange dauert und Sie das Selfie nicht in den sozialen Medien posten."

„Natürlich nicht!"

Sam gab ihr zehn Sekunden für die Umarmung und das Foto. „Melden Sie sich."

„Auf jeden Fall. Danke noch mal für den tollen Tag."

„Gerne." Sam sah ihr nach, als sie sich in Richtung Foyer entfernte, und hoffte, irgendwann wieder von Valerie zu hören. Sie hatte das Gefühl, die junge Frau würde eine hervorragende Polizistin abgeben.

„Lieutenant", rief Avery aus dem Besprechungsraum. „Ich wäre dann so weit."

„Puh, der Proktologe ruft."

„Ihre originelle Wortwahl beeindruckt mich immer wieder", stellte Green fest, während er O'Brien bedeutete, ihn zu Mandi McLeod zu begleiten.

„Gleich, Hill. Ich hole mir nur noch ein Wasser." Sie begab sich in ihr Büro, löste die Spange aus ihrem Haar, die es zusammenhielt, während sie arbeitete, und schnappte sich die inzwischen warme Flasche Wasser, die sie vorhin im Pausenraum aus dem Automaten gezogen hatte. Sie trank die Hälfte davon, nahm Block und Stift und ging in den Besprechungsraum, um das Meeting mit Hill hinter sich zu bringen.

„Da bin ich. Was willst du?"

Er erhob sich grinsend und schloss die Tür. „Charmant wie immer."

„Charme ist mein zweiter Vorname." Sam gestand sich ungern ein, dass Avery Hill ein attraktiver Mann war, mit hellbraunem Haar, das er zurückgekämmt trug, markanten Wangenknochen, goldfarbenen Augen und einem South-Carolina-Akzent, der selbst die abgebrühteste Frau nicht unberührt ließ. Ihre Freundin Shelby Faircloth, Averys frischgebackene Gattin, war eine glückliche Frau. Nicht dass Sam je einen Gedanken an ihn verschwendete, wenn er ihr nicht gerade gegenübersaß, aber dann fiel ihr jedes Mal auf, wie gut er aussah.

„Was kann ich für Sie tun, Agent Hill?", fragte sie betont freundlich.

Er ignorierte ihren süffisanten Tonfall. „Ich möchte mit dir über einige der von dir am meisten geschätzten Menschen sprechen – Stahl, Conklin und Hernandez."

„Oh, wie schön. Meine Lieblingsaltherrenseilschaft."

„Vorher möchte ich dir allerdings noch mitteilen, dass mein Team Nachforschungen über deine Schwiegermutter anstellt. Es gibt bisher nichts Konkretes zu berichten, aber wir sind auf ein paar interessante Dinge gestoßen."

„Das überrascht mich nicht im Geringsten. Sie ist echt das Letzte."

„Es könnte eine Weile dauern, bis wir da weiterkommen, weil wir gerade alle Hände voll zu tun haben."

„Kein Problem. Lasst euch Zeit."

„Was den Grund unseres Hierseins betrifft … Es tut mir wirklich leid, dass ich dir das antun muss, Sam."

Sie zuckte die Achseln. „Ich komme langsam über den anfänglichen Schock wegen Conklin und Hernandez hinweg und weiß ja längst, dass Stahl schon immer ein Dreckskerl war."

„Wir überprüfen ihre Fälle von früher und gehen der Frage nach, ob Conklins und Hernandez' Beteiligung am Fall deines Vaters ein Einzelfall war oder ob es da ein Muster gab."

Sam drehte sich der Magen um. „Mein Gott. Ich hätte nie gedacht, dass Dads Fall bloß die Spitze des Eisbergs sein könnte. Diese Vorstellung macht mich ganz krank."

„So empfinden auch viele andere hier. Du sollst wissen, dass wir nicht darauf aus sind, diese Abteilung insgesamt zu diskreditieren. Nur die Leute, die es verdienen. Wir sind uns der großartigen Arbeit, die ihr hier jeden Tag leistet, durchaus bewusst."

„Danke, aber ich weiß natürlich, dass nicht jeder den Job so angeht wie wir beide."

„Was fällt dir als Erstes ein, wenn du an die Zusammenarbeit mit Stahl und Conklin zurückdenkst?"

„Stahl hat sich als mir vorgesetzter Lieutenant schon immer wie ein Arschloch benommen. Als er zur Abteilung Interne Ermittlungen versetzt wurde, wurde es noch schlimmer. Er war wie besessen von seiner Macht. Zum Beispiel hat er versucht, ein Problem daraus zu konstruieren, dass er Detective Arnold darüber hat scherzen hören, dass er nicht zu meiner Hochzeit eingeladen worden war."

„Inwiefern?"

„Er hat das bei der AIE problematisiert. Stahl hat keine Gelegenheit ausgelassen, mir auf jede nur erdenkliche Weise an den Karren zu fahren. Ununterbrochen. Ihn als direkten Vorgesetzten zu haben war ein echter Albtraum für mich."

„Gab es dafür einen Grund?"

„Nein. Ich hab angenommen, es hätte etwas mit meinem Vater zu tun. Die beiden haben gemeinsam Karriere gemacht, haben sich jedoch nie wirklich verstanden. Als Stahl dann Skips Tochter unter seinem Kommando hatte, hat er das voll ausgenutzt."

„Das muss ein großer Spaß gewesen sein."

„Ja, ich hatte jede Menge Spaß im Dienst, während ich gleichzeitig mit dem passiv-aggressiven Peter verheiratet und mein Vater nach einer Schießerei querschnittsgelähmt war. Mein Chef und mein Mann haben mich in dieser Zeit rund um die Uhr gestresst. Die guten alten Zeiten waren genau betrachtet gar nicht so toll."

„Klingt so. Hast du je den Verdacht geäußert, Stahl könnte die Vorschriften beugen, als er dein Lieutenant war?"

„Ständig. Er hat uns dauernd Druck gemacht und verlangt, wir sollten ihm Hinweise beschaffen, egal wie. Meist haben wir ihn ignoriert, aber er war unerbittlich in seinem Bemühen, Fälle um jeden Preis abzuschließen."

„Glaubst du, er hat Beweise gefälscht oder so?"

„Das kann ich nicht mit Sicherheit sagen, doch seine Methoden waren zumindest fragwürdig."

„Inwiefern?"

„Er hat Leute außer Acht gelassen, die wir anderen befragen wollten, und uns angewiesen, uns auf den wahrscheinlichsten Verdächtigen zu konzentrieren, dabei ist meiner Erfahrung nach der wahrscheinlichste Verdächtige nicht immer unbedingt der Täter."

„Fallen dir irgendwelche Fälle ein, die Stahl, Conklin, Hernandez oder sonst jemand geschönt oder schlampig bearbeitet hätte?"

„Tatsächlich ja … Warte einen Moment." Sam verließ den Konferenzraum, um in ihr Büro zu gehen und die Worthington-Akte zu holen. Als sie zurückkam, schloss sie die Tür und legte den Aktenordner auf den Tisch. „Calvin Worthington, fünfzehn, wurde vor fünfzehn Jahren vor seinem Elternhaus in Southeast erschossen." Sie legte ein Bild des lächelnden jungen Mannes auf den Tisch und schob es zu Avery hinüber, gefolgt von dem Foto des Gerichtsmediziners von der Brustwunde, die sein Leben beendet hatte.

„Es war in meinem ersten Jahr als Streifenpolizistin. Ich habe den Anruf entgegengenommen. Nie werde ich vergessen, wie verzweifelt die Mutter war, oder die Art und Weise, wie alle Spuren sofort ins Nichts führten. Stahl war der zuständige Ermittler, und das war das erste Mal, dass ich mit ihm zu tun hatte. Ich habe ihn immer wieder gefragt, was er unternimmt, um Calvins Mörder zu finden, und er hat geantwortet, ich solle mich um meine eigenen Angelegenheiten kümmern und meine Nase nicht in seine stecken. Er war stinksauer, weil eine einfache Streifenpolizistin ihn zur Rede gestellt hat. Später wurde mir klar, die Tatsache, dass mein Nachname Holland war, hat ihn nur zusätzlich geärgert."

„Für einen Mordfall ist das eine ziemlich dünne Akte."

„Exakt."

Er schlug den Ordner auf, blätterte ihn durch und überflog die Berichte. „Du hast die Ereignisse vorhin detaillierter beschrieben als die Detectives, die den Fall untersucht haben."

„Die haben kaum Ermittlungen angestellt. Ich erinnere mich, dass ich wütend darüber war, dass sie dem Fall so wenig Aufmerksamkeit geschenkt haben, doch er ereignete sich während einer Serie von Schießereien und Familiendramen, und der Fall ist einfach unter den Tisch gefallen. Aber ich habe Lenore und ihre schreckliche Trauer nie vergessen. Als ich sie neulich zum ersten Mal seit Jahren wiedergesehen habe, habe ich sofort gewusst, wer sie war und warum sie gekommen war. Sie hatte wohl gehört, dass ich den Fall meines Vaters nach vier Jahren abgeschlossen hatte, und obwohl fünfzehn viel länger seien, könne ich mir doch den von Calvin vielleicht noch einmal vornehmen, meinte sie. Sie hat mich daran erinnert, dass er dieses Jahr dreißig geworden wäre."

„Was für eine Tragödie. Man fragt sich nur, wie Menschen so etwas überleben. Ich denke dabei an Noah und weiß, ich würde es nicht überstehen, wenn ihm etwas zustieße."

„Ja, ich kenne das Gefühl, aber Menschen sind ziemlich zäh. Irgendwie überleben wir Dinge, von denen wir denken, sie würden uns kaputtmachen. Ich weiß, dass das nicht annähernd dasselbe ist, wie ein Kind zu verlieren, doch noch vor ein paar Wochen habe ich mir ein Leben ohne meinen Vater nicht vorstellen können, und jetzt sitze ich hier, atme und funktioniere ohne ihn. Das Leben geht weiter, auch wenn man sicher ist, dass es eigentlich enden müsste."

„Wahrscheinlich hast du recht. Heute Abend ist das erste Treffen deiner Selbsthilfegruppe, oder?"

„Richtig."

„Das ist eine unglaublich gute Idee. Sie wird vielen Menschen helfen."

„Ich hoffe es doch."

„Hast du etwas dagegen, wenn ich mir die Akte Worthington einmal genauer ansehe?"

„Ganz und gar nicht. Ich stecke bis über beide Ohren im Fall McLeod, aber danach wollte ich den Fall Worthington neu aufrollen. Meine Vorgesetzten haben es genehmigt."

„Ich gebe dir die Akte morgen zurück. Erzähl mir von Ramsey.

Während unserer Ermittlungen sind wir ein paarmal auf seinen Namen gestoßen."

„Ach ja?" Sam grinste humorlos. „Er ist ein weiterer meiner speziellen Freunde bei der Polizei."

„Was für ein Problem hat er mit dir?"

„Gute Frage. Wenn ich raten müsste, würde ich tippen: Ich bin weiblich, jünger als er, habe weniger Dienstjahre auf dem Buckel und bin trotzdem ranghöher, und das liegt seiner Ansicht nach einzig und allein daran, wer mein Vater war und dass ich als Kind zum Chief ‚Onkel Joe' gesagt habe. Es kann für ihn keinen anderen Grund dafür geben, dass ich ihn überflügelt habe."

Avery verdrehte die Augen. „Die Tatsache, dass du in deinem Job hervorragend bist, hat damit natürlich nichts zu tun."

„Absolut nichts."

„Er ist neidisch."

„Vielleicht, aber er ist auch gefährlich. Ich glaube, er versucht, Gonzo aus Hass auf mich etwas am Zeug zu flicken." Sie informierte Avery über die Details dessen, was Gonzo getan hatte, und über ihren Verdacht dazu, wie die Sache ans Licht gekommen war.

„Wow."

„Morgen findet ein Gespräch statt, bei dem jeder, der in dieser Behörde wichtig ist, Gonzales anflehen wird, diesen Deal nicht anzunehmen. Sonst ist seine Karriere so gut wie vorbei. Er muss den Menschen ins Gedächtnis rufen, warum er am Ende abhängig von Schmerzmitteln war."

„Absolut. Was Arnold – und damit auch ihm – zugestoßen ist, war eines der schlimmsten Dinge, die ich im Rahmen meines Berufes je erlebt habe. Ich will mir gar nicht vorstellen, wie das für ihn war."

„Es war ein Albtraum. Arnold hat ihn mit seiner Ernsthaftigkeit, seinem Eifer und seinem welpenhaften Enthusiasmus verrückt gemacht. Er war superlieb, und Gonzo mochte ihn echt gern, aber die Hälfte der Zeit hätte er ihn am liebsten geknebelt. An diesem Abend war er genervt, daher hat er ihm versprochen, er würde ihm bei der Befragung eines gesuchten Zeugen die Gesprächsführung überlassen, wenn er nur die Klappe halten würde. Das hängt Tommy nach. Er fühlt sich schuldig an seinem Tod."

„Er hat Arnold genau das gegeben, was der wollte."

„Wir beide wissen das, trotzdem geht das einfach nicht in

seinen Dickschädel hinein. Aus seiner Sicht hat er seinen Partner in den Tod geschickt.“

„Damit zu leben muss furchtbar sein.“

„Ist es, und wer würde ihm einen Vorwurf daraus machen wollen, dass er getan hat, was für ihn nötig war, um das irgendwie durchzustehen? Die meisten Leute hier haben Verständnis für ihn, Ramsey allerdings nicht. Er versucht aus einem irregeleiteten Rachedurst gegen mich heraus, Gonzo die Karriere zu versauen. Das ist alles ein Riesendrecksmist.“

„Ich habe gehört, der Grund für seine jüngsten Drohungen gegen dich sei, dass jemand Hinweise auf eine mögliche außereheliche Affäre seinerseits ausgegraben habe.“

„Ach ja?“

„Mhm.“ Er betrachtete sie forschend. „Weißt du etwas darüber?“

Sam antwortete mit bemüht neutralem Gesichtsausdruck: „Nicht das Geringste.“

„Dann muss er noch andere Feinde innerhalb der Behörde haben.“

„Das würde mich nicht überraschen. Wenn man sich neunzig Prozent der Zeit wie ein Idiot verhält, fällt einem das irgendwann auf die Füße.“

„Stimmt. Was ist mit Conklin? Hat es je Hinweise darauf gegeben, dass er kein guter Bulle ist?“

„Nur als der pensionierte Captain Wallack verschwunden ist und seine Frau es Conklin erzählt hat, der es zwei Wochen lang für sich behalten hat, in denen Wallacks Stiefsohn den Captain gezwungen hat, unschuldige Menschen zu erschießen.“

„Hat er seine Handlungsweise begründet?“

„Er hat befürchtet, Wallack, der trockener Alkoholiker ist, könnte rückfällig geworden sein. Conklin hat behauptet, er habe Wallacks Ruf schützen wollen. Er selbst ist ebenfalls trockener Alkoholiker. Mein Vater hat ihn von der Flasche weggeholt und seine Karriere gerettet, als die Dinge bei ihm damals aus dem Ruder gelaufen sind. Ironisch, was?“

„Es ist abartig“, sagte Avery mit einer Eindringlichkeit, die Sam imponierte. Gute Cops reagierten entsetzt darauf, dass Conklin vier Jahre lang Geheimnisse bezüglich der Schüsse auf ihren Vater für sich behalten hatte. Avery war ein guter Cop, auch wenn er FBI-Agent war. „Dass er Wallacks Verschwinden nicht gemeldet hat, war das deines Wissens das erste Mal, dass er sich nicht an die Vorschriften gehalten hat?"

Sie nickte. „Du müsstest den Chief, Malone und andere Leute fragen, die schon länger dabei sind als ich, aber ich glaube, das war das erste Mal, dass jemandem Zweifel an ihm gekommen sind. Ich weiß noch, wie schockiert ich war, als ich herausgefunden habe, was er getan hatte, und dass ich mich schlecht gefühlt habe, weil ich es melden musste. Zu entdecken, dass ein anderer Beamter etwas Fragwürdiges getan hat, ist das Schlimmste überhaupt, besonders wenn er der stellvertretende Polizeichef und ein langjähriger Freund deines Vaters ist. Zumindest dachte ich das. Ich habe inzwischen feststellen müssen, dass ich mich in dem Punkt geirrt habe."

„Musstest du früher schon mal Kollegen melden?"

„Ab und zu. Zuletzt, als einer der Scharfschützen der Washingtoner Polizei, Sergeant Dylan Offenbach, während der Sniper-Morde vom Radar verschwunden ist und unsere Untersuchung ergeben hat, dass er bezüglich seines Aufenthaltsortes nicht die Wahrheit gesagt hatte. Statt an der Konferenz teilzunehmen, für die er sich angemeldet hatte, hat er seine Frau betrogen, mit der er fünf Kinder hat. Ein sechstes ist unterwegs. Er hat mich beschuldigt, sein Leben zerstört zu haben, doch wenn du mich fragst, hat er das ganz allein getan. Ich habe gehört, er fährt jetzt wieder Streife und gibt mir die Schuld daran."

„Du bist einfach großartig darin, dich bei allen hier beliebt zu machen, was?"

Sam lachte. „Sieht so aus. Es ist so: Als ich Berufsanfängerin war, hat mir mein Dad den wichtigsten Rat gegeben, den ich je bekommen habe. Er hat gesagt: ‚Wenn du etwas herausfindest, was deine Vorgesetzten wissen müssen, meldest du es ihnen sofort. Du gehst vorher nicht mal mehr kurz aufs Klo, sondern meldest es auf der Stelle.' Ich habe mich immer an diese Regel gehalten, selbst wenn es manchmal nicht unbedingt zu meiner Beliebtheit bei meinen Kollegen beigetragen hat. Ich gehöre nicht zu denen, die die Vorschriften beugen."

„Das wissen die Betroffenen auch. Die brauchen nur einen Sündenbock."

„Ist mir egal", meinte Sam achselzuckend. „Die Tatsache, dass eine Frau ihre Fehler anprangert, noch dazu die Tochter eines im Dienst verletzten Helden und die ‚Nichte' des Chiefs, ist nicht hilfreich."

„Schwierige Situation."

„Ja, aber wenn man die meiste Zeit versucht, das Richtige zu tun, kann man nachts ziemlich gut schlafen. Das soll nicht heißen, dass ich keinen Mist gebaut habe. Wer ohne Fehler ist, kann gern den ersten Stein werfen. Doch ich versuche, das Richtige zu tun, und das irritiert die Leute hier manchmal."

„Ich erlebe das Gleiche beim FBI. Die Leute machen Dummheiten und können es dann nicht fassen, wenn man sie erwischt und bestraft. Es kommt nie gut an, aber ich möchte den Betreffenden jedes Mal sagen, dass wir diese Unterhaltung nicht führen müssten, wenn sie das, was sie getan haben, unterlassen hätten."

„Exakt. Glaub mir, es bereitet mir keinen Spaß, Kolleginnen oder Kollegen bei etwas Dubiosem zu ertappen. Nicht einmal bei Ramsey, Stahl oder sonst jemandem, den ich nicht ausstehen kann, denn am Ende fallen solche Fehltritte immer auf uns alle zurück."

„So ist es. Dieses Gespräch war wirklich hilfreich. Danke für deine Zeit."

„Darf ich fragen, mit was für einem Ergebnis du bei dieser Untersuchung rechnest?"

„Ich bin mir ehrlich gesagt noch nicht sicher. Zurzeit sehe ich hier und da Muster, aktuell führen wir in erster Linie Befragungen durch."

„Auch mit Leuten wie Stahl, Ramsey, Hernandez, Offenbach und Conklin?"

„Möglicherweise. Mich persönlich interessiert ihre Sichtweise. Zumindest möchte ich zu meiner eigenen Erbauung wenigstens ihre Rechtfertigungsversuche hören."

„Conklin wird dir erzählen, er habe seine Frau schützen wollen. Stadtrat Gallagher und die anderen Beteiligten an dem Glücksspielring hätten sie bedroht, um ihn einzuschüchtern."

„Das erkenne ich als berechtigte Sorge an, aber wenn man nichts zu verbergen hat, ist man auch nicht erpressbar."

„Richtig. Das war ein weiterer guter Ratschlag meines Vaters: Gib denen nichts in die Hand, was sie gegen dich verwenden können."

„Hast du je darüber nachgedacht, ein Buch über eine hochrangige Mordermittlerin zu schreiben?"

„Äh, nun ja, nein, eigentlich nicht. Lesen und Schreiben zählen nicht gerade zu den Lieblingshobbys, wenn man unter Dyslexie leidet."

„Trotzdem solltest du es dir überlegen. Du könntest es irgendeinem armen Drecksack diktieren, der es tippen muss."

„Haha, das könnte ich Freddie aufbürden."

„Ich glaube, das würde ein sehr interessantes Buch ergeben, und angesichts deiner Bekanntheit als Gattin des Vizepräsidenten würdest du wahrscheinlich einen Riesenbestseller landen."

„Das hat mir gerade noch gefehlt – mehr öffentliche Aufmerksamkeit."

Avery lächelte. „Ich würde es lesen. Das ist mein voller Ernst. Ich glaube, deine Geschichte wäre Stoff für ein tolles Buch."

„Ach, sei still." Sam riskierte einen diskreten Blick auf die Uhr. In neunzig Minuten musste sie Roni abholen. „War's das dann erst mal?"

„Ja. Danke nochmals."

„Dann fahre ich mal schnell nach Hause, um nach den Kindern zu sehen, ehe ich zu dem Treffen heute Abend gehe. Bis demnächst."

„Viel Spaß mit deinen Kindern, und viel Glück nachher bei der Selbsthilfegruppe."

„Danke." Sam war fast erleichtert, das Großraumbüro leer vorzufinden, als sie aus dem Besprechungsraum trat. Eigentlich hätte sie sich fragen sollen, wo alle waren oder ob noch jemand arbeitete, doch im Moment wollte sie einfach nur zu ihren Kindern. Als sie in ihrem Büro ihre Schlüssel holen wollte, fiel ihr wieder ein, dass Freddie ihr Auto hatte. „Verdammt."

So ungern sie es auch zugab, der Secret Service würde sich gleich als sehr hilfreich erweisen.

# KAPITEL 25

Zu Hause angekommen, war Sam aus dem SUV ausgestiegen, ehe Jimmy ihr die Tür öffnen konnte, was ihr einen genervten Blick von ihm eintrug.

„Na, machst du dir wieder überall Freunde?", fragte Nick, der mit Nate in der Tür stand.

„Immer, das weißt du doch." Sie genoss es, Nicks Arm um ihre Schultern zu spüren, während er sie hineinbegleitete.

„Ich kann echt nicht glauben, dass du dich tatsächlich von ihnen nach Hause hast fahren lassen."

„Freddie hat mein Auto. Es hat sich also angeboten."

„Ah, verstehe. Wieso bist du eigentlich schon so früh hier? Ich dachte, heute Abend fände das erste Treffen der Selbsthilfegruppe statt."

„Tut es auch, aber es hat sich die Chance ergeben, mich kurz davonzustehlen, und die habe ich genutzt."

Shelby kam in die Küche, ihren Sohn Noah auf der Hüfte, und hielt kurz inne, als sie Sam sah. „Mom ist früher zu Hause."

„Leider kann ich nur kurz bleiben", meinte Sam. „Ich muss gleich wieder los. Wo sind denn alle?"

„Die Zwillinge sind oben und ziehen sich für den Ausflug zum Spielplatz im Park um, und Scotty ist beim Basketballtraining. Ich habe ihm eine SMS geschickt, um zu fragen, ob er mitmöchte, wenn er heimkommt."

„Können wir mitgehen?", fragte Sam Nick.

„Klar. Ich sag nur kurz Brant Bescheid."

Während er das tat, wandte sich Sam an Shelby: „Warum macht du und Noah nicht auch früher Schluss? Wir können das mit dem Spielplatz übernehmen."

„Bist du dir sicher? Es stört mich nicht."

„Wenn es dir recht ist, würde ich das wirklich gern tun. Ich habe das Gefühl, ich habe zu wenig Zeit für die drei."

„Das stimmt nicht, Sam. Sie lieben dich sehr und wissen, dass du arbeiten musst."

„Trotzdem wünschte ich, ich könnte mehr mit ihnen unternehmen."

„Du tust schon genug für deine Kinder. Es geht ihnen großartig. Allen dreien."

„Freut mich, dass du das so siehst. Verbring ruhig etwas Zeit mit deiner eigenen Familie. Ich habe gerade mit deinem Mann gesprochen. Er ist wahrscheinlich inzwischen zu Hause."

„In diesem Fall wird sich dieses alte, schwangere Schlachtschiff mal Richtung Heimat schwingen."

„Ich möchte genauso sein wie du, wenn ich ‚alt' bin." Sam umarmte Shelby und küsste Noah auf die Wange. „Danke für deine unglaubliche Hilfe hier. Ohne dich wären wir verloren, aber ich möchte nicht, dass du während deiner Schwangerschaft zu viel arbeitest. Du musst uns Bescheid sagen, wenn du eine Pause oder einen freien Tag oder so brauchst."

„Es geht mir gut. Mach dir um mich keine Sorgen. Ich freue mich über jede Minute mit den Kindern. Bis morgen früh."

„Schönen Abend."

Shelbys Schwangerschaft versetzte Sam zum ersten Mal seit langer Zeit wieder einen Stich. Ihre Schwester Angela erwartete ihr drittes Kind, Tracy hatte drei, Shelby bekam ihr zweites … nur Sam konnte keins kriegen. Manchmal war das Leben ungerecht, doch für gewöhnlich weigerte sie sich, ihr Glas als anders als halb voll zu betrachten. Sie fühlte sich vom Schicksal gesegnet, besonders seit Scotty und die Zwillinge zu ihrer Familie gehörten.

Apropos „vom Schicksal gesegnet" … Nick kehrte in die Küche zurück und schien überrascht, sie dort allein vorzufinden. „Wo ist denn Shelby?"

„Ich habe ihr den Rest des Tages freigegeben, was, wie ich gerade feststelle, vielleicht nicht die beste Idee war, falls du sie später noch brauchst."

„Schon gut. Ich habe heute Abend nichts vor, also kein Problem."

„Oh, prima. Ich wollte mit dir und den Kindern zusammen in den Park. Natürlich behütet von zahlreichen Personenschützern."

„Verstehe."

Die Küchentür flog auf, und zwei fast Sechsjährige kamen aufgeregt hereingestürmt, weil sie auf den Spielplatz wollten.

Aubrey stieß einen Freudenschrei aus, als sie Sam entdeckte, die sie fest in die Arme schloss.

„Wie geht es dir, Kleines?", fragte sie. So hatte Sams Vater sie genannt, seit sie noch jünger gewesen war als Aubrey jetzt.

„Gut. Brauchen wir für den Park Jacken?"

„Ja, und Mützen."

„Ich hasse Mützen", beschwerte sich Alden.

Nick setzte dem Jungen trotzdem eine auf und hielt ihm den Mantel hin. „Die halten aber deinen Kopf warm."

„Dürfen wir den Weg zu Fuß zurücklegen?", erkundigte sich Sam.

„Ich denke schon. Ich habe jedenfalls darum gebeten."

Sie schickte schnell Celia eine SMS, um ihre Stiefmutter einzuladen, sie zu begleiten. „Wie lange braucht Scotty noch?"

„Zwei Minuten", antwortete Nick. „Ich habe ihm gesagt, wir brechen nicht ohne ihn auf."

Sam führte die beiden aufgeregt herumhüpfenden Kleinen, die sehnsüchtig darauf warteten, dass Scotty nach Hause kam, nach draußen und die Rampe hinunter zu Celias Haus. Ihr Herz schmerzte immer noch jedes Mal, wenn ihr Blick auf die andere Rampe vor der Eingangstür des Hauses ihres Vaters fiel, und allmählich wurde ihr klar, dass dieser Schmerz nie verschwinden würde.

Celia kam heraus, wickelte sich einen Schal um den Hals und zog Handschuhe an.

„Celia, du hast deine Mütze vergessen", rief Aubrey.

„Stimmt. Ich bin gleich wieder da." Rasch ging sie zurück ins Haus, um die vergessene Kopfbedeckung zu holen, und war gerade rechtzeitig wieder bei ihnen auf dem Bürgersteig, um die Ankunft von Scottys Geheimdienst-Eskorte zu verfolgen.

Die Zwillinge waren so aufgeregt, Scotty zu sehen, dass Sam sie kaum ruhig halten konnte, bis er hinten aus einem der großen SUVs stieg. Erst als er so weit war, ließ Sam ihre Hände los.

Er fing sie auf, legte je einen Arm um sie und schleppte sie wie Kartoffelsäcke. „Hat jemand ein paar kleine Kinder verloren?", fragte er Sam und Celia.

„Die gehören ganz dir, Großer", erwiderte Nick und trat zu ihnen. „Dann gehen wir mal besser ein bisschen Dampf ablassen."

Die Mitarbeiter des Secret Service hielten respektvoll Abstand vor und hinter ihnen, während sie die drei Blocks zu dem Spielplatz liefen, den die Kleinen so liebten. Als die Grünanlage mit dem Spielplatz in Sicht kam, rannten die drei Kinder in Richtung der Schaukel und der anderen Spielgeräte los. Die anderen Eltern erstarrten, als ihnen klar wurde, wer da zu ihrem Nachwuchs stieß.

Sam behielt ihre drei Schützlinge im Auge und hoffte inständig, dass niemand sie ansprechen würde.

„Meine Güte", erklärte Celia. „Schaut woandershin, Leute. Hier gibt es nichts zu sehen."

„Ja, oder?", meinte Sam. „Dieses Starren nervt."

Die Secret-Service-Leute verteilten sich und bildeten eine Art Schutzkreis um ihre Familie. Sam ignorierte sie und alle anderen und konzentrierte sich auf die Kinder, schubste Aubrey und Alden auf den Schaukeln an und wippte mit Scotty, bis die Kleinen dringend auch wollten.

Sam legte einen Arm um Aubrey, Scotty nahm Alden, und Nick machte mit seinem Handy Fotos, während Celia sie anfeuerte. Eine ganz normale Familie, die am späten Nachmittag auf den Spielplatz kam – zumindest versuchte Sam sich das einzureden. Umgeben von Personenschützern konnte sie nie ganz in die Fantasie einsteigen, genau wie alle anderen zu sein.

„Wieso wollen Sie nicht kandidieren?", rief ein Mann mittleren Alters Nick zu. „Sie sind es dem Land schuldig!"

„Tut mir leid, aber ich bin im Moment privat mit meiner Familie hier."

„Ich zahle mit meinen Steuern Ihr Gehalt. Da können Sie ja wohl eine Minute mit mir reden."

„Jetzt nicht."

Als der Mann einen Schritt näher trat, war sofort Brant zur Stelle, um ihn daran zu hindern. „Bleiben Sie zurück."

„Oder was?", fragte der Mann. „Ihr gottverdammten Politiker seid so von euch eingenommen."

„Ach herrje", flüsterte Celia.

„So sollten Sie in Gegenwart von Kindern nicht reden", wies Nick ihn zurecht.

„Tun Sie nicht so, als wären Ihnen Kinder wichtig, wenn Sie

gleichzeitig vor Ihren Verpflichtungen gegenüber den Kindern einer ganzen Nation davonlaufen."

Nick überließ den streitlustigen Mann dem Secret Service und wandte sich wieder seiner Familie zu. „Tut mir leid", meinte er zu Sam.

„Du musst dich nicht entschuldigen. Du hast ja nichts getan."

„Offenbar habe ich eine Menge Leute enttäuscht."

Diese Erkenntnis traf ihn tief. Das konnte sie deutlich in seinem attraktiven Gesicht erkennen. „Du bist diesen Leuten nichts schuldig, Nick. Sag mir bitte, dass du das weißt."

„Das ist mir klar. Aber es macht mir zu schaffen, dass ich die Leute im Stich gelassen habe. Ich hatte keine Ahnung, dass sie so … auf mich gebaut haben."

Sam lachte auf. „Wirklich nicht?"

„Nicht in diesem Maße." Er deutete auf den Mann, der sich gerade einiges von Brant und Nate anhören musste.

Sie hasste es, dass ihn das so mitnahm.

„Habe ich einen Fehler gemacht, Samantha?"

„Nein. Du hast die beste Entscheidung für dich und unsere Familie getroffen und darfst jetzt nicht anfangen, daran zu zweifeln, nur weil die Menschen enttäuscht sind. Jemand anders wird kandidieren, und alles wird gut."

„Ich hoffe, da hast du recht."

„Wann hatte ich das je nicht?"

Er lachte, küsste sie auf die Stirn und ging zu den Zwillingen, die sich an der Kletterwand versuchten.

„Lass sie nicht höher klettern", bat Sam.

„Sie klettern immer bis ganz nach oben, Mom", wandte Scotty ein.

„Gar nicht wahr!"

„Doch." Er lachte sich halb tot, weil sie ihn so entsetzt anstarrte. „Was wollte der Typ von Dad?"

„Er hatte nichts zu sagen, was sich zu wiederholen lohnt."

„Warum sind die Leute sauer auf ihn, nur weil er ehrlich erklärt, was er tun möchte?"

„Das ist eine sehr gute Frage. Ich persönlich hätte lieber einen Präsidenten, der das Amt auch wirklich will, was meinst du?"

„Ja, obwohl es krass gewesen wäre, im Weißen Haus zu wohnen."

„Das sagst du jetzt, dabei wäre es mit sehr vielen Einschränkungen verbunden gewesen."

„Mehr Einschränkungen als jetzt?"

„Andere. Man steht unter ständiger Beobachtung, alles, was man sagt oder tut, wird verfolgt. Unablässige Überprüfungen, Sicherheitskrisen und lebenswichtige Entscheidungen." Sam erschauerte. „Das kann ich mir beim besten Willen nicht vorstellen."

„Dad würde das bestimmt total gut hinkriegen."

Sam legte den Arm um Scotty und drückte ihn rasch. „Zweifellos, aber er muss es auch wollen. Da liegt das Problem."

„Ich finde es schrecklich, dass die Leute sauer auf ihn sind, weil er das tut, was für ihn und seine Familie am besten ist."

„Ja, das ist echt ätzend."

Scotty schaute mit besorgt gerunzelter Stirn zu ihr. „Du glaubst doch nicht, dass jemand wütend genug auf ihn ist, um ihm etwas anzutun, oder?"

Sam konnte diesen Gedanken nicht ertragen. „Ich hoffe es wirklich nicht, aber versuch, dich deswegen nicht verrückt zu machen. Brant und die anderen Personenschützer passen rund um die Uhr auf ihn auf. Sie werden nicht zulassen, dass ihm etwas passiert."

„Manchmal nervt es, den Secret Service ständig um sich zu haben, andererseits hat es auch Vorteile."

„Das sehe ich ganz genauso, mein Freund." Sam blickte auf die Uhr und stöhnte auf. „Ich sage es ja nur ungern, aber ich muss wieder zur Arbeit. Heute Abend habe ich noch einen Termin."

„Die Selbsthilfegruppe, richtig?"

„Richtig."

„Meinst du, ich könnte dich vielleicht begleiten? Oder ist das bloß was für Erwachsene?"

„Nein, im Gegenteil. Ich fände es toll, wenn du dabei wärst. Tut mir leid, dass ich nicht selbst darauf gekommen bin, dich zu fragen."

„Schon gut. Du hast viel um die Ohren."

„Ja, aber ich bin immer für dich da. Das weißt du, oder?"

„Ja klar. Kann ich vorher noch schnell was essen?"

„Wenn wir sofort nach Hause gehen."

„Dann los."

Sam informierte Nick und Celia, dass sie sich mit Scotty auf den Heimweg machte, während er losrannte, um den Zwillingen Bescheid zu sagen. „Er würde heute Abend gern mit zu der Selbsthilfegruppe", teilte sie Nick mit.

„Wirklich?"

„Hat er selbst vorgeschlagen."

„Was für eine großartige Idee. Das hätte uns auch selbst einfallen können."

„Das fand ich auch."

„Gut, dass unser Sohn klüger ist als wir beide zusammen." Nick küsste sie auf die Wange. „Schaffst du das mit diesem Treffen?"

„Das wird schon. Kommst du allein mit den Kleinen zurecht?"

„Klar. Alles gut. Und ich werde auf dich warten."

„Leg dich ruhig schon hin, wenn du müde bist."

„Ich warte."

Zum Abschied lächelte sie ihm zu und winkte Celia, die Alden auf einer Schaukel anschubste. „Sehen wir uns bei dem Treffen?"

„Heute Abend nicht", entschuldigte sich Celia mit dem Anflug eines traurigen Lächelns. „Vielleicht irgendwann mal, doch im Moment bin ich einfach noch nicht so weit."

„Das verstehe ich."

„Aber ich wünsche dir viel Erfolg."

„Danke." Als Sam an Brant vorbeikam, sagte sie zu ihm: „Die Verrückten sind in letzter Zeit verrückter als sonst."

„Ja, Ma'am."

„Halten Sie die Augen offen."

„Immer."

Sie hatte großes Vertrauen zu dem ernsten jungen Bodyguard, der mit Nicks Schutz betraut war, trotzdem machte sie sich Sorgen.

Sams und Scottys Personenschützer begleiteten die beiden nach Hause. Sam belegte für Scotty und sich Sandwiches mit Truthahnbrust, die sie essen würden, während der Secret Service sie mit einem kleinen Umweg, um Roni abzuholen, zum MPD-Gebäude brachte.

Sam hatte sich einverstanden erklärt, einen der SUVs zu nutzen, um mit Scotty zusammen fahren zu können, nicht weil sie glaubte, Schutz zu brauchen. Zwei Tage mit Eskorte hatten ihr wieder plastisch vor Augen geführt, warum sie ursprünglich keinen gewollt hatte.

„Was wird denn bei diesem Treffen passieren?", fragte Scotty zwischen zwei Bissen.

„Dr. Trulo wird es leiten und moderieren."

„Was heißt das? Moderieren?"

„Er lenkt die Gespräche."

„Was für ein Arzt ist er?"

„Psychiater."

„Auch bekannt als Seelenklempner."

„Genau", sagte Sam, die sich wie immer über ihn amüsierte.

„Mögen wir diesen Kerl?"

„Sehr. Er hat mir im Laufe der Jahre oft geholfen, und als ich ihm von meiner Idee mit der Selbsthilfegruppe erzählt habe, hat er dafür gesorgt, dass es auch passiert."

„Mit anderen Worten, er hat die ganze Arbeit gemacht, und du erntest die Lorbeeren."

„So in der Art." Sie stieß ihn mit dem Ellbogen an. „Du bist klüger, als gut für mich ist."

Sein Lachen freute sie. „Pass auf, sonst verdränge ich dich noch und übernehme die Leitung der Familie."

„Ich behalte dich im Auge, Freundchen."

„Hast du den Mörder der Frau, die ihre Freunde bestohlen hat, gefunden?"

„Bisher nicht."

„Ich habe über sie nachgedacht. Was hatte sie wohl vor? Sie muss doch gewusst haben, dass man ihr auf die Schliche kommen würde."

„Sie wollte vermutlich das Land verlassen."

„Allein? Hatte sie nicht Kinder?"

„Schon, aber die waren sauer auf sie, weil sie die Eltern ihrer Freunde über den Tisch gezogen hatte."

Darüber dachte er einen Augenblick nach. „Sie wollte ohne ihren Mann und ihre Kinder das Land verlassen?"

„Ihre Kinder sind erwachsen, sie hätte also keine Minderjährigen im Stich gelassen."

„Trotzdem sind es ihre Kinder."

„Das stimmt", gab Sam zu und grübelte über seine Worte nach. „Glaubst du, sie haben Bescheid gewusst?"

„Keine Ahnung, aber ich an deiner Stelle würde mich schon fragen, inwieweit sie eingeweiht waren."

„Wir glauben, die Tochter hat möglicherweise Geld auf die Cayman Islands geschafft, ein Steuerparadies, was bedeutet, dass Leute, die dort Geld parken, in den USA keine Steuern zahlen müssen."

„Meinst du, der Tochter war klar, was sie da tut?"

„Wir reden morgen mit ihr, doch sie hätte schon ziemlich

dumm sein müssen, um nicht zu ahnen, warum man sie da hinge-
schickt hat."

„Ist sie mit Koffern voller Geld gereist?"

„Das wüsste ich auch gern. Übrigens, wenn du an einer Poli-
zeikarriere interessiert bist, hätten wir vielleicht einen Platz für
dich im MPD."

„Nicht, wenn wir ihn zuerst kriegen", warf Debra, die Scottys
Personenschutzteam leitete, vom Beifahrersitz aus über die
Schulter ein.

„Es tobt ein Bieterkrieg um mich", stellte Scotty mit breitem
Grinsen fest.

„Woher kennst du denn dieses Wort?"

„Aus Videospielen. Dabei lerne ich den Großteil aller coolen
Sachen, die ich weiß, und deshalb ist die Schule auch nicht so
wichtig."

Die Personenschützer auf den vorderen Sitzen lachten,
während Sam versuchte, sich ein Lächeln zu verkneifen. „Wenn
dein Vater das gehört hätte, hätte er einen Herzanfall gekriegt."

„Und genau deshalb wirst du es ihm auch nicht verraten.
Klar?"

„Glasklar." Die Fahrzeugkolonne bog in die Straße ein, in der
Roni wohnte.

„Warum halten wir hier an?"

„Wir holen meine neue Freundin Roni ab. Ihr Mann wurde
unlängst von einer verirrten Kugel getötet. Sie hatten gerade
geheiratet."

„Oh, wie traurig."

„Es ist furchtbar. Ich habe sie überreden müssen, heute Abend
zu kommen. Jetzt hoffe ich, sie hat sich nicht umentschieden."

„Das hoffe ich auch."

„Ich bin sofort wieder da."

# KAPITEL 26

Sam wartete, bis die Personenschützer ihr die Tür geöffnet hatten, und stieg dann aus, um bei Roni zu klingeln. „Hey, Sam hier", sagte sie, als Roni sich über die Gegensprechanlage meldete. „Bist du so weit?"

„Ich bin gleich unten."

Während sie auf der Treppe wartete, war Sam erleichtert, dass Roni nicht gekniffen hatte. Die Tür öffnete sich, und Roni trat aus dem Haus und stutzte angesichts der Autokolonne, die davor parkte. „Äh, was ist denn hier los?"

„Mein Sohn hat gefragt, ob er mitkommen kann. Da er unter dem Schutz des Secret Service steht, tun wir das jetzt auch. Ist das okay?"

„Oh, klar. Ich denke schon."

„Entschuldige den großen Bahnhof. Wenn du mit mir befreundet bist, musst du mit gelegentlichen Autokolonnen rechnen."

„Das war aber nicht Teil unserer Abmachung."

Sam lachte über die schlagfertige Erwiderung. Je mehr Zeit sie mit dieser Frau verbrachte, desto mehr mochte sie sie. Sie deutete auf den SUV. „Nach dir." Nachdem sie hinter der Journalistin eingestiegen war, stellte sie vor: „Roni, das ist Scotty. Scotty, das ist meine neue Freundin Roni."

Scotty schüttelte Roni die Hand. „Wow, Sie müssen echt cool sein, denn meine Mom mag normalerweise niemanden."

„Äh, das ist mir jetzt unangenehm", meinte Sam und warf

Scotty einen gespielt strafenden Blick zu. „Das sollst du doch nicht allen Leuten erzählen."

Roni lachte sich halb tot, und obwohl Sam nicht glücklich darüber war, dass Scotty ihre Geheimnisse ausplauderte, freute sie sich, ihre neue Freundin so belustigt zu sehen.

„Meine Abneigung trifft nicht alle Menschen, nur die meisten."

„Schon klar." Roni wischte sich die Lachtränen aus den Augen. „Es ist schön, dich kennenzulernen, Scotty."

„Ich freue mich auch. Das mit Ihrem Mann tut mir sehr leid."

„Danke. Mir das mit deinem Großvater auch."

„Danke. Es ist echt totaler Mist."

„Ja."

*Und schon jetzt hilft die Selbsthilfegruppe Leuten und lässt sie wissen, dass sie mit ihrem Schmerz nicht allein sind,* dachte Sam. Roni erkundigte sich bei Scotty nach der Schule, und sie wurden sich schnell über ihre gemeinsame Verachtung für Mathe einig. „Mein verstorbener Mann war ein Mathegenie. Ich habe immer gesagt, er könne froh sein, dass ich überhaupt mit ihm ausgegangen bin, nachdem ich das herausgefunden hatte."

„Ehrlich gesagt weiß ich nicht, ob ich das könnte", antwortete Scotty mit ernster Miene. „Ich hätte Angst, dass wir zu verschieden wären, wenn meine Frau ein Mathefreak wäre."

„Er hatte andere Qualitäten, sodass ich über diese große Schwäche hinwegsehen konnte."

„Mein Vater ist ein totaler Streber. Er wird immer sauer, wenn meine Mutter und ich über die Schule lästern, aber er hat sein ganzes Leben lang auch nur Einsen gehabt. Der Mann hat keine Ahnung, was der Rest von uns durchmacht."

„Es ist ein Elend", pflichtete ihm Roni bei.

„Das können Sie laut sagen. Wenn er mir bei Mathe hilft, sieht das bei ihm immer alles ganz leicht aus. Doch allein schaffe ich es einfach nicht."

„Ich habe einen Rat für dich: In Mathe zu versagen bedeutet nicht, im Leben zu versagen. Vertrau mir."

„Das behauptet meine Mutter auch immer."

„Und die muss es ja wissen. Sie hat im Leben definitiv nicht versagt."

„Aber in Mathe", erwiderte Scotty, und sie lachten alle.

Als sie das Polizeigebäude durch den Haupteingang betraten, staunte Sam über den Unterschied – tagsüber belagerte die Presse diese Tür, nach Feierabend war der Vorplatz wie ausgestorben.

„Falls du es noch nicht weißt, du hast einen wunderbaren Sohn", meinte Roni, während Scotty vor ihnen das Gebäude betrat.

„Oh, ich weiß. Allerdings kann ich nichts dafür. Er war schon so."

„Er ist clever, schlagfertig und unglaublich witzig."

„Wir lieben ihn auch wahnsinnig."

„Verständlich." Roni schaute sich im Foyer des MPD um. „Hier spielt sich also alles ab, ja?"

„Nein, das ist nur der hübsche Teil. Komm erst mal mit ins Großraumbüro."

„Du arbeitest in einem Großraumbüro?"

„Ja, dort ist die Mordkommission untergebracht. Ich zeig's dir." Sam führte sie durch die Gänge zu ihrem Zweitwohnsitz. „Hier ist es, in all seiner Pracht." Die Ermittlerinnen der Nachtschicht, Carlucci und Dominguez, hatten gerade ihren Dienst angetreten und erhoben sich hinter ihren Schreibtischen, um Sam zu begrüßen.

„Das sind die Detectives Dani Carlucci und Gigi Dominguez. Meine Freundin Roni Connolly."

„Freut mich, Sie kennenzulernen", erklärte Roni und schüttelte ihnen die Hand.

Sam traute ihren Augen nicht, als plötzlich Gonzo zum ersten Mal seit Monaten das Großraumbüro betrat. Sie umarmte ihren engen Freund und Sergeant und stellte ihn Roni vor.

Gonzo schüttelte ihr ebenfalls die Hand. „Wie schön, Sie persönlich kennenzulernen. Ich habe das mit Ihrem Mann gehört. Mein Beileid. Anfang des Jahres ist mein Partner ermordet worden."

„Davon habe ich gelesen. Das tut mir furchtbar leid."

„Es ist wunderbar, dass du wieder hier bist", sagte Sam zu Gonzo.

„Und du glaubst gar nicht, wie wunderbar es für mich ist, wieder hier zu sein." Gonzo umarmte Scotty, Carlucci und Dominguez. „Wenn es dir recht ist, würde ich gern an dem Treffen heute Abend teilnehmen."

„Das ist mir mehr als recht. Wir hätten dich sehr gerne dabei."

„Nur damit du Bescheid weißt", wandte sich Carlucci an Sam, „als die Kollegen versucht haben, Mandi McLeod abzuholen, war sie nicht mehr da. Ihre Mitbewohnerin hat ausgesagt, sie sei kurz nach eurem Besuch aufgebrochen und seither nicht wiedergekommen."

„Verdammt."

„Detective McBride hat sich erlaubt, zu überprüfen, ob sie bei ihrem Bruder ist, aber der ist ebenfalls verschwunden."

Sam dachte kurz nach. „Schreib sie beide zur Fahndung aus. Setzt sie auf die No-Fly-Liste, und alarmiert die Bahnhöfe in der Region. Außerdem sollten wir Jesse Best informieren", fügte sie hinzu. Best war der Chef der U.S. Marshals. Niemand war so gut im Aufspüren von Personen wie seine Leute. Die Aufforderung an sie, nach jemandem Ausschau zu halten, war spezifischer als ein allgemeiner Fahndungsaufruf und führte normalerweise zu einer Festnahme, nachdem die Verdächtigen ausfindig gemacht worden waren.

„Wir kümmern uns darum", versprach Dominguez.

„Lasst es mich wissen, wenn sich über Nacht etwas ergibt. Ich bin die nächsten ein, zwei Stunden hier und danach zu Hause zu erreichen."

„Okay."

Sam wäre zwar lieber geblieben, um an dem Fall zu arbeiten, doch an diesem Abend hatte sie andere Verpflichtungen. „Gehen wir hoch in den Aufenthaltsraum der Lieutenants."

„Ich komme gleich", sagte Gonzo und kehrte an seinen Arbeitsplatz zurück.

„Es gibt einen eigenen Aufenthaltsraum für die Lieutenants?", fragte Scotty auf dem Weg zur Treppe. „Das ist ja krass."

„So krass, dass ich erst etwa zweimal da war."

„Wieso das?"

„Wer hat denn schon Zeit für Aufenthaltsräume? Ich nicht." Sam hätte am liebsten aufgestöhnt, als sie in diesem Moment ausgerechnet die Person sah, von der sie gehofft hatte, sie würde zu diesem Zeitpunkt schon längst weg sein.

Sergeant Ramsey kam gerade aus dem Büro der Sondereinheit für Sexualdelikte, als sie ihn passierten. Hoffentlich würde er sie kommentarlos vorbeilassen.

„Hey, Holland, ich weiß, dass Sie etwas mit dem Mist zu tun hatten, der in der Hauspost war, aber glauben Sie nicht, dass ich das einfach so hinnehmen werde. Ich kriege Sie."

Sam schob Scotty weiter, doch ihr Sohn schaute sie alarmiert an.

„Haben Sie gehört, Holland? Kehren Sie mir besser nicht den Rücken zu."

Roni wirbelte herum. „Halten Sie den Mund, Sie Idiot. Sie ist mit ihrem Sohn unterwegs. Warum verpissen Sie sich nicht einfach?"

Ramsey warf Roni einen giftigen Blick zu, folgte allerdings zu Sams großer Erleichterung ihrer Aufforderung.

Sam sah sie an. „Nur damit du es weißt … Ich werde dich während unserer gesamten Freundschaft nie mehr lieben, als ich es in diesem Moment tue."

„Normalerweise werde ich nicht gleich so drastisch, aber diesmal war es einfach zu viel."

Sam lachte. „Du hast keine Ahnung, wie sehr ich es genossen habe, zu hören, wie du ihn einen Idioten genannt hast."

„Doch, ich glaube schon. Ich gestehe, dass ich von deinen früheren Zusammenstößen mit ihm gelesen habe. Sein Gesicht war mir aus den Medien vertraut."

„Ja, er ist ein wiederkehrendes Problem."

„Muss ich mir wegen seiner Drohungen Sorgen machen?", fragte Scotty.

„Nein, das muss man nicht ernst nehmen."

„Ist er der Typ, den du damals ‚aus Versehen' die Treppe runtergestoßen hast?"

„Möglicherweise."

„Gut", erklärte Scotty. „Scheint so, als hätte er es sich selbst zuzuschreiben."

Sam wies ihn bloß ungern zurecht, aber hin und wieder musste sie die Erziehungsberechtigte raushängen lassen. „Nein, mein Freund, dazu hätte ich mich nie hinreißen lassen dürfen. Er hat etwas sehr Gemeines zu mir gesagt, trotzdem hatte er es nicht verdient, dass ich ihn körperlich angreife." Das war glatt gelogen, doch zum Glück merkte Scotty das nicht. Zumindest hoffte sie das. „Fürs Protokoll: Ich habe ihn nur geschlagen. Die Treppe ist er ganz allein runtergestürzt. Dennoch hätte ich ihn auf keinen Fall anfassen dürfen." Sie bereute zwar nichts, aber das musste ihr Sohn ja nicht wissen.

„Alles klar. Dad meint immer, wir können Probleme nicht lösen, indem wir weitere Probleme schaffen."

„Dad ist sehr klug."

„Einer muss das ja sein." Scotty schnaubte leise und hielt ihr und Roni die Tür zum Aufenthaltsraum der Lieutenants auf.

„Ich bin ein echter Fan deines Sohns", bemerkte Roni in Sams Richtung.

„Mir geht es genauso."

Sam freute sich über die große Resonanz auf ihre Einladung zu der Selbsthilfegruppe. Sie erkannte einige Gesichter von früheren Fällen, darunter Lenore Worthington, und entdeckte ein paar Überraschungsgäste, wie ihren alten Freund Roberto und seine Freundin Angel. Roberto kam in seinem Rollstuhl auf sie zu.

„Wenn das nicht die coolste Ermittlerin im ganzen Land ist", erklärte er und lächelte zu ihr hoch. Er hatte kurzes dunkles Haar und freundliche braune Augen.

Sam bückte sich zu ihm hinunter, um ihn zu umarmen, und richtete sich dann auf, um Angel in die Arme zu schließen, die ebenfalls dunkle Haare und Augen hatte. „Schön, Sie zu sehen."

„Gleichfalls", erwiderte Angel. „Wir haben auf Facebook von der Gruppe gelesen und beschlossen, uns das mal anzuschauen."

Sie waren beide in der Vergangenheit Opfer von Gewaltverbrechen geworden und gehörten daher genau zur Zielgruppe. „Ich bin so froh, dass Sie hier sind. Das sind mein Sohn Scotty und meine Freundin Roni." Nach dieser kurzen Vorstellung blickte sie sich um, konnte Dr. Trulo allerdings nirgends entdecken. *Oh, oh.* „Entschuldigen Sie mich einen Moment. Ich muss kurz telefonieren." Sam entfernte sich ein Stück, klappte ihr Handy auf und rief Dr. Trulo an, der nach dem zweiten Klingeln abnahm. „Bitte sagen Sie mir, dass Sie im Haus sind."

„Ich bin in etwa fünfzehn Minuten da. Ich habe gerade Hattie Townsend in eine betreute Wohngruppe in Bethesda gebracht, und der Verkehr ist wie immer eine Katastrophe."

„Äh, was soll ich denn solange mit den Leuten hier machen?"

„Bilden Sie mit ihnen einen Stuhlkreis, und erzählen Sie ein bisschen, warum wir die Gruppe gegründet haben und was wir zu erreichen hoffen, und dann bitten Sie jeden, sich vorzustellen."

„Ich schätze, das kriege ich hin."

„Sie schaffen das, Lieutenant. Ich bin bald da."

*Nicht bald genug,* dachte Sam. „Na schön. Beeilen Sie sich."

Trulo legte lachend auf.

Sam schluckte trocken und holte tief Luft, bevor sie sich an die versammelten etwa fünfzig Leute wandte. „Hallo allerseits." Als sie ihre Aufmerksamkeit hatte, begann sie: „Danke, dass Sie hier sind. Unser Moderator Dr. Trulo wurde heute Nachmittag zu einem Fall gerufen und ist gerade auf dem Weg hierher. Er möchte, dass wir uns in einen Stuhlkreis setzen, also gucken wir mal, ob wir das auch ohne seine Hilfe hinbekommen."

Scotty verdrehte die Augen und begann mit einer Effizienz, die seine Mutter und die anderen Erwachsenen beeindruckte, die Stühle im Kreis aufzustellen.

„Sieht aus, als wäre dein Kind genauso cool wie seine Mama", meinte Roberto.

„Er ist viel cooler als ich. Scotty wird eines Tages die Welt regieren."

„Apropos Weltherrschaft, ich finde es echt schade, dass deine bessere Hälfte nicht kandidieren wird. Er wäre ein toller Präsident gewesen."

„Das finde ich auch, aber unter uns: Die Kinder und ich freuen uns darauf, ihn ganz für uns allein zu haben."

„Ich habe gehört, du hast Zwillinge aufgenommen, deren Eltern ermordet wurden."

„Sie sind unsagbar süß. Wir lieben sie sehr."

„Das war eine tolle Aktion, Polizistin."

„Es hat sich auch toll angefühlt. Ich bin gern Mutter."

„Und das steht dir auch."

Scotty winkte ihr und deutete auf den Stuhlkreis.

„Legen wir los." Sam führte Roberto und Angel zu den Stühlen. Sie rückte einen davon beiseite, um Platz für den Rollstuhl zu schaffen, und setzte sich dann neben ihn. „Ich denke, ich kenne die meisten von Ihnen", erklärte sie, „und für alle anderen: Ich bin Lieutenant Sam Holland." Sie wollte noch mehr sagen, aber die Worte blieben ihr im Hals stecken, als Nick eintrat und im Kreis Platz nahm, wobei er alle Blicke im Raum auf sich zog.

„Das", stellte Sam vor, „ist mein Mann."

Allgemeines Gelächter folgte, und er deutete ein Winken an. Nick Cappuano war bekannt.

Später würde Sam ihn fragen, warum er sie nicht vorgewarnt hatte und wer auf die Kinder aufpasste, aber im Moment war sie dankbar, ihn dabeizuhaben. „Dr. Trulo ist auf dem Weg hierher, um alle vor mir zu retten, doch er hat vorgeschlagen, dass wir bis zu seinem Eintreffen schon mal beginnen, uns vorstellen und ein bisschen darüber reden, warum wir hier sind und was wir zu erreichen hoffen. Dr. Trulo und ich hatten die Idee zu dieser Gruppe, weil wir einige der Menschen, denen wir bei unserer täglichen Arbeit begegnen, zusammenbringen wollen, damit sie in einer schwierigen Situation Unterstützung und Hilfe erhalten.

Jeder in diesem Raum kennt den Schmerz eines tragischen Verlusts, aber unsere Verluste wurden erschwert durch die Umstände, unter denen sie geschehen sind – plötzlich und gewaltsam, sodass wir uns unvermittelt in der Welt der Strafverfolgung und der Justiz wiederfinden. Ich habe schon in dieser Welt gelebt, lange bevor mein Vater bei einem Fall, der vier lange Jahre ungelöst geblieben ist, bei der Arbeit angeschossen und dadurch querschnittsgelähmt wurde. Der Schock wegen der Schüsse, die Verzweiflung über seine neue Realität, die Angst um seine labile Gesundheit waren das Stressigste, was ich je erlebt habe. Es hat fast vier Jahre gedauert, bis mein Vater seinen Verletzungen erlegen ist, doch unser Leben hat sich an dem Tag, an dem er angeschossen wurde, für immer verändert. Ich empfinde es als Segen, diese zusätzliche Zeit mit ihm gehabt zu haben, auch wenn ich mir immer bewusst war, in was für einer Hölle er nach den Schüssen gelebt hat. Letzten Monat ist er unerwartet verstorben, sodass meine Trauer und die meines Sohnes Scotty und unserer gesamten Familie immer noch frisch ist, besonders seit wir erfahren haben, dass ein Mann, den wir als engen Freund betrachtet haben, an der Vertuschung der Details des Verbrechens beteiligt war. Der gewaltsame Tod eines geliebten Menschen ist schwierig, egal wie oder wann er passiert. Wir hoffen, dass diese Gruppe Trost spenden und Gemeinschaft für diejenigen von Ihnen stiften kann, die das erleben mussten, und dass Sie neue Freunde finden werden, die besser als jeder andere verstehen, wie man sich fühlt, wenn so etwas geschieht."

Sie nickte Roberto zu und ermutigte ihn damit, als Nächster zu sprechen. „Hey, Leute, ich bin Roberto, und ich habe meine Freundin, die Polizistin hier, kennengelernt, als sie verdeckt in einer Gang ermittelt hat, zu der ich damals gehört habe. Ich habe für ein paar üble Typen gearbeitet, und als alles den Bach runtergegangen ist, bin ich in diesem Stuhl gelandet. Die Polizistin hat mich im Krankenhaus besucht, mir einen Ausweg aufgezeigt und ihr Versprechen gehalten, mir einen guten Job zu besorgen. Meine Freundin Angel wurde auf offener Straße entführt und mehrfach missbraucht, und als man sie zu mir zurückgebracht hat, war sie gebrochen. Wir haben beide die Hölle durchgemacht, aber wenigstens haben wir einander. Ich bin ziemlich sicher, dass ich ohne sie nicht mehr hier wäre, doch sie liefert mir einen Grund, weiterzuleben."

„Das gilt auch umgekehrt, Baby", flüsterte seine Freundin.

„Hallo zusammen, ich bin Angel, und wie Roberto schon gesagt hat: Als die mich entführt und vergewaltigt haben, habe ich gedacht, mein Leben sei vorbei. Seither habe ich allerdings herausgefunden, dass ich immer noch Freude empfinden und Spaß haben kann. Auch wenn es eine Weile gedauert hat. Ich bin froh, hier zu sein. Danke, Sam, dass Sie das organisiert haben."

„Ich bin Lenore, und mein Sohn Calvin ist vor fünfzehn Jahren erschossen worden, als er fünfzehn Jahre alt war. Mittlerweile habe ich länger ohne ihn gelebt als mit ihm. Der Fall ist nach wie vor ungelöst, und das trägt dazu bei, dass meine Trauer weiter sehr präsent ist. Dass sein Mörder nie gefasst wurde, ist etwas, womit ich jeden Tag leben muss." Sie warf Sam einen Blick zu. „Jetzt hoffe ich, dass ein erneutes Aufrollen des Falls nützliche Erkenntnisse zutage fördern wird."

Sam nickte ihr kurz zu und betete, dass sie dieses stillschweigende Versprechen würde halten können.

„Mein Name ist Trey. Unlängst hat jemand meine Tochter Vanessa aus einem fahrenden Auto heraus erschossen."

Trey war einer der Menschen, die Sam dazu inspiriert hatten, die Gruppe zu gründen. Sie würde seinen unerträglichen Schmerz und ihre eigene Reaktion am Tatort von Vanessas Ermordung nie vergessen.

„Sie war sechs und so süß und …" Trey schloss kurz die Augen, holte tief Luft und atmete ganz langsam wieder aus. „Ich war alleinerziehender Vater, und sie war mein ganzes Leben. Jetzt weiß ich nicht, was ich ohne sie anfangen soll. Die Leute behaupten immer, die Zeit heile alle Wunden, aber das glaube ich nicht. Als Lieutenant Holland mich zu diesem Treffen eingeladen hat, habe ich gehofft, es würde vielleicht helfen, andere zu treffen, die dasselbe durchgemacht haben wie ich."

„Wir freuen uns, dass Sie hier sind, Trey", sagte Sam.

Er nickte, presste die Lippen aufeinander, und sein attraktives Gesicht war voller Schmerz.

„Ich heiße Joe, und meine Frau Melody wurde von demselben Täter erschossen wie Vanessa. Sie war gerade mit unserem ersten Kind schwanger, ich habe sie also beide verloren. Mel hatte das nicht verdient, und ich habe seit ihrer Ermordung ein Aggressionsproblem. An manchen Tagen habe ich Angst, dass meine Wut überkocht und mich in den Abgrund reißt, aber ich kämpfe mich weiter durch, weil sie es so gewollt hätte. Doch es ist das Schwerste, was ich je habe tun müssen."

Die Frau neben ihm nahm seine Hand. „Ich verstehe dieses Gefühl gut, Joe. Ich bin Danita, und mein Sohn Jamal wurde ebenfalls von demselben Täter erschossen. Jamal hatte sich mit zweien seiner Freunde im Air and Space Museum einen Film über den Weltraum angeschaut, und der Kerl hat ihn auf dem Heimweg grundlos abgeknallt. Ich weiß alles über Aggressionsprobleme und die Art von Trauer, bei der man sich fragt, wie man damit weiterleben soll. Zum Glück unterstützen mich meine Töchter. Trotzdem ist jeder Tag, seit wir Jamal verloren haben, ein Kampf." Sie sah Lenore an. „Jamal war auch fünfzehn. Ich dachte, ich hätte das Gröbste geschafft. Er war ein guter Junge, der fast immer das Richtige getan hat. Ich war mir ziemlich sicher, dass er zu einem guten Mann heranwachsen würde."

„Das wäre er bestimmt", erwiderte Sam. „Jeder, mit dem wir gesprochen haben, hat uns erzählt, was für ein netter junger Mann er war."

„Danke", sagte Danita und wischte sich die Tränen ab. „Das bedeutet mir viel."

„Mein Name ist Tommy, ich bin Polizist beim MPD. Mein Partner wurde im Januar direkt neben mir erschossen. Das Ganze geschah bei einer Observierung, und es war sehr kalt. Wir waren müde, hungrig und genervt. Ich habe ihm versprochen, wenn er aufhören würde, so eine Nervensäge zu sein, dürfte er bei der Befragung unseres Verdächtigen die Führung übernehmen, wenn der endlich auftauchen würde. Arnold war glücklich wie ein kleines Kind und ist mit mir durchgegangen, wie er den Kerl ansprechen und was er sagen würde. Ich habe diese letzte Stunde mit ihm inzwischen so oft erneut durchlebt. Wir sind ausgestiegen, und keine Minute später war er tot. Es ist mir wirklich schwergefallen, zu akzeptieren, dass er eine Kugel abgekriegt hat, die mir hätte gelten sollen, aber durch viel Therapie habe ich verstanden, dass seine Zeit gekommen war, nicht meine, auch wenn es mir immer sehr leidtun wird, dass er an diesem Tag sterben musste. Arnold war ein lieber Kerl und ein großartiger Polizist mit blendenden Zukunftsaussichten. Er fehlt mir, auch wenn er manchmal nervig war."

Gonzo nahm das Papiertaschentuch, das ihm eine der Frauen reichte, und presste es sich an die Augen. Als er aufsah, hob Sam das Kinn und nickte ihm zu, in der Hoffnung, ihm so deutlich machen zu können, wie stolz sie auf ihn war.

„Ich bin Scotty, und Lieutenant Holland ist meine Mutter. Ich habe noch nicht zu ihrer Familie gehört, als mein Opa Skip angeschossen wurde. Als ich meine zukünftigen Eltern getroffen habe, hat Opa schon zwei Jahre im Rollstuhl gesessen. Ich habe ihn also vorher nicht erlebt, doch ich habe viele Geschichten darüber gehört, dass er ein schrecklicher Tänzer war, die besten Partys geschmissen hat und ein toller Polizist war. So hätte ich ihn gern erlebt, aber ich bin wirklich dankbar, dass ich ihn überhaupt kennenlernen durfte. Er hat mir in der kurzen Zeit, in der ich ihn gekannt habe, viel beigebracht, zum Beispiel, wie wichtig es ist, sein Wort zu halten, und dass der Wert eines Menschen sich danach bemisst, ob er das Richtige tut, wenn es niemand sieht. Solche Dinge halt. Ich werde mich immer an ihn und die Sachen, die er mir beigebracht hat, erinnern."

Roni reichte Sam ein Papiertaschentuch, das diese mit einem dankbaren Lächeln entgegennahm.

Nick drückte Scottys Schulter. „Mein Name ist Nick, und meine Frau Sam da drüben und meinen Sohn Scotty kennen Sie ja schon. Vor fast zwei Jahren habe ich meinen besten Freund und damaligen Chef durch einen Mord verloren. Ich war Stabschef bei Senator John O'Connor, als er ermordet wurde, und durch dieses Verbrechen habe ich auch meinen Job, meine Identität und einen Freund verloren, der seit meinem achtzehnten Lebensjahr an meiner Seite war. Dann habe ich seinen Sitz im Senat übernommen, was später dazu geführt hat, dass Präsident Nelson mich gebeten hat, Vizepräsident Gooding nachzufolgen, als der krank wurde, und nun bin ich Vizepräsident, weil jemand meinen besten Freund ermordet hat. Manchmal fällt es mir schwer, zu begreifen, wie das alles passieren konnte. Doch ich tröste mich mit dem Gedanken, dass John froh und vielleicht auch ein bisschen schockiert wäre, mich jetzt zu sehen. Er hätte bestimmt so einiges dazu zu sagen." Er endete mit einem kleinen Grinsen, mit dem er den Schmerz über Johns Verlust überspielte.

„Ich möchte noch hinzufügen, dass ich Skip genau wie Scotty vor den Schüssen auf ihn nicht gekannt habe, aber ich habe ihn aus ganz ähnlichen Gründen wie Scotty lieben gelernt, und dazu aus einem weiteren, wirklich wichtigen: Er hat meine Frau zum besten Menschen gemacht, den ich kenne, und dafür werde ich ihm immer dankbar sein."

Sam tupfte sich wieder die Augen ab. „Unfair."

Alle anderen lachten, was die Anspannung etwas löste, die

durch das Hören der Geschichten der Versammelten entstanden war.

„Ich bin Roni. Vor einem Monat hat ein Querschläger meinen Mann Patrick auf offener Straße getötet, als er sich gerade ein Sandwich zum Mittagessen geholt hatte. Wir waren frisch verheiratet, irrsinnig verliebt und einfach nur glücklich, wissen Sie? Ich habe immer gedacht, sobald wir verheiratet sind, würde das Leben so richtig anfangen. Niemals hätte ich mir vorstellen können, dass ich den größten Teil meines Lebens ohne ihn würde verbringen müssen. Ich denke oft an den Tag vor seinem Tod, als ich eigentlich Lebensmittel einkaufen wollte, es aber vergessen habe und stattdessen direkt nach Hause gegangen bin. Ich habe mich darüber geärgert und gesagt, ich würde gleich noch mal loslaufen. Doch Patrick hat erwidert, ich solle mir keine Gedanken machen. Er würde sich am nächsten Tag etwas zum Mittagessen kaufen. Ich frage mich, ob er das Büro vielleicht gar nicht verlassen hätte, wenn ich wie geplant einkaufen gewesen wäre, und ob er dann noch hier bei mir wäre. Mir ist klar, dass es keinen Sinn hat, solchen Gedanken nachzuhängen, trotzdem wird es mir immer leidtun, dass ich es an diesem Tag nicht in den Laden geschafft habe.“

Sam nahm Ronis Hand und drückte sie. Erneut überwältigte sie eine Welle des Mitleids mit der anderen Frau. Wie furchtbar, mit dem Gefühl leben zu müssen, dass etwas, das man getan oder nicht getan hatte, indirekt jemand anderen das Leben gekostet haben könnte – und dann noch die Person, die man am meisten auf der Welt geliebt hatte.

„Ich bin Joseph, und mein Sohn Daniel ist tot, weil er zur falschen Zeit am falschen Ort war. Jemand, der sich an seinem Ex-Boss rächen wollte, hat den und meinen Sohn in eine Kühlkammer gesperrt, wo sie erfroren sind. Ich versuche, mir nicht vorzustellen, wie das für sie gewesen sein muss, ob es wehgetan oder wie lange es gedauert hat, bis sie tot waren. Daniel war mein ganzer Stolz, der Mittelpunkt meines Lebens, und ihn zu verlieren … hat mich sehr hart getroffen. Als Lieutenant Holland mich wegen dieses Treffens angerufen hat, hat sich das wie ein dringend benötigter Rettungsanker angefühlt, also danke, dass Sie das organisiert haben.“

„Danke, dass Sie gekommen sind, Joseph“, sagte Sam. „Ich habe seit jener Nacht oft an Sie gedacht und bin sehr froh, Sie hier zu sehen.“

„Danke, dass ich hier sein darf. Wenn ich höre, was den anderen hier passiert ist, fühle ich mich mit meinem Verlust weniger allein.“

*Und genau darum geht es bei dieser Gruppe,* dachte Sam.

Als Dr. Trulo eine halbe Stunde später zu ihnen stieß, waren sie in ein Gespräch darüber vertieft, dass andere Menschen in ihrem Leben ihre Trauer nicht verstanden und von ihnen erwarteten, dass sie endlich darüber hinwegkamen, und dass einige, die ihnen vor der Tragödie sehr nahegestanden hatten, seitdem nichts mehr mit ihnen zu tun haben wollten.

Sam schob ihren Stuhl näher an Ronis heran, um Trulo Platz zu machen.

„Wie läuft's?“, erkundigte sich der Psychiater flüsternd.

„Besser, als ich je zu träumen gewagt hätte.“

„Gratuliere, Lieutenant“, meinte er mit fast väterlichem Stolz, der Balsam für ihre Seele war. „Sie haben hier etwas sehr Gutes geschaffen.“

„Ohne Sie wäre mir das nicht gelungen.“

„Doch. Das haben Sie ganz alleine hingekriegt. Ich war nur ein besserer Organisator hinter den Kulissen.“

Sam lachte. „Das ist Unsinn, aber von mir aus. Wenn Sie das sagen.“

„Das sage ich.“

# KAPITEL 27

„Wer passt auf die Kleinen auf?“, fragte sie Nick nach dem Treffen.

„Celia hat angeboten, bei ihnen zu bleiben, nachdem ich erwähnt hatte, dass ich gerne herkommen würde.“

„Das war nett von ihr. Ich hatte mit Tracy und Angela gerechnet.“

„Angela hat sich nicht wohlgefühlt, und Mike musste länger arbeiten.“

„Ich hatte eigentlich gehofft, Derek würde vorbeischauen“, gestand Sam. Victoria, die Frau ihres Freundes Derek Kavanaugh, war einem Mord zum Opfer gefallen.

„Er hat gesagt, er versucht, es irgendwann zu schaffen, doch heute Abend konnte er wohl einfach nicht.“

„Ich muss noch rasch mit jemandem reden“, meinte Sam. „Danach können wir gleich los.“

„Lass dir Zeit, Babe.“

Sie ging zu Lenore, die bei Danita stand und wahrscheinlich mit ihr darüber sprach, wie es gewesen war, ihre Söhne im Teenageralter zu verlieren.

„Tut mir leid, wenn ich störe“, unterbrach Sam die beiden, „aber ich müsste kurz mit Lenore reden.“

„Natürlich“, sagte Danita. „Ich melde mich definitiv, und dann treffen wir uns auf einen Kaffee, Lenore.“

„Darauf freue ich mich jetzt schon.“

Nachdem sich Danita verabschiedet hatte, wandte sich Lenore

mit einem Lächeln an Sam. „Die Gruppe ist schon jetzt sehr hilfreich.“

„Das höre ich gern. Ich wollte Sie darüber informieren, dass ich die Erlaubnis erhalten habe, Calvins Fall wieder aufzurollen. Dazu komme ich zwar erst nach Thanksgiving, aber ich halte Sie auf dem Laufenden.“

„Ich freue mich auch über den kleinsten Schritt.“

„Sie können sich darauf verlassen, dass ich mit vollem Einsatz daran arbeiten werde“, versprach Sam.

„Das ist mehr, als irgendjemand bisher getan hat.“

„Ich melde mich.“

„Frohes Thanksgiving.“

„Ihnen auch.“

~

„Es ist fast ein wenig bedrückend, wenn einem klar wird, wie viele Menschen diese Gruppe brauchen“, sagte Roni, als sie mit Nick und Scotty in einem der Secret-Service-SUVs auf dem Heimweg waren.

„Manchmal kann es das sein“, pflichtete ihr Sam bei. „Und das ist einer der Gründe, warum es mir so wichtig war, sie ins Leben zu rufen. Wir tun, was wir können, um den Mordopfern und ihren Familien Gerechtigkeit zu verschaffen, aber dann kriegen wir den nächsten Fall auf den Tisch. Ich habe mich zwischendurch immer wieder gefragt, was aus Leuten wie Trey Marchand geworden ist, der sein kleines Mädchen bei dem Scharfschützen-Fall verloren hatte. Ich wollte einfach wissen, ob es ihm gut geht.“

„Es ist nett, dass du dir solche Sorgen um die Leute machst.“

„Verrat bitte niemandem, dass ich nett bin, sonst können wir keine Freundinnen mehr sein.“

„Gibt es so was wie eine Gebrauchsanweisung für sie?“, erkundigte sich Roni bei Scotty.

„Wenn es eine gäbe, hätte ich die vor zwei Jahren gut gebrauchen können.“

Sam boxte ihm spielerisch in den Arm, während Nick lachte.

„Immerhin kann ich Ihnen ein paar Tipps geben, zum Beispiel, keinen Raum zu betreten, in dem sie zusammen mit meinem Dad sein könnte, ohne entweder anzuklopfen oder sich die Augen zuzuhalten.“

„Verrate nicht all unsere Geheimnisse, Kumpel“, mahnte Nick.

Sam bemerkte einen Anflug von Sehnsucht in Ronis Gesichtsausdruck, der ihr tiefes Mitgefühl weckte.

Roni umarmte Scotty, als sie vor ihrem Haus hielten. „Es war schön, dich kennenzulernen, Scotty, und Sie auch, Mr Vice President."

„Nick, bitte."

„Äh, ja, Nick."

„Ich hoffe, wir sehen uns bald wieder, Roni", sagte er.

„Das hoffe ich auch."

Sam stieg aus, um sie auf dem Bürgersteig zu umarmen.

„Das hat mir gutgetan", bekannte Roni. „Danke, dass du mich gedrängt hast mitzukommen."

„*Ich* danke *dir*, dass du dich darauf eingelassen hast. Hast du an Thanksgiving schon was vor?"

Sie nickte. „Ich werde bei meinen Eltern sein. Sie haben einen Haufen Gäste, und ich hoffe, das wird mir helfen."

„Dann wünsche ich dir, dass du es ein bisschen genießen kannst. Ich bin jederzeit für dich da. Wann immer du eine Freundin brauchst. Ruf mich an, schreib mir eine SMS, schau in der Ninth Street oder im Büro vorbei. Du weißt, wo du mich findest."

„Das bedeutet mir viel. Ein paar Menschen, die wahrscheinlich nicht wissen, wie sie im Augenblick mit mir umgehen sollen, haben aufgehört, sich bei mir zu melden. Da ist es schön, neue Freunde zu finden."

„Ich sage das auch nicht nur so. Tatsächlich mag ich die meisten Menschen nicht besonders, aber aus irgendeinem Grund bildest du da eine Ausnahme."

Roni lachte laut. „Ich fühle mich geehrt."

„Solltest du auch."

„Sam, ich habe seit Wochen nicht mehr gelacht. Du heiterst mich jetzt schon sehr erfolgreich auf, und du wirst definitiv von mir hören."

„Ich verlasse mich darauf. Pass auf dich auf."

„Du auch."

Sam stieg wieder ins Auto. Den Personenschützer, der ihr die Tür aufhielt, wies sie an: „Warten Sie noch einen Moment, bis sie im Haus ist."

„Jawohl, Ma'am."

Sams Bitte entsprechend fuhr der Wagen erst an, nachdem sich die Tür hinter Roni geschlossen hatte. „Ich mag sie wirklich."

„Hat sie irgendeine Ahnung, wie außergewöhnlich das ist?“, fragte Nick mit amüsiert funkelnden Augen.

„Ja, Mom hat es ihr mitgeteilt“, antwortete Scotty.

Nick lachte. „Daran habe ich keinen Zweifel.“

„Wenn ich mich recht entsinne, hat Scotty ihr erzählt, dass ich Menschen hasse und sie Glück hat, dass ich sie mag.“

„Das musste sie wissen“, verteidigte sich Scotty. „Ich halte an meiner Aussage fest.“

„Gesprochen wie ein zukünftiger Politiker“, lobte Nick.

„Oder Polizist“, ergänzte Scotty.

„Moment mal, was?“, hakte Nick nach. „Seit wann das denn?“

„Ich halte mir nur alle Möglichkeiten offen.“

„Es wäre nicht schön, wenn ich mir um euch beide Sorgen machen müsste.“

„Bis ich so weit bin, ist Mom zu alt, um auf der Straße rumzurennen.“

Sam warf ihm ihren besten einschüchternden Blick zu. „Hast du mich gerade eben alt genannt?“

„Noch bist du nicht alt. Aber *dann* wirst du es sein.“

„Doch ich werde dir immer noch in den Hintern treten können.“

„Da hat sie recht, mein Freund“, pflichtete ihr Nick bei. „Ich an deiner Stelle würde mich nicht mit ihr anlegen.“

Dieses alberne Geplänkel war genau das, was Sam gebraucht hatte, nachdem sie bei der Gruppensitzung über ihren schmerzlichen Verlust gesprochen hatte. „Danke, dass ihr heute Abend da wart, Jungs. Das hat mir viel bedeutet.“

„Es war gut, zu hören, was diese Leute erlebt haben“, sagte Scotty. „Da wird einem klar, dass man nicht der Einzige mit Problemen ist.“

„Genau das ist das Ziel der Treffen. Ich bin so froh, dass du mitgekommen bist und dass es dir gefallen hat.“ Sie hielt inne und fügte dann hinzu: „Ich hoffe, du weißt, dass du immer mit uns darüber sprechen kannst, wie es dir nach Opas Tod geht.“

„Ja, aber mir ist klar, dass euch das auch nicht leichtfällt. Ich will es euch nicht noch schwerer machen.“

„Das kannst du gar nicht. Zu wissen, dass ihn so viele Menschen geliebt haben, hat mir geholfen, seinen Verlust zu verkraften. Jeder, der ihn gekannt hat und mit dem ich spreche, hat eine witzige Geschichte über ihn oder hat von irgendeinem entscheidenden Einfluss von Skip auf sein Leben zu berichten. Es war schön, von seinen Ratschlägen an dich zu hören und zu wissen, dass du dich immer daran halten wirst."

„Das werde ich definitiv. Ich möchte ihn stolz machen."

„Er war so stolz auf dich. Ständig hat er mir gesagt, was für ein bemerkenswerter Junge du bist und wie lieb er dich hatte."

„Er fehlt mir wirklich", erklärte Scotty. „Jeden Tag nach der Schule habe ich das Bedürfnis, zu ihm rüberzugehen und ihm von meinem Tag zu erzählen. Er wollte immer auf dem Laufenden sein."

„Ja, er hat sich jeden Tag auf dich gefreut. Du hast ihm seine letzten Jahre versüßt."

„Das freut mich, doch er hat auch viel für mich getan."

Kurz darauf kamen sie zu Hause an, wo sie vor der Tür von einer afroamerikanischen Secret-Service-Mitarbeiterin, die Sam nicht kannte, begrüßt wurden.

„Mrs Cappuano, ich bin Kourtney, mit K, eine Ihrer Personenschützerinnen. Freut mich, Sie kennenzulernen."

„Das sagt sie jetzt", meinte Sam zu Nick, während sie der Frau die Hand schüttelte. „Ich freue mich ebenfalls, Sie kennenzulernen, Kourtney mit K. Wenn Sie bereits mit Vernon und Jimmy gesprochen haben, dann wissen Sie ja, dass es kein Spaß ist, mich zu beschützen. Ich entschuldige mich im Voraus."

„Vernon hat erwähnt, dass Politesse ein gewisses Problem darstellen könnte."

„Oje, schon wieder dieser Spitzname. Ich hasse ihn."

„Auch das habe ich schon gehört", erwiderte Kourtney mit einem Lächeln.

„Das scheint nur niemanden zu kümmern."

„Das zu kommentieren steht mir dienstgradmäßig nicht zu, Ma'am."

„Nennen Sie mich nicht ,Ma'am', dann werden wir gut miteinander auskommen."

„Jawohl, Ma'am … ich meine, Lieutenant."

„Schon besser."

Mit einer Hand auf ihrem Rücken schob Nick seine Frau vorwärts, und sie spürte, wie ein Schauer der Erregung sie durchlief, weil sie wusste, dass er für etwas gemeinsame Zeit zum Ausklang des Tages bereit war. Ihr ging es ganz genauso.

„Ich muss noch schnell Freddie anrufen und mich bei Carlucci melden."

„Beeil dich", bat Nick mit vielsagendem Lächeln.

Hoch motiviert, das so schnell wie möglich hinter sich zu bringen, rief Sam Freddie an.

Ihr Partner nahm nach dem dritten Klingeln ab. „Was gibt's?"

„Hast du gemeint: ‚Was gibt's, Lieutenant?'?"

„Ja, genau. Also, was gibt's?"

„Ich wollte nur mal nachfragen, wie es dir geht."

„Gut, und dir? Wie war die Selbsthilfegruppe?"

„Die ist wirklich super gelaufen. Die Leute haben erleichtert gewirkt, endlich einen Ort zum Reden zu haben."

„Das ist prima. Freut mich."

„Bist du sicher, dass bei dir alles in Ordnung ist?"

„Ja."

„Ich hasse es, wenn so eine Scheiße passiert."

Er lachte humorlos. „Ich auch, aber ich habe es ja in den Griff gekriegt."

„Danke, dass du dich nicht hast erschießen lassen oder etwas ähnlich Furchtbares."

„Man tut, was man kann."

„Urheberrecht …"

„Ach ja, sorry. Hast du was Neues in unserem Fall?"

„Green hat möglicherweise eine Verbindung der Tochter zu dem Betrug gefunden."

„Echt jetzt?"

„Echt jetzt." Sie erzählte ihm von den Flügen auf die Cayman Islands.

„Wieso ist das dem FBI nicht aufgefallen?"

„Ich glaube, die haben sich mit Ginnys Kindern nicht näher befasst. Nur mit ihr und Ken. Green hat einen privaten Instagram-Account geknackt, etwas namens Finsta?"

„Ja, davon habe ich schon gehört. Wow, das ist ein echter Knaller."

„Ja, bloß sind sie und ihr Bruder jetzt nirgends zu finden. Wir fahnden nach ihnen, mit Unterstützung der U.S. Marshals."

„Glaubst du, die Kinder sind in den Mord verwickelt?"

„Tatsächlich weiß ich das noch nicht, doch es ist wahrscheinlich, dass die Tochter zumindest an dem Betrug beteiligt war."

„Warum ködern wir sie nicht mithilfe von Ken senior?"

„Was stellst du dir vor?"

„Er nimmt Kontakt mit ihnen auf, sagt ihnen, er müsse sie sehen, es sei dringend und so weiter."

„Könnte klappen. Ich weise Carlucci an, mit ihm zu sprechen und das zu planen. Gute Idee. Bis morgen."

„Ruf mich an, wenn sich über Nacht was ergibt."

„Mach ich." Sam legte auf und wählte Carluccis Nummer.

„Hey, Lieutenant. Ich wollte mich gerade melden. Jesse Best hat mich wissen lassen, dass die Marshals Mandi und Ken McLeod junior am Flughafen festgenommen haben, kurz bevor sie auf die Bahamas verschwinden wollten."

„Tatsächlich? Das sind ja ausgezeichnete Neuigkeiten."

„Bests Team schafft sie her, und ich wollte sie auf Eis legen, bis du morgen früh kommst, es sei denn, du bevorzugst eine andere Vorgehensweise. Ich hatte außerdem vor, ihre Konten zu prüfen, um festzustellen, wann sie die Flugtickets gekauft haben."

„Klingt nach einem guten Plan. Wahrscheinlich werden sie sowieso nach einem Anwalt verlangen."

„Zweifellos."

„Das mit dem Finanzcheck ist eine gute Idee. Bis morgen. Gib Bescheid, wenn du auf was stößt."

„Okay, bis morgen."

Sam rief noch einmal Freddie an.

„Was gibt's?"

„Was gibt's, *Lieutenant*?"

„Ja, ja, was gibt's?"

„Bests Team hat sie am Flughafen festgenommen, kurz bevor sie Richtung Bahamas boarden konnten."

„Ach was?"

„Sie werden die Nacht in einer Zelle verbringen."

„Ich freue mich schon auf morgen."

„Dito. Sehen wir uns um halb sieben?"

„Autsch! Wenn's sein muss …"

„Lass uns das vor dem Feiertag über die Bühne bringen, denn sonst gerät alles ins Stocken, und unser Leben wird zwanzigmal komplizierter."

„Na gut. Bis morgen."

„Bring Kaffee mit." Sam legte auf, ehe er widersprechen konnte, was für sie einen ziemlich befriedigenden Abschluss eines gefühlt endlosen Tages darstellte. Sie ging ins erste Obergeschoss, sah nach den schlafenden Zwillingen, gab beiden einen Kuss und deckte sie zu. Dann überquerte sie den Flur und klopfte an Scottys Tür.

„Herein."

„Bist du so weit fertig?", fragte sie und bemerkte, dass er Papiere auf seinem Bett ausgebreitet hatte und das Spiel der Caps im Fernsehen lief.

„Bitte definiere ‚fertig'. Ich muss noch ein winziges bisschen Mathe-Hausaufgaben machen."

„Bitte definiere ‚winziges bisschen'."

„Dreißig, möglicherweise auch vierzig Minuten pure Hölle."

„Muss ich dir Dad schicken?"

„Nein, ich glaube, ich hab's im Griff, aber notfalls setze ich eine SOS-SMS ab."

Sam trat zu ihm und umarmte ihn. „Falls ich vergesse, es dir jeden Tag zu sagen: Du bist mein Lieblingsdreizehnjähriger."

„Wow, danke, Mom."

Sie küsste ihn auf den Scheitel. „Ich hab dich lieb."

„Ich dich auch. Danke, dass ich heute mitdurfte."

„Wann immer ich was vorhabe und du mitkommen willst, melde dich. Solange keine Gefahr besteht, dass jemand auf uns schießt, bist du herzlich eingeladen."

„Danke."

„Bleib nicht zu lange auf."

„Nacht."

Sam ging ins Schlafzimmer, schloss die Tür, lehnte sich dagegen und atmete tief durch. „Das war ein verdammt langer, beschissener Tag."

Nick lag bereits mit entblößter Brust im Bett und blätterte in Briefings.

Inspiriert von diesem sexy Anblick, fing sie an, sich die Klamotten vom Leib zu reißen und zu Boden fallen zu lassen.

Er sah auf, bemerkte, was sie tat und stutzte. „Was passiert denn jetzt?"

„Ausschließlich gute Dinge."

„Oh, ich liebe gute Dinge." Er warf die Papiere auf den Boden und streckte ihr die Arme entgegen, als sie nackt zu ihm ins Bett kam. „Und du, Liebste, bist das Guteste vom Guten."

„Lass das nicht die Leute hören. Man wird dich für deine schlechte Grammatik kritisieren – so einen Superlativ gibt es nicht."

„Keiner außer dir wird das je zu hören kriegen."

„Ich liebe es, dich am Ende des Tages ganz für mich allein zu haben."

„Babe, ich liebe es auch, wenn du mich ganz für dich allein hast.“

Sie setzte sich ihm rittlings auf den Schoß, während er mit den Händen ihre Brüste umfasste.

„Ich habe die sexyeste Frau auf der ganzen Welt.“

„Ja, hast du.“

Sein Lachen stellte erstaunliche Dinge mit seinem bereits sündhaft attraktiven Gesicht an. Er richtete sich auf, zog sie an sich und nahm eine ihrer Brustspitzen in den Mund. Sam legte den Kopf in den Nacken und ließ den stressigen Tag von sich abfallen, verlor sich in der Magie, die sie gemeinsam schufen. Immer wieder war sie verblüfft, dass sie so viele Jahre ohne ihn hatte leben können.

Sie vergrub die Hand in seinem dichten Haar, rieb sich an ihm und versuchte, ihn zur Eile anzutreiben.

„Geduld, Liebes.“

„Die hab ich nicht.“

Er umfasste ihren Hintern und hielt sie fest, widmete sich in aller Seelenruhe erst ihrer einen Brust, dann der anderen, bis sie kurz davor stand, zu betteln. Dann stieß er sich plötzlich in sie, vereinte ihre Körper in einem Augenblick absoluter Vollkommenheit, der sie süchtig nach ihm, nach dem, was sie hier taten, nach ihnen beiden machte. Selbst wenn sie ewig lebten, würde sie nie genug von ihm kriegen.

„Wie schaffst du das nur jedes Mal mit mir?“, fragte sie, schlang ihm die Arme um den Hals und hielt sich fest.

„Genau wie du mit mir. Jedes einzelne Mal. Halt dich fest“, sagte er im nächsten Moment, ehe er sich, ohne ihre innige Verbindung zu verlieren, mit ihr umdrehte, sodass er auf ihr lag.

„Sehr geschickt, Mr Vice President.“

„Hat es dir gefallen?“

„Mir gefällt alles, was du tust.“ Sie zog seinen Kopf zu einem heißen Kuss an sich und unterbrach diesen dann mit einem Stöhnen, als ihr Telefon klingelte. „Ich muss da ran.“

„Im Ernst, Samantha?“

„Im Ernst, Nicholas. Merk dir, wo wir waren.“

„Na gut.“ Er drückte sich an sie, um seine Worte zu unterstreichen – nicht dass das nötig gewesen wäre.

Sam drehte sich unter ihm zum Nachttisch, um sich ihr Telefon zu angeln. „Holland.“

„Tut mir leid, wenn ich störe“, sagte Carlucci.

„Du störst nicht. Ich habe gerade nichts Besonderes gemacht." Sie lächelte Nick an, der sie anfunkelte und sich erneut in ihr bewegte. Sam musste sich auf die Lippe beißen, um sich nicht zu verraten. „Was gibt's denn?"

„Bei der Überprüfung von Mandi McLeods Kontobewegungen haben wir festgestellt, dass sie am Sonntag gegen halb drei für zweiundvierzig Dollar in einem Baumarkt nur achthundert Meter vom Haus ihrer Eltern entfernt eingekauft hat."

„Verdammt! Gute Arbeit, Carlucci."

Nick hob ihr Bein an, füllte sie ganz aus und nahm ihre Brustspitze zwischen die Zähne. Dann knabberte er leicht daran, woraufhin sie sich in sein Haar krallte.

„Ich dachte, das möchtest du vielleicht wissen", fuhr Carlucci fort.

„Unbedingt. Danke für den Anruf. Ich melde mich gleich morgen früh."

„Bis dann."

Sam klappte das Handy zu und warf es aus dem Bett.

Nick ließ die Zunge über die Brustspitze gleiten. „Bist du wieder da?"

„Falls es dir nicht aufgefallen ist, ich war nie weg."

„Oh, das ist mir aufgefallen. Mir entgeht nichts, was dich betrifft." Er schlang die Arme um sie und steigerte sein Tempo. Atemlos ließ sie sich in einem Rausch von Hitze und Verlangen von ihm mitreißen, der so intensiv war, dass sie sich fragte, wie sie das überleben sollte. So war es jedes Mal.

Als sie danach in seinen Armen lag, atmete sie den frischen, sauberen Duft seiner Haut ein und genoss das Kitzeln seiner Brusthaare an ihrem Gesicht. „Danke, dass du heute Abend zur Selbsthilfegruppe gekommen bist. Ich weiß, es hat dich etwas Überwindung gekostet, aber es hat mich sehr gefreut."

Er streichelte ihr in beruhigenden Kreisen den Rücken. „Ich wollte für dich da sein, nicht nur um dein neues Vorhaben zu unterstützen, sondern auch, weil ich geahnt habe, dass du über deinen Vater reden würdest. Allerdings hatte ich nicht damit gerechnet, dass es so befreiend sein würde, nach einer ganzen Weile zum ersten Mal wieder über John zu sprechen."

„Das mit ihm lässt dir keine Ruhe."

„Ich denke täglich an ihn und stelle mir vor, wie er mich in meiner meist nutzlosen Rolle als Vizepräsident verspotten würde. Er fände das alles sehr erheiternd."

„Ich würde nicht zulassen, dass er sich über dich lustig macht."

„Du wärst gar nicht in der Lage, ihn daran zu hindern. Wir haben uns ständig gegenseitig auf den Arm genommen."

„Manchmal bin ich nicht sicher, ob ich ihn gemocht hätte."

„Nur weil du den Mord an ihm aufgeklärt hast und um seinen Lebenswandel weißt. Hättest du ihn vorher kennengelernt, hättest du ihn gemocht. Wie jeder."

„Hmm, das werde ich dir einfach glauben müssen. Gonzo sieht gut aus, findest du nicht?"

„Stimmt."

„Wir treffen uns morgen wegen seines Deals mit dem Geständnis." Sie gähnte.

Dann klingelte ihr Wecker, und Sam wachte auf, wie sie eingeschlafen war – in Nicks Armen, den Kopf auf seiner Brust. Vor ihm hatte sie es nicht ertragen können, wenn jemand sie im Schlaf berührte. Jetzt fühlte sie sich am wohlsten, wenn sie sich an ihn schmiegen konnte. Sie schaltete den Wecker aus und gönnte sich eine weitere Sekunde mit ihrem Mann, ehe sie für einen weiteren langen Tag getrennte Wege gehen mussten.

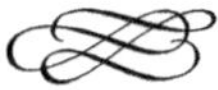

# KAPITEL 28

„Wach auf, Samantha", verlangte Nick mit schlaftrunkener Stimme.

„Ich bin wach."

„Nein, bist du nicht. Du schläfst gerade wieder ein."

„Tu nicht so, als würdest du mich so gut kennen."

Er kniff sie in den Hintern, und sie zuckte zusammen. „Raus aus den Federn."

„Hast du geschlafen?"

„Wie ein Toter. Denselben Cocktail brauche ich heute Abend vor dem Zubettgehen wieder."

„Dieser Cocktail steht dir jederzeit zur Verfügung."

„Die Cocktailstunde ist meine Lieblingstageszeit."

„Jede Sekunde mit dir ist der beste Teil meines Tages, vor allem wenn noch unsere Kinder dabei sind. Die werde ich heute Morgen auch wieder nicht sehen."

„Du hast die ganze nächste Woche mit ihnen."

„Ich kann's kaum erwarten. Dann möchte ich alles machen – Filmegucken, Basteln, Backen, Spielen und den ganzen Kram, für den ich sonst nie Zeit finde."

„All das werden wir tun. Versprochen."

„Apropos, ich muss Freddie anrufen und ihm sagen, dass er noch ein bisschen im Bett bleiben kann."

„Warum das?"

Sam setzte sich auf, strich sich das Haar aus dem Gesicht und griff nach ihrem Handy. „Er muss auf dem Weg zum

Hauptquartier etwas für mich erledigen." Sie rief ihren
Partner an.

„Ich bin wach", meldete er sich, klang jedoch so zerknautscht,
wie Sam sich fühlte.

„Gut, aber ich rufe eigentlich an, um dir mitzuteilen, dass du
noch eine Dreiviertelstunde im Bett bleiben kannst."

„Okay, bye."

„Freddie! Hör mir zu. Ich möchte, dass du bei einem Baumarkt
in der Nähe der McLeods vorbeifährst und herausfindest, was
genau Mandi am Sonntag um halb drei dort gekauft hat. Beschaff
mir eine Quittung und Aufnahmen der Überwachungskamera,
die sie in dem Laden zeigen, wenn es dort eine gibt. Carlucci soll
dir per SMS die Adresse zukommen lassen."

„Alles klar, mach ich."

„Sag telefonisch im Großraumbüro Bescheid, sobald du mehr
weißt, und lass dir vom Ladeninhaber alles schriftlich bestätigen."

„Okay."

„Danke. Stell dir einen neuen Wecker."

„Jawohl, Mom."

Sam legte auf und telefonierte noch mit Carlucci, bevor sie ins
Bad verschwand.

„Verdammt, was für ein hübscher Anblick", rief Nick vom Bett
aus hinter ihr her.

Ihm zuliebe wackelte sie stärker mit den Hüften.

Eine halbe Stunde später war sie auf dem Weg zur Arbeit. An
der Rampe vor dem Haus erwarteten sie Vernon und eine neue
Frau.

„Das ist Belinda. Sie ist heute mit für Ihren Personenschutz
verantwortlich. Belinda, das ist Mrs Cappuano."

Sam schüttelte der großen, rothaarigen Secret-Service-Mitarbeiterin die Hand. „Schön, Sie kennenzulernen, und tatsächlich
bin ich für die nächsten acht bis zehn Stunden Lieutenant
Holland." Im Geiste fügte sie hinzu, dass es hoffentlich bei acht
bleiben würde.

„Es ist mir eine große Ehre, Sie zu treffen, Lieutenant. Ich
bewundere Ihre Karriere."

„Danke. Ich brauche ausnahmsweise eine Mitfahrgelegenheit
zur Arbeit."

Vernon lächelte. „Wie Sie wissen, würden wir Sie am liebsten
jeden Tag fahren."

„Heute gewähre ich Ihnen diesen Wunsch."

Er hielt Sam die Tür auf, und sie stieg hinten in den SUV ein, von der Aussicht beflügelt, den Fall McLeod möglicherweise abschließen und Ginnys Opfern einen Teil ihres Geldes zurückgeben zu können. Wäre das nicht toll? Etwas zu erreichen, was dem FBI nicht gelungen war, wäre ein großer Sieg für das MPD, in einer Zeit, in der die Behörde dringend Auftrieb gebrauchen konnte.

„Fahren Sie, wenn wir das MPD-Gebäude erreichen, bitte direkt zum Hintereingang bei der Gerichtsmedizin." Bei dem Gedanken, dass ihre Kolleginnen und Kollegen sie in einem Fahrzeug des Secret Service eintreffen sehen könnten, verzog Sam das Gesicht. Zum Glück hatte man ihr keine ganze Autokolonne zugeteilt.

„Jawohl, Ma'am", sagte Belinda.

Die Pressemeute hatte die Belagerung des Gebäudes wieder aufgenommen. Wurden die es eigentlich nie leid, auf etwas zu warten, das niemals geschehen würde? In all den Monaten, seit Nick Vizepräsident geworden war, hatte Sam ihnen nie irgendwelche Auskünfte zukommen lassen. Dennoch tauchten sie täglich voller Hoffnung wieder auf. Nun, das war ihr Job. Sam jagte lieber Mörder als irgendwelche Schlagzeilen. Aber hey, jedem das Seine.

Als sie vor dem Gebäude vorfuhren, huschte sie hinein, in der Hoffnung, so allem ausweichen zu können, was ihre Pläne für den Morgen durchkreuzen konnte. In etwas mehr als zweieinhalb Stunden hatte sie das Treffen mit Gonzo und hoffte, die Zeit würde reichen, um den Fall McLeod abzuschließen.

Sie standen kurz vor dem entscheidenden Durchbruch. Es fehlten nur noch ein paar Details.

Carlucci und Dominguez waren im Großraumbüro, als sie eintrat. „Meine Damen! Heute ist ein guter Tag dafür, einen Mordfall zu lösen. Was habt ihr für mich?"

Die zierliche Dominguez mit der schönen braunen Haut, dem dunklen Haar und den schokoladenbraunen Augen drehte sich zu Sam um. Sie sah verheult aus.

Sam hielt inne. „Was ist denn los?"

„Ach, tut mir leid, dass ich auf der Arbeit weine. Ärger mit meinem Freund."

„Kommst du klar?"

„Sobald ich ihn vor die Tür gesetzt habe."

„Gut so. Lass es mich wissen, wenn du Hilfe brauchst."

„Danke, Lieutenant.“

„Immer gern. Das kennen wir doch alle. Es ist das Schlimmste überhaupt.“

„Ja.“ Dominguez gab sich sichtlich Mühe, die Sache abzuschütteln. „Im Übrigen haben wir Mandi und Ken McLeod junior in U-Haft, und ihr Vater ruft alle fünf Minuten an, um ihre Freilassung zu fordern.“

„Ach ja?“

„Er ist echt beharrlich“, erklärte Carlucci. „Seiner Auffassung nach haben wir kein Recht, seine Kinder hier festzuhalten, und müssen sie sofort gehen lassen, sonst schaltet er die Medien ein.“

„Habt ihr ihm gesagt, wo wir sie aufgegriffen haben und wo sie hinwollten?“

„Ja“, antwortete Carlucci. „Er hat behauptet, die Reise auf die Bahamas über Thanksgiving sei schon lange geplant gewesen.“ Die hochgewachsene blonde Ermittlerin legte zwei Ausdrucke auf Sams Schreibtisch. „Nur können wir nachweisen, dass sie die Tickets erst gestern Nachmittag gekauft haben, was diese Behauptung widerlegt.“

„Wie immer hervorragende Arbeit, Ladys.“ Sam liebte das Hochgefühl, das das Wissen mit sich brachte, dass sie kurz davor standen, den Fall zu lösen. „Cruz meldet sich, sobald er in dem Baumarkt etwas herausgefunden hat.“

„Es fällt mir immer noch schwer, zu glauben, dass einer der beiden die eigene Mutter getötet haben soll“, warf Dominguez ein.

„Ich glaube, das ist im Affekt geschehen“, erwiderte Sam. „Vielleicht ist Mandi zum Haus ihrer Eltern gefahren, um sich mit ihrer Mutter darüber auszusprechen, dass sie ihr Leben ruiniert hat, indem sie die Eltern ihrer Freunde betrogen hat, und dann ist die Sache eskaliert, sie hat sich die nächstbeste Waffe geschnappt und zugeschlagen.“

„Du glaubst also, sie wollte sie gar nicht umbringen?“, fragte Dominguez.

„Vielleicht schon“, mutmaßte Carlucci. „Aber sie ist nicht schon mit dem Vorsatz hingefahren.“

„Das denke ich auch“, pflichtete ihr Sam bei. „Schauen wir mal, was sie zu sagen hat. Bringt sie in Verhörraum eins und ihn in die Zwei.“

„Wird gemacht“, bestätigte Dominguez.

Nachdem die Ermittlerin das Großraumbüro verlassen hatte,

um Sams Anweisungen auszuführen, sah die Carlucci an. „Kommt sie klar?"

„Sobald sie den Kerl los ist. Ich glaube, er misshandelt sie, doch sie streitet das ab."

„Müssen wir uns den mal vorknöpfen?"

„Das habe ich sie auch gefragt, und sie hat mich angefleht, das ihr zu überlassen, und ich versuche, auf ihren Wunsch Rücksicht zu nehmen. Gestern Abend hat sie mir hoch und heilig versprochen, dass es das jetzt war. Sie wird mit ihm Schluss machen."

„Was wissen wir über ihn?"

„Er hat eine Jugendstrafakte, die aber unter Verschluss ist. Als Erwachsener keine Vergehen. Ich habe mich mal gründlich in seinen Social-Media-Accounts umgesehen und habe das Gefühl, dass er zu Gewalt gegen Frauen neigt. Das habe ich ihr zu erklären versucht, ohne dass sie mitkriegt, dass ich ihn überprüft habe. Schmaler Grat, du verstehst?"

„Völlig klar. Danke, dass du auf sie aufpasst."

„Sie ist für mich wie eine kleine Schwester. Ich würde den Kerl am liebsten mal in die Mangel nehmen."

„Hey, ich habe ein rostiges Steakmesser, das ich dir jederzeit leihen kann."

Carlucci lachte. „Darauf komme ich möglicherweise zurück."

„Muss ich mir Sorgen um sie machen?", fragte Sam.

„Ich behalte das im Auge. Wenn wir uns stärker engagieren müssen, sage ich Bescheid."

„Tu das."

„Klar doch."

„Ich werde sie zu dem Gespräch mit Mandi mitnehmen", meinte Sam. „Das bringt sie auf andere Gedanken."

„Gute Idee."

„Du kannst bei Ken dabei sein."

„Lass sie dich ruhig zu beiden Verhören begleiten. Sie braucht das im Augenblick mehr als ich."

„In Ordnung. Sei weiter so großzügig zu deinen Kolleginnen und Kollegen, Carlucci. Das wirst du niemals bereuen."

„Ich habe das Glück, in einem großartigen Team zu arbeiten. Gonzo hat gestern Abend gut ausgesehen."

„Nach allem, was ich höre, geht es ihm auch gut."

„Ich bin erleichtert, das zu hören."

„Ja, ich auch. Der arme Kerl hat wirklich die Hölle durchgemacht."

„Ich habe läuten hören, die wollen ihn anklagen …"

„Nicht wenn ich da ein Wörtchen mitzureden habe."

Carlucci lachte. „Woher habe ich nur gewusst, dass du das sagen würdest?"

„Weil wir beide Scheiße erkennen, wenn wir sie riechen."

„Ich bin so froh, dass du dich darum kümmerst. Hier ist der Rest dessen, was du über unsere Freunde Mandi und Ken wissen musst."

In den nächsten Minuten überflog Sam die Berichte der Marshals, die die Geschwister festgenommen hatten, und eine Übersicht zur finanziellen Lage der beiden.

Gleich darauf kehrte Dominguez zurück. „Sie sind in den Verhörräumen."

„Hat jemand was von Anwälten gesagt?"

„Nicht zu mir, und in den Berichten der Marshals habe ich dazu auch nichts gelesen. Sie scheinen beide die Hosen voll zu haben."

„Gut. Mitkommen, Dominguez."

Sie strahlte. „Wirklich?"

„Wirklich. Auf geht's."

Sam holte aus ihrem Büro Notizbuch und Stift, steckte ihr Haar mit ihrer Lieblingshaarspange hoch und machte sich mit Detective Dominguez auf den Weg zu Verhörraum eins. Als sie in den Raum stürmten, erschrak Mandi und schien dann in dem orangefarbenen Overall in sich zusammenzuschrumpfen. Sie trug Handschellen.

„Detective Dominguez, Sie können Ms McLeod die Handschellen abnehmen."

„Jawohl, Ma'am."

Während Dominguez der Aufforderung nachkam, starrte Sam Mandi an und stellte mit Genugtuung fest, dass die junge Frau sich erkennbar unbehaglich fühlte. Neonlicht hatte die Eigenschaft, selbst die hübschesten Menschen blass und kränklich aussehen zu lassen. „So trifft man sich wieder, Mandi."

„Ich habe Ihnen schon bei unserem ersten Gespräch alles erzählt, was ich weiß."

„Ach ja?"

„Was soll das heißen?"

Sam zog gemächlich den Bericht über Mandis Finanzen aus einem der Aktenordner und legte ihn vor ihrer Gesprächspartnerin auf den Tisch. „Hier haben wir einen markierten Posten von Ihrer Kreditkarte, die am Sonntag in einem Baumarkt achthundert Meter vom Haus Ihrer Eltern entfernt benutzt wurde, obwohl Sie angegeben haben, Sie seien …", Sam kannte die Liste ihrer Falschangaben zwar auswendig, doch sie öffnete ihr Notizbuch, blätterte ein paar Seiten zurück und schaute Mandi an, „in der Lerngruppe gewesen und hätten den Campus nie verlassen. Also, was stimmt nun? Haben Sie den Campus nie verlassen, oder haben Sie etwa zu der Zeit, als Ihre Mutter getötet wurde, einen Ausflug zum Baumarkt in der Nähe Ihres Elternhauses gemacht?"

„Ich … äh, ich verlange einen Anwalt."

Sam schob ihr über den Tisch hinweg Notizbuch und Stift zu. „Schreiben Sie hier Namen und Telefonnummer Ihres Anwalts auf."

„Ich, äh, ich habe keinen. Der Anwalt unserer Familie zählt zu den Betrugsopfern meiner Mutter."

„Wir besorgen Ihnen einen Pflichtverteidiger."

Sam und Dominguez erhoben sich und wandten sich ab, um aus dem Zimmer zu gehen.

„Warten Sie. Wo wollen Sie hin?"

„Sobald Sie einen Anwalt verlangen, dürfen wir nicht mehr mit Ihnen reden, bis er eintrifft."

„Sie müssen mich hier rauslassen."

„Sorry, aber das steht in naher Zukunft nicht auf dem Programm."

Mandi brach in herzzerreißendes Schluchzen aus. „Ich hab nichts getan!"

„Dann haben Sie auch keinen Grund zur Sorge."

„Bleiben Sie bitte noch. Ich möchte nicht hier sein."

„Ich darf nicht mit Ihnen sprechen, bis Ihr Anwalt da ist, und bis dahin habe ich andere Dinge zu tun."

„Bitte, Lieutenant. Ich hatte noch nie Schwierigkeiten mit dem Gesetz. Ich war's nicht."

„Wir reden weiter, wenn Ihr Anwalt eingetroffen ist. Das wird nur wahrscheinlich erst morgen der Fall sein. Pflichtverteidiger sind chronisch überlastet."

Mandi schüttelte den Kopf. „Ich will doch keinen Anwalt."

„Ziehen Sie Ihre Forderung nach einem Anwalt offiziell zurück?"

Mandi nickte kläglich und wischte sich mit dem Ärmel ihres Overalls über Augen und Nase.

„Sind Sie sich sicher? Das ist vielleicht nicht die klügste Idee."

„Ja, ich bin mir sicher. Ich will nur hier raus."

Sam und Dominguez nahmen wieder Platz.

„Detective Dominguez, bitte zeichnen Sie dieses Gespräch auf, und fügen Sie hinzu, dass Ms McLeod auf einen Anwalt verzichtet hat."

Dominguez tat, wie ihr befohlen.

Als sie fertig war, wandte sich Sam an Mandi: „Wir hören."

„Ich … ich habe nicht ganz die Wahrheit gesagt, was Sonntag angeht."

„Das wissen wir bereits. Warum waren Sie im Haus Ihrer Eltern?"

„Weil mein Bruder mich gebeten hatte, mich dort mit ihm zu treffen. Er wollte mit meiner Mutter über den Verbleib des Geldes reden und ihr vorschlagen, die Leute, die sie bestohlen hatte, zu entschädigen."

„Aber Sie haben gewusst, wo das Geld war, weil Sie es auf den Cayman Islands eingezahlt hatten, richtig?"

Damit hatte Mandi nicht gerechnet. Sie schaute sie mit offenem Mund an, doch dann schloss sie ihn ruckartig. „Ich … Darüber weiß ich nichts."

„Sparen Sie sich das, Mandi. Wir können nachweisen, dass Sie in den letzten beiden Jahren viermal in George Town auf Grand Cayman waren." Sam legte die Ausdrucke aus ihren Social-Media-Profilen, auf denen sie über die Reisen gepostet hatte, auf den Tisch.

„Wie haben Sie …? Das ist ein privater Account."

„Mit den sozialen Medien ist es so eine Sache. Nichts ist wirklich privat, wenn man weiß, wie man tief genug gräbt." Wovon Sam keine Ahnung hatte, aber zum Glück hatte sie Ermittler, die das draufhatten.

„Das beweist nur, dass ich ein paarmal Urlaub gemacht habe."

„In einem der berühmtesten Steuerparadiese der Welt? Versuchen Sie, das jemandem zu erzählen, der Ihnen den Mist abkauft. Sie wissen, wo das Geld ist. Ist Ihrem Bruder das klar? Sie sollten vielleicht langsam mit der Wahrheit rausrücken, denn als Nächstes reden wir mit ihm."

„Er weiß, dass ich dort in Urlaub war. Mehr war es ja auch nicht."

„Hat Ihre Mutter Sie nie gebeten, bei einem Ihrer Aufenthalte dort Bargeld oder einen Scheck auf ein Konto einzuzahlen?"

„Davon weiß ich nichts."

„Ich schicke noch heute Abend einen Ermittler nach George Town. Er wird die Überwachungsaufnahmen aller Banken auf der Insel zum Zeitpunkt Ihrer Aufenthalte dort prüfen."

„Ich habe an einem Automaten Geld abgehoben."

„Das war alles? Er wird nicht herausfinden, dass Sie Einzahlungen vorgenommen haben, als Sie dort waren?"

„Was ist, wenn ich zugebe, dass das sein kann, ich aber keine Ahnung hatte, warum sie mich darum gebeten hat? Würde das eine Rolle spielen?"

„Möglicherweise. Wenn Sie uns Kontonummern und andere wichtige Informationen liefern, die eine Rückerstattung an die Opfer Ihrer Mutter ermöglichen, bin ich mir ziemlich sicher, dass es Verhandlungsspielraum in Bezug auf alle anderen potenziellen Anschuldigungen gibt, mit denen Sie konfrontiert werden könnten."

„Was für andere Anschuldigungen?"

„Zum Beispiel Mord."

„Ich habe sie nicht umgebracht!"

„Aber ich denke, Sie wissen, wer es war, und Sie haben dieser Person hinterher geholfen, die Spuren zu verwischen. Wenn Sie wissen, wer sie getötet hat, und es uns nicht sagen, können wir Sie auch wegen Behinderung unserer Ermittlungen belangen."

Sie brach wieder in Tränen aus, heftiges Schluchzen erschütterte ihre zierliche Gestalt. „Ich war nur eine ahnungslose College-Studentin. Meine Mutter hat mir angeboten, meinen Urlaub zu finanzieren, wenn ich ihr dabei einen Gefallen tue. Ich bin nicht sicher, inwiefern das ein Verbrechen ist."

„Es ist ein Verbrechen, weil Sie die ganze Zeit wussten, wo das Geld versteckt ist, es jedoch abgestritten haben."

„Sie hat gesagt, sie würde mich umbringen, wenn ich jemandem ein Wort davon erzähle. ‚Die werden nie darauf kommen, gegen dich zu ermitteln', hat sie gemeint. Das FBI ist dann ja auch tatsächlich nicht auf diesen Gedanken gekommen. Niemand hat mich je befragt, bis Sie bei mir aufgetaucht sind."

*Und bis Cameron Green die Finanzen und sozialen Medien der gesamten Familie McLeod unter die Lupe genommen hat,* dachte Sam. Warum in aller Welt hatte das FBI das nicht getan?

„Wer hat Ihre Mutter umgebracht?"

„Wieso ist das wichtig? Hatte sie es denn nicht verdient?"

„Das zu entscheiden ist nicht meine Aufgabe. Ich muss ihren Mörder finden. Ob sie es verdient hatte oder nicht, muss eine höhere Macht beurteilen." Sam beugte sich vor. „Wer hat sie umgebracht?"

Mandi schüttelte den Kopf, während ihr Tränen übers Gesicht rannen und ihr Schluchzen von den Wänden widerhallte.

„Wer war es, Mandi?"

„Mein Bruder! Er hat es getan. Ken ist zu meinen Eltern gefahren, um sie zu bitten, das Richtige zu tun und das Geld zurückzugeben, aber das hat sie kategorisch abgelehnt. Sie haben in der Garage gestritten, und als sie gesagt hat, er solle nicht so ein Jammerlappen sein, hat er sich das nächstbeste Werkzeug gegriffen und nach ihr geschlagen. Er wollte sie nicht umbringen."

„Wie haben Sie davon erfahren?"

„Er hat mich völlig hysterisch angerufen. Hat gemeint, ich müsse schnell vorbeikommen. Er brauche meine Hilfe."

„Was wollte er von Ihnen?"

„Er hat im ganzen Haus kein Bleichmittel gefunden, also hat er mich gebeten, welches zu besorgen, außerdem Wischtücher und Müllsäcke."

Sam machte sich Notizen, während Mandi ihre Einkaufsliste herunterbetete. „Wofür haben Sie die Müllsäcke gebraucht?"

„Ich glaube, er wollte sie ursprünglich wegschaffen, doch alles war voller Blut."

„Hat er Ihnen verraten, was er getan hatte, bevor er Sie in den Laden geschickt hat?"

„Nein, aber ich habe geahnt, dass es etwas Schreckliches war, denn ich hatte ihn noch nie so aufgelöst erlebt."

„Als er nach Bleiche und Müllsäcken gefragt hat, haben Sie nicht an Mord gedacht?"

„Nein, ich habe geglaubt, er hätte eine Flasche Merlot auf einen der Orientteppiche meiner Mutter gekippt oder so etwas."

„Wie haben Sie reagiert, als Sie zum Haus Ihrer Eltern gekommen sind und gesehen haben, was mit Ihrer Mutter passiert war?"

„Ich bin völlig ausgeflippt. Total durchgedreht. Ich habe sie für das gehasst, was sie uns angetan hatte, trotzdem wollte ich nicht, dass sie stirbt. Nicht so. Mein Bruder … Er war in dem Moment einfach nicht mehr zurechnungsfähig. Ken ist kein Mörder, Lieutenant. Er ist ein guter Mensch. Sie müssen in Betracht ziehen, was sie uns, was sie *allen* angetan hat."

„Es fällt mir schwer, Mitleid mit Ihnen zu haben, Mandi, weil

Sie die ganze Zeit gewusst haben, wer sie umgebracht hat und wo das Geld war, und es niemandem gesagt haben."

„Sie hat gedroht, mich umzubringen!"

„Haben Sie tatsächlich geglaubt, Ihre eigene Mutter würde Sie töten, wenn Sie das Richtige tun und den Behörden verraten, wo sie das ganze Geld versteckt hat? Oder eher, wo Sie es für sie versteckt haben?"

„Das wusste ich doch gar nicht."

„Das behaupten Sie."

„Es ist die Wahrheit!"

„Selbst als das FBI ermittelt hat, ist Ihnen niemals die Idee gekommen, zu sagen: ‚Oh, übrigens, ich weiß, wo sie das Geld gebunkert hat'?"

„Ich hatte Angst um mein Leben. Meine Mutter hatte keinen Zweifel daran gelassen, was mit mir passieren würde, wenn ich jemandem verrate, was ich weiß. Sie hat gesagt, wenn ich jemals ein Wort davon ausplaudere, selbst wenn sie nicht mehr da wäre, würde ich dafür bezahlen."

„Wessen Idee war es, auf die Bahamas zu fliegen?"

„Meine. Ich wollte mit meinem Bruder das Land verlassen."

„Warum dorthin und nicht auf die Cayman Islands, wo das Geld ist?"

„Dass ich die Einzahlungen vorgenommen habe, bedeutet nicht, dass ich Zugriff auf das Konto habe. Den hatte nur sie."

Sam schob ihr über den Tisch hinweg einen gelben Notizblock zu. „Schreiben Sie mir alles auf. Ich will alle Einzelheiten über die Reisen auf die Caymans, die Sie für Ihre Mutter gemacht haben, darüber, was am Sonntag passiert ist, wie Sie und Ihr Bruder beschlossen haben, seine Tat zu vertuschen, über Ihre Pläne, auf die Bahamas zu fliehen. Alles. Detective Dominguez wird bei Ihnen bleiben, während Sie schreiben."

„Werden Sie meinem Bruder erzählen, was ich Ihnen gerade gesagt habe?"

Sam sah sie an und fragte sich, ob sie das ernst gemeint hatte. „Ja."

„Das dürfen Sie nicht! Er wird mich hassen."

„Was dachten Sie denn, was ich mit dieser Information tun würde?"

„Bringen Sie ihn dazu, Ihnen zu erklären, was passiert ist, ohne mich zu erwähnen. Bitte! Reicht es nicht, dass unsere

Mutter unser Leben zerstört hat? Nehmen Sie ihn mir nicht auch noch weg. Bitte."

Sam wollte kein Mitleid mit ihr empfinden, tat es aber trotzdem. „Ich werde sehen, was ich tun kann, doch wenn er nicht bereit ist, seine Tat zuzugeben, werde ich ihm sagen, dass ich bereits weiß, was passiert ist. So oder so werden wir Sie beide anklagen."

„Mich auch? Weswegen?"

„Falschaussage, Behinderung unserer Ermittlungen, möglicherweise Geldwäsche, Unterschlagung. Solche Dinge."

Mandi senkte den Kopf, verschränkte die Arme und brach erneut in Tränen aus.

Genervt verließ Sam den Raum.

Draußen wartete Captain Malone auf sie.

„Haben Sie das mitbekommen?", fragte Sam den Captain. „In groben Zügen."

„Ich habe diesen Fall von Anfang an gehasst, und es wird immer schlimmer."

„Unglaublich, dass wir möglicherweise auf das Geld gestoßen sind, das das FBI nicht finden konnte", sagte Malone. „Irgendwie gefällt mir der Gedanke."

„Dachte ich mir. Diese Behörde könnte einen solch großen Erfolg gut gebrauchen, und den verdanken wir Green. Er ist wirklich gut."

„Ja. Cruz hat sich aus dem Baumarkt gemeldet. Mandi hat genau das gekauft, was sie angegeben hat."

„Das freut mich. Damit können wir das auch abhaken."

„Sie glauben ihr, dass es ihr Bruder war?"

„Es passt zu unserer Theorie vom Mord im Affekt. Wir haben ja bereits vermutet, dass der Mörder sich das nächstbeste Werkzeug geschnappt hat und dann alles den Bach runterging."

„Die Anklage wird also auf Totschlag lauten?"

„Ich denke schon. Er dürfte dort nicht mit Tötungsabsicht hingefahren sein." Sam sah auf die Uhr. „Die Zeit bis zu der Besprechung mit Gonzo reicht gerade noch, um mit ihm zu reden."

„Dann los."

„Möchten Sie mit reinkommen?"

Er blinzelte überrascht. „Oh, äh, ja, klar."

„Sicher? Sie wissen noch, wie man das macht, oder?"

„Seien Sie nicht so frech."

„Genauso gut könnten Sie mir befehlen, nicht zu atmen, Cap."

„Wem sagen Sie das?"

Sam ging vor ihm her zu Verhörraum zwei, wo Ken McLeod junior nervös auf und ab tigerte. Wenn man seiner Schwester glauben durfte, hatte er allen Grund, nervös zu sein. „Hat man Sie über Ihr Recht auf einen Anwalt belehrt?"

„Ja. Ich habe darauf verzichtet."

Sam schaltete den Rekorder ein. „Befragung von Kenneth McLeod junior, anwesend sind Lieutenant Holland und Captain Malone. Verdächtiger hat auf einen Anwalt verzichtet. Nehmen Sie Platz, Mr McLeod."

„Ich möchte lieber stehen."

„Setzen Sie sich, Mr McLeod."

Er tat es und legte die Hände auf den Tisch, wobei er insgesamt weiter sehr angespannt blieb. „Ich weiß nicht, warum ich hier bin."

„Nein?"

„Nein."

„Dann will ich Ihnen mal was erzählen, was ich ganz am Anfang auf der Polizeischule gelernt habe. Unschuldige versuchen nicht, zu fliehen."

„Wir sind nicht geflohen. Das sollte einfach ein kleiner Urlaubstrip über Thanksgiving werden."

„Wann haben Sie den geplant?"

„Gestern."

„Direkt nach dem Mord an Ihrer Mutter. Seltsamer Zeitpunkt für einen Urlaub."

„Sie hat in unserem Leben keine Rolle mehr gespielt. Genauso wenig wie der Mord an ihr."

„Gar keine? Ihre Mutter hat ein Gartengerät in den Hals bekommen und ist auf dem Boden ihrer Garage verblutet. Berührt Sie das überhaupt nicht?"

„Nicht so, wie Sie es vermutlich erwarten. Sie hat mit dem, was sie getan hat, viele Menschen verletzt, auch meine Schwester und mich. Es ist kein Wunder, dass jemand sie ermordet hat."

„Haben Sie eine Ahnung, wer sie getötet haben könnte, Ken? Ehe Sie antworten, möchte ich, dass Sie gründlich über Ihre Möglichkeiten nachdenken. Wenn Sie etwas wissen und es nicht sagen, können wir Sie wegen Behinderung einer Mordermittlung anklagen.“

„Ich hab doch schon erklärt, ich weiß nichts.“

Sam musste ihm zugutehalten, dass er nicht blinzelte, zappelte oder sonst etwas tat, was Mörder normalerweise taten, wenn Polizisten sie verhörten. „Waren Sie am Sonntag im Haus Ihrer Eltern?“

„Nein.“

Wieder war ihm nicht anzumerken, ob er log.

„Was ist, wenn ich eine Zeugin habe, die behauptet, Sie am Tatort gesehen zu haben?“

„Dann lügt Ihre Zeugin. Ich war seit Monaten nicht mehr in der Nähe meines Elternhauses. Ich bin nötigenfalls bereit, mich einem Lügendetektortest zu unterziehen.“

*Interessant*, dachte Sam. *Wenn er lügt, dann tut er es auf jeden Fall unglaublich gut.* „Warum haben Sie und Ihre Schwester zwei Tage nach dem Mord an Ihrer Mutter beschlossen, auf die Bahamas zu fliegen?“

„Das habe ich Ihnen doch schon gesagt. Mandi hat Thanksgiving-Ferien, und wir wollten beide mal von hier weg, zumal wir jetzt ja auch keine Familie mehr haben, mit der wir den Feiertag verbringen könnten.“

Sam hasste die Tatsache, dass das alles vollkommen vernünftig klang. Sie brachte Mandis Darstellung der Ereignisse einfach nicht mit dem ruhigen jungen Mann in Einklang, der ihr gegenübersaß.

„Dann stehen Sie Ihrer Schwester also nahe?“

„Wir hatten im Laufe der Jahre unsere Differenzen, haben einander allerdings während dieses Albtraums, den unsere Mutter über uns gebracht hat, Halt geboten.“

„Was für Differenzen?“

„Den üblichen Mist zwischen Geschwistern. Wer das Auto benutzen durfte, das unsere Eltern uns als Teenager gemeinsam geschenkt haben, und wer wessen Kopfhörer genommen und nicht zurückgegeben hatte. Solches Zeug. Sobald ich auf dem College war und wir nicht mehr zusammengewohnt haben, ist es besser zwischen uns gelaufen.“

Sam erinnerte sich, dass ihre Schwestern früher einmal dasselbe gesagt hatten, und erhob sich. „Wir kommen wieder.“

„Ich habe nichts getan. Sie können mich hier nicht ewig festhalten.“

Sam erwiderte darauf nichts und verließ, gefolgt von Captain Malone, den Raum.

„Was denken Sie?", fragte Malone auf dem Gang.

„Dass die Schwester ihre eigene Rolle herunterspielt und ihren Bruder anschwärzt, um ihren Hintern zu retten."

„Was wollen Sie jetzt tun?"

„Ich möchte noch mal mit Mandi sprechen."

„Gut, ich sehe vom Beobachtungsraum aus zu."

Sam ging vor ihm her zu Verhörraum eins zurück, wo Dominguez Mandis Bemühungen beobachtete, ihre Version der Dinge zu Papier zu bringen.

Mandi richtete sich ruckartig auf, die Augen angstvoll aufgerissen. Sie wirkte haargenau wie jemand, der etwas zu verbergen hatte. „Haben Sie mit Ken gesprochen?"

„Ja, habe ich."

„Und?"

„Er sagt, er war es nicht."

„Dann lügt er!"

„Wissen Sie … Das glaube ich nicht."

„Doch! Er war's!"

„Überzeugen Sie mich."

„Ich habe bereits alles erzählt! Er hat mich am Sonntag um halb zwei völlig panisch angerufen. Ich bin aufgebrochen, um die verlangten Dinge zu besorgen, kam um drei bei meinen Eltern an und traf ihn über der Leiche meiner Mutter stehend an."

„Er sagt, er sei seit Monaten nicht mehr dort gewesen. Hat er Ihnen erzählt, warum er an diesem Tag dort hingefahren ist?"

„Um sie zu bitten, das Richtige zu tun und das Geld zurückzugeben."

„Weiß er, dass Sie für Ihre Mutter Geld auf die Caymans gebracht haben?"

Sie blinzelte und wurde unruhig, und Sam hörte beinahe, wie sich die Rädchen in ihrem Kopf drehten, als sie nach einer passenden Antwort darauf suchte. „Nein."

„Wie haben Sie ihm Ihre häufigen Reisen dorthin erklärt?"

„Ich hab gesagt, ich hätte mal eine Auszeit vom Studium gebraucht. Das war, lange bevor wir wussten, was meine Mutter da eigentlich tat. Mir ist erst klar geworden, dass ich gestohlenes Geld eingezahlt hatte, als das FBI Anklage gegen sie erhoben hat."

„Dann haben Sie genau gewusst, warum sie Sie auf die Insel geschickt und Sie damit praktisch zur Mittäterin gemacht hatte.

Ich fürchte, Mandi, Sie hatten viel eher ein Motiv, sie zu töten, als Ihr Bruder."

„Ich war es aber nicht."

„Das behaupten Sie."

Es klopfte, und Sam erhob sich, um nachzuschauen, wer sie bei ihrem Verhör störte. Das musste bedeuten, dass jemand auf etwas Hilfreiches gestoßen war.

Cameron Green bedeutete ihr, kurz den Raum zu verlassen.

Sam schloss die Tür hinter sich. „Was gibt's?"

„Nachdem wir Mandis Verbindungen zu den Cayman Islands gefunden hatten, habe ich mich ein bisschen in anderen, noch berüchtigteren Steuerparadiesen umgesehen und in Delaware etwas Interessantes gefunden. Die Firma VMcL Corporation wurde vor etwas mehr als zwei Jahren gegründet, und ich dachte, es interessiert Sie vielleicht, aus wem der vierköpfige Aufsichtsrat besteht. Die Firma ist fünfzehn Millionen schwer."

Sam nahm einen Ausdruck von ihm entgegen und überflog ihn rasch. Amanda McLeod war als Aufsichtsratsvorsitzende aufgeführt, Kenneth McLeod junior als stellvertretender Vorsitzender, Kenneth McLeod senior als Leiter der Finanzabteilung und Virginia McLeod als viertes Mitglied des Aufsichtsrats. „Hervorragende Arbeit, wie üblich, Green. Das hilft mir sehr."

„Nehmen Sie die Tochter fest?"

„Würde ich gerne, sie besteht nur leider darauf, dass es ihr Bruder war. Wenn er wirklich seine Mutter getötet hat, habe ich noch nie einen Täter erlebt, der unter Druck so cool geblieben ist. Ich weiß nicht, was ich glauben soll. Wir brauchen eine richterliche Anordnung, um ihre Telefondaten auszuwerten – und auch die vom Handy ihres Vaters", fügte sie einem Instinkt folgend hinzu. „Sie beharrt darauf, ihr Bruder habe sie um halb zwei panisch angerufen und sie gebeten, Zeug aus dem Baumarkt zu besorgen und sich dann mit ihm bei ihren Eltern zu treffen. Ich muss wissen, ob dieser Anruf stattgefunden hat und ob er am Sonntag wirklich dort war. Malone soll die richterliche Anordnung heranschaffen."

„Sobald wir die haben, ziehe ich Archie hinzu", erklärte Green. „Wir können seinen Aufenthalt zur fraglichen Zeit anhand einer Funkmastenpeilung feststellen."

„Machen Sie dasselbe mit Mandis Handy und dem ihres Vaters. Finden wir heraus, wer hier die Wahrheit sagt."

„Ich kümmere mich darum."

Sam streckte den Kopf in den Beobachtungsraum. „Cap? Wir werden ihre Handydaten auswerten, um herauszufinden, wer die Wahrheit sagt. Können Sie sich um die richterlichen Anordnungen kümmern?"

„Klar. Gute Idee."

Sie reichte ihm den Ausdruck, den ihr Green gegeben hatte. „Green ist inzwischen in Delaware auf eine fünfzehn Millionen schwere Firma gestoßen, und raten Sie mal, aus wem der Aufsichtsrat besteht."

Malone überflog den Ausdruck. „Ich werd nicht mehr!"

„Fragen wir mal Ken junior, ob er gewusst hat, dass er stellvertretender Aufsichtsratsvorsitzender ist."

Sie kehrten in Verhörraum zwei zurück.

„Ich habe noch eine Frage an Sie, Ken. Sagt Ihnen eine Firma namens VMcL etwas?"

„Nein. Warum?"

Sam legte ihm den Ausdruck vor. „Ich hab angenommen, dass Sie sie kennen, schließlich sind Sie ihr stellvertretender Aufsichtsratsvorsitzender."

„Was? Nein!"

Sam deutete auf seinen Namen auf dem Schriftstück. „Doch."

Er sah schockiert zu ihr auf. „Davon weiß ich nichts, Lieutenant. Das schwöre ich bei Gott."

Sam glaubte ihm.

„Ich kann nicht fassen, dass sie mich so benutzt hat." Er schüttelte den Kopf. „Wer verwickelt denn seinen eigenen Sohn in ein Verbrechen dieser Größenordnung? Was für ein Mensch tut so etwas, Lieutenant?" Er schien den Tränen nahe. „Sie war meine Mutter. Hätte sie mich nicht eigentlich beschützen müssen?"

Sam hatte Nick schon dieselbe herzzerreißende Frage über seine eigene Mutter stellen hören. „Ja, das hätte sie."

„Ich weiß nicht, was ich jetzt tun soll. Davon hatte ich keine Ahnung, und jetzt kann man mich vermutlich strafrechtlich für Dinge belangen, die ohne mein Wissen oder gar meine Zustimmung geschehen sind."

„Das könnte aber auch eine Gelegenheit sein, einen Teil der Taten Ihrer Mutter wiedergutzumachen."

„Wie das?"

„Als stellvertretender Aufsichtsratsvorsitzender der Firma dürfen Sie vermutlich bestimmen, was mit deren Geld passiert."

Er strahlte regelrecht. „Stimmt, das darf ich vermutlich."

„Ich denke schon.“

„Dann werde ich alles in meiner Macht Stehende tun, um die zu entschädigen, die sie bestohlen hat.“

„Ein guter Gedanke.“ Sam nahm die Liste der Aufsichtsratsmitglieder wieder an sich. „Wir sind gleich wieder da.“

Sie verließ ihn, und während Malone die richterlichen Anordnungen für die Handys besorgen ging, betrat sie ein weiteres Mal Verhörraum eins. „Was hat es mit der VMcL Corporation auf sich?“

Mandi zog die Brauen zusammen. „Der Name sagt mir nichts.“

Sam legte den Ausdruck auf den Tisch. „Seltsam, denn Sie sind die Aufsichtsratsvorsitzende.“ Sie deutete auf die Stelle, an der Mandis Name stand.

„Wirklich? Wie kann das sein, wo ich noch nie von dieser Firma gehört habe?“

„Weiß ich nicht. Verraten Sie es mir.“

„Ich weiß es doch auch nicht! Sie hat mir davon nie etwas erzählt.“

„Die Firma ist fünfzehn Millionen schwer.“

„Oh. Tja … Das wusste ich nicht.“

„Jetzt wissen Sie es.“

„Ich bin nicht sicher, was ich sagen soll. Sie hat mich also ohne mein Wissen zur Aufsichtsratsvorsitzenden einer Firma gemacht, von der ich noch nie gehört habe. Ich habe auch nicht gewusst, dass sie mich auf die Caymans geschickt hat, um gestohlenes Geld einzuzahlen. Umgebracht habe ich sie ebenfalls nicht.“

„Sie haben insgesamt nicht sehr viel mitbekommen, was?“

„Ich war auf dem College, Lieutenant. Waren Sie auf dem College? Wissen Sie, wie das ist?“

„Ms McLeod, ich war mit Dyslexie auf dem College, also ja, ich weiß, wie das ist.“

„Ich hatte gar keine Zeit dafür, die geschäftlichen Winkelzüge meiner Mutter im Auge zu behalten.“

„Trotzdem hatten Sie genug Zeit dafür, immer, wenn Sie sie darum bat, auf die Cayman Islands zu fliegen.“

„Das waren Urlaube. Seit wann sind Urlaubsreisen illegal?“

„Sind sie nicht. Es sei denn, man wird dafür bezahlt, Geld in Steuerparadiesen zu verstecken.“

„Wurde ich aber nicht. Sie hat lediglich meine Studiengebühren übernommen. Mein Bruder und ich mussten uns unseren Lebensunterhalt immer selbst verdienen, und das haben wir getan. Wir mussten uns auf der Highschool sogar ein Auto teilen, weil sie uns nicht zu sehr verwöhnen wollten. Keiner unserer Freunde musste sich ein Auto mit seinen Geschwistern teilen. Nur wir."

*Sie armen, vernachlässigten Teenager,* hätte Sam am liebsten geantwortet. *Wie haben Sie das bloß ausgehalten?*

Nachdem Sam gehört hatte, wie Ginny ihre Kinder erzogen hatte, wollte sie mehr darüber wissen, wie sie als Mensch gewesen und wie es letztlich dazu gekommen war, dass sie Freunde und Verwandte betrogen hatte – und wie ihre Beziehung zu ihren Kindern gewesen war.

Sie verließ Mandi und ging wieder zu Ken junior hinüber. „Wer stand Ihrer Mutter am nächsten?"

„Ihre Schwester Janet."

„Hat Ihre Mutter sie auch bestohlen?" Sam erinnerte sich nicht, den Namen Janet auf der Liste der Betrugsopfer gelesen zu haben.

„Nein, aber wahrscheinlich nur, weil Janet Künstlerin ist und nie etwas hatte, das zu stehlen sich gelohnt hätte. Doch sie kennt meine Mutter besser als jeder andere."

„Schreiben Sie mir ihre Adresse und Telefonnummer auf."

# KAPITEL 30

Um Zeit zu sparen, beschloss Sam, Janet nicht persönlich aufzusuchen, sondern anzurufen. Da sie nur Hintergrundinformationen brauchte, würde ein Telefongespräch ausreichen. Sie telefonierte per Handy, damit Janets Anruferkennung nicht die Nummer des MPD anzeigte.

Nach dem vierten Klingeln meldete sich eine Frauenstimme mit einem atemlosen „Hallo?".

„Janet Milton?"

„Am Apparat. Wer ist da?"

„Lieutenant Sam Holland, Metro PD in Washington."

„Die Frau des Vizepräsidenten."

„Ja."

„Geht es um Ginny?"

„Genau."

Janet seufzte. „Was kann ich für Sie tun, Lieutenant?"

„Ich brauche Informationen über Ihre Schwester."

Janets schroffes Lachen hallte aus dem Handy. „Damit sind Sie alles andere als allein."

„Erzählen Sie mir von ihrer Beziehung zu ihren Kindern."

„Was soll damit sein?"

„Stand sie ihnen nahe?"

„Zumindest bis sie beschloss, eine Kriminelle zu werden. Danach war das Verhältnis vorsichtig ausgedrückt ein wenig angespannt."

„Stand sie davor einem der beiden Kinder näher als dem

anderen?"

„Sie hatte immer eine besonders enge Beziehung zu Mandi. Ken junior war schon als kleiner Junge sehr unabhängig. Er hat Ginny viel weniger gebraucht als Mandi."

„Wie muss ich mir das vorstellen?"

„Ginny hat Mandi immer als eine Miniaturausgabe ihrer selbst bezeichnet. Die beiden haben alles gemeinsam getan. Manchmal hat sie gesagt, sie mache sich Sorgen, ob sie ihre Erziehungsaufgaben richtig wahrnehmen könne, weil sie Mandi so nahestand. Sie hat ihr jeden Wunsch von den Augen abgelesen, obwohl klar war, dass sie auf diese Weise ein Monster erschaffen würde. Haben Sie mit den Kindern gesprochen?"

„Ja. Ich will ehrlich zu Ihnen sein, Ms Milton. Wir haben Sie derzeit beide in Gewahrsam und gehen davon aus, dass einer von beiden Ihre Schwester getötet hat."

Nach dieser Aussage herrschte lange Stille.

Sam wollte gerade nachfragen, ob Janet eines von Ginnys Kindern eines Mordes für fähig hielt, als diese das Wort ergriff.

„Ken traue ich das nicht zu, denn soweit ich weiß, hatte er schon vor der Anklageerhebung durch das FBI den Kontakt zu seinen Eltern praktisch abgebrochen. Aber Mandi … Ich weiß nicht. Sie hat erklärt, auch sie habe keinen Kontakt mit ihnen gehabt, doch ich kann mir nicht vorstellen, dass sie sich nicht regelmäßig mit Ginny getroffen hat."

„Selbst nachdem diese die Eltern von Mandis Freundinnen bestohlen hatte?"

„Ja. Vor zwei Monaten habe ich Ginny besucht, und wir haben uns darüber unterhalten, was geschehen war, was sie mit diesem Investitionsprojekt vorgehabt hatte und dass alles nicht so gelaufen war, wie sie es sich vorgestellt hatte."

„Wie hatte sie es sich denn vorgestellt?"

„Sie wollte wirklich ein Gebäude erwerben und es in die nächste angesagte, durchdesignte Wohnadresse verwandeln, aber endlose Bürokratie und unerwartete Auflagen seitens der Baubehörde hatten ihr einen Strich durch die Rechnung gemacht. Sie hat gemeint, niemand könne sich vorstellen, wie schwierig es sei, etwas so Komplexes wie das, was ihr vorschwebte, entstehen zu lassen, und nun hätten die Leute Angst um ihr Geld und die Zukunft des Projekts, und die Zeit lief ihr weg. An jenem Tag kam Mandi in die Küche und blieb überrascht stehen, als sie mich sah."

„Uns hat sie erzählt, sie hätte schon vor der Anklageerhebung durch das FBI den Kontakt zu ihren Eltern abgebrochen."

„Das stimmt nicht. So lange ist das noch nicht her, sie war definitiv dort. Verstehen Sie mich nicht falsch, Lieutenant. Ich liebe meine Nichte und meinen Neffen. Auch meine Schwester habe ich geliebt, trotz ihrer vielen Fehler. Deshalb möchte ich den beiden keine Schwierigkeiten bereiten."

„Ich verstehe. Wir versuchen bloß, die Wahrheit herauszufinden. Was halten Sie von der Aussage von Ken senior, er habe von dem Betrug nichts gewusst?"

„Alles gelogen, wie immer, wenn er den Mund aufmacht. Er ist ein Aufschneider. Hat ein aufgeblasenes Ego und teilt sein übertriebenes Selbstbild jedem mit, der es hören will."

„Sie glauben also, er wusste über den Betrug Bescheid."

„Ganz ohne Frage. Davon war ich schon immer überzeugt, aber das FBI konnte es nicht nachweisen, also ist nur Ginny angeklagt worden."

„Was hat sie denen über seine Beteiligung erzählt?"

„Dass er keine Ahnung hatte. Während all der Verhöre ist sie davon nicht abgewichen."

„Glauben Sie, er hat sie irgendwie bedroht?"

„Das habe ich mich auch gefragt, doch sie hat darauf beharrt, dass zwischen ihnen alles gut sei und er nichts mit dem Betrug zu tun habe."

„Hätte sie es Ihnen denn erzählt, wenn sie Probleme gehabt hätten?"

„Ich glaube nicht. In all den Jahren, in denen sie zusammen waren, hat sie nie ein böses Wort über ihn verloren, nicht einmal mir gegenüber, und wir haben über alles gesprochen. Manchmal habe ich mich gefragt, wie sie ihn ertragen hat, weil er so arrogant war, aber das schien sie nicht zu stören."

„Steht er den Kindern nahe?"

„Ken mehr als Mandi. Er hat oft scherzhaft gesagt, er verstehe sie nicht und es sei gut, dass er einen Sohn habe, sonst hätte er vielleicht noch gedacht, das Problem läge bei ihm."

Sam hatte Ken senior schon zuvor für einen totalen Idioten gehalten, und Janet bestätigte sie jetzt in dieser Einschätzung. „War er nicht wütend, weil sie ihre Verwandten, Kollegen und Freunde abgezockt hatte?"

„Wenn, dann habe ich davon nichts mitbekommen. Ein

weiterer Grund, warum ich glaube, dass er sehr genau wusste, was sie da tat. Wie erklärt es sich sonst, dass er bei ihr geblieben ist, nachdem sie seinen Bruder, seine früheren Kollegen und gemeinsame Freunde um ihr Geld gebracht hatte? Würden Sie bei Ihrem Mann bleiben, wenn er so etwas getan hätte?"

Da Nick so etwas nie tun würde, musste sie sich darüber keine Gedanken machen, aber das würde sie Janet nicht sagen. „Es kommt mir seltsam vor, dass er keinen Alarm geschlagen hat."

„Er hat keinen Alarm geschlagen, weil er Bescheid wusste, Lieutenant. Ken hat gewusst, was sie tat, und sie möglicherweise sogar unterstützt."

„Was ich nicht verstehe, ist, wo das alles hinführen sollte. Sie bestehlen also Gott und die Welt, bunkern das Geld irgendwo und bleiben dann so lange vor Ort, bis die Investoren unruhig werden und sie den Behörden melden. Warum waren sie da nicht schon lange weg? Sie hatten doch mehr als genug, um bis ans Ende ihrer Tage in Saus und Braus zu leben."

„Wahrscheinlich wegen unserer Mutter. Sie hat im Laufe des letzten Jahres gesundheitlich abgebaut, und Ginny hat sich immer um sie gekümmert. Bestimmt wollte sie sie nicht verlassen."

„Selbst wenn sie dadurch ins Netz des FBI geriet?"

„Ja, selbst dann. Das Verhältnis der beiden war sehr intensiv, vor allem seit unsere Mutter wegen Demenz intensivere Betreuung brauchte."

„Lieben Sie sie genauso?"

„Meine Mutter und ich waren uns noch nie über irgendetwas einig. Wir stehen einander nicht nahe. Ich besuche meine Eltern ein-, zweimal im Monat, aber Ginny war beinahe jeden Tag da. Sie hat den Plan meiner Mutter für ihr Leben umgesetzt. Ich hatte meine eigenen Ideen und keine Angst, sie zu verwirklichen."

„Weiß sie, dass Ihre Schwester tot ist?"

„Ja. Ich war gestern bei meinen Eltern, um es ihnen mitzuteilen. Nachdem sie mich praktisch beschuldigt hat, sie zu belügen, was Ginnys Tod betrifft, hat sie schließlich begriffen, dass ich die Wahrheit sage, nachdem ich ihr eine Onlinemeldung über den Mord an meiner Schwester gezeigt hatte. Meine Mutter war am Boden zerstört und hat mich wieder weggeschickt. Das fasst unsere Beziehung ganz gut zusammen. Doch andererseits hat sie sich auch geweigert zu glauben, dass ihre geliebte Ginny diesen Investmentbetrug begangen hat. Sie hat immer betont, es müsse sich um ein Missverständnis handeln, weil Ginny so etwas nie tun würde."

„Sehen Sie das genauso?"

„Ich habe meine Schwester geliebt, Lieutenant. Wir haben einander immer nahegestanden, obwohl wir sehr unterschiedlich waren. Aber ich glaube, sie wäre in der Lage gewesen, Menschen über den Tisch zu ziehen. Sie hat gern auf großem Fuß gelebt, und nachdem Ken seinen Job verloren hatte …"

„Moment. Wann war das?"

„Vor etwas mehr als zwei Jahren. Nach über dreißig Jahren hat man ihn bei seiner Kanzlei wegrationalisiert."

„Hm, begann laut dem FBI ungefähr damals nicht auch Ginnys Betrug?"

„Ja, das kommt hin."

Sam blätterte in ihren Notizen. „Er war Nachlassanwalt."

„Richtig."

„Wie kann es sein, dass man einen Mann seines Alters in dieser Stellung aus einer Kanzlei wegrationalisiert? Hätte er zu diesem Zeitpunkt nicht längst Partner sein müssen?"

„Eigentlich schon. Doch das hat er nie geschafft. Er und Ginny waren deswegen ziemlich verbittert. Sie haben die Firma wegen der Entlassung verklagt, leider erfolglos."

„Er hat behauptet, sie sei spielsüchtig gewesen."

„Nein, war sie nicht."

„Sind Sie sich da sicher?"

„Hundertprozentig. Sie hat in ihrem ganzen Leben nie gespielt. Ginny mochte Geld – sie hortete es gern, sie hatte es gern, sie gab es gern aus. Aber sie hätte es niemals verspielt. Das lag einfach nicht in ihrer Natur."

Jetzt wusste Sam, dass Ken senior und Mandi sie belogen hatten. Das reichte, um die beiden wegen Behinderung ihrer Ermittlungen zu belangen, was ihr Zeit dafür verschaffen würde, ihre restlichen Lügen aufzudecken. Sie hatte das Gefühl, dass es nicht bei diesem Delikt bleiben würde.

„Danke für Ihre Zeit, Ms Milton. Das war sehr hilfreich."

„Wissen Sie, wer meine Schwester umgebracht hat, Lieutenant?"

„Ich bin noch nicht ganz sicher, aber ich denke, ich werde bald mehr wissen."

„Sagen Sie mir Bescheid?"

„Ja. Wenn Ihnen noch irgendetwas einfällt, das von Belang sein könnte, rufen Sie mich bitte unter dieser Nummer zurück."

„Mach ich."

„Danke nochmals." Sam beendete das Gespräch mit dem vertrauten befriedigenden Geräusch ihres zuklappenden Handys und lehnte sich zurück, um über das Gehörte nachzudenken. Dann nahm sie den Hörer des Telefons auf ihrem Schreibtisch ab und rief bei der Schutzpolizei an, wobei sie sich zu erinnern versuchte, wer nach Hernandez' Festnahme dessen Nachfolger geworden war. Sie hatte nicht den blassesten Schimmer.

„Schutzpolizei. Officer Baker."

„Lieutenant Holland hier. Könnten Sie bitte jemanden losschicken, der Kenneth McLeod bei seinem Bruder in Chevy Chase abholt?" Sam nannte ihm die Adresse. „Mit Widerstand ist zu rechnen, er ist jedoch nicht gefährlich und dürfte nicht bewaffnet sein. Die sollen ihm seine Rechte vorlesen und ihm sagen, dass sie ihn wegen Behinderung einer Mordermittlung festnehmen."

„Jawohl, Ma'am. Wir kümmern uns sofort darum."

„Danke."

Sam legte auf und betrachtete die Angelegenheit aus allen Blickwinkeln. Der Anruf bei Janet war in vielerlei Hinsicht erhellend gewesen. Sie wusste jetzt nicht nur sicher, dass Mandi und Ken senior sie belogen hatten, sondern auch, dass Ken junior höchstwahrscheinlich nichts mit dem Tod seiner Mutter zu tun hatte. Das musste Archie ihr bloß noch bestätigen.

Der stand eine Stunde später vor ihrer Tür. „Ich habe die Handydaten, die du wolltest."

„Her damit", antwortete Sam.

Er reichte ihr mehrere ausgedruckte Seiten, auf denen oben je ein Name stand. „Ich habe mich um die Handys der Tochter, des Sohns, des Mannes und um das von Ginny gekümmert."

„Perfekt, Archie. Danke." Als Sam die Ausdrucke zu lesen versuchte, verschwammen die Worte vor ihren Augen zu einem Buchstaben-und-Zahlen-Salat. Die gottverdammte Dyslexie erhob ihr hässliches Haupt immer zum ungünstigsten Zeitpunkt. Sie schaute zu Lieutenant Archelotta auf. „Bekomme ich eine Kurzzusammenfassung?"

„Klar, kein Problem. Von Ken juniors Handy gab es keinen Anruf bei seiner Schwester am Sonntagnachmittag. Sein Handy hat sich am Sonntag nur zu Hause und in einem nahe gelegenen Park befunden."

*Wow*, dachte Sam. So viel zu Mandis Versuch, ihrem Bruder den Mord anzuhängen.

„Um zwanzig nach eins hat Ken senior Mandi angerufen und zwei Minuten lang mit ihr telefoniert. Sie war zu dem Zeitpunkt auf dem College-Gelände."

„Wo war er?"

„Zu Hause."

„Also nicht auf dem Golfplatz, wie er behauptet hat. Verdammt. Das bedeutet, nicht nur er hat gelogen, sondern auch die drei Freunde, die bestätigt haben, dass er den ganzen Nachmittag mit ihnen gegolft hat. Wir müssen einen Haufen Leute festnehmen."

„Klingt so."

Captain Malone erschien in der Tür. „Die Besprechung mit der stellvertretenden Staatsanwältin und Gonzales fängt gleich an. Kommen Sie?"

Sam sah auf die Wanduhr und stellte fest, dass es eine Minute vor neun war. „Ja." Sie nahm die Handy-Informationen mit. „Danke, Archie. Du hast gerade den Fall für mich gelöst."

„Stets zu Diensten."

„Und immer hilfreich", sagte sie mit einem Lächeln.

„Viel Glück bei der Besprechung", meinte Archie. „Ich finde es Wahnsinn, ihn nach dem, was mit Arnold passiert ist, eines Verbrechens anklagen zu wollen. Und mit dieser Ansicht stehe ich nicht allein da."

„Danke, das freut mich – und ihn sicher auch."

Archie nickte und entfernte sich Richtung Treppe, um in sein Reich im ersten Stock zurückzukehren.

Sam ging mit Malone zum Konferenzraum des Chiefs. „Ich glaube, der Ehemann hat Ginny getötet, und danach hat ihm seine Tochter bei der Beseitigung der Spuren geholfen. Außerdem vermute ich, dass die beiden wissen, wo das Geld ist."

„Ich habe gehört, das FBI hätte sich größte Mühe gegeben, es aufzuspüren."

„Aber die haben sich auf Ginny und Ken senior konzentriert. Offenbar haben sie anders als Green nicht den Kindern auf den Zahn gefühlt, und so sind wir auf Mandis Flüge auf die Caymans gestoßen."

„Das gibt eine nette Schlagzeile, vor allem weil das FBI uns ja gerade unter die Lupe nimmt."

„Ach, auf den Gedanken bin ich noch gar nicht gekommen, Captain."

Sein lautes Lachen hallte durch den Gang. Beim Betreten des Konferenzraums, wo Chief Farnsworth, die stellvertretende Staatsanwältin Faith Miller, Gonzo und Christina sie bereits mit Nicks Freund, dem Anwalt Andy Simone, erwarteten, ließ er ihr den Vortritt.

Sam war überrascht, dass Christina da war. „Guten Morgen allerseits."

„Morgen", grüßte Gonzo.

*Gut sieht er aus*, dachte Sam. *Wirklich gut. Wie vor der Katastrophe.*

Captain Malone schloss die Tür des Konferenzraums und nahm zusammen mit Sam Tommy und Christina gegenüber Platz. Der Chief und Faith setzten sich an die beiden Stirnseiten des Tisches.

„Faith", sagte der Chief, „legen Sie los."

„Danke, dass Sie gekommen sind, Sergeant", begann Faith. „Wie Sie wissen, sind wir hier, um die Möglichkeit eines Deals hinsichtlich des Vorwurfs des illegalen Erwerbs und Besitzes von Betäubungsmitteln zu besprechen. Bei beidem handelt es sich um Straftaten. Wir haben uns darauf geeinigt, Ihnen lediglich ein geringfügiges Vergehen vorzuwerfen."

„Er nimmt den Deal nicht an", verkündete Christina.

Gonzo lächelte sie an. „Ich mach das schon, Süße." Dann schaute er Faith an. „Der Deal ist vom Tisch."

Faith warf Andy einen verwirrten Blick zu. „Ich dachte, wir hätten eine Absprache."

„Mein Mandant hatte inzwischen Zeit, alles gründlich zu durchdenken, und hat beschlossen, diese Absprache abzulehnen", erläuterte Andy.

Faith sah Hilfe suchend zum Chief.

„Sergeant Gonzales", erklärte der, „Sie haben das Wort."

„Ich danke Ihnen, Chief, und Ihnen allen für Ihre Unterstützung während der letzten zehn Monate, der schlimmsten Zeit meines Lebens. Arnold auf diese Weise zu verlieren hat mich beinahe gebrochen, und das habe ich aufgrund meines enormen Schmerzes zugelassen, der mich regelrecht verschlungen hat. Das sage ich nicht nur so dahin. Er hat alles andere in meinem Leben überstrahlt, selbst die beiden Menschen, die ich am meisten liebe." Er nahm Christinas

Hand und hielt sie ganz fest. „In dieser Zeit habe ich Dinge getan, die ich zutiefst bereue, viele Dinge sogar, und dazu zählt der aus meiner Verzweiflung geborene Erwerb von Schmerzmitteln auf der Straße. Ich hätte alles getan, um die Qual zu betäuben. Weder auf mein Verhalten noch auf das, was ich getan habe, um zu überleben, bin ich stolz. Doch in der Entzugsklinik habe ich gelernt, dass ich mir diese Dinge verzeihen muss, sonst kann ich nicht clean bleiben. Ich habe auch gelernt, Cleansein über alles andere in meinem Leben zu stellen, selbst über meine Verlobte und meinen Sohn. Wenn ich mir meine Gesundheit bewahren will, um für sie da sein zu können, muss ich zuerst einmal für mich selbst da sein."

Er sah Faith direkt an. „Im Vollbesitz meiner geistigen Kräfte hätte ich niemals so gehandelt, Ms Miller. Ich war krank – vor Schuld, Trauer und Bedauern, und diese Gefühle werde ich für immer mit mir herumtragen. Meinetwegen hat dieser unglaubliche junge Mann eine Kugel abbekommen. Das Grauen jener Nacht werde ich für den Rest meines Lebens jeden Tag vor Augen haben. Aber ich bin kein Verbrecher. Ich bin vielmehr ein Opfer des Mörders meines Partners, und deshalb schlage ich den Deal aus. Mir ist klar, dass Sie einen Job zu erledigen haben, und das respektiere ich. Ich verstehe, dass ich Sie zwinge, einen Prozess zu erwägen, indem ich den Deal ablehne. Wenn Sie und Staatsanwalt Forrester diese Vorgehensweise für notwendig halten, dann soll es so sein. Doch ich werde nicht freiwillig etwas unterzeichnen, das praktisch die Karriere beendet, für die ich so hart gearbeitet habe. Ich bin ein guter Polizist, Ms Miller. Diesen Job beherrsche ich, und ich will ihn weiter ausüben, solange ich irgendwie kann. Wenn ich mich dieser Straftaten schuldig bekenne, wird mir das nicht möglich sein."

Sam wäre am liebsten aufgesprungen und hätte gejubelt. Ihr Gonzo war wieder da, und in seinen Augen brannte dasselbe Feuer für seinen Job, das sie dort vor jener tragischen Nacht immer gesehen hatte. „Wenn ich etwas hinzufügen dürfte", sagte sie. „Ich glaube, der einzige Grund, warum Sie überhaupt wissen, was Sergeant Gonzales alles getan hat, um den Verlust seines Partners zu überleben, ist der Rachefeldzug von Sergeant Ramsey, der alles daransetzt, mich und mein Team anzuschwärzen. Seit ich mich wegen des Angriffs auf ihn nicht vor Gericht verantworten muss, ist Ramsey wild entschlossen, mir und meinem Team auf jede nur erdenkliche Weise Ärger zu bereiten. Die Information über Sergeant Gonzales' Drogenkauf auf der Straße, der Ausgangspunkt dieser Ermittlung, stammt von einem der Informanten Ramseys. Das macht Sergeant Gonzales' Vergehen nicht weniger schlimm. Aber es zeigt, zu welchen Mitteln manche Menschen in dieser Behörde greifen, um Kollegen zu schaden."

„Ich habe vorgeschlagen, Tommy solle sich an die Presse wenden", meldete sich Christina erneut zu Wort, „und in einem Interview seine Schwierigkeiten nach der Ermordung Arnolds und die Dinge, die er unter dem Einfluss seiner Sucht getan hat, schildern. Wenn er sie im Kontext der größeren Zusammenhänge rund um Arnolds Tod öffentlich bekennt, wird man ihm meiner Ansicht nach seine Verbrechen verzeihen."

„Dem stimme ich hundertprozentig zu, ich wollte dieselbe Strategie vorschlagen", pflichtete Sam der Frau bei, die bei ihren Ermittlungen im Mordfall John O'Connor ihre Gegnerin gewesen war. Seither waren sie Freundinnen geworden.

„Ich bin froh, dass du so denkst", meinte Gonzo. „Obgleich mir die Vorstellung überhaupt nicht gefällt, mit diesem Albtraum an die Öffentlichkeit zu treten, hat Christina recht. Wenn ich meine Geschichte mit meinen eigenen Worten erzähle, dann, hoffe ich, werden die meisten Menschen verstehen, dass meine Vergehen Ausdruck meiner Krankheit waren, nicht meines Charakters."

„Ihr Charakter war und ist über jeden Zweifel erhaben, Sergeant", sagte Chief Farnsworth. „Tut mir leid, wenn wir Ihnen nach Arnolds tragischem Tod nicht ausreichend Unterstützung haben zukommen lassen."

„Sie haben getan, was Sie konnten, Sir. Ich glaube inzwischen, dass alles, was seit der Nacht von Arnolds Tod geschehen ist, nicht ohne Grund geschehen ist. Es sollte mich lehren, als Polizist und Mensch den Schwächen anderer gegenüber verständnisvoller zu sein. All das muss einem höheren Zweck dienen. Ich weigere mich, zu glauben, dass Arnolds Tod sinnlos war."

„Sie haben mir jede Menge Stoff zum Nachdenken gegeben, Sergeant", erklärte Faith. „Ich muss das mit Staatsanwalt Forrester besprechen und herausfinden, ob er auf einer strafrechtlichen Verfolgung besteht."

„Das kann ich nachvollziehen, aber das Interview werde ich auf jeden Fall geben."

„Nun, das ist natürlich Ihr gutes Recht. Ich werde Forrester Ihre Sicht der Dinge darlegen und Sie wissen lassen, wie wir weiter vorgehen wollen."

„Danke fürs Zuhören", antwortete Gonzo.

„Gern. Ich persönlich habe mich mit dieser Anklage nie wohlgefühlt, doch das habe ich nicht zu entscheiden. Versprechen kann ich Ihnen nichts, aber ich werde Staatsanwalt Forrester daran erinnern, dass ich von Anfang an Bedenken hatte."

„Danke, das weiß ich zu schätzen."

„Ich melde mich, sobald eine Entscheidung gefallen ist."

Nachdem Faith den Raum verlassen hatte, wandte sich Gonzo an die restlichen Anwesenden: „Ich möchte Ihnen und euch allen für die Unterstützung während dieses Albtraums danken. Es hat mir viel bedeutet, zu wissen, dass Sie und ihr hinter mir steht."

„Das tun wir", versicherte Sam. „Immer. Das alles war eine furchtbare Tragödie. Ich bin hergekommen, um zu verhindern, dass du eine weitere Tragödie obendrauf packst. Doch du hast schon selbst die richtige Entscheidung getroffen. Ich bin stolz auf dich, Tommy."

„Danke. Ich gebe mir Mühe."

„Das ist unverkennbar", bestätigte Malone. „Lassen Sie uns wissen, wann Sie wieder zur Arbeit kommen möchten."

„Momentan denke ich an den ersten Dezember, wenn das passt."

„Ist mir recht", sagte Sam. „Und du solltest das Interview Darren Tabor geben. Er wird das gut machen."

„Das dachte ich auch."

Sam nickte, überzeugt, dass Gonzo und seine Geschichte bei Darren bestens aufgehoben sein würden. „Ich muss wieder an die Arbeit. Wir kreisen gerade Ginny McLeods Mörder ein. Momentan halten wir ihren Mann für den Täter, was bedeutet, wir werden auch die drei Mitgolfer festnehmen müssen, die ihm ein Alibi gegeben haben. Vor mir liegt jede Menge Papierkram."

„Du meinst, vor Cruz?", erkundigte sich Gonzo mit einem Grinsen.

„Natürlich."

„Schön, dass sich manche Dinge nie ändern."

„Verändert hat sich nur, dass wir dich und Arnold vermissen."

„Danke. Es ist schön, zu hören, dass ich euch gefehlt habe. Ach ja, Christina und ich möchten euch und eure Familien zu Thanksgiving zum Nachtisch bei uns einladen." Er warf dem Chief einen Blick zu. „Sie natürlich auch, Sir."

„Ich esse gern Apfelkuchen", antwortete der Chief.

„Dann werde ich dafür sorgen, dass wir ein paar Stücke für Sie reservieren."

„Meine Frau und ich nehmen die Einladung gern an, Gonzo."
„Oh, wow. Der Chief kommt, Süße."
Christina lächelte ihn an. „Ich hab's gehört."
„Wir sind ebenfalls dabei", sagte Sam.
„Ja, wir auch", fügte Malone hinzu.
„Das wird das beste Thanksgiving aller Zeiten", erklärte Gonzo und strahlte Christina an.
„Definitiv."

# KAPITEL 31

Als Sam den Konferenzraum des Chiefs verließ, herrschte im Foyer Tumult, und sie lief hin, um herauszufinden, was los war. Zwei junge Streifenpolizisten hatten Ken McLeod senior in Gewahrsam und versuchten, ihn zur erkennungsdienstlichen Behandlung zu bringen. Er wehrte sich bei jedem Schritt gegen sie.

„Sie blöde Schlampe!", brüllte er, als er Sam sah. „Was fällt Ihnen ein, mich verhaften zu lassen? Das kostet Sie Ihre Dienstmarke! Ich reiße Ihnen den Arsch auf! Ich habe ein Alibi!"

„Das ist aber ziemlich löchrig", erwiderte Sam.

„Was zum Teufel soll das denn heißen?"

„Das werden Sie noch früh genug herausfinden." Zu den Beamten sagte sie: „Lassen Sie ihn erkennungsdienstlich behandeln, und bringen Sie ihn dann in Verhörraum zwei."

Sam ignorierte die Flüche des Mannes und begab sich ins Großraumbüro.

„McBride", sagte sie, „hol bitte Ken junior aus Verhörraum zwei. Teile ihm mit, er könne gehen, und danke ihm für seine Kooperationsbereitschaft."

„Okay."

Während Jeannie die Anweisung ausführte, eilte Sam in ihr Büro, leerte eine halbe Flasche Wasser und schaute sich die Auswertung der Handydaten an, die Archie zusammengestellt hatte. Diesmal verschwammen die Worte nicht vor ihren Augen, sodass sie sie tatsächlich lesen konnte. Sie konzentrierte sich zunächst auf Ken senior. Die Ortung seines Handys zeigte, dass er von zwölf bis zehn nach eins auf dem Golfplatz gewesen war. Um zwanzig vor zwei hatte sich das Telefon bei ihm zu Hause eingewählt und um zehn nach zwei dann wieder auf dem Golfplatz.

„He, Cruz!"

Freddie erhob sich von seinem Arbeitsplatz und kam zu ihrem Büro. „Du hast gebrüllt?"

Sam bedeutete ihm einzutreten. „Die drei Männer, die behauptet haben, Ken senior habe den ganzen Nachmittag mit ihnen Golf gespielt – kannst du sie bitte verhaften lassen?"

„Alle drei?"

„Alle drei."

„Wer soll denn die ganzen Berichte schreiben?"

Sam warf ihm einen spöttischen Blick zu. „Was glaubst du denn?"

„Wieso habe ich geahnt, dass du das sagen würdest?"

„Warum stellst du Fragen, auf die du die Antworten bereits kennst?"

„Wie lautet die Anklage?"

„Behinderung einer Mordermittlung durch ein falsches Alibi für ihren Freund."

„Gut, ich kümmere mich darum. Heißt das, wir haben Ginnys Mörder?"

„Ja, ich glaube schon – und den Großteil des Geldes, das sie ihren Opfern gestohlen hat."

„Ich dachte, das FBI könnte es nicht finden."

„Das FBI nicht, aber Green schon."

„Wow, das ist ja großartig."

„Ja, und genau das, was wir jetzt brauchen."

„Das kannst du laut sagen. Gut, ich verhafte dann mal ein paar Leute."

„Das wird wieder einer dieser Tage … Wir klagen Ken senior und möglicherweise auch Mandi an. Mach dich auf jede Menge Papierkram gefasst."

„Ich stehe Gewehr bei Fuß", erwiderte er. „Ich lebe, um dir zu dienen."

„Deshalb bist du auch der beste Partner, den ich je hatte."

„Ja, ja, spar dir die Charmeoffensive, Lieutenant. Ich erledige deinen Papierkram, ob du mir Honig um den Bart schmierst oder nicht."

„Ich bin eben immer gut gelaunt, wenn ich kurz davor stehe, einen Haufen Drecksäcke zu verhaften."

„Drecksäcke zu verhaften bringt deine beste Seite zum Vorschein."

Ein rotgesichtiger junger Streifenbeamter tauchte in der Tür zu ihrem Büro auf. „Mr McLeod ist in Verhörraum zwei, Lieutenant. Mein Partner behält ihn im Auge."

„Danke, Officer …"

„Daniels, Ma'am."

„Officer Daniels. Vielen Dank für Ihre Unterstützung."

„Ich würde ja gern sagen, es sei unsere leichteste Übung gewesen, aber Mr McLeod hat sich heftig gewehrt."

„Die Schuldigen leisten immer am meisten Widerstand." Sam konnte die Konfrontation mit Mr McLeod kaum erwarten. Nachdem Officer Daniels gegangen war, meinte sie zu Freddie: „Ich nehme Green mit rein. Er hat bei diesem Fall Großes geleistet."

„Das tut er eigentlich immer."

„Ich bin heute eben voll des Lobes."

„Nimm ihn ruhig mit. Ich stecke ohnehin bis zum Hals in Papierkram."

„Du bist einer von den echt Guten, Freddie Cruz."

„Muss ich auch sein, sonst würde ich es mit jemandem wie dir gar nicht aushalten", warf er ihr über die Schulter zu, während er das Büro verließ.

Sam nahm ihre Akten und Notizen und wappnete sich innerlich für die bevorstehende Konfrontation. „Green!"

„Ja, Ma'am?"

„Sie kommen mit mir."

Cameron wirkte überrascht, aber er reagierte schnell und folgte ihr zu Verhörraum eins.

„Spielen Sie einfach mit", erklärte Sam.

„Jawohl, Ma'am."

Sam stieß die Tür auf und erschreckte Mandi ein weiteres Mal. Wie befriedigend.

„Kann ich jetzt gehen?", fragte die junge Frau.

„Nicht so schnell."

„Warum nicht? Ich habe schon gesagt, ich habe nichts verbrochen."

„Sie haben gelogen."

„Nein!"

„Doch, Mandi." Sam legte ihr die Handydaten vor. „Sehen Sie? Der Beweis liegt in der Handyortung."

„Was soll das denn heißen?"

„Ihr Handy erzählt eine ganz andere Geschichte als das, was Sie uns weismachen wollten."

„Was? Wie das?"

„Schauen Sie." Sam deutete auf die Stelle mit den Daten zu Mandis Wohnheim. „Da waren Sie am Sonntag um eins." Sie deutete auf einen weiteren Eintrag. „Um halb drei sind Sie dann in einem Baumarkt in der Nähe des Hauses Ihrer Eltern. Hier sind Sie bei Ihren Eltern zu Hause und dann um halb vier zurück auf dem Campus. Sie hatten einen anstrengenden Nachmittag."

„Wie ich bereits erklärt habe, war ich im Baumarkt und bei meinen Eltern, nachdem mein Bruder mich voller Panik angerufen hatte."

Sam legte Mandi eine weitere Seite vor. „Das ist eine Aufstellung Ihrer eingehenden Anrufe für Sonntag zwischen zwölf und fünf. Es gibt keinen Anruf von Ihrem Bruder, aber erstaunlicherweise zwei von Ihrem Vater." Sam zog die Kappe von einem Leuchtstift und markierte die beiden Nummern.

Mandi warf einen Blick auf die Aufstellung und schluckte schwer.

„Mich interessiert, warum Sie Ihrem Bruder ein Verbrechen anhängen wollen, von dem Sie wissen, dass Ihr Vater es begangen hat."

„Ich … Er … Mein Vater … Er hat mir gedroht."

„Inwiefern?"

„Er hat gesagt, er würde jedem erzählen, dass ich die ganze Zeit gewusst habe, wo das Geld ist, wenn ich nicht alles täte, um ihn zu schützen."

„Auch, Ihrem Bruder einen Mord anzuhängen?"

„Seine Anweisungen waren unmissverständlich. Koste es, was es wolle. Er hätte mein Leben zerstört, wenn er den Leuten erzählt hätte, dass ich wusste, wo das Geld ist, und es nicht verraten habe."

„Aber es stimmt, oder? Sie haben gewusst, wo es ist, und keinen Ton gesagt."

Mandi brach zusammen. „Ich habe es erst erfahren, als das FBI Anklage gegen meine Mutter erhoben hat. Da habe ich sie angefleht, das Richtige zu tun und das Geld zurückzugeben, doch sie hat erwidert, das sei nicht der Plan. Wir müssten uns an den Plan halten. Nur war es nicht *mein* Plan. Es war *ihrer*, und als ich diese Barschecks auf den Caymans eingezahlt habe, habe ich nicht gewusst, woher das Geld stammte. Sonst …"

„Sonst was?", fragte Green.

Sie wischte sich die Tränen von den Wangen. „Ich … Ich weiß nicht, aber ich hätte das unserer Familie und unseren Freunden nicht angetan. Sie … sie war meine Mutter. Sie hat mich gebeten, ihr einen Gefallen zu tun, und es war verdammt viel kostenloser Urlaub. Es ist mir nie in den Sinn gekommen, zu fragen, warum sie mich wirklich dorthin geschickt hat. Ich habe erst erfahren, dass die Caymans ein Steuerparadies sind, als Sie es mir erzählt haben."

Sam fragte sich, ob sie je so dumm oder naiv gewesen war wie diese junge Frau. Nein, sie war schon am Tag ihrer Geburt klüger gewesen, als Mandi McLeod je sein würde. „Kennen Sie die Kontonummern auswendig?"

Sie nickte zögernd. „Ich musste sie mir einprägen, um keine Papierspur zu hinterlassen."

Zu schade, dass Ginny ihr nicht auch befohlen hatte, sich von den sozialen Medien fernzuhalten, während sie „im Urlaub" gewesen war. Ihre Finsta-Posts waren ihr zum Verhängnis geworden – was auch immer Finsta war. Sam hatte davon nicht die geringste Ahnung. Zum Glück wusste Cameron über solche Dinge Bescheid. „Schreiben Sie sie auf."

Sam wartete atemlos, während Mandi die Konto-Informationen notierte. Damit und mit dem Geld der Delaware-Gesellschaft hatten sie den Großteil der verschwundenen Millionen ausfindig gemacht. Nachdem Mandi das Notizbuch wieder über den Tisch geschoben hatte, meinte Sam: „Bleiben Sie hier. Wir sind gleich zurück."

„Aber …"

Sam warf ihr einen warnenden Blick zu, der bewirkte, dass sie innehielt und über das, was sie sagen wollte, noch mal nachdachte. Mit Green im Schlepptau verließ Sam Verhörraum eins und betrat gewohnt schwungvoll die Zwei, wobei sie dieses Mal Mr McLeod erschreckte. Auch das war schön. „Hat man Sie über Ihr Recht auf einen Anwalt aufgeklärt, Mr McLeod?"

„Ja. Ich brauche keinen. Schließlich habe ich nichts verbrochen."

„Detective Green, bitte zeichnen Sie diese Vernehmung auf."

Er schaltete den Rekorder ein und zählte die Anwesenden auf.

„Mr McLeod", fragte Sam, „haben Sie auf einen Anwalt verzichtet?"

„Ja, weil ich nichts getan habe, was die Dienste eines Anwalts erforderlich machen würde."

*Mandi McLeods Dummheit ist offenbar ererbt*, dachte Sam. „Mr McLeod, wir werfen Ihnen den Mord an Ihrer Frau Virginia vor, dazu Behinderung der Justiz in mehreren Fällen, was sich aus den Lügen ergibt, die Sie mir und anderen Beamten während unserer Ermittlungen erzählt haben."

Für einen Moment bröckelte seine arrogante Fassade, aber dann fing er sich. „Ich habe sie nicht getötet."

„Wir können beweisen, dass Sie zum Zeitpunkt ihres Todes im Haus waren."

„Nein, können Sie nicht. Ich habe mit drei Freunden Golf gespielt – den einzigen Freunden, die ich noch habe, denn sie hatten nichts, was meine Frau hätte stehlen können."

„Die drei werden im Augenblick gerade verhaftet, weil sie uns belogen und eine Mordermittlung behindert haben."

Ein weiterer Riss in seiner Fassade. „Sie haben nicht gelogen."

„Doch. Sie haben gelogen, indem sie es unterlassen haben, uns über die fast vierzig Minuten zu informieren, in denen Sie während Ihrer Golfrunde nicht auf dem Platz waren."

„Ich war auf der Toilette."

„Zu Hause?"

„Nein, im Clubhaus."

Sam legte ihm die Handydaten hin. „Komisch, die Handyortung sagt etwas ganz anderes."

„Was?"

Sie deutete auf die entscheidende Stelle. „Sehen Sie das? Da hat sich Ihr Handy bei Ihnen zu Hause eingewählt, zum Zeitpunkt des Todes Ihrer Frau."

„Ich habe mein Mobiltelefon an diesem Tag nicht mit in den Club genommen. Tatsächlich lasse ich es immer zu Hause, um ungestört Golf spielen zu können."

„Auch das ist gelogen." Sam zeigte auf drei Zeilen des Berichts. „Hier sind Sie auf dem Golfplatz, hier sind Sie zu Hause, und da sind Sie wieder auf dem Golfplatz, nachdem Sie Ihre Frau getötet haben. Die Handyortung lügt nicht, Mr McLeod. Ich verhaftete Sie wegen des Mordes an Virginia McLeod. Sie haben das Recht, zu schweigen. Alles, was Sie sagen, kann und wird vor Gericht gegen Sie verwendet werden. Sie haben das Recht auf einen Anwalt …"

„Ich würde gern meinen Anwalt anrufen", unterbrach er sie. Jetzt sah er verängstigt aus, was Sam befriedigt zur Kenntnis nahm. Solche aufgeblasenen Windbeutel brachte sie am liebsten zu Fall.

„Schreiben Sie mir seinen Namen und seine Nummer auf, und ich gebe ihm Bescheid."

„Ich, äh, ich habe keinen Anwalt mehr."

„Sollen wir Ihnen einen Pflichtverteidiger besorgen?"

Er erbleichte. „Auf keinen Fall."

„Sie sollten wissen, dass es Detective Green hier auch gelungen ist, Mandis Flüge auf die Cayman Islands nachzuvollziehen, bei denen sie Ihrer Frau geholfen hat, Geld außer Landes zu schaffen, und dass er überdies die VMcL Corporation in Delaware gefunden hat. Wir werden diese Informationen zusammen mit den Kontonummern auf den Caymans, die Mandi uns gegeben hat, an das FBI weiterleiten."

Cameron grinste und zwinkerte McLeod zu.

Sie liebte es, wie er diesen Sieg genoss.

McLeod schaute sie mit offenem Mund ungläubig an. „Das würde Mandi nicht wagen."

„Sehen Sie, da irren Sie sich, Mr McLeod. Als ich sie vor die Wahl gestellt habe, eine lange Haftstrafe anzutreten oder das Richtige zu tun, hat sich Ihre Tochter für Letzteres entschieden. Das ist eine Lektion, die sie irgendwie gelernt hat, obwohl sie mit Ihnen und Ihrer Frau als Vorbild aufgewachsen ist. Glückwunsch – Sie haben ihre Tochter dazu erzogen, auf ihr Gewissen zu hören. Schade, dass Sie selbst keins haben."

„Ginny hat mein Leben zerstört! Sie hat gekriegt, was sie verdient hat!"

„Ich darf Sie daran erinnern, dass dieses Gespräch noch aufgezeichnet wird, Mr McLeod."

„Mir egal. Sagen Sie mir, was Sie getan hätten, wenn Ihre Frau die meisten Ihrer Freunde und Verwandten bestohlen und sich dann geweigert hätte, Ihnen zu verraten, wo das Geld versteckt ist, oder das Land zu verlassen, weil ihre Giftnudel von Mutter krank geworden war. Was hätten Sie getan, wenn Sie gezwungen gewesen wären, unter ebenjenen Leuten zu leben, die sie bestohlen hatte, Lieutenant?"

„Ich glaube, wir sind hier fertig, Detective Green." Sam schüttelte Green umständlich die Hand. „Gratuliere zu Ihrer hervorragenden Arbeit in diesem Fall. Sie haben Mandi mit den Konten auf den Cayman Islands in Verbindung gebracht. Ohne diese Verbindung hätten wir sie vielleicht nie dazu bewegen können, ihren Vater zu belasten. Wir hätten auf ihre Anschuldigungen hin stattdessen ihren Bruder ins Visier genommen, der völlig unschuldig ist. Das wäre wirklich tragisch gewesen."

Das wäre in Wirklichkeit natürlich nicht passiert, weil sie beweisen konnten, dass er seine Schwester an jenem schicksalhaften Nachmittag nicht angerufen hatte. Aber das musste Ken McLeod senior nicht wissen. Ganz zu schweigen davon, dass sie Ginnys Opfer jetzt entschädigen konnten, was immerhin ein befriedigendes Ende für diesen abscheulichen Fall sein würde. „Wir sind hier fertig."

# EPILOG

Es dauerte bis zehn Uhr abends, den gesamten Papierkram zum Fall McLeod zu erledigen, aber als Sam an diesem Abend das Hauptquartier verließ, lag eine Woche Urlaub vor ihr. Sie wollten Thanksgiving zu Hause feiern, und die einzige Möglichkeit, das durchzuziehen, ohne alles auf die Schultern der schwangeren Shelby abzuwälzen, hatte darin bestanden, sich freizunehmen. Sam hatte vor, diesen Urlaub voll und ganz zu genießen, indem sie in der kommenden Woche keine Arbeitsanrufe entgegennahm.

Da Freddie und Jeannie sich ebenfalls eine Auszeit gönnten, überließ sie Cameron Green für die Woche die Leitung der Mordkommission. Das hatte er sich mit seinen großartigen Leistungen mehr als verdient. Der junge, ernsthafte Detective hatte eine glänzende Zukunft vor sich, und Sam konnte sich gut vorstellen, dass er irgendwann eine Führungsrolle übernehmen würde.

Vernon und Jimmy warteten vor der Tür der Gerichtsmedizin auf sie, als sie in die Dunkelheit trat.

„Oh, verdammt", fluchte sie. „Sie hatte ich ganz vergessen."

„Gut, dass es uns verboten ist, gekränkt zu sein", sagte Vernon.

Sam grinste ihn an. „Ich muss für Sie die schlimmste Schutzbefohlene aller Zeiten sein."

„Nicht ganz, aber es ist knapp."

Sam lachte, während er sie zum Auto begleitete. „Touché. Tut mir leid, dass ich so nerve. In den nächsten Tagen werde ich mich überwiegend zu Hause aufhalten, also haben Sie frei."

„Wir haben gehört, Sie haben den Fall McLeod abgeschlossen", warf Jimmy ein. „Ist es eigentlich immer der Ehemann, oder scheint es nur so?"

„Nicht immer. Trotzdem bin ich froh, dass ich diesen Fall hinter mir habe. Die ganze Familie hat mich krank gemacht."

„Gierige Drecksäcke", knurrte Vernon.

„Genau. Ich fahre jetzt heim, werde mich jedoch bemühen, Sie in den Nebenstraßen nicht abzuhängen."

„Wie nett."

Am Auto blieb Sam stehen und wandte sich zu Vernon um. „Hat die Flut der Drohungen gegen meinen Mann wieder nachgelassen?"

„Nicht signifikant, aber wir haben die Sache im Griff. Keine Sorge."

„Sie haben gut reden."

„In den allermeisten Fällen sind das bloß Maulhelden."

Zwar tröstete diese Information Sam etwas, doch ihr war bewusst, dass nur ein einziger Verrückter nötig war, um alles zu verändern. Bei dem Gedanken schauderte ihr, und ein mulmiges Gefühl breitete sich in ihr aus.

Vernon hielt ihr die Autotür auf, bis sie gut saß.

„Danke für alles, Vernon. Auch wenn es manchmal nicht so aussieht, ich schätze Sie alle sehr."

„Vielen Dank, Ma'am. Es ist eine Ehre, Sie und Ihre Familie zu schützen."

Auf dem Heimweg versuchte Sam, den hektischen Tag hinter sich zu lassen und mit dem zusätzlichen Adrenalin fertigzuwerden, das immer floss, wenn sie einen Fall abschlossen und einen Mörder dingfest gemacht hatten. Während sie an einer Ampel stand, rief sie Ken McLeod junior an.

„Lieutenant Holland hier", sagte sie, als er sich misstrauisch meldete. Wer konnte es dem armen Kerl auch verdenken? „Ich wollte Ihnen mitteilen, dass wir Ihren Vater wegen des Mordes an Ihrer Mutter verhaftet haben."

„Ich habe mitbekommen, dass Ihre Leute ihn abgeholt haben. Mein Onkel hat mich angerufen." Hinter seinem dumpfen, ausdruckslosen Tonfall lauerte eine Welt voller Schmerz und Verwirrung. „Hat er angegeben, warum er es getan hat?"

„Offenbar wollte sie ihm nicht verraten, wo das Geld war,

wollte aber wegen Ihrer Großmutter auch nicht die Stadt verlassen, und er war frustriert davon, mitten unter den Leuten leben zu müssen, die sie bestohlen hatte, weil ihm die meisten davon aus dem Weg gingen."

„Ich weiß, wie sich das anfühlt. Ist echt bescheuert."

„In dieser Hinsicht habe ich gute Nachrichten für Sie. Einer meiner Leute hat herausgefunden, dass Ihre Mutter Ihre Schwester benutzt hat, um Einzahlungen auf Konten auf den Caymans vorzunehmen. Sie hat Ihre Schwester die Kontonummern auswendig lernen lassen, damit es keine Spuren gibt. Mandi hat uns die Nummern genannt, und wir haben sie dem FBI mitgeteilt. Damit und mit dem Firmenvermögen aus Delaware sollten die Opfer Ihrer Mutter den Großteil ihres Geldes zurückbekommen."

„Wirklich? Das ist ja toll! O mein Gott." Jetzt klang er, als sei er den Tränen nahe. „Das ist die beste Nachricht seit Monaten."

„Hatten Sie einen Verdacht, dass Ihre Mutter Ihre Schwester benutzt hat, um Geld außer Landes zu schaffen?"

„Nein, ich hatte keine Ahnung. Ehrlich gesagt habe ich meiner Familie nicht mehr nahegestanden, seit ich auf dem College war. Als meine Schwester mich gebeten hat, über Thanksgiving mit ihr wegzufahren, war das seit Langem das erste Mal, dass ich von ihr gehört habe. Sie hatte ganz andere Lebensziele als ich. Ich will arbeiten und meine Ruhe haben. Den Luxus und das Geld, von dem sie alle so besessen waren, brauche ich nicht."

„Es tut mir leid, was Sie erleben mussten."

„Danke. Darf ich fragen, ob meine Schwester auch angeklagt wird?"

„Wir klagen sie der nachträglichen Beihilfe zum Mord an Ihrer Mutter an. Der wahren Natur ihrer Dienste für Ihre Mutter war sie sich vermutlich nicht bewusst, und sie hat uns geholfen, das Geld wiederzuerlangen, also wird man sie in diesem Punkt freisprechen."

„Muss sie ins Gefängnis?"

„Ich vermute, sie wird eine Haftstrafe erhalten, wenn auch vielleicht keine zu lange. Aber nach einem Mord die Spuren zu verwischen und dann darüber die Unwahrheit zu sagen, ganz zu schweigen von dem Versuch, einem Unschuldigen etwas anzuhängen, das sind schwere Verbrechen."

„Hat sie Gründe genannt, warum sie versucht hat, mir den Mord in die Schuhe zu schieben?"

„Ihr Vater hat ihr gedroht, sie würde keinen Cent sehen, wenn sie ihn nicht deckt."

„Also haben beide das Geld über mich gestellt. Es ist gut, das zu wissen, vor allem nachdem ich mich beinahe selbst zum Komplizen gemacht habe, indem ich mich bereit erklärt hab, mit ihr das Land zu verlassen."

„Tut mir leid, Ken. Ich weiß, das ist eine bittere Pille, die Sie da schlucken müssen."

„Das lässt sich nicht ändern. Ich bin froh, jetzt die Wahrheit über die beiden zu kennen. Es hilft mir dabei, ohne sie weiter-zuleben."

„Ich wollte Sie wissen lassen, dass wir eine Selbsthilfegruppe für Menschen gegründet haben, die Familienmitglieder durch Gewaltverbrechen verloren haben. Klar, Ihr Schmerz unter-scheidet sich ein wenig von den Erfahrungen der meisten unserer anderen Teilnehmer, aber Trauer ist Trauer. Wenn Sie glauben, dass Sie vom Austausch mit anderen Betroffenen profitieren könnten, würden wir uns freuen, wenn Sie dabei sind."

„Ich werde darüber nachdenken."

„Die Einladung steht. Jetzt, in einem Jahr, wann immer es passt. Ich schicke Ihnen die Infos per SMS, dann liegt es bei Ihnen."

„Danke für alles. Ich kann Ihnen gar nicht sagen, wie viel es mir bedeutet, dass die Opfer meiner Mutter eine Entschädigung erhalten werden. Wann werden die Betroffenen davon erfahren?"

„Wir werden morgen früh eine dahin gehende Pressemittei-lung herausgeben."

„Ich kann's kaum erwarten. Es wird höchste Zeit, dass dieser Albtraum ein Ende hat. Dafür werde ich Ihnen und Ihren Leuten ewig dankbar sein."

„Ja, ich bin auch froh, dass wir den Fall aufgeklärt und das Geld gefunden haben. Ich werde die Staatsanwaltschaft bitten, Sie über den Prozess gegen Ihren Vater und Ihre Schwester auf dem Laufenden zu halten, falls Sie das wünschen."

Nach einer langen Pause meinte er: „Das muss nicht sein. Es interessiert mich nicht, was aus ihnen wird. Wie heißt es so schön? Wie man sich bettet, so liegt man. Ich lasse das alles jetzt hinter mir."

„Auch gut. Dann schicke ich Ihnen nur die Infos zur Selbsthil-fegruppe. Sie wissen, wo Sie mich finden, wenn ich in Zukunft irgendetwas für Sie tun kann."

„Lieutenant, Sie haben mir durch den Fund dieses Geldes schon das bestmögliche Geschenk gemacht. Mehr brauche ich nicht. Passen Sie gut auf sich auf."

„Sie auch."

Sam beendete das Telefonat mit einem Gefühl der Zufriedenheit und der Gewissheit, dass Ken junior nach dem Erlebten wieder auf den Füßen landen würde. Er schien ein anständiger junger Mann zu sein, der eine glänzende Zukunft vor sich hatte.

Kurze Zeit später bog sie in die Ninth Street ein, wo man sie durch die Sicherheitskontrolle winkte. Als sie die Rampe hinaufging, erschöpft, aber zugleich beschwingt und aufgeregt, weil sie Urlaub hatte, öffnete sich die Haustür, und da war er. Ihre Liebe, ihr Leben, ihr Daseinsgrund.

Ihr Herz machte einen Freudensprung, als sie ihn in T-Shirt und Jogginghose sah, das Haar zerzaust und einen Bartschatten im Gesicht. Er war ohne Zweifel der sexyeste Mann, den sie je getroffen hatte, und er gehörte ganz und gar ihr.

Für immer.

Sie beschleunigte ihre Schritte und warf sich in seine ausgestreckten Arme, wobei sie einen Jubelschrei ausstieß.

„Mom ist im Urlaubsmodus", bemerkte Nick an Nate gewandt, der lachte, als Sam Handtasche und Mantel an der Tür fallen ließ, während Nick sie weiter eng umschlungen hielt.

„Wir haben einen Mörder dingfest gemacht und das verschwundene Geld gefunden. Der beste Tag aller Zeiten."

„Besser als der sechsundzwanzigste März?", fragte er. Das war ihr Hochzeitstag.

„Der ist noch besser." Sie flüsterte ihm ins Ohr: „Ab ins Bett."

„Ich liebe die Urlaubs-Sam."

„Sie unterscheidet sich gar nicht so sehr von der Arbeits-Sam."

„Stimmt, doch ich liebe alle Sams, egal in welchem Modus." Nick trug sie die Treppe hinauf, vorbei an dem Secret-Service-Mitarbeiter, der im Flur vor den Zimmern der Kinder stand, und direkt eine weitere Treppe hoch auf den Dachboden.

„Jetzt weiß der gesamte Secret Service, dass der Vizepräsident und seine Frau gleich miteinander Sex haben werden."

„Egal. Sollen sie denken, was sie wollen." Er setzte sie ab und ging die nach Kokos duftenden Kerzen anzünden, die sie an ihre Reisen nach Bora Bora erinnerten.

Sam zog sich aus, krabbelte auf die Doppelliege und streckte ihm die Arme entgegen.

Er legte sich neben sie und zog sie fest an sich.

„Du bist overdressed für diese Party", murrte sie und zerrte an seinem T-Shirt.

Er umfasste ihr Gesicht und hielt sie für einen tiefen, leidenschaftlichen Kuss fest. „Ich möchte, dass du etwas weißt", erklärte er und küsste sich von ihrem Hals hinab zu ihren Brüsten.

„Was?", fragte Sam atemlos.

„Ich bin immer so verdammt dankbar, wenn du am Ende eines Arbeitstages durch diese Tür kommst. So unsäglich dankbar."

„Ich finde es furchtbar, dass du dir solche Sorgen um mich machst."

„Aber ich kann nicht anders."

„Ich mache mir übrigens auch Sorgen um dich."

Er hob den Kopf, um ihren Blick zu erwidern, und seine herrlichen haselnussbraunen Augen verrieten seine Verwirrung. „Warum das denn?"

„Ich habe gehört, dass die Drohungen gegen dich nicht weniger werden."

„Das ist kein Grund zur Sorge. Menschen hören sich gern selbst reden. Das weißt du doch."

„Trotzdem mache ich mir Sorgen."

Er strich ihr das Haar aus dem Gesicht. „Tu das nicht. Ich werde gut beschützt. Und weißt du, was?"

„Was?"

„Ich habe all meine Termine abgesagt, damit ich die Woche mit dir verbringen kann."

„Heute ist wirklich der beste Tag aller Zeiten!"

„Ich kann dich den Truthahn ja nicht ganz allein zubereiten lassen."

„Darum geht es dir eigentlich, oder? Du willst das Thanksgiving-Essen retten."

„Scotty hat angedeutet, es wäre eine gute Idee, wenn du ‚qualifizierte Hilfe' hättest. Das war, glaube ich, der Ausdruck, den er benutzt hat."

„Ich werde morgen ein ernstes Wörtchen mit ihm reden."

„Liegt er denn falsch?"

„Halt die Klappe, und küss mich, ehe ich vergesse, warum ich so gute Laune habe."

Lächelnd tat er es, ganz der gute Ehemann, der er war, und während sie sich liebten, hielt Sam sich an ihm, an seiner Liebe und dem wunderbaren Gefühl fest, mit dem sie nach Hause gekommen war. Eine ganze Woche nur mit ihm und den Kindern. Besser ging es nicht.

~

Irgendwie schaffte es Sam, ein recht ordentliches Thanksgiving-Essen zuzubereiten, mit der „qualifizierten Hilfe“ ihrer Schwestern, ihrer Mutter Brenda sowie von Celia und auch von Shelby, die beschlossen hatte, in der Stadt zu bleiben, statt nach Hause zu ihrer Familie zu fahren, weil sie mit heftiger Morgenübelkeit zu kämpfen hatte.

„Diesmal muss es ein Mädchen sein“, scherzte Shelby irgendwann. „So viel Ärger machen nur Frauen.“

Außer Shelby, Avery und dem kleinen Noah waren Sams Schwestern mit ihren Familien da, außerdem Freddie, Elin und Freddies Eltern sowie Nicks Vater Leo, dessen Frau Stacy und die Zwillingssöhne. Auch Elijah war über das lange Wochenende in der Stadt, sehr zur Freude von Alden und Aubrey, die ihm seit seiner Ankunft kaum von der Seite gewichen waren.

Scotty war begeistert von Elijah, der ihn in alles einbezog, was er mit seinem Bruder und seiner Schwester unternahm. Sam und Nick hatten Scotty in der Nacht zuvor erlaubt, lange aufzubleiben und mit Elijah Videospiele zu spielen, was ihren Adoptivsohn sehr gefreut hatte.

Nach dem Essen benannte reihum jeder am Tisch eine Sache, für die er oder sie dankbar war. „Das haben wir schon als Kinder immer gemacht. Wisst ihr noch, Mädels?“, fragte Sam ihre Schwestern.

„Ich erinnere mich“, sagte Tracy. „Das hast du damals eingeführt, Mom. Fang doch an.“

Brenda warf einen Blick in die Runde und lächelte ihren Töchtern und Enkelkindern zu. „Ich bin dankbar, dass ich heute hier bei meinen Töchtern, ihren Familien und Freunden sein kann. Danke für die Einladung, Sam.“

„Es ist toll, dich hierzuhaben.“ Die zwanzig Jahre, in denen Sam nicht mit ihrer Mutter gesprochen hatte, nachdem die Ehe ihrer Eltern gescheitert war, erschienen ihr jetzt wie eine ferne Erinnerung. „Ich bin dankbar, dass ich mit euch allen hier sein kann und dass Elijah, Aubrey und Alden in diesem Jahr zu unserer Familie gestoßen sind. Wir lieben euch sehr.“

„Vielen Dank für alles, was ihr für uns getan habt“, übernahm

Elijah den Staffelstab. „Ich weiß nicht, was ohne euch aus uns geworden wäre, und es ist eine unglaubliche Erleichterung für mich, zu wissen, dass meine Kleinen gut versorgt sind, wenn ich nicht hier sein kann. Sie sind wahrscheinlich zu schüchtern, um es zu sagen, aber Alden und Aubrey sind auch dankbar dafür."

„Ich bin dankbar für sie und für dich", wandte sich Scotty an Elijah. „Es ist voll cool, Geschwister zu haben."

„Finden wir auch", erwiderte Elijah und lächelte Scotty an, der zurückstrahlte.

Sam ging das Herz auf vor Glück darüber, dass Elijah Scotty einbezog und voll und ganz zu verstehen schien, dass er jetzt einen weiteren jüngeren Bruder hatte.

„Ich bin dankbar für diese Familie", erklärte Nick, „eine Familie, wie ich sie mir immer gewünscht und erhofft habe und von der ich oft befürchtet habe, ich würde sie nie bekommen. Ihr seid das Beste, was mir je passiert ist, und nach dieser letzten Woche bin ich besonders dankbar, zu wissen, dass ich für die nächste Wahl aus dem Schneider bin und genau hier bleiben kann – am einzigen Ort auf der Welt, an dem ich wirklich sein möchte."

„Gott sei Dank", entfuhr es Sam.

„Das kannst du laut sagen", stellte Tracy trocken fest. „Sie wäre unerträglich gewesen, wenn du auf Wahlkampftour gemusst hättest."

„Wahre Worte, Schwesterherz", pflichtete ihr Angela bei.

„Stimmt", meinte auch Scotty.

Sam streckte ihnen die Zunge raus. „Nur weil es wahr ist, heißt das nicht, dass man fies sein muss."

Celia lächelte und verkündete: „Ich bin dankbar, dass ihr mir durch diesen schwierigen ersten Monat ohne meinen geliebten Mann geholfen habt. Mir ist bewusst, dass ihr ihn genauso vermisst wie ich und dass wir alle versuchen, ein Leben ohne Skip im Mittelpunkt zu finden. Aber es erfüllt mich mit Dankbarkeit, Teil dieser Familie zu sein und zu wissen, dass ich euch behalten darf, auch wenn er nicht mehr da ist."

„So leicht wirst du uns nicht los", antwortete Tracy.

„Obwohl du dir das vielleicht manchmal wünschen würdest", warf Sam ein.

„Niemals", widersprach Celia mit Nachdruck.

„Ich bin dankbar für meine Kinder, die drei, die in diesem Haus leben, und für meinen kleinen Noah", ergriff Shelby das Wort. „Das, das auf dem Weg ist, bereitet mir zwar etwas

Kummer, trotzdem kann ich es kaum erwarten, ihn oder sie kennenzulernen. Ich bin auch dankbar für meinen wunderbaren Ehemann Avery, der mich so glücklich macht."

„Das gilt umgekehrt genauso, Liebling", erklärte Avery. „Du und Noah, ihr habt mir so viel gegeben. Ich bin außerdem dankbar für unsere Freunde, die für uns wie eine Familie geworden sind."

Freddie, Elin und Freddies Eltern dankten füreinander und für ihre Freunde.

„Moment", meinte Sam dann zu Freddie. „Du hast vergessen, dich für mich, deine wundervolle Partnerin, zu bedanken."

„Ich habe gar nichts vergessen", widersprach er, und alle brachen in schallendes Gelächter aus.

„Das tut mir weh", beklagte sich Sam mit belustigt funkelnden Augen, „denn ich bin sehr dankbar für dich, Partner."

„Na gut. Wenn es sein muss, bin ich auch für dich dankbar, selbst wenn du manchmal eine furchtbare Nervensäge bist."

Sam tupfte sich die Augen. „Ich bin gerührt."

Das Essen, die Familie, die wunderbare Atmosphäre und das Lachen hielten Sam davon ab, allzu sehr an den Menschen zu denken, der bei dem Feiertagstreffen fehlte. Sie hatte die Innereien für ihn gekocht, auch wenn niemand daran interessiert war, sie zu essen. Ihre Schwestern hatten es allerdings bemerkt.

„Es ist süß, dass du sie für Dad gekocht hast", bemerkte Tracy, als sie die Küche aufräumten.

„Ich hatte überlegt, sie ihm auf den Friedhof zu bringen, aber sie würden wahrscheinlich Bussarde anlocken."

„Können wir bitte aufhören, über Innereien zu reden?" Angela hielt sich angewidert den Mund zu. „Mir ist ohnehin schon schlecht, weil ich zu viel gegessen habe."

Sam hielt den gekochten Hals des Truthahns hoch, ein weiteres Teil, an dem Skip gerne genagt hatte. „Magst du den?"

„Igitt, tu dieses eklige Ding weg", rief Angela, und ihr Gesicht nahm einen besorgniserregenden grünen Ton an.

Die Schwestern lachten und weinten gleichzeitig, als sie sich an Skip und seine Liebe zu allem, was mit Thanksgiving zu tun hatte, erinnerten.

Sie beschlossen den Tag mit einem Dessert bei Gonzo und Christina. Als der Secret Service sie dorthin brachte, legte Sam den Kopf an Nicks Schulter. Sie hätte viel lieber ein Nickerchen gemacht, als noch auszugehen, aber sie wollte ihren Freund auf keinen Fall enttäuschen, indem sie seiner Einladung nicht folgte.

Sam gähnte laut.

„Sie wird in den Apfelkuchen kippen und einschlafen", prophezeite Scotty.

„Werde ich nicht!", widersprach Sam.

„Nimmst du Wetten an, Junge?", fragte Nick. „Ich wette nämlich, dass sie mit dem Gesicht voraus hineinkippt."

„Ich werde mir merken, dass du gegen mich gewettet hast", brummte Sam.

„Jetzt fangt bloß nicht an, eklig zu werden", verlangte Scotty. Mit einem Blick zu Elijah fügte er hinzu: „Die beiden sind echt merkwürdig."

Elijah lachte. „Ich weiß, was du meinst. Meine Eltern waren auch so. Ständig diese Küsserei und der ganz Mist."

„Furchtbar."

„Tatsächlich ist es gar nicht so schlimm", gestand Elijah. „Wie du bald selbst herausfinden wirst."

„Igitt", ertönte es angewidert von Scotty. „Bis eben habe ich dich gemocht."

Sam musste sich auf die Lippe beißen, um nicht laut loszulachen, denn sie wusste, dass Scotty das gar nicht gefallen würde. Zum Glück erreichten sie ihr Ziel, ehe sie die Fassung verlor.

„Das wird ein böses Erwachen geben", sagte Nick so leise, dass nur sie es hören konnte, als sie Elijah und den drei Kindern aus dem SUV folgten.

„Sogar schon sehr bald."

In Gonzos und Christinas Wohnung drängten sich Freunde, Verwandte und Kollegen, die ein fantastisches Dessertbuffet mit Torten, Kuchen, Keksen, Brownies und allem, was süß war, genossen. Die Stimmung war besonders gut, weil am Vortag die Nachricht gekommen war, dass Staatsanwalt Forrester entschieden hatte, keine Anklage gegen Gonzo zu erheben. Das war für alle eine große Erleichterung gewesen, vor allem aber für Gonzo, der es Christina zu verdanken hatte, dass er die Kraft gehabt hatte, sich gegen die Anschuldigungen zu wehren.

Niemand gab sich jedoch der Illusion hin, die Geschichte sei damit erledigt. Sobald Ramsey davon erfuhr, würde es neuen Ärger geben. Gonzo hatte vor, sich am Wochenende mit Darren Tabor zu treffen, um ihm exklusiv zu erzählen, was er seit dem Mord an seinem Partner durchgemacht hatte. Hoffentlich würde diese Geschichte, zusammen mit den belastenden Informationen, die sie über Ramsey ausgegraben hatten, dem hasserfüllten Sergeant den Wind aus den Segeln nehmen.

Die Nachricht, dass Metro PD Detective Cameron Green gelungen war, was das FBI nicht geschafft hatte, indem er das fehlende Geld gefunden hatte, hatte bei Ginnys Opfern Jubel ausgelöst und der Abteilung dringend benötigte gute Presse verschafft. Sam hatte dafür gesorgt, dass Cameron die volle Anerkennung dafür erntete, und er hatte seinen Moment im Rampenlicht genossen.

„Hast du unsere Gastgeber gesehen?", fragte Sam Nick, als sie sich nach ihnen umschaute.

„Bisher nicht."

Avery Hill kam mit seinem Sohn Noah auf den Armen zu Sam herüber. „Hey, ich hatte gehofft, kurz mit dir reden zu können, bevor du in den Urlaub verschwindest."

„Ich bin sofort abgehauen, nachdem ich den Fall McLeod abgeschlossen hatte."

„Ja, das habe ich gehört. Ich wollte dir sagen, dass ich die Akten des Falls Worthington durchgegangen bin und auch finde, dass es sich lohnt, ihn neu aufzurollen. Unsere alten Freunde Conklin und Stahl haben während dieser Untersuchung nämlich einige sehr fragwürdige Entscheidungen getroffen. Wir haben inzwischen festgestellt, dass das eine Art Muster bei ihnen war."

„Oje, ernsthaft?"

„Ich fürchte schon."

„Hast du das schon dem Chief erzählt?", fragte Sam und warf einen Blick zu Farnsworth, Malone und ihren Frauen, die mit Getränken und entspannten Mienen in einer Ecke zusammenstanden. Sam wollte nicht, dass irgendetwas ihrem geliebten Chief, den die Medien so in die Mangel genommen hatten, während er um den Verlust seines besten Freundes getrauert hatte, diesen Feiertag verdarb.

„Ich habe ihn informiert, dass es einige Unregelmäßigkeiten gibt, über die wir sprechen müssen."

„Wird das hässlich für uns werden?"

„Du meinst, noch hässlicher? Möglich, aber es ist auch eine Gelegenheit, ein paar alte Fehler zu korrigieren."

„Wäre mir recht. Lenore Worthington hat lange genug auf Gerechtigkeit gewartet. Ich werde mich direkt nach meinem Urlaub darauf stürzen."

„Lass es mich wissen, wenn du Hilfe brauchst."

„Das gilt umgekehrt genauso, Agent Hill. Wir haben immerhin das fehlende Geld gefunden."

„Wie lange gedenkst du, mir das unter die Nase zu reiben?"

„Für immer und ewig."

Avery lachte, was Noah ebenfalls zum Lachen brachte. Mit gesenkter Stimme fügte der FBI-Agent hinzu: „An der Sache mit der Schwiegermutter arbeite ich noch. Dazu später mehr."

„Ich freue mich über alles, was dazu beiträgt, sie für immer aus dem Leben meines Mannes verschwinden zu lassen."

Sam sah sich nach Gonzo und Christina um, ohne sie jedoch irgendwo zu entdecken. Die Wohnung war nicht besonders groß, aber es gab keine Spur von ihnen, bis sie zehn Minuten später schließlich aus dem Schlafzimmer traten. Christina trug ein schneeweißes Seidenkleid und lächelte strahlend. Tommy hatte einen Anzug an und hielt den kleinen Alex auf dem Arm, der ebenfalls in einem Anzug steckte.

„Äh, was ist denn jetzt los?", fragte Sam irritiert.

„Wenn mich nicht alles täuscht, würde ich vermuten, wir sind zu einer Hochzeit hier", erklärte Nick.

„Nicht im Ernst. Das gibt es nicht!"

Freddie und Elin arbeiteten sich zu Sam und Nick vor. „Denkst du, was ich denke?", fragte Freddie Sam.

„Ich hoffe es doch sehr."

Gonzo stieß einen Pfiff aus, um die Aufmerksamkeit aller zu erlangen. „Also … Christina und ich wollen euch allen danken, dass ihr gekommen seid, um Thanksgiving, meine Heimkehr von einer langen, schwierigen Reise und … unsere Hochzeit zu feiern!"

Die Gäste jubelten und klatschten.

„Ehe wir es offiziell machen, möchte ich euch allen einfach nur Danke sagen. Danke, dass ihr in den schwärzesten Tagen meines Lebens zu mir gehalten habt, dass ihr mich, Christina und Alex unterstützt habt, solange ich weg war, und dass ihr heute hier seid, um mit uns diesen Neuanfang zu begehen. Doch nun, ohne weitere Umschweife …" Gonzo sah Nick an. „Sind Sie so weit, Mr Vice President?"

„Worauf du wetten kannst."

„Moment mal", sagte Sam. „Was?"

Gonzo grinste Sam an. „Ich habe Nick gebeten, uns zu trauen, aber niemandem davon zu erzählen."

„Auch dafür wird er später bezahlen", murmelte Sam.

„Nicht jeder hat das Glück, dass der Vizepräsident die Trauung vollzieht", stellte Gonzo fest.

„Es ist mir eine Ehre." Nick trat zu ihnen in eine Ecke des Wohnzimmers, die mit Blumen geschmückt war, was Sam vorher gar nicht aufgefallen war. „Lasst mich euch im Namen aller Angehörigen und Freunde, die sich zu diesem besonderen Anlass versammelt haben, sagen, wie froh wir sind, dass zwei Menschen, die zusammengehören, ihr lang ersehntes Happy End bekommen. Da ich zum ersten Mal eine Trauung durchführe, haben Tommy und Christina versprochen, es mir leicht zu machen, indem sie ihre eigenen Gelübde formulieren. Christina, du hast das Wort."

Tommy gab Alex seiner Mutter zum Halten und nahm Christinas Hände. Er wirkte gesund, glücklich und entspannt, und Sam merkte, dass sie an diesem Thanksgiving vor allem für seine Genesung dankbar war.

„Tommy Gonzales", begann Christina und kämpfte bereits mit den Tränen, „vor fast zwei Jahren habe ich dich in der Silvesternacht kennengelernt, und du hast sofort mein Leben verändert. Ich hatte noch nie so etwas empfunden wie das Gefühl, das ich hatte, wenn ich mit dir in einem Raum war. Schnell habe ich dann herausgefunden, dass ich im Gegensatz zu meiner Annahme bis dahin nie wirklich verliebt gewesen war, denn alles war anders, nachdem ich dich kennengelernt hatte. Die letzten beiden Jahre haben uns viel Schweres und einiges an Prüfungen beschert, und dann sind wir auch noch quasi über Nacht Eltern von Alex geworden. Du und Alex, ihr seid der größte Segen in meinem Leben, und ich liebe euch beide sehr. Ich verspreche, dich als meinen Ehemann zu lieben, zu ehren und zu schätzen, solange ich lebe. Danke, dass du dich für mich entschieden hast, Tommy. Du hast mich zur glücklichsten Frau der Welt gemacht."

Als sie fertig war, schimmerten auch in Gonzos Augen Tränen.

Sam trocknete sich die Wangen, während sie zusah, wie ihr bester Freund seine wahre Liebe heiratete. Eine Zeit lang hatte sich Sam dagegen gesträubt, dass sie zusammen waren. Der Zusammenprall von ihrer und Nicks Welt hatte sie gestört, aber seitdem war das mehrmals passiert, und sie hatte gelernt, damit zu leben, solange alle glücklich waren.

„Ich kann nicht glauben, dass du denkst, *du* hättest Glück gehabt, Baby. Ich bin es, der hier sein Glück kaum fassen kann! Von der ersten Sekunde an, in der du in meine Richtung geschaut hast, habe ich mich wie der glücklichste Mann gefühlt, der je gelebt hat. Dass eine coole, stilvolle, fähige, erfolgreiche Frau wie du mich liebst, war schon immer eines der größten Wunder meines Lebens. Dass du nach allem, was ich dir angetan habe, bei mir geblieben bist, ist ein weiteres Wunder. Ich weiß, wie unglaublich glücklich ich mich schätzen kann, hier mit dir zu stehen und dass du mir schwörst, mich für immer zu lieben. Ich verspreche, dich und deine Liebe zu mir und Alex niemals als selbstverständlich zu betrachten. Ich kann es kaum erwarten, alles mit dir und unserer kleinen Familie zu erleben. Ich liebe dich für immer und ewig."

Nick ließ sie die Ringe tauschen, was zu weiteren Tränen führte, als Gonzo Christinas Handrücken küsste und dann Alex auf den Arm nahm, um ihn an ihrem großen Moment teilhaben zu lassen.

„Es ist mir ein großes Vergnügen, Tommy und Christina kraft meines Amtes zu Mann und Frau zu erklären", verkündete Nick. „Tommy, du darfst die Braut jetzt küssen."

„Na endlich", sagte Gonzo, legte den Arm um Christina und schaute ihr in die Augen, bevor er sie zärtlich küsste.

Sie umarmten einander eine volle Minute lang, und erst als Alex zu quengeln begann, lösten sie sich, gleichzeitig lachend und weinend, voneinander. Sie sahen wirklich zutiefst glücklich aus.

*Gott segne die beiden*, dachte Sam, während sie klatschte, sich die Tränen wegwischte und sich über glückliche Verbindung ihrer beiden Freunde freute.

~

Viel später lag Sam pappsatt neben Nick im Bett. „Warum tue ich mir das bloß jedes Jahr an?"

„Weil es so super ist. Deine Füllung war übrigens großartig."

„Das ist ein Rezept meiner Großmutter. Es ist ganz leicht – Weißbrot, gebratene Zwiebeln, Brät, Old-Bay-Würzmischung und Wasser. Man püriert alles, lässt es über Nacht stehen und bäckt es dann im Ofen. Die Oberseite wird durch Oberhitze knusprig. Wenn ich nur darüber rede, möchte ich mich am liebsten nach unten schleichen und die Reste kalt essen, obwohl ich mich gleich übergeben muss, weil ich so voll bin."

„Daran erkennt man ein gelungenes Thanksgiving."

„Am Brechreiz?"

„Ich bin sogar zu vollgefressen für Sex."

„Bring mich nicht zum Lachen. Das tut weh. Du weißt, wenn wir keinen Sex wollen, muss es schlimm sein."

„Schon, aber es ist angenehm schlimm. Heute war ein toller Tag."

„Und damit zu dir! Du hast Geheimnisse vor mir gehabt!"

Er sah sie lächelnd an. „Ich dachte, es ist weniger schlimm, weil es für eine gute Sache war."

„Es war großartig. Ich freue mich für die beiden und hoffe sehr, dass er langfristig klarkommt."

„Ich denke schon. Natürlich wird er nicht plötzlich verwunden haben, was mit Arnold passiert ist, aber er hat gelernt, auf eine produktivere und gesündere Weise mit seinem Schmerz umzugehen."

„Das hoffe ich sehr. Im Übrigen scheint langsam Gras über deine Entscheidung zu wachsen, nicht zu kandidieren."

„Gott sei Dank. Um ehrlich zu sein, ich hatte nicht mit einer solchen Reaktion gerechnet."

„Wie hat sich das für dich angefühlt?"

Über sein Schnauben musste sie lachen.

„Es ist nicht einfach, mit dem beliebtesten Mann der Welt verheiratet zu sein."

„Wenn du meinst."

„Hast du dir schon Gedanken über deine Pläne für die Zeit nach deinem Ausscheiden aus dem Amt gemacht? Ich will nicht, dass du hier rumsitzt, Bier trinkst und verwahrlost. Ich erwarte, auch in Zukunft den Lebensstandard geboten zu bekommen, an den ich mich jetzt gewöhnt habe." Mit ihm herumzualbern und Quatsch zu erzählen war eine ihrer Lieblingsbeschäftigungen.

„So viel zu meinem Plan vom Vorruhestand."

„Vergiss es."

„Ich denke darüber nach, Lehrer oder Dozent zu werden – und vielleicht ein Buch zu schreiben."

Sam sah ihn an. „Was für ein Buch?"

„Meine Memoiren, von meiner Kindheit bis zur Vizepräsidentschaft. Ich finde, das ist eine ziemlich coole Geschichte."

„Es ist eine tolle Geschichte, und ich liebe die Vorstellung, dass du ein Buch darüber schreibst."

„Freut mich, denn es haben tatsächlich schon ein paar Verlage Interesse bekundet und nachgefragt, ob ich nach meiner Amtszeit vielleicht Lust dazu hätte."

„Das ist ja super! Warum hast du mir das nicht erzählt?"

„Ich erzähle es dir doch jetzt."

„Wann war das?"

„Anfang der Woche. Die Vorschüsse, die man mir angeboten hat, werden noch ein, zwei Jahre dafür sorgen, dass du auch weiterhin schicke Schuhe tragen kannst."

„Das sagst du mir erst jetzt?"

„Du warst mit Truthahn und Füllung beschäftigt."

Sam drehte sich auf die Seite und stöhnte, weil die Bewegung so mühsam war. „Für solche Neuigkeiten bin ich nicht zu beschäftigt. Ich finde, das solltest du unbedingt tun. Du könntest so vielen Kindern aus schwierigen Verhältnissen zeigen, dass es immer Hoffnung gibt."

„Das habe ich auch gedacht."

Sam legte den Kopf an seine Brust. „Das ist eine wirklich gute Idee."

„Freut mich, dass du das so siehst."

Sie war schon halb eingedöst, als das Telefon auf seinem Nachttisch klingelte. Mit einem Anflug von Schuldgefühl dachte sie: *Gott sei Dank ist es sein Handy und nicht meins.* Man würde sie nur aus dem Urlaub abberufen, wenn etwas wirklich Großes geschah, und sie betete, dass dieses Wochenende von solchen Ereignissen verschont bleiben würde.

Nick griff nach dem Handy, das sie scherzhaft als sein „Batphone" bezeichneten, weil es seine direkte Verbindung zum Weißen Haus war, und nahm den Anruf im Liegen entgegen. „Nick hier." Er war immer so bescheiden und normal, nie stieg ihm sein Amt zu Kopf.

„Mr Vice President, hier spricht Tom Hanigan."

Sam hörte die Stimme des Stabschefs des Präsidenten, weil sie noch in Nicks Armen lag.

„Hey, Tom. Was gibt's?"

„Sir, ich bedaure, Ihnen mitteilen zu müssen, dass man Präsident Nelson vor dreißig Minuten tot in seiner Wohnung aufgefunden hat. Der herbeigerufene Notarzt konnte nichts mehr für ihn tun. Wir brauchen Sie umgehend im Weißen Haus. Der Secret Service steht bereit, um Sie und Ihre Frau herzubringen."

Sam hatte das Gefühl, einen Schlag in den Magen bekommen zu haben, und Nick atmete ganz flach.

„Verstehe", sagte er. „Ich bin unterwegs."

Wie konnte er so ruhig klingen, wo doch gerade eine Atombombe in ihrem Leben explodiert war?

Er legte auf und sah sie entsetzt an. „Hast du das gehört?"

Sam schluckte schwer. „Ja."

Sie starrten einander eine volle Minute lang an.

Nick blinzelte als Erster. „Ich bin Präsident."


Damit endet die Fatal-Reihe, und es beginnt … meine neue Reihe um die „First Family"!

DANKSAGUNGEN

Heilige Scheiße, ich sitze seit Monaten auf dieser brisanten Information und musste mir größte Mühe geben, mich nicht zu verplappern! Ich weiß, dass manche von Ihnen jetzt dastehen und sich fragen, was zum Teufel das denn soll. Lassen Sie es mich Ihnen erklären …

Anfang 2020 habe ich mich vom Verlag der ersten fünfzehn Fatal-Bände getrennt. Während ich „Fatal Fraud – Nur in deinen Armen" schrieb, wurde mir klar, dass ich die Reihe nicht fortsetzen konnte, weil ich die früheren Bände nicht vermarkten oder promoten konnte. Ich kann auch keinen anderen Verlag dazu bringen, das zu tun, und so war es offensichtlich, dass ich dieses Kapitel in Sams und Nicks Geschichte beenden und ein neues beginnen musste.

Die Idee für die neue Reihe kam mir, während ich „Fatal Fraud – Nur in deinen Armen" schrieb, und zwar nachdem Nick angekündigt hatte, bei der nächsten Wahl nicht mehr zu kandidieren. Ich dachte: Was wäre, wenn er diese Entscheidung öffentlich macht und Präsident Nelson kurz darauf tot umfällt? Nick würde ein Amt erben, von dem er der Welt gerade erklärt hat, dass er es nicht will. Ganz zu schweigen von den Auswirkungen auf Sam und ihre Kinder … Ich konnte es kaum erwarten, die neue Reihe anzufangen! Band 1 beginnt, eine Sekunde nachdem Nick den Anruf vom Stabschef des Weißen Hauses erhalten hat, bei dem dieser ihm mitteilt, dass sein Chef tot ist, und wird die Cappuanos durch die gewaltige Umstellung vom Leben als Vizepräsidenten- zu dem als Präsidentenfamilie begleiten.

Ich verspreche Ihnen, all die Dinge, die Sie an der Fatal-Serie lieben, werden auch in der neuen Reihe zu finden sein, nur dass es zusätzlich zu Sams Job, den sie trotz des enormen Durcheinanders weiter ausüben wird, einen zusätzlichen Fokus auf Nicks Amt geben wird (das allerdings keinen allzu großen Raum einnehmen wird – auch das verspreche ich). In der Zukunft liegen Glamour, internationale Intrigen und alle möglichen spannenden Dinge. Der erste Band der First-Family-Reihe, „State of Affairs – Liebe in Gefahr", erscheint noch in diesem Jahr auf Deutsch.

Alle Charaktere aus der Fatal-Reihe, die Sie lieben, werden weiterhin dabei sein, wenn auch einige von ihnen eine neue oder ganz andere Rollen spielen werden. Ich weiß, dass Veränderungen oft beängstigend sind, sogar die in Romanreihen, aber ich bin schrecklich gespannt auf dieses neue Kapitel in Sams und Nicks Leben, und ich hoffe, Sie sind es genauso.

Bitte erwähnen Sie diese Entwicklung nicht in Besprechungen von „Fatal Fraud – Nur in deinen Armen". Ich möchte, dass alle Leserinnen den Knalleffekt am Ende dieses Buches erleben können, den Sie gerade hinter sich haben, also bewahren Sie bitte Stillschweigen, bis die meisten Fans der Serie die Chance hatten, dieses Buch zu lesen. Vielen Dank!

Ich möchte mich bei den treuen Fatal-Leserinnen bedanken, die mich, Sam und Nick auf dieser Reise begleitet haben, und lade Sie ein, uns für den nächsten Teil ihrer Geschichte in der Pennsylvania Avenue 1600 zu besuchen. Ich kann es kaum erwarten!

Es gibt so viele Menschen, denen ich jetzt, wo ich die Fatal-Reihe abschließe und mich in dieses neue, aufregende Abenteuer mit den Charakteren stürze, die ich so sehr liebe, danken muss. Zunächst gilt mein Dank dem unglaublichen Team, das mich jeden Tag unterstützt: Dan, Emily und Jake Force sowie Julie Cupp, Lisa Cafferty und Tia Kelly. Ihr seid die Besten, und ich bin so glücklich, mit euch und unserer fantastischen Cover-Designerin Kristina Brinton zusammenarbeiten zu können. Ein Riesendank auch an den pensionierten Captain Russ Hayes von der Polizei in Newport, RI, für seinen unschätzbaren Beitrag zur gesamten Fatal-Reihe.

Vielen Dank an Kim Killion von der Killion Group, die einen Weg gefunden hat, während einer Pandemie ein Fotoshooting für die neue Serie zu machen, bei dem sie das echte Paar Joshua Verax und Maria Fekaris als Models eingesetzt hat. Ich bin begeistert von den großartigen Bildern, die wir für eine endlose Anzahl von neuen Büchern über die Präsidentenfamilie verwenden können!

Vielen Dank an meine Erst-Testleserinnen Anne Woodall und Kara Conrad, die mich von Anfang an begleitet haben, sowie an meine Lektorinnen Joyce Lamb und Linda Ingmanson. Dank gilt außerdem meinen Fatal-Betas: Elizabeth, Irene, Sarah, Jennifer, Maria, Jenny, Juliane, Viki, Sheri, Betty, Marti, Kelley, Gina, Tiffany, Ellen, Maricar und Mona. Ein großes Dankeschön auch an meine Freundin Tracey Suppo fürs Lesen!

All den Leserinnen, die Sams und Nicks Geschichte seit dem Debüt „Fatal Affair – Nur mit dir" begleiten, danke ich für ihre nimmermüde Unterstützung und ihren Enthusiasmus für diese Charaktere und diese Serie. Wegen Ihnen bereitet mir mein Beruf solche Freude. Wir werden zusammen noch viel Spaß mit der First Family im Weißen Haus haben!

xoxo
Marie

# WEITERE TITEL VON MARIE FORCE

**Die Fatal Serie**

One Night With You – Wie alles begann (Fatal Serie Novelle)

Fatal Affair – Nur mit dir (Fatal Serie 1)

Fatal Justice – Wenn du mich liebst (Fatal Serie 2)

Fatal Consequences – Halt mich fest (Fatal Serie 3)

Fatal Destiny – Die Liebe in uns (Fatal Serie 3.5)

Fatal Flaw – Für immer die Deine (Fatal Serie 4)

Fatal Deception – Verlasse mich nicht (Fatal Serie 5)

Fatal Mistake – Dein und mein Herz (Fatal Serie 6)

Fatal Jeopardy – Lass mich nicht los (Fatal Serie 7)

Fatal Scandal – Du an meiner Seite (Fatal Serie 8)

Fatal Frenzy – Liebe mich jetzt (Fatal Serie 9)

Fatal Identity – Nichts kann uns trennen (Fatal Serie 10)

Fatal Threat – Ich glaub an dich (Fatal Serie 11)

Fatal Chaos – Allein unsere Liebe (Fatal Series 12)

Fatal Invasion – Wir gehören zusammen (Fatal Serie 13)

Fatal Reckoning – Solange wir uns lieben (Fatal Serie 14)

Fatal Accusation – Mein Glück bist du (Fatal Serie 15)

Fatal Fraud – Nur in deinen Armen (Fatal Serie 16)

Fatal Serie Bände 1-6

Fatal Serie Bände 7-11

**First Family**

State of Affairs – Liebe in Gefahr, Band 1

**Die McCarthys**

Liebe auf Gansett Island (Die McCarthys 1)

*Mac & Maddie*

Sehnsucht auf Gansett Island (Die McCarthys 2)

*Joe & Janey*

Blütenzauber auf Gansett Island (Die McCarthys 19)

*Riley & Nikki*

Sommernächte auf Gansett Island (Die McCarthys 20)

*Finn & Chloe*

Verführung auf Gansett Island (Die McCarthys 21)

*Deacon & Julia*

Magie auf Gansett Island (Die McCarthys 22)

*Jordan & Mason*

Sonnige Tage auf Gansett Island (Die McCarthys 23)

**Andere Bücher**

Sex Machine – Blake und Honey

Sex God – Garret und Lauren

Five Years Gone – Ein Traum von Liebe

One Year Home – Ein Traum von Glück

Mein Herz für dich

Nicht nur für eine Nacht

Take-off ins Glück

The Fall – Du und keine andere

Dieses Mal für immer

Helden küsst man nicht

Küsse für den Quarterback

**Miami Nights**

Bis du mich küsst

Bis du mich berührst

Bis du mich liebst

**Die Green Mountain Serie**

Alles was du suchst (Green Mountain Serie 1)

Endlich zu dir (Green Mountain Serie 1/Story *1*)

Kein Tag ohne dich (Green Mountain Serie 2)

Ein Picknick zu zweit (Green-Mountain-Serie/Story 2)

Mein Herz gehört dir (Green Mountain Serie 3)

Ein Ausflug ins Glück (Green-Mountain-Serie/Story 3)

Schenk mir deine Träume (Green-Mountain Serie 4)

Der Takt unserer Herzen (Green-Mountain-Serie/Story 4)

Sehnsucht nach dir (Green-Mountain Serie 5)

Ein Fest für alle (Green-Mountain-Serie 5/Story 5)

Öffne mir dein Herz (Green-Mountain-Serie 6/Story 6)

Jede Minute mit dir (Green-Mountain-Serie 7)

Ein Traum für Uns, (Green-Mountain-Serie 8)

Meine Hand in Deiner, (Green-Mountain-Serie 9)

Mein Glück mit dir, (Green-Mountain-Serie 10)

Nur Augen für dich, (Green-Mountain-Serie 11)

Jeder Schritt zu dir, (Green-Mountain-Serie 12)

**Die Neuengland-Reihe**

Vergiss die Liebe nicht (Neuengland-Reihe 1)

Wohin das Herz mich führt (Neuengland-Reihe 2)

Wenn das Glück uns findet (Neuengland-Reihe 3)

Und wenn es Liebe ist (Neuengland-Reihe 4)

Für immer und ewig du (Neuengland-Reihe 5)

**Die Quantum Serie**

Tugendhaft (Quantum-Serie 1)

Furchtlos (Quantum-Serie 2)

Vereint (Quantum-Serie 3)

Befreit (Quantum-Serie 4)

Verlockend (Quantum-Serie 5)

Überwältigend (Quantum-Serie 6)

Unfassbar (Quantum-Serie 7)

Berühmt (Quantum-Serie 8)

**Gilded Serie**

Die getäuschte Herzogin

Eine betörende Braut

# ÜBER DIE AUTORIN

Marie Force ist die New-York-Times-Bestseller-Autorin von über fünfzig zeitgenössischen Liebesromanen, unter anderem den beliebten Romanserien »Gansett Island«, »Green Mountain« und der erotischen Quantum-Serie. Sie hat unterdessen weltweit über sechs Millionen Bücher verkauft. Die Autorin lebt zusammen mit ihrem Mann, zwei fast erwachsenen Kindern und zwei Hunden in Rhode Island.

Tragen Sie sich in Maries Mailingliste ein, um alles Wichtige über neue Bücher und Veranstaltungen zu erfahren. Folgen Sie ihr auf Facebook und auf Instagram.